너는 너의 삶을 바꿔야 한다

You must change your life

너는 너의 삶을 바꿔야 한다

릴케의 로댕, 그 절대성과 상실에 관하여

레이첼 코벳 | 김재성 옮김

You must change your life

mujintree
뮤진트리

▪ 일러두기

- 이 책은 Rachel Corbett의 《You must change your life》를 우리말로 옮긴 것이다.
- 본문에 나오는 도서명은 《 》로, 잡지 · 논문 · 작품 명은 〈 〉로 표기했다.
- 책이나 논문의 제목에는 가능한 한 맨 처음 발표된 언어를 병기했다.
- 옮긴이의 주는 본문 하단에 표기했다.

차례

들어가는 말

나는 스무 살 때 《젊은 시인에게 보내는 편지Letters to a Young Poet》를 처음 읽었다. '젊은 시인'이라는 금박 글자가 앞뒤 표지에 걸쳐 장려하게 아로새겨진 정사각형의 얄팍한 책을 어머니가 주셨다. 라이너 마리아 릴케Rainer Maria Rilke라는 저자의 이름이 낯설고도 아름다웠다.

그 무렵 나는 내가 자란 곳에서 몇 마일 떨어진 중서부의 대학촌에 살고 있었다. 판에 박힌 일상과 평범한 아이들로 이루어진 단조로운 풍경이었다. 내가 아는 모든 사람들과 마찬가지로, 나도 작가가 되고 싶은 생각 따위는 없었다. 졸업이 다가오면서 확연하게 감지한 유일한 욕구라곤 떠나야겠다는 생각이었다. 하지만 내겐 돈도 뚜렷한 목적지도 없었다. 젊은 시절 이 책에서 위안을 얻었다고, 나도 이 책을 좋아할 거라 생각했다고 어머니는 말했다.

그날 저녁 책을 읽으면서 나는 누군가가 길게 이어진 독일어 문장으로 내가 듣기를 열망했던 청춘의 긍정을 속삭여주는 듯한 느낌에 사로잡혔다. "외로움이란 당신 주변의 공간이 확장되는 것에 불과합니다. 불확실성을 믿으십시오. 슬픔은 삶이 당신을 붙들고 변화시키는 것입니다. 고독과 친해지십시오." 내 안의 모든 부정적인 것들이 뒤집힐 수 있을 것 같았다. 전망이 없다는 것은 기대가 없다는 것을, 돈이 없다는 것은 책임이 없다는 것을 뜻했다.

지금 되돌아보면 이런 릴케의 충고가 다소 무모하게 받아들여질 수도 있겠다 싶다. 하지만 그를 탓하기는 어렵다. 열아홉 살의 시인 지망생 프란츠 크사버 카푸스Franz Xaver Kappus에게 보낸 열 통의 편지를 처음 쓰기 시작했을 때 릴케 본인도 스물일곱 살의 청년이었고, 훗날 그 편지들이 결혼식 · 졸업식 · 장례식을 가리지 않고 가장 자주 인용되는 텍스트 중 하나이자 역사상 가장 교양 있는 자기계발서로 인정되는 《젊은 시인에게 보내는 편지》가 되리라고는 꿈도 꾸지 않았을 것이기 때문이다.

풋내기 시인이 언어를 빚어내는 동안 언어는 그를 빚어냈고, 그렇게 우리는 한 예술가의 탄생을 목격하게 된다. 그 숨 가쁜 정신의 변화를 결정화해서 보여주고 있다는 점이야말로 이 책이 누려온 긴 생명력의 근원이라고 할 수 있다. 살아가면서 맞닥뜨리는 어떤 변화의 시기에서든 책을 집어들고 아무 페이지나 펼치면 보편적이면서도 마치 나만의 사정에 꼭 맞춘 듯한 위안의 말을 찾을 수 있다.

이제 《젊은 시인에게 보내는 편지》의 기원은 널리 알려졌지만, 릴케가 카푸스에게 전한 통찰이 온전히 그만의 것은 아니었음을 아는 독자는 많지 않다. 시인은 자신의 영웅이던 조각가 오귀스트 로댕Auguste Rodin에 관한 책을 쓸 목적으로, 1902년 파리 이주 후 얼마 안 되고부터 편지를 보내기 시작했다. 릴케가 볼 때 〈입맞춤Le Baiser〉의 굶주린 욕정, 〈생각하는 사람Le Penseur〉의 소외, 〈칼레의 시민Le Bourgeois de Calais〉의 비극적인 고통 등 로댕 예술에 담긴 거칠고 가공되지 않은 감정은 모든 젊은 예술가들의 영혼을 형상화하고 있었다.

예술가로서 이미 최고의 위치에 올라 있던 로댕은 이 무명작가에게 처음에는 문하생으로, 삼 년 후에는 가장 신임하는 조수로 자신의 세계로의 진입을 허용했으며, 릴케는 이 거장이 들려주는 말들을 기록했다가 카푸스에게 전했다. 이로써 로댕의 목소리는 편지 너머에서 우렁차게 울려 퍼지고 그의 지혜는 릴케를 거쳐 카푸스에게, 그리고 《젊은 시인에게 보내는 편지》를 읽는 수백만의 고뇌하는 청춘들에게 다가가게 되었다.

책을 읽고 몇 년 뒤, 나는 릴케가 한때 로댕 밑에서 일했다는 말을 우연히 들었다. 잡학상식 수준에 불과한 정보였지만, 어쩐지 호기심이 오래도록 떠나지 않았다. 두 사람은 너무도 이질적으로 보이는 나머지 다른 세기 또는 다른 대륙에서 살았던 인물들처럼 느껴질 정도였다. 로댕이 육십대의 합리적 프랑스인이라면 릴케는 이십대의 낭만파 독일인이었으며, 로댕이 육체적이고 관능적이라면 릴케는 형이상학적이고 영적이었다. 작품으로만 봐도, 로댕은 지옥으로 뛰어들었고 릴케는 천사들의 영역에서 떠돌았다. 하지만 나는 두 사람의 삶이 얼마나 긴밀하게 얽혀 있었고, 한 사람의 예술적 진전이 어떻게 상대방의 것을 따라갔는지, 대조적인 성향이 어떻게 상호보완으로 이어졌는지를 곧 발견했다. 로댕이 산이었다면 릴케는 그 산을 에워싼 안개였다.

노인이고 청년이었던 두 사람이 어떻게 서로를 이해했는지 파악하려고 애쓰는 과정에서 내가 다다른 지점은 '공감Empathy'이었다. 오늘날 우리가 타인의 감정을 느끼는 능력으로 이해하는 이 개념은 특정 회화 또는 조각이 사람들을 감동시키는 이유가 무엇인지 설명하려는 예술철학의 노력에서 발원했다. 릴케는 이 용어가 만들어지고 지그문트 프로이트Sigmund Freud와 빌헬름 보링거Wilhelm Worringer를 비롯한 당대 대표적 지성들의 독창적 저서들에 등장할 무렵 대학에서 관련 이론을 공부했다. 공감이라는 개념은 세기말 유럽의 예술 · 철학 · 심리학에서 일어난 여러 중대한 변화들과 호응하며 이후 여러 세대에 걸쳐 예술가들이 자신의 작품에 대해 생각하고 관찰자들이 그것과 관계 맺는 방식을 바꿔놓았다.

릴케와 로댕 간의 친화성 외에, 결국 둘을 갈라서게 만든 차이점에도 주목하지 않을 수 없었다. 그들의 여자관계, 그리고 당대 사회에서 여성의 위치에 대한 견해는 두 사람이 서로를 바라보는 시각에 놀랄 만큼 영향을 미쳤다. 둘 다 야망 있고 독립적인 여성에 끌리면서도, 결혼상대로는 내조를 위해 자신의 야망을 희생하는 여인들을 택했다. 로댕은 남자를 현혹해 일을 못하도록 조종하는 여자들의 경향을 릴케에게 경고하곤 했으며, 릴케는 오랫동안 스승의 남성본위적 시각을 의심 없이 받아들였다. 하지만 사랑하는 친구가 불행한 임신 때문에 화가로서 천재성을 꽃피우지 못하고 요절한 직후, 예술로 인한 고난이 무엇을 뜻하는지에 대한 생각이 완전히 바뀌었다.

결론을 말하자면, 이 책은 거장巨匠이 되는 길을 찾아 파리의 굽이진 거리를 헤매는 두 예술가의 초상이다. 그뿐만 아니라 젊은 예술가들이 오로지 창작에 대한 의지로 가슴을 후벼파는 지독한 현실마저 극복하고 기필코 자신의 작품을 창조하고 마는 이야기이기도 하다. '너는 너의 삶을 바꿔야 한다You Must Change Your Life'는 릴케가 남긴 언명에 지나지 않는 것이 아니라, 속박되고 연약하고 굶주린 눈을 지닌, 그러나 언젠가는 지친 손을 들어 올려 도구를 집고 휘두르기를 소망하는 모든 청춘에게 들려주는 말이다.

어머니가 준 《젊은 시인에게 보내는 편지》의 마지막 페이지를 읽은 뒤, 나는 방금 절대로 벗어나지 못할 책을 읽은 사람들이 그러듯 한동안 두 손으로 책을 붙들고 있었다 첫 장을 다시 펼쳐보았다. 거기에는 어머니의 이름이 새겨져 있었다. 자신의 변화와 씨름하고 있던 내 나이 적 어머니에게 어느 친구가 주었다고 했다. 그 친구는 표지 안쪽에 릴케의 가장 유명한 글귀를 적었다. "우리 삶의 모든 용龍들은 언젠가 한 번이라도 우리의 아름답고 용감한 모습을 보기를 기다리는 공주인지 모른다. 우리를 두렵게 하는 모든 것은 가장 깊은 핵심을 보면 우리의 사랑을 원하는 무력한 존재인지 모른다." 그 글귀는 가라고 나에게 말하는 것 같았다. 미지를 향해 자신을 던지라고, 초대받지 않은 곳으로 가라고, 멈추지 말고 계속 가라고.

1부

시인과 조각가

1

예술가라면 보는 것부터 배워야 하는 법이지만, 칠판 글씨가 보이지 않아 실눈을 뜨고 기숙학교에서 오 년을 보낸 뒤에야 근시라는 사실을 깨달은 로댕에게 이 말은 글자 그대로의 의미였다. 그는 흐릿한 앞을 바라보기보다는 창밖으로 시선을 돌렸다. 그곳에 북프랑스의 고도古都 보베가 자랑하는 생 피에르Saint-Pierre 대성당이 있었던 것이다.

대부분의 아이들에게는 괴물처럼 보일 건축물이었다. 500피트 높이의 거대한 첨탑이 창공으로 솟은 이 고딕 양식의 걸작은 유럽에서 가장 높은 성당을 목표로 1225년에 착공되었으나 총 세 세기에 걸쳐 두 차례나 붕괴된 끝에 1573년 결국 건축가들도 손을 들고 말았다. 그 뒤 남은 것은 돌과 유리와 강철로 이루어진 위태로운 건물의 무시무시한 광경이었다.

토박이들은 그 성당을 아예 의식하지 않거나 그런 거대한 건축물이 거기에 있다는 사실을 반쯤만 인식하고 지나치곤 했다. 하지만 로댕에게 그것은 눈앞의 이해 안 되는 수업에서 벗어나 끝없는 호기심의 세계로 진입하게 해주는 탈출구였다. 성당의 종교적 기능에는 관심이 없었고, 그저 벽에 새겨진 이야기들과 실내의 신비로운 어둠, 선과 아치, 그림자와 빛 같은 것에 매료되었다. 그것은 인간의 몸처럼 조화로운 균형을 이룬 모습이었다. 가시 모양의 기다란 회중석이 천장의 늑골에 박혀 있었고, 주 건물과 연결된 부벽扶壁들이 팔 또는 날개처럼 뻗어 있었고, 중앙 소실은 마치 심장 같았다. 중심을 잡기 위해 박아둔 기둥들이 영불 해협의 강풍에 흔들리는 모습에서는 평형 상태를 향한 인체의 간단없는 자기조정이 연상되었다.

건축논리를 헤아릴 만한 나이는 아직 못 되었지만, 1853년 기숙학교를 그만두고 떠나면서 그는 성당이 자신에게는 진정한 교육이었음을 깨달았다. 그후에도 그는 그곳을 찾아가 경외감에 '고개를 뒤로 치켜든 채' 성당 외면을 살펴보고 내부의 비밀들을 상상해보곤 했다. 신도들 틈에 끼어 예배에도 참석했지만 그곳이 신의 집이기 때문은 아니었다. 그는 사람들이 무릎 꿇고 경배해야 하는 것은 그곳의 형상 자체라고 생각했다.

프랑수아 오귀스트 르네 로댕François Auguste René Rodin은 1840

년 11월 12일 파리에서 태어났다. 에밀 졸라Émile Zola · 오딜롱 르동Odilon Redon · 클로드 모네Claude Monet도 같은 해에 출생한 것을 생각하면, 프랑스 예술의 미래에 참으로 중대한 의미를 지닌 한 해였다. 하지만 이들 벨 에포크Belle Epoque[1]의 씨앗들은 보수적인 불모의 땅에서 싹을 틔우게 된다. 산업혁명과 프랑스혁명 직후 루이 필리프Louis-Philippe 왕정기에 파리의 부패와 궁핍은 《악의 꽃Les Fleurs du Mal》과 《레 미제라블Les Misérables》에 묘사된 대로였다. 제조업 일자리들이 새로이 등장하며 수천 명의 이주 노동자들을 끌어모았으나 그들을 지탱해줄 사회 기반시설이 없었다. 이주민들은 떼를 지어 아파트에 입주해 침대와 음식은 물론 병균까지 서로 나누며 살았다. 범람하는 하수도에는 세균들이 번식해 들끓었고, 비좁은 중세의 거리들은 각종 질병의 근원지가 되었다. 콜레라와 매독이 군중 사이에 퍼져 나갔고 밀 품귀 사태로 빵 값이 치솟았으며 빈민과 상층 부르주아 계급 사이의 격차가 사상 최고로 벌어졌다.

걸인과 매춘부와 사생아가 날로 늘어나서 도시가 휘청거리던 그 무렵, 경찰관이던 로댕의 아버지는 일거리가 차고 넘쳤다. 《레 미제라블》에 나오는 번뇌에 찬 자베르 경감처럼, 장 바티스트 로댕Jean-Baptiste Rodin도 1832년 파리 봉기와 마침내 왕을 몰아낸

---

1) '아름다운 시대'라는 뜻으로, 19세기 말부터 1차 세계대전 전까지 파리의 화려한 번성기를 뜻한다.

1848년 혁명 기간 내내 뚜쟁이와 매춘부들을 찾아 거리를 순찰했다. 한 점의 타협 없이 원칙과 권위를 중시하며 경찰 조직 내에서 꾸준히 승진을 거듭해온 장 바티스트에게 꼭 맞는 일이었다.

생 자크 로路에 바리케이드가 세워진 그해에, 장 바티스트와 그의 재봉사 아내 마리는 여덟 살의 오귀스트를 보베의 기숙학교로 보냈다. 귀여운 빨강 머리 소년 오귀스트는 보들레르Baudelaire가 총을 들고 거리로 나서고 발자크Balzac는 굶어죽을 뻔한 위기에 처하는 등 유혈 충돌이 계속되던 파리에서 벗어나 안전하게 지냈다.

오귀스트는 우수한 학생은 아니었다. 수업을 곧잘 빼먹었으며, 특히 수학 과목의 성적이 나빴다. 보베는 아버지의 지위 상승에 걸맞은 교육을 오귀스트에게 제공했지만 비싼 학비가 가계에 짐이 될 때도 있었다. 오 년 후, 장 바티스트는 직업으로 연결되지도 않을 것 같은 교육에 더이상 돈을 퍼붓지 않기로 결정하고 열네 살의 오귀스트를 자퇴시켰다. 손으로 하는 일을 즐기는 기질이니 직업학교가 더 나은 선택일지 모르겠다고 생각했다.

오귀스트가 돌아왔을 때, 파리는 알아보기 어려울 만큼 변해 있었다. 바로 전해에 프랑스의 신임 대통령 나폴레옹 3세Napoléon III는 조르주 외젠 오스만 남작Baron Georges-Eugène Haussmann에게 파리 현대화 임무를 맡겼다. 실상 복원에 가까운 임무일 수도 있었다. 강박적 균형주의자였던 오스만 남작은 파리 대지를 커다란 격자 모양으로 자른 뒤, 계층을 기준으로 분리한 여러 개의 구區로 잘게 나눴다. 평탄한 지평선이 단정해 보인다는 이유로 언덕이며 산들을 불도저로 밀어버렸고, 굽이진 옛 벽돌 길들도 바리케이드를 칠 수 없는 포장대로로 확장했다. 반란군의 진입은 막고 쇼핑객들은 끌어들이기 위해서였다. 시 전역에서 대대적인 청소 행사들이 잇달아 실시되었다. 토목기사들이 개발한 최신식 하수도 시스템에 관광객들이 몰려들었으며, 범죄자들이 꾀지 않도록 거리에 수천 개의 가스등을 설치해 밤거리를 밝혔다.

수만 채의 중세식 주택이 허물어진 자리에 균일한 석재 블록으로 지은 신新고전풍의 5층 아파트 건물들이 정연하게 줄을 지어 섰다. 새 건물들이 급속히 건축된 탓에 수많은 파리 시민들은 자신들이 터를 잡고 살아온 도시가 갑자기 낯설게 느껴졌다. 전통주택들을 대체해 들어선 건물들은 어떤 시대와 장소에도 속하지 않는 듯한 이질감을 주었다. 거리에 끝없이 이어진 공사용 비계飛階들을 보며 발전보다는 학살된 마을의 잔해를 떠올리는 이들도 많았다.

수십 년간 계속된 오스만의 파리 재건 작업 덕분에 상업 조각공들은 큰돈을 벌 수 있었다. 건물을 지을 때 정면 코니스cornice[2]와 각종 석조 장식이 빠질 수 없었기 때문이다. 이 조각공들과 훗날의 시계공 · 목공 · 금속공들을 포함한 신흥계층의 주된 훈련소 역할을 맡은 곳이 바로 프티트 에콜Petite École[3]이었다. 프티트 에콜은 수업료가 없었고 그보다 명성 높은 그랑드 에콜 데 보자르

2) 처마 돌림띠.

3) École Impériale Spéciale de Dessin et de Mathématiques의 애칭. 미술 · 수학 특수제국학교.

Grande École des Beaux-Arts의 노동계급용 학교인 셈이었다. 그랑드 에콜이 르누아르Renoir · 쇠라Seurat · 부그로Bouguereau 등 성공한 미술가들을 배출한 반면, 못난 동생 격인 프티트 에콜은 본격적인 전시회에 작품을 출품할 만한 인재는 거의 길러내지 못했다.

파리로 돌아온 로댕은 자신의 흥미나 야망을 분명히 알지도 못한 채 1854년 프티트 에콜에 등록했다. 그는 아직 스스로를 예술가로 생각하지 않았고, 예술이 종교 · 언어 · 법률에 비견할 수 있다는 그랑드 에콜 교수들의 고양된 의견에 동화되어 있지도 않았다. 로댕에게 조각은 이때나 이후로나 무엇보다도 그의 천직이었다.

불완전한 시력 덕분에 로댕에게 고도로 예민한 촉각 지성이 발달했을 수 있다고 추측하는 전기작가들이 있다. 그가 늘 진흙 덩이를 손에 쥐고 굴린 이유도 이것으로 설명할 수 있을지 모른다. 결국 외알 안경을 구입했지만, 아주 작은 세부를 들여다볼 때만 사용했을 뿐, 주로 진흙에, 또는 어느 애인이 빈정대며 말했듯이 모델에 코를 박은 채 작업했다.

로댕은 대부분의 급우들처럼 회화를 배우겠다는 생각으로 입학했으나, 물감과 캔버스보다 종이와 연필이 싸다는 이유로 드로잉반을 선택했다. 그러나 전화위복으로 능력 있는 교수 오라스 르코크 드 부아보드랑Horace Lecoq de Boisbaudran 밑에서 공부하게 되면서 먼저 눈을 고치고 이어서 진정으로 눈뜰 수 있었다.

로댕은 매일 아침 작업도구를 챙기고 가느다란 목에 목도리를 두른 다음 여덟시 드로잉 강의를 들으러 나섰다. 땅딸막한 체격에 얼굴이 부드러운 남자 르코크는 모사模寫 연습으로 수업을 시작하곤 했다. 예리한 관찰력이야말로 모든 위대한 예술가들이 갖춘 불가결한 비밀이라고, 사물을 세부로 나누어 그 본질적 특성을 파악해야만 그림에 완전히 숙달될 수 있다고 그는 믿었다. A지점에서 B지점까지 직선 방향으로 베껴내고, 이어서 대각선으로 부채꼴로 모사를 계속하다 보면 각 부분이 합쳐지면서 형체를 이룬다는 것이었다.

어느 날 아침, 르코크는 학생들 앞에 사물 하나를 놓고 종이에 그대로 모사하라고 일렀다. 교실 안을 돌면서 지켜보는 르코크의 눈에 대상의 테두리만 대충 스케치한 뒤 세부는 제멋대로 그려넣는 로댕의 모습이 들어왔다. 게으른 학생으로 보이지는 않는데 왜 지시대로 하지 않는지 이해할 수 없었다. 그때 그는 로댕의 시력이 나쁘다는 사실을 깨달았다. 십 년 넘게 로댕을 괴롭혀온 병증, 즉 근시는 이렇게 한 차례의 모사 연습으로 진단되었다.

르코크가 수업을 통해 제시한 또 하나의 변혁적 계시를 로댕이 파악하는 데는 시간이 더 걸렸다. 그는 학생들을 루브르로 보내 회화 관찰 훈련을 시키곤 했다. 스케치를 할 것이 아니라, 비율과 패턴 · 색상 등을 암기하라는 지시였다. 로댕은 그곳 벤치에 앉아 티치아노Tiziano · 렘브란트Rembrandt · 루벤스Rubens의 그림들을 바라보며 사춘기를 보냈다. 그 영상들은 마치 음악처럼 그의 내면에서 열리고 확장되었다. 그는 그 그림들의 모든 붓질을 머릿속으로 따라 했으며, 저녁이 되어 들뜬 마음으로 집에 돌아와서는 기억을 불러내 그것을 복제해냈다.

시간이 나면 국립도서관에 가서 도록들을 보며 걸작 모사에 매진했다. 뛰어난 이탈리아 드로잉 화가들의 작품을 대략 스케치한 뒤, 집에 돌아와 기억해온 세부를 채워넣었다. 도서관을 하도 자주 들락거린 나머지, 열여섯 살 되던 해에는 인쇄실 출입을 공식으로 승인받은 최연소 학생들 중 하나가 되기도 했다.

르코크의 모사 강조가 결국 다른 사람들의 작품을 복제하는 훈련만 시키는 것 아니냐는 시각도 있었다. 이 교수법은 여러 면에서 그랑드 에콜의 학사 과정과도 상통하는, 형태와 차원에 대한 전통적이고 수학적인 접근법이었으나 르코크의 목적은 달랐다. 그는 젊은 예술가들은 훗날 그것을 깨부술 수 있도록 형태의 근본 원리들을 숙달해야 한다고 생각했다. "예술은 본질적으로 개인적이다"라고 그는 말했다. 암기 훈련은 사실 그림의 각 특질들이 머릿속에서 펼쳐지는 순간 그 그림에 대한 스스로의 반응을 인지할 수 있는 시간을 학생들에게 주기 위한 방편이었다. 부드럽게 굽은 그 선이 고요한 느낌을 주었던가? 붓질의 진한 음영이 불안감을 일으켰던가? 어떤 색깔들이 추억을 불러왔던가? 예술가는 이런 연상들에 답할 수 있어야 내면의 감각들을 정확히 소환해 외면의 형태로 만들어낼 수 있다고 그는 믿었다. 르코크의 현대적 방법론은 궁극적으로 예술가들이 외견상 나타나는 대로 엄밀하게 그리기보다는 자신의 감각과 시선에 느껴지고 보이는 바를 그릴 것을 독려했다.

로댕의 개성적 스타일이 드러나기 시작한 것은 열여섯 살 무렵이었다. 이 시기의 노트에 이미 형태의 연속성과 실루엣에 몰두하는 예술가의 모습이 보인다. 이때 그는 훗날 그의 독특한 성향이 되어버린, 인물들을 결합한 스케치를 하기 시작했다. 인체들을 접합해 조화로운 집단으로 배치하는 방식은 점차 진화하여 〈칼레의 시민〉과 〈입맞춤〉 같은 걸작들에 이르면 둥근 모양이 된다.

르코크의 교훈은 로댕이 학교를 졸업하고 복제보다는 인상을 작품화하는 조각가로 명성을 쌓아간 이후까지도 사라지지 않고 남았다. 그가 빅토르 위고Victor Hugo의 흉상 제작을 의뢰받은 일이 있었다. 그런데 위고가 진득하게 앉아 있기를 거부하자, 로댕은 수십 년 전 받은 훈련을 떠올렸다. 위고가 실내에서 걸어다니는 모습과 다른 방에서 책을 읽는 모습을 머릿속에 포착해두고 나중에 기억을 불러내 작업을 했다. 르코크가 가르쳐준 대로, 눈으로 보는 것과 가슴으로 보는 것은 과연 달랐다.

로댕이 프티트 에콜의 교과 과정을 숙달하기까지는 시간이 많이 소요되지 않았다. 과제란 과제는 금세 이해해버려 더 내줄 과제가 없을 지경이었다. 로댕은 학우들과의 교제에는 관심이 없었고 오로지 공부만 하고 싶어했다. 예외라면 특별히 다정했던 친구 레옹 푸르케Léon Fourquet와 인생의 의미, 예술가의 사회적 역할 등에 대해 진지한 대화를 즐겨 나누었다는 점이다.

이 두 십대 소년은 미켈란젤로Michelangelo와 라파엘로Raffaello도 자신들처럼 인정받기를 갈구했을지 궁금해하며 뤽상부르 공원을 거닐곤 했다. 둘 다 명성을 꿈꾸었으나, 푸르케는 그것은 로댕에게만 허락된 운명임을 일찌감치 알고 있었다. 그는 로댕이 습득하지 못한 대리석 조각 기법에 숙달했지만 로댕을 둘러싸고 있는 어떤 숙명의 분위기를 늘 보았고, 훗날 로댕을 도와 몇 년 동안 함께 일하기도 한다. "네가 예술을 위해 태어났다면, 나는 네 머릿속에 싹트는 대리석을 깎기 위해 태어났지. 그게 우리가 늘 함께할 수밖에 없는 이유야." 푸르케가 로댕에게 보낸 편지의 일부분이다.

1857년, 로댕은 학교에서 드로잉 최우수상을 받는 등 모든 과목에서 탁월한 실력을 발휘했다. 한 가지 예외가 있었는데, 예술적 성취를 가늠하는 최고의 기준인 인체였다. 로댕에게 인체는 '걸어다니는 성전聖殿'이었다. 그것을 진흙으로 빚어 구현하는 일이야말로 그에게는 성당을 짓는 것과 가장 가까운 행위였다. 로댕은 일찍이 인체의 형상에 매혹을 느꼈다. 어려서부터 어머니가 밀가루 반죽을 밀고 뜯으며 재미있는 모양을 만드는 것을 지켜보았고, 반죽 덩어리 하나를 건네받자 곧바로 머리와 커다란 몸통들을 빚어 어머니에게 다시 건넸다. 밀가루 반죽 인간들이 지글지글 끓는 기름 속에 들어가 바삭하게 튀겨지면 어머니가 그것들을 건져냈다. 우스꽝스러운 기형의 인물들이었는데, 훗날 그는 그것이 자신에게는 최초의 예술 수업이었다고 술회했다.

하지만 조각작품 위촉은 '진짜' 예술가들이 독점했기 때문에,

기술학교에서는 굳이 인체 드로잉 수업을 할 이유가 없었다. 인체 드로잉을 공부하고 싶다면 그랑드 에콜로 전학해야 했고, 그래서 그는 1857년, 프티트 에콜 3학년 말에 힘겨운 절차를 시작하기로 했다.

입학시험은 총 엿새에 걸쳐 치러졌다. 매일 오후 화가와 조각가들 앞에서 실제 모델을 대상으로 작업해야 했다. 전해오는 말로는 작업 중인 로댕이 팔을 하도 거세게 흔들어 다른 학생들이 구경하러 모여들었다고 한다. 팔다리가 불균형하게 굵은 인체를 형상화한 그의 작품은 몸짓만큼이나 유별나게 받아들여졌고, 입학 사정관들의 취향에도 맞지 않았다. 그는 드로잉 시험은 붙었으나 조각에서 떨어지면서 불합격하고 말았다.

다음 학기에, 또 그다음 학기에 재도전했으나 잇달아 낙방했다. 깊은 실의에 빠진 아들이 걱정된 아버지 장 바티스트는 마음을 단단히 먹으라는 편지를 써보냈다. "세상 사람들이 너를 진정한 위인으로 칭송하는 날이, 몸은 죽어도 예술가 오귀스트 로댕의 이름은 영원히 남을 그날이 언젠가는 올 게다." 장 바티스트는 돈이 안 된다는 것 말고는 예술에 대해 아는 것이 없었지만 인내의 힘만큼은 알고 있었다. "활력 · 의지 · 결의, 이런 말들을 생각해라. 그러면 승리는 네 것이 될 것이다."

로댕은 족벌주의가 횡행하고 "예술이라는 천국의 열쇠를 틀어쥔 채 독창적 재능에 문을 닫아거는" 엘리트들이 득세하는 오만한 학계에 자진해서 등을 돌렸다. 다른 지망생들은 집안 연줄을 이용해 유명 예술가들의 추천장을 척척 받아내지만 자신은 그러지 못해 입학이 거절된 거라고 생각했다.

예술학교 입학을 단념하고 자신만의 작업을 계속했으나 '천국'을 거절당한 때문인지, 그는 목가풍의 그리스-로마 조각상 본뜨기를 중단하고 미학적으로 살아남는 것을 선택했다. 이 시기 이후 그의 예술은 현실에, 모든 보편적인 고통에 천착했다. 그는 실존에 필사적으로 매달리고 그 실존에 의해 기괴하게 패배하는 형상들을 강조하기 시작했다.

1858년, 열여덟 살이 되어 생업을 찾아야 했던 그는 석고 반죽을 섞고 건물 장식재의 주형을 뜨는 일을 하게 되었다. 팀에 속해 건축설계사의 칭사진에 맞춰 꽃 · 여인상 · 악마의 두상 따위를 석고로 빚어 석공에게 주면 되었다. 그러면 그것들이 석재 또는 철재로 복제되었고, 인부들에 의해 건물 측면에 부착되었다.

로댕은 이 같은 양 위주의 작업에 우울과 권태를 느꼈다. 거울 속에 비친 자신의 모습이 회반죽에 얼룩진 작업복 차림의 벽토공 삼촌처럼 보이곤 했다. 평생 이 일을 하며 살아야 할지도 모른다는 생각이 들기 시작했다. 예술가가 된다는 것은 어리석은 꿈인지도 몰랐다. "걸인으로 태어났다면 빨리 깡통을 집어들어야 한다"고 누이 앞에서 탄식하기도 했다.

판에 박은 듯한 그 일에 익숙해질수록 차츰 새로운 세계가 열

1875년경의 오귀스트 로댕.

리기 시작했다. 어느 날 그는 나이 많은 동료 콩스탕 시몽Constant Simon과 함께 정원에서 채취한 나뭇잎과 꽃들을 작업장으로 가져가 석고 모형을 떴다. 로댕의 기법을 지켜보던 시몽이 로댕에게 말했다. "그건 옳은 방법이 아니야. 나뭇잎들이 전부 평평하게 놓여 있잖아. 꼬투리가 보이도록 뒤집어봐. 그렇게 그것들의 '깊이'를 표현하는 거야, '부조' 형태가 아니라." 형태가 중심으로부터 치고 올라와 감상자에게 전달되어야 한다는, 그러지 않으면 한낱 테두리밖에 되지 않는다는 뜻이었다.

훗날 로댕은 술회했다. "나는 곧바로 깨달았다. 그리고 그 법칙은 이후 나에게 절대적인 기초가 되었다." 그 놀랍도록 단순한 논리를 여태 몰랐다는 사실이 믿기지 않았다. 나뭇잎의 예를 통해 배운 것이 대부분의 학생들이 미술학교에서 배운 총량보다 많다고 그는 생각했다. 젊은이들은 고대 조각상들을 베끼는 데 바빠서 자연에는 눈길도 주지 않았고, 살롱전에서 발굴된 최신 대가들을 모방하는 데만 골몰했지 시몽 같은 장인들이 가진 평범한 기법들은 등한시했다.

로댕은 어쩌면 지금 견디고 있는 단조로운 노동이 벽돌을 한 장씩 올리며 그들만의 대작을 짓던 성당 건축 인부들의 노동과 같은 것이 아닐까 하는 생각도 했다. 그들처럼 신에게 헌신하는 건 아니었지만 자연에 대해서는 치열한 애정이 느껴졌다. 나뭇잎 한 장 빚어내는 일을 경배의 행위처럼 한다면 자연의 겸손한 종으로서 긍지를 가질 수 있을 것 같았다. 성당을 지은 사람들 중 특정인이 특별한 칭송을 받지 못한 것처럼, 일개 건물 장식공에게 영광은 찾아오지 않을 터였다. 성당은 그것을 함께 지은 모든 장인들의 개가이고 그 무명의 장인들 모두보다 오래 살아남을 터였다.

"석조공들과 한자리에 앉아 있는 것이 참 좋았다." 로댕은 이렇게 쓰고 있다. 그리고 젊은 예술가들을 향해 영감의 '일시적 매혹'을 경계하라고 경고한다. "나로 하여금 조각을 알게 해준 곳은 어디일까? 나무들을 바라보던 숲속, 구름의 형상을 관찰하던 길가… 다시 말해 학교를 제외한 모든 곳이다."

로댕은 자연으로부터 중대한 교훈 하나를 더 배워야 했으니, 바로 인체의 형태였다. 살아 있는 모델을 구할 수 없어 해부도로 만족해야 했다. 그는 프티트 에콜에서 조금 내려가면 나오는 뒤퓌트랑Dupuytren 의학 박물관의 단골이 되었다. 질병에 걸린 신체기관 등 그곳에서 접한 전시물들이 이후 로댕이 만든 수백 점의 뒤틀린 손 조각에 영향을 미쳤다는 것은 이견이 없는 사실이다. 그 손 조각들을 보기만 해도 어떤 병인지 진단 가능하다고 주장한 의사들도 있었다.

동물들의 형태를 관찰하기도 했다. 개와 돼지와 소를 사고파는 시장들이 시내 곳곳에 있었지만 로댕이 가장 좋아한 곳은 살페트리에르Salpêtrière 정신병원 앞 로피탈 대로 모퉁이의 마馬시장이었다. 그는 말 주인들이 마구간에서 말을 끌어낸 다음 흙길을 사뿐사뿐 걷게 하는 모습을 즐겨 지켜보았다. 자연주의 화가 로사 보뇌르Rosa Bonheur가 주위의 이목을 끌지 않기 위해 남장을 하고 잘 알려진 자신의 그림 〈마시장Le marché aux chevaux〉의 복제 작업에 열중하는 모습도 보였다.

자르댕 데 플랑트Jardin des Plantes에도 자주 찾아갔다. 파리 남동부에 위치한 70에이커 규모의 이 시설은 세계 최초의 대중 동물원과 식물원을 갖춘 자연사 박물관으로, 로댕은 이곳에서 개설한 동물 드로잉 강습에 등록했다. 박물관의 음습한 지하실에서 열의 없는 강사가 동물의 골격 구조와 뼈의 구성 등을 주제로 수업을 진행했다. 비평 시간에도 강사는 강습실을 느린 걸음으로 돌아다니며 "그래요, 아주 좋아요" 같은 말들을 내뱉을 뿐이었다. 시시콜

콜한 과학 이야기에 따분해진 학생들은 늙은 강사의 싸구려 양복이며 불룩한 배 위에 간신히 채워져 있는 셔츠 단추 따위를 흉보며 지루함을 달랬다.

로댕은 강습이 끝나기 전 그만두기로 결정을 내렸는데, 훗날 그 결정을 후회하게 된다. 알고 보니 그 강사가 숨겨진 거장으로, 유럽 역사상 가장 뛰어난 동물 조각가 중 한 명으로 꼽히는 앙투안루이 바리Antoine-Louis Barye였던 것이다. 바리는 '동물원의 미켈란젤로'라고 불렸으며, 친구인 화가 외젠 들라크루아Eugène Delacroix와 함께 1825년부터 자르댕 데 플랑트에 갇혀 사는 맹수들을 관찰해온 터였다. 동물이 죽으면 누구보다 빨리 현장에 나타나 사체를 해부하고 실물과 자신의 드로잉을 대조해보는 사람이었다. 1828년 들라크루아는 "사자가 죽었다네. 전속력으로 달려오게"라는 편지로 새로운 사체 발생을 바리에게 알리기도 했다.

전직이 금속 세공인이었던 바리는 당시의 엄숙한 사실주의에 맞서 대담한 표현력이 넘치는 청동 조각을 선보였다. 그의 손을 거치면 비단뱀이 목을 조이는 아프리카 영양은 단순히 땅바닥에 풀썩 나자빠지는 것이 아니라 그의 목숨과 정체성을 빨아들이는 뱀의 똬리와 일체가 되면서 전쟁으로 인한 인간성 말살에 대한 강력한 알레고리로 되살아났다. 평론가 에드몽 드 공쿠르Edmond de Goncourt는 1851년 파리 살롱전Paris Salon에, 바리의 〈토끼를 잡아먹는 재규어Jaguar Devouring a Hare〉는 전통적 조각의 종언을 고함과 동시에 현대미술의 개가를 제시했다고 썼다.

이 위대한 동물 조각가의 작품에 대한 수요가 몰렸으나 완벽주의자였던 바리는 자신이 지향하는 수준에 미달하는 작품은 판매하지 않았다. 그래서 뛰어난 재능에도 불구하고 돈을 벌지 못하고 빈민 같은 행색으로 살아갔다.

로댕은 중년이 되어서야 바리의 동물 연구가 지닌 중요성을 깨달았다. 어느 날 오후 파리의 거리를 산책하던 중 상점 진열장을 들여다보다가 문득 깨달아졌다. 진열된 상품 중 한 쌍의 그레이하운드 청동 조각이 그의 눈길을 잡아끌었다. 그는 말했다. "그들은 달렸다. 그들은 여기에 있었고, 또 거기에 있었다. 단 한순간도 한 자리에 머물지 않았다." 더 유심히 들여다보니 옛 스승의 서명이 보였다.

"불현듯 어떤 생각이 떠올라 나를 일깨웠다. 이것은 예술이다. 그리고 정지해 있는 물체의 움직임을 어떻게 표현하는가 하는 것에 대한 커다란 신비의 계시이다. 바리는 그 비밀을 찾아냈던 것이다." 로댕은 말했다.

이때부터 움직임은 로댕의 가장 지배적인 관심사가 되었다. 그는 모델의 팔이 이루는 곡선이나 등의 굴곡 같은 작은 몸짓들을 직관하고 그것들을 더 큰 규모의 새로운 행동으로 증폭시키기 시작했다. 그가 재현하는 인간의 모습은 동물적인 치열성을 띠었다. 그는 유난히 근육질인 모델을 한 마리 표범으로 상상하고 조각했다고 말한 바 있다. 훗날 평론가 귀스타브 제프루아Gustave Geffroy는 로댕이 옛 스승에게서 물려받은 점을 발견하고 〈라 쥐스티스La

Justice〉에 이렇게 썼다. "로댕은 바리가 떠난 지점에서 조각이라는 예술을 시작한다. 동물의 삶에서 시작해 인간의 동물적 삶으로 이행하는 것이다."

외부의 움직임을 통해 내면의 감정을 표현하는 것이 자신에게 맡겨진 과업임을 깨달은 순간부터 로댕의 작품은 역사 속 영웅들로부터 더 멀리 떨어져나와, 급속히 현대화하는 세계의 흐름 그리고 그로부터 파생된 불안과 보조를 맞추기 시작했다.

2

어린 시절의 꿈속에서 젊은 시인은 열린 무덤 옆 흙바닥에 누워 있었다. 머리 위로 '르네 릴케René Rilke'라는 이름이 새겨진 묘비가 보였다. 조금만 움직여도 육중한 석재 묘비가 무너져 자신을 무덤 안으로 밀어넣을까 두려워 손끝 하나 움직이지 못했다. 그 마비 상태에서 벗어날 유일한 길은 묘비의 이름을 어떻게든 자기 것에서 누이 것으로 바꿔 새기는 것뿐이었다. 어떻게 그렇게 할 수 있을지 알 수는 없었으나, 자유를 얻으려면 운명을 다시 써야 한다는 것은 알았다.

돌덩이에 짓눌린 죽음에 대한 공포는 이 소년의 악몽에 반복적으로 나타났다. 항상 묘비였던 것은 아니고 "너무 크고, 너무 단단하고, 너무 가까운" 무엇이었으며, 고통스러운 탈바꿈을 예시하는 때가 많았다. 이를테면 그보다 앞에 온 어떤 것의 몰락을 담보한 재탄생 같은 것이었다.

사실 1875년 12월 4일 시인의 출생에는 죽음이 동반했다. 유복한 가문 출신의 젊은 부인 소피아 릴케Sophia Rilke는 외아들을 낳기 한 해 전 어린 딸을 잃었다. 아들이 태어나자 그녀는 그를 딸의 대체물로 여기고 르네 마리아 릴케René Maria Rilke라는 여성적인 이름을 지어 세례를 받게 했다. 아들을 자신의 애칭 소피로 부르기도 했다. 예정일보다 두 달 일찍 태어난 소년은 나이에 비해 몸집이 작아 여자아이로 보이기 일쑤였다. 소피아는 아이가 학교에 들어가기 전까지 긴 머리를 땋아주고 유령처럼 흰 드레스를 입혀 길렀다. 이 분열된 정체성은 릴케에게 양면적인 결과를 가져왔다. 한편으로는 자신의 본질에 근본적으로 잘못된 것이 있다고 믿으며 자랐다. 그러나 다른 한편으로는 묵종으로 어머니를 행복하게 해주었는데, 그것은 아버지를 비롯해 누구도 하지 못하는 일이었다.

요제프 릴케Josef Rilke는 철도역장으로 오스트리아 육군에 복무했다. 그러나 좋은 환경에서 성장한 아내가 희망했던 대로 장교가 되지 못해, 결혼생활 내내 그것에 대한 빚을 갚으며 살았다. 무엇보다 신분을 중시했던 소피아는 잘생긴 데다 장래성도 있어 보였기에 요제프와 결혼했지만 자신이 원했던 고귀한 지위를 획득하지 못한 남편을 절대 용서하지 않았다.

그런가 하면 요제프 쪽에서는 아내가 르네를 응석받이로 키우

여자아이 복장을 한 어린 라이너 마리아 릴케, 1880년경.

는 것이 못마땅했고, 쓸데없이 시나 쓰는 아들을 보며 아내를 책망했다. 정확히 본 셈이다. 소피아는 귀족이 되지 못한다면 귀족 시늉이라도 하겠다는 생각이었고, 르네를 '세련되게' 만들 요량으로 시를 가르치기 시작했다. 아직 글도 못 읽는 아들에게 프리드리히 실러Friedrich Schiller의 시를 암송하게 했고, 일곱 살이 되자 그의 시 전편을 필사하게 했다. 프랑스어도 배워야 한다고 주장했다. 체코어는 배워서는 안 되었다. 오스트리아-헝가리 제국 치하에서 체코어는 하층계급의 언어로 전락했고, 프라하에서조차 지배언어는 독일어였다.

이렇듯 분리된 도시에서 태어난 릴케는 일찍이 자신의 삶에 성별 외에도 모순적인 경계가 더 있다는 사실을 깨달았다. 그는 프라하에 사는 독일어 사용자라는 소수계층에 속했다. 그들은 문화와 경제 양면에서 대다수의 체코인보다 훨씬 유리한 위치를 차지했다. 릴케 집안을 포함한 자유주의 가정들은 슬라브인과의 평화로운 공존을 원하면서도, 자신들의 언어로 쓰인 도로 표지판을 통해 격리된 자신들의 학교와 극장과 마을을 벗어나지 않았다. 릴케는 차츰 러시아어 · 덴마크어 · 프랑스어를 할 줄 알게 되었지만, 자신이 태어나고 자란 나라의 언어를 배우지 못한 것을 늘 아쉬워했다.

릴케가 아홉 살 되던 해 소피아는 요제프와 헤어졌다. 그녀는 거의 광신도가 되어 있었다. 훗날 릴케가 한 표현에 따르면, "삶의 분명치 않은 무엇"을 원하는 여자였다. 사춘기에 접어들어 어깨가 좁고 야윈 몸집의 소년이 되어서야 릴케는 여자아이 옷을 벗어던졌고, 부모가 시킨 대로 빈 근처의 장크트 푈텐 사관학교에 입학했다. 그가 아버지가 간 길을 따르기를 거부하지 않은 것은 전투나 신체훈련에 흥미가 있어서가 아니라, 우아한 제복 · 질서 · 예식에 끌렸기 때문이다.

아버지가 이루지 못한 것을 아들이 대신 이뤄줄지 모른다는 소피아와 요제프의 희망은 그러나 오래지 않아 사라졌다. 인형들의 자리에 아령이 들어선 것은 성공이었다. 하지만 공통점이라곤 하나도 없는 쉰 명의 거친 소년들과 한방에서 자야 한다는 문제가 대두되었고, 르네는 사관학교의 삶이란 절도나 우아함과는 거리가 멀다는 것을 곧 깨달았다.

어린 릴케는 성인의 세계로 진입하기를 갈망했다. 그는 노동계층의 소년들과 교제하기에는 너무 지적이었고, 귀족 소년들에 비하면 세련도가 떨어졌다. 고독과는 잘 맞았겠지만 그런 운도 없었다. 급우들이 볼 때 르네는 연약하고 조숙한 데다 도덕적인 잔소리꾼이었고, 따라서 집단 괴롭힘의 대상으로 적격이었다. 소년 시절에 당한 수많은 공격 중 하나의 사례만 봐도 그가 왜 표적으로 보였는지가 안타까울 정도로 분명해진다.

> 얼굴을 세게 맞아 무릎이 떨렸을 때, 나는 불의한 공격자에게 더할 나위 없이 평온한 목소리로 말했다(아직도 이 말이 귓가에 맴돈다). "그리스도가 견뎠으니 나도 묵묵히, 불평하지 않고 견딜게. 그리고 네가 나를 때릴 때 너를 용서해달라고 주님께 기도했어." 비열한 겁쟁이는 잠시 멍하니 서 있더니, 한바탕 조소를 터뜨렸다….

소년은 구타의 충격에서 회복하고 정당한 분노를 달래고자 예배당으로 갔다. 그 무렵 평생 동안 그를 괴롭힐 고질적이고 딱 꼬집어 말할 수 없는 질병이 찾아왔다. 릴케의 수수께끼 같은 그 병증은 오직 상상의 산물로, 폐 감염 때문에 육 주 동안 결석했던 소년이 처세술로서 동정의 효력을 체득한 것 같다고 생각한 사람들도 있었다. 하지만 그의 상태를 본 사람들은 떨리는 근육이며 창백한 안색으로 봐서 꾀병으로 보기 어렵다고 주장하기도 했다.

어쨌든 양호실은 사관학교에서 릴케의 안식처가 되었다. 못살게 구는 자들로부터 멀어질 수 있었고, 무엇보다 책을 읽을 수 있는 시간과 공간이 허락되었다. 그는 침상에 누워 밤낮 없이 문장들과 뒹굴었으며, 괴테Goethe의 책을 눈물로 적시기도 했다. 펜싱과 체육 성적은 떨어지고 문학 성적은 올랐다. 체육 과목에 낙제해도 장교가 될 수 있다고 생각한 그는 〈30년 전쟁사History of the Thirty-Years War〉라는 80페이지 분량의 논문을 써 교관들에게 그것을 입증하려고 하기도 했다.

교사들의 제안에 따라 신문사에 투고한 시들 중 몇 편이 수락되었고, 소년은 그런 작은 위안에 기대어 사관학교 생활을 견뎌나갔다. 그리고 열다섯 살이 되자 마침내 '어린 시절의 감옥'에서 벗어날 수 있었다. 이번에는 부모가 그를 오스트리아 린츠에 있는 상업학교에 보냈으나 그곳에서의 생활도 별반 나을 것이 없었다. 아들이 아직도 시를 쓰는 것을 '냉소와 불안'으로 바라본 요제프는 학업에 열중하고 시는 주말에만 쓰라고 설득하려 했다. 그가 볼 때 시란 취미일 뿐이었고, 생업과 취미를 따로 유지하지 못할 이유가 없다고 생각한 것이다. 하지만 르네에게는 한 편 한 편의 시가 '꿈이 낳은 아이들'이었고, 따분한 사무직에 종사하기 위해 그것들을 희생시킨다는 생각만 해도 속이 뒤집힐 일이었다. 주말에만 시를 쓰는 예술가는 '예술가가 아니'라는 입장이었다.

같은 해, 조카를 가엾게 여긴 큰아버지 야로슬라프Jaroslav가 프라하의 집에서 공부를 마칠 수 있도록 르네에게 가정교사를 붙여주었다. 그는 동생이 그토록 원했으나 받지 못한 귀족 칭호를 받아 야로슬라프 폰 릴케Jaroslav von Rilke로 불렸고 부유한 변호사였기에 그만한 돈을 대주는 것은 문제가 아니었다. 또 자신에게는 살아남은 아들이 없었으므로, 언젠가 조카 르네가 자신의 후계자가 되어 법률사무소와 유산을 물려받을 가능성을 본 것도 사실이다.

야로슬라프는 르네가 고등학교 과정을 끝내고 이어서 대학교까지 마칠 수 있도록 후원 자금을 마련했다. 시인 지망생인 르네는 당연히 법률학교에 갈 생각이 전무했고 이미 작가가 되기로 마음먹은 상태였으나 큰아버지와 가타부타 언쟁을 할 필요는 없었다. 그해 겨울 큰아버지가 뇌졸중으로 사망했기 때문이다.

비록 삼촌의 뜻을 따르지 못했으나 릴케는 그의 아량을 허비하지는 않았다. 졸업 이듬해에 수십 편의 단편소설과 희곡 · 신문기사를 썼고, 문예지를 창간했으며, 작가 모임에 참여하는가 하면 몇 명의 친구를 사귀기도 했다. 1894년에는 최초의 진지한 여자친구이자 '빛나는 유성' 발레리Valérie에게서 영감을 받아 쓴 격정적인 연애시들을 묶어 처녀시집 《삶과 노래들Leben und Lieder》을 출간했다. 독일 낭만주의의 이슬 맺힌 꽃과 노래하는 처녀들로 가득한 감상적인 시들이었다. 이 시집은 그가 당연하게 기대한 즉각적인 성공을 불러오지는 못했다.

심리극풍의 희곡들도 반응이 없었지만, 릴케는 자신의 작품이 아마추어 수준일지 모른다는 가능성은 완전히 배제하고 독자들의 안목 결핍을 탓했다. 또한 프라하는 묘지와 고성古城들, 편협한 딜

레탕트들로 득실거리는 한물간 도시라는 결론을 내렸다. 너무 과거에 파묻혀 있어서 사람들까지 늙어 보이는 것 같았다. 릴케는 "그들이 아는 진전이란 관이 썩어 바스러지고 옷이 닳아 문드러지는 것뿐이다"라고 썼다. 그는 민족역사학과 대지에 대한 경외 등 많은 슬라브 전통을 동경했지만, 정작 사람들은 가난에 찌들어 문학 같은 것에 관심을 가질 여유가 없었다. 한편 오스트리아인들은 예술을 포용할 여력이 있는데도 돈과 지위만을 좇았으니 더 한심했다.

스무 살이 되자 릴케는 시인으로서 자신의 경력이 얼른 궤도에 오르지 않을 경우 부모의 의구심이 옳았던 것으로 입증될 것임을 깨달았다. 그렇게 되면 프라하의 은행 아니면 법률사무소에 취직해 계속 살아가야 할지도 몰랐다. "퀴퀴한 여름과 정복되지 않은 어린 시절로 자욱해 숨 쉬기" 힘든 그 도시는 창작에 적합하지 않은 환경이었다.

릴케는 예술가를 양성한다는 도시들로 이주한 젊은이들을 만나본 적이 있었다. 파리로 간 젊은이들이 많았는데, 릴케는 프랑스인들이 동유럽의 예술 현장에 지나치게 큰 영향력을 행사하고 있다고 생각했다. 당대 지성의 심장부로서 강연회장이 사교 장소로 가장 인기를 누리던 뮌헨이 더 낫겠다 싶었다. 종교에 얽매이지 않는 젊은 사람들이 카페에 모여 앉아 니체Nietzsche의 "신은 죽었다"라는 선언에 관해 토론하고 예술가들은 학계에 반기를 드는 그 도시는 구스타프 클림트Gustav Klmit가 빈에서 분리운동을 이끌기 오 년 전인 1892년에 이미 뮌헨 분리파가 등장한 곳이었다.

학적만 유지하면 그곳에서도 연금을 쓸 수 있었으므로, 릴케는 1896년 가을 뮌헨대학교에 등록했다. 그때까지 자신을 규정해온 모든 것을 부정하겠다는 의지와 함께였다. 어머니의 광신적 천주교 신앙, 아버지의 군사적 야망, 프라하의 향토주의, 그리고 자신의 이름까지, 그야말로 모든 것과 결별할 준비가 되어 있었다.

19세기 말 독일어권 국가들의 지성적 경향으로는 개인에 대한, 그리고 그들이 사회 내에서 어떻게 기능하는지에 대한 연구를 들 수 있다. 철학자 · 신경학자들이 서로의 전문성을 융합해 정신에 관한 새로운 과학들을 창시하고 있었다. 의식을 연구하는 현상학이라는 학문이 나타났는가 하면, 무의식을 연구하는 정신분석학이 등장했다. 예술, 그리고 예술을 연구하는 미학은 이 학문들의 공통분모가 되었다. 정신분석학자들은 예술에 대한 인간의 정서적 반응과 특정한 사람들이 창작을 하게 하는 동기를 관찰함으로써 실험실에서 검사되지 않은 인간 본성의 다양한 측면들을 설명할 수 있다고 생각하기 시작했다.

1860년대에 빌헬름 분트Wilhelm Wundt라는 독일인 의사는 반응 시간에 대한 일상적인 연구 중 뜻하지 않게 심리학의 탄생을 이끌어냈다. 그는 시계추를 이용해 이른바 '사고속도계'를 만들었는데, 그 실험으로 신경학적 현상뿐 아니라 무의식적 현상까지도 측정할 수 있을지 모른다는 생각이 문득 떠올랐던 것이다. 반응 시간은 수의적 주의와 불수의적 주의 사이의, 뇌와 정신 사이의 간극을 메워주는 것처럼 보였다. 과학이 뇌를 측정할 수 있다면 정신도 측정하지 못할 이유가 없다고 생각했고, 그래서 그는 1879년 라이프치히에 세계 최초의 심리학 실험실을 개설했다.

차세대의 철학자 테오도르 립스Theodor Lipps는 분트의 새 학문인 심리학과 그 자신의 새 학문인 미학을 연결했다. 현상학의 선구자였던 립스는 차츰 그 분야에서, 또한 그 분야의 대표 격인 에드문트 후설Edmund Husserl에게서 떨어져나와 자신이 지닌 핵심적 질문, 즉 '예술은 왜 우리에게 쾌락을 주는가'에 대한 철학적 접근법을 찾고자 했다.

당시 과학자들은 일반적으로 예술 감상을 수학적 속성으로 환원시켰다. 특정한 기하학적 결합이 정신의 눈에 더 쾌적하게 보인다는 믿음이었다. 하지만 립스는 그처럼 엄격한 시각적 해석과 타협하기를 거부했다. 그런 해석은 지각을 설명하는 데는 도움이 될지 모르지만 쾌락과는 별 관계가 없다고 생각했다. 쾌락은 개인의 기분이나 교육 환경처럼 보다 주관적인 요인과 관련 있을 것 같았다.

립스는 등식을 바꿀 수도 있다고, 예술이 눈에 쾌락을 가져다주기보다는 눈이 예술을 만드는지도 모른다고 믿었다. 그렇게 하는 감상자가 없다면, 캔버스에 물감을 배치하는 행위 자체는 아름답다고 간주되지 못할 것이기 때문이었다(동시대 빈의 미술사가 알로이스 리글Alois Riegl은 이를 가리켜 '감상자의 개입'이라고 했다). 이 관점에서 보면 색상은 정신에 의해, 이를테면 색조 또는 색조를 바탕으로 유발된 기억과 감정을 통해 걸러내어지기 전까지는 단순한 색소에 지나지 않는다. 그것은 그림이 아름답다고 관찰자가 인식하는 순간, 하나의 사물에서 예술작품으로 변환한다. 이때 관찰 행위는 창조 과정이 되고 관찰자는 예술가가 된다.

립스는 1873년 독일 미학도 로베르트 피셔Robert Vischer가 쓴 논문에서 이 이론의 이름을 찾았다. 그는 사람들은 자신의 감정과 생각과 기억을 사물에 투사하는 순간 글자 그대로 풀어쓰면 '안으로 들어가서 느끼다'라는 의미인 '아인퓔룽einfühlung' 절차에 착수한다고 썼다. 그리고 1909년 영국의 심리학자 에드워드 티치너Edward Titchener는 '정념 안에서'를 뜻하는 그리스어 '엠파테이아empatheia'에서 착안해 이 단어를 '엠퍼시empathy[4)]'로 영역했다. 피셔에게 '아인퓔룽'은 예술작품이 감상자로 하여금 무의식적으로 '형태 안에 들어가 함께하게' 하는 이유였다. 그는 이 신체적 모방을 '근육 공감'이라고 불렀는데, 무용 공연을 보던 중 무용수들과 함께 '열심히 춤을 추는' 느낌을 경험했던 립스는 이 관념에 동조했다. 그는 하품과 웃음 등 다른 체지각 모방 행위들에도 같은 관념을 적용했다.

사람들이 강력한 예술작품을 접하며 '자신을 잃어버리는' 경험을 묘사하곤 하는 이유도 공감으로 설명할 수 있었다. 그것은 주위의 다른 소리들이 들리지 않거나 등골이 오싹해지거나 시간이

---

4) 감정이입, 공감.

정지된 느낌일 수도 있다. 무엇인가가 '직감'을 불러일으키거나 프루스트Proust의 마들렌 과자처럼 폭포수 같은 기억을 되살려낼지도 모른다. 효과적인 예술작품은 감상자를 세상 속으로 끌어내고, 감상자는 그 예술작품을 자신의 몸속으로 끌어들인다. 공감은 붉은 물감을 정맥 속에 흐르는 피로 보이게 하고, 푸른 하늘을 보고 가슴 벅차게 한다.

그렇다면 공감은 정의상 이기적인 감정이라는 역설이 성립한다. 우리가 쾌락을 위해 외부와 공감하는 것이기 때문이다. 공감은 생을 긍정하고 우리로 하여금 세상에 스며들게 한다. 반면 예술이 이런 반응을 촉발하지 못하면, 사람들은 그것이 '감동move[5]'을 주지 않는다고 말할지 모른다. '불가해하다impénétrable[6]'는 말은 '이해되지 않는다cannot wrap their head around it[7]'는 것이다. 이 경우 작동하는 감각은 지각뿐이다.

유럽 전역의 지식인들은 재빨리 립스의 '아인퓔룽' 연구에 주목하고 그것을 발전시키기 시작했다. 미술사가들은 특정 문화권이 특정 미술을 창조한 이유, 리글의 표현을 빌리자면 '쿤스트볼렌Kunstwollen' 즉 '예술의지'를 설명하고자 해왔다. 1906년, 립스의 제자 빌헬름 보링거Wilhelm Worringer는 스승의 공감 연구와 베를린의 사회학자 게오르크 짐멜Georg Simmel의 저술을 융합하여 독창

5) 움직이다.
6) 뚫고 들어갈 수 없다.
7) 머리를 갖다 댈 수 없다.

적인 이론을 발표했다. 그는 짐멜의 이분법(예를 들어 대칭이라는 개념을 이해하려면 그 반대어인 비대칭이라는 개념을 함께 이해해야 한다는 상대주의적 견해) 활용에 따라, 미술사 전체를 규정하고 있다고 믿은 이분법을 묘사했고, 책 제목도 '추상과 감정이입Abstraction and Empathy'이라고 붙였다.

독일 미술사의 모호한 용어를 오늘날 우리가 공감으로 이해하는 인간 감정의 토대로 변화시킨 것은 바로 심리학자들이었다. 빈의 젊은 교수 지그문트 프로이트Sigmund Freud는 1896년 친구에게 "오늘날의 철학 저술가들 가운데 가장 명료한 이성을 갖춘 듯한" 립스의 이론에 '몰두'했다는 편지를 썼고, 몇 년 후에는 《농담과 무의식의 관계Der Witz und seine Beziehung zum Unbewußten》를 쓸 수 있는 '용기와 역량'을 준 립스에게 감사하다고 했다. 이어서 그는 립스의 연구를 발판으로 정신분석학자들은 공감을 환자를 이해하는 도구로 포용해야 한다고 주장했고, 학생들에게 심판이 아닌 공감의 자리에서 환자를 바라보라고 독려했다. 그는 '수용기관' 같은 배경으로 물러나 '스스로를 타인의 자리에 놓기'로 나아가야 한다고 말했다.

오늘날 비전공자들에게는 잘 알려져 있지 않지만, 립스는 일종의 지식인 명사이자 인기 강연자였다. 금요일 밤마다 행동과 비행동의 차이에 대한 토론회나 논리학자들과 심리학자들 간의 대결이 펼쳐지는 활기찬 심리학 동아리 모임을 열었고, 단순히 가장 오래된 그림이 아닌 창조력 자체의 기원으로 거슬러 올라가는 미술사를 상술한다는 취지로 간행되던 미술 간행물 편집에 한동안 참여했다. 1894년 그가 뮌헨대학교 철학과 학과장으로 임명되자, 유럽 대륙의 사상가와 예술가들이 그의 강좌에 수강신청을 했다. 그중에는 루마니아 화가 콘스탄틴 브랑쿠시Constantin Brancusi와 러시아 화가 바실리 칸딘스키Wassily Kandinsky도 있었다. 립스의 미학 기초 강의는 프라하에서 온 릴케가 가장 먼저 수강한 과목 중 하나이기도 했다.

스스로 시인했듯, 릴케는 뮌헨에 도착했을 당시 아직 아이 같았다. 그는 학생과 예술가들이 모여 사는 것으로 유명했던 슈바빙 구역으로 이사했고, 립스의 강의뿐 아니라 다윈Darwin과 르네상스 미술 강좌에도 등록했다. 그는 특히 산드로 보티첼리Sandro Botticelli의 그림에 끌렸다. 간구하듯 슬픈 눈빛의 성모가 "우리 시대의 염원 한가운데에 서 있는" 듯 보였기 때문이다.

얼마 지나지 않아 릴케는 사교계에 진입해 저명한 작곡가의 아들 지그프리트 바그너Siegfried Wagner, 독일 소설가 야콥 바서만Jakob Wassermann 등과 어울렸다. 바서만은 릴케에게 덴마크 작가 옌스 페테르 야콥센Jens Peter Jacobsen의 작품들을 소개했는데 그중 '회의와 자기분석의 수렁에서 허우적거리는 몽상가' 청년에 대한 이야기 《닐스 뤼네Niels Lyhne》는 이후 여러 해 동안 릴케에게 위안을 제공하는 중요한 역할을 수행했다. 하지만 바서만이 준 가장 큰 선물은 단연코 1897년 루 안드레아스 살로메Lou Andreas-Salomé

를 소개해준 사실이었다. 안드레아스 살로메의 지적 영향력은 어느 시대에 놓고 봐도 비범하지만, 19세기 러시아의 급진적 페미니스트라는 그녀의 존재는 그야말로 상상을 뛰어넘는 것이었다.

본명이 루이즈 폰 살로메Louise von Salomé였던 그녀는 뛰어난 철학자이자 작가였지만, 오늘날에는 뮤즈로 더 잘 알려져 있다. 그녀는 자신을 가리켜 "내가 아는 사람들 중 가장 총명한 사람"이라고 했던 프리드리히 니체Friedrich Nietzsche의 청혼을 두 차례 거절했고, 니체의 친구이자 철학자였던 파울 레Paul Rée의 청혼도 거절한 바 있다. 두 남자 중 누구와도 결혼하고 싶지 않았지만 그들의 지성에 매료되었고, 그래서 지적 '삼위일체'로 다 함께 살 것을 제안했다. 그리고 놀랍게도 그러기로 합의가 이루어졌다.

니체가 말한 이른바 '피타고라스적 우정'을 기념하기 위해 찍은 1882년의 사진에는 두 남자가 당시 스물한 살이던 살로메를 나무 수레에 태워 끌고, 살로메는 채찍을 휘두르는 모습이 보인다. 하지만 세 사람의 유희는 오래가지 못했다. 질투가 개입되면서, 연합이 구체화되기도 전에 결딴나버린 것이다. 살로메가 자기하고만 베를린에서 함께 겨울을 보내고 싶어하자, 레는 좋아라 동의하며 "정말로 '개인 양심의 근원'에 대해 생각해야 함에도, 젠장, 나는 오로지 루 생각뿐이다"라고 썼다.

니체는 배신당하고 버려진 기분으로 독일의 한 기차역에서 레와 살로메를 만나지만, 뛰쳐나간 뒤 다시는 그들을 보지 않았다.

1882년의 루 안드레아스 살로메 · 프리드리히 니체 · 파울 레.

그리고 얼마 되지 않아 두 사람의 잔인함 때문에 '엄청난 양'의 아편을 피워야 했다는 편지를 그들에게 보냈다. 하지만 자살을 선택하는 대신 이탈리아 북부로 휴양을 떠나 열흘 만에 《차라투스트라는 이렇게 말했다Also sprach Zarathustra》를 썼는데, 작품 속에 나오는 "여자에게 갈 때는 채찍을 잊지 마라!"라는 구절은 살로메를 암시한 구절로 알려져 있다.

사 년 후 살로메는 41세의 철학자 칼 안드레아스Carl Andreas와 결혼했다(그 또한 그녀가 청혼을 거절하면 자살하겠노라 협박했다고 전해진다). 그녀는 중요한 조건 두 가지를 걸고 청혼을 받아들였는데, 바로 섹스를 하지 않고 아이도 낳지 않겠다는 것이었다. 레 또는 원하는 다른 누구하고든 자유롭게 연애를 계속할 것이고 안드레아스도 애인을 둬도 된다고 했으며 심지어 애인 후보자들을 물색해주겠다고도 했다. 이 협정이 늘 평탄하게 이행된 것은 아니지만(안드레아스는 가정부와의 사이에 아이를 하나 얻었으며 이들은 살로메가 죽을 때까지 함께 살았다) 두 사람은 결코 헤어지지 않았다.

안드레아스 살로메의 주된 재능은 비상하리만큼 분석적인 정신이었다. 그녀는 당대 최고 사상가들의 난해한 관념들을 그들 자신도 미처 생각하지 못했던 측면까지 조명해가며 이해하는 놀라운 능력을 발휘했다. 그들의 사상을 듣고 묘사하고 분석해 다시 들려줌으로써 그들 논리에 드리웠던 그림자를 들춰내고 불빛을 비추는 일종의 지적 치료사와 같았다.

그녀의 존재를 안 순간, 릴케도 길고 긴 안드레아스 살로메 숭배자 명단에 이름을 올렸다. 니체의 영향을 받아 기독교 교리에 도전장을 던진 《그리스도의 환영들Visions of Christ》 연작 집필을 막 끝냈을 때, 편집자 친구 하나가 유사한 주제를 다룬 그녀의 에세이 《유대인 예수Jesus the Jew》를 읽어보라고 권유했다.

그녀의 글을 들여다보는 동안 불현듯 릴케의 마음속에 문학적 친밀감이 싹텄다. 그는 서명하지 않은 시들을 그녀에게 우편으로 보내기 시작했다. 1897년 봄 뮌헨을 방문하기 전까지 그녀는 그 익명의 송신인이 누구인지 몰랐다. 그녀의 방문 소식을 듣고 릴케는 그들 공통의 친구이던 바서만을 졸라 차를 마시며 소개받는 자리를 만들었다.

릴케보다 열네 살 위인 안드레아스 살로메는 부풀부풀하게 층이 진 헐렁한 드레스 덕분에 다부진 근육질의 체형이 한결 부드러워 보이는 모습으로 바서만의 아파트에 도착했다. 러시아인답게 얼굴이 넓었고, 헝클어진 잿빛 머리카락이 이마 위로 묶여 있었다. 그녀가 얼마나 매혹적인 이야기꾼인지 릴케는 금세 깨달았다. 그녀에게는 사람들과 장소들에 대한 직접적이고 사실적인 묘사로 좌중의 이목을 집중시키는 힘이 있었다. 또 신기하게도 시간 순서나 전후관계를 무시하고 뒤섞어 이야기하는 편이었다. 릴케는 그녀의 '꿈꾸듯 부드럽고 상념에 잠긴 미소'를 응시했고, 그녀는 릴케의 영혼이 깃든 눈에 대해 일기장에 적으며 "지성의 기초가 약하다"는 다소 인색한 평을 함께 남겼다.

안드레아스 살로메에 곧바로 매혹된 릴케는 그날 밤 어머니에게 '유명 작가'를 만났다는 편지를 썼다. 이튿날 아침에는 안드레아스 살로메에게 그녀의 글을 읽으며 보낸 밤들 덕분에 친밀감이 느껴진다는 편지도 썼다. "당신과 함께 보낸 초저녁은 어제가 처음이 아니었습니다." 그리고 언젠가 자신의 시를 그녀에게 읽어주고 싶다고 했다. "그보다 더 큰 기쁨은 없을 겁니다."

안드레아스 살로메는 처음에는 릴케의 시보다 '인간적 특질'에 더 끌렸다. 그가 전에 보내온 서명 없는 편지들 속의 시는 한 편도 기억나지 않았지만, 자신이 보낸 회신 한 통을 다시 읽어보니 "별로 마음에 들지 않았던 것이 분명하다"는 생각이었다. 하지만 릴케의 '남성적 기품'과 '부드러우면서도 침범하기 어려운 절제와 장악력'에는 호감이 갔다. 그의 생김새와 성격이 완전한 조화를 이루고 있다고 그녀는 생각했다. 첫 만남이 있고 이 주 후, 그들은 바이에른의 호수로 주말여행을 떠났고 그곳에서 연인이 되었다.

두 사람은 몇 달을 함께 보냈다. 낮에는 릴케가 시를 읽어주고, 저녁에는 안드레아스 살로메가 보르스치[8]를 끓였다. 맨발로 걷고 채식을 하는 그녀의 보헤미안적 생활방식을 따라 그도 정장을 멀리하고 튜닉과 헐렁한 농부 옷을 입었다.

릴케가 안드레아스 살로메에게 느낀 것은 일종의 무모한 열정이었고, 훗날 그는 그것을 청춘이 "사랑에 붙잡혔을 때 서로에게 몸을 던지는 그 모든 불결과 무질서와 혼돈, 그 상태 그대로 자신을 흩뿌리는" 것으로 묘사했다. 안드레아스 살로메도 릴케처럼 물불 가리지 않는 열정에 빠진 것은 아니었으나 그의 재능을 진심으로 인정하기 시작했고, 마음에 들지 않는 점들은 조금 손본다면 고칠 수 있으리라 믿었다. 그리하여 자신이 발견한 매력적인 면모가 돋보이도록 릴케를 다듬기 시작했다. 자신처럼 우아한 궁정풍 필체를 사용할 것과 남성성을 배양할 것을 권고하는 가운데, 르네라는 이름도 너무 프랑스풍인 데다 여성적이기까지 하니 좀 더 강건하고 독일풍으로 들리는 라이너Rainer로 바꾸자고 제안했다.

---

8) 러시아의 대표적인 요리. 감자 · 당근 · 양파 · 양배추를 넣고 비트와 토마토소스로 붉게 색깔을 낸 수프이다.

릴케는 그녀의 창작품이 되기를 갈망했다. 안드레아스 살로메는 릴케 최초의 위대한 연인이었을 뿐 아니라 절친한 친구였고, 멘토이자 뮤즈였으며, 일종의 어머니이기조차 했다(릴케 자신에게 그랬다고 말하기가 뭣하다면 적어도 그 안에서 성숙해가던 예술가에 대해서 그랬다). "나는 아직 연하답니다. 당신의 손안에서 밀랍 같아질 수 있지요. 나를 취하고 형체를 빚어 완결지어 주세요." 릴케가 그녀를 만나고 쓴 자전적인 이야기의 한 부분이다. 그는 그녀가 붙여준 새 이름이 마음에 들었고, 그것은 그 자체로 거의 신비적인 정체성을 띠게 된다. 작가 슈테판 츠바이크Stefan Zweig에게는 그 이름의 글자들이 망치로 때려 고운 금실로 뽑아내야 할 것처럼 보였다. "라이너 마리아 릴케라는 이름 자체가 한 편의 시야"라고 말한 친구도 있었다.

그해에 릴케는 뮌헨대학교를 중퇴하고 안드레아스 살로메를 따라 베를린으로 건너갔다. 그녀의 모국 러시아는 릴케가 오스트리아 제국 치하에서 자라면서 박탈당했다고 느낀 슬라브적 정체성의 신화시적 상징이 되어가고 있었다. 그녀에게서 러시아어를 배운 그는 이제 러시아 문학을 번역할 만한 실력을 쌓고 싶었다.

1899년 두 사람은 처음으로 함께 러시아 여행을 떠났다. 사람들은 키 큰 연상의 여인과 유순한 청년 시인을 쉽사리 커플로 여기지 않았다. 문학평론가 표도르 피들러Fyodor Fiedler는 릴케를 안드레아스 살로메의 '급사'로 오인했고, 작가 보리스 파스테르나크Boris Pasternak는 어느 기차역에서 우연히 두 사람을 만난 뒤 그들을 시인과 '그의 어머니 또는 누나'로 기억했다. 게다가 안드레아스 살로메의 남편도 함께였으니 더욱 어리둥절한 상황이었을 것이다.

두 연인은 사람들의 한담에 신경 쓰지 않았다. 당시 그들이 관심을 가졌던 단 하나의 사안은 그들 공통의 우상 레오 톨스토이Leo Tolstoy를 만나는 것이었다. 쉬운 일이 아니었다. 은퇴한 칠십대의 작가는 성미가 온유하지 않았고, 이제 쓰는 것이라고는 현대 예술과 그것을 생산하는 불경한 젊은이들을 싸잡아 신랄하게 비난하는 글들이 전부였다. 그쯤이면 충분한 경고가 되어야 했으나, 둘의 의지는 결연했다. 안드레아스 살로메는 잘 아는 러시아의 정보통들을 활용해 톨스토이 자택으로의 초대를 얻어냈다.

등이 구부정한 노인이 뿌루퉁한 얼굴로 그들을 맞이했다. 대머리였고, 흰 수염은 무수히 당기고 비튼 흔적이 역력했다. 그는 곧장 릴케가 알아들을 수 없는 속사포 러시아어로 안드레아스 살로메에게 소리를 지르기 시작했다. 톨스토이가 이 만남을 받아들인 유일한 이유는 안드레아스 살로메의 글들을 마뜩찮게 여기고 있으니 집어치우라고 경고하기 위해서였다는 사실이 금세 자명해졌다. 개종한 독실한 기독교도인 톨스토이는 그녀가 러시아의 민속 전통을 지나치게 낭만화한다면서 시골 미신을 그만 팔아먹으라고 훈계했다.

그때 다른 방에서 웬 남자의 날카로운 고함 소리가 들려와 대화가 중단됐다. 톨스토이의 성인 아들이 릴케와 안드레아스 살로메의 외투가 아직도 복도에 걸려 있는 것을 보고 소리를 지른 것이다. "뭐야, 다들 아직도 여기에 있잖아!" 침입자들은 이 말을 그만 떠나야 할 최종 신호로 받아들이고 문밖으로 나왔다. 톨스토이는 그들 뒤에 서서 계속 뭐라고 잔소리를 늘어놓았다. 그 소리는 집 앞으로 나올 때까지 들리다 때마침 울린 교회 종소리에 묻혔다.

유쾌하지 않았던 이 첫 만남에도 불구하고, 두 사람은 이듬해 여름 톨스토이를 다시 한 번 만나기로 결정했다. 이번에는 톨스토이의 시골 별장에서였다. 그들이 도착하자 톨스토이는 그들에게 자신의 가족과 점심을 함께하고 싶은지 셋이서 산책을 나가고 싶은지 택하라고 했다. 톨스토이 일가에 관해 아는 사람이라면 아내 소피아의 성미가 남편보다 더 고약하다는 것을 알았다. 그들은 산책 쪽을 택했다. 문학에 대한 대화가 비교적 무난하게 시작되더니, 어느새 빈약한 예술 형태로서의 시에 대한 톨스토이의 열변이 이어졌다. 게다가 릴케의 존재는 깡그리 무시하고 안드레아스 살로메를 향해서만 이야기하는 바람에 한층 더 어색했다. 릴케는 톨스토이가 "영웅이 되어 맞서 싸울 상대를 열심히 찾아내는" 사람 같다고 썼다.

이 경험으로부터 중세 기도서 형태의 시집을 내보자는 착상을 얻은 덕에 거절의 아픔을 그나마 달랠 수 있었다. 그는 베를린에 돌아오자마자 《시도집時禱集Das Stunden Buch》 집필에 착수했다. 시詩의 신을 향한 탐색의 연대기인 이 책은 1899년에서 1903년에 걸쳐 총 3부작으로 완성되었다. 책이 나오자 그는 안드레아스 살로메에게 서명본 한 권을 바쳤다.

언제나

루의 손안에서,

— 라이너.

릴케 생전에 가장 널리 알려진 작품이 될 이 책에는 그녀의 공이 컸다. "당신은 내 영혼을 품안에 받아들이고 보듬어주었어요." 그는 그녀에게 말했다. 감상주의에 대한 그녀의 단호한 비판 덕분에 그의 시는 단단해지고 있었다. 하지만 그녀를 향한 열정을 주체하지 못하고 결국 역사상 가장 무모한 연애시 한 편을 써내기도 했다.

내 눈을 감기세요, 그래도 나는 당신을 볼 수 있습니다
내 귀를 막으세요, 그래도 나는 당신을 들을 수 있습니다
발이 없이도 당신에게 갈 수 있고,
혀가 없어도 뜻하는 대로 당신을 부를 수 있습니다
내 팔을 꺾으세요, 그래도 나는 당신을 잡을 것입니다
손으로 잡듯 심장으로 당신을 움켜쥘 것입니다…

이 시절의 릴케는 안드레아스 살로메가 길라잡이를 해준다면 눈이 멀어도 상관없다고 했을 것이다. 받은 만큼 사랑을 베풀지 않았다면 이기적이라고 해도 좋을 정도로 그는 타인들의 보살핌에 의지했다. 1900년 여름, 안드레아스 살로메는 릴케의 매달리는

성향이 성가시게 느껴지기 시작했다. 어디를 가든 그의 편지가 날아오는 건 기본이었다. 함께 러시아에 갔을 때 그녀가 외국에 사는 가족들을 만나고 와야 해서 며칠 떨어져 있게 되자, 그는 아이처럼 떼를 썼다. 빨리 돌아오라고 애원하는 편지를 보니, 그가 쓴 가장 추한 문장이라는 생각이 들면서 도리어 며칠 더 머물고 싶어졌다. 혼자 남은 지 열흘째가 되자 릴케는 절망감에 빠졌다. 그녀는 돌아와서 열이 끓고 온몸을 떠는 릴케를 향해 자신은 혼자 베를린으로 돌아갈 테니 어쩔 셈인지 결정하라고 선언한 뒤, 처음 만난 "사 년 전에 그랬듯 좀 더 혼자 있고 싶어졌다"고 덧붙였다. 그러고는 일기장에 "가버려, 완전히 가버려"라고 말해줄 수 있다면 좋겠다는 내심을 토로했다. 그럴 수 있으려면 "나는 무자비해야 할 것이다. (반드시 가줘야 해!)"

느닷없는 이별에 충격을 받았지만, 릴케는 감히 그녀의 뜻을 거역하지 못했다. 함께 베를린에 돌아온 다음날, 그는 독일 북부의 예술인촌에 사는 친구의 초대를 수락했다. 모처럼 숨통이 트일 기회이긴 했지만, 릴케의 시가 예언했듯 그녀도 그리 쉽게 그를 떨쳐내지는 못했다. 평생 동안 글이 써지지 않을 때나 한없이 깊은 슬럼프에 빠져 이대로 영원히 사라져버리지 않을까 두려울 때면 그는 어김없이 안드레아스 살로메에게 하소연했다. 그리고 그때마다 그녀는 그를 다독여 진정시킨 뒤 다시 빛 속으로 이끌어주었다.

3

1850년대 말, 로댕은 자르댕 데 플랑트에서의 공부를 중단한 뒤 사 년간 상업적인 분야의 조각공으로 일하며 아침과 밤 시간을 활용해 자신의 작품을 만들었다. 비록 냉골에 마구간 행색을 벗어나지 못한 곳이었지만 고블랭 태피스트리 공장 근처에 처음으로 자신만의 작업실도 얻었다. 월세 10프랑을 내고 나면, 모델을 고용할 경우 단 몇 시간 만에 그의 일당이 고스란히 날아가버릴 형편이었기에 염가로 포즈를 취해주는 아마추어 모델들을 앉혀놓고 작업했다.

비비라는 이름의 늙은 그리스인 잡역부는 술값 몇 푼만 쥐여주면 좋아라 모델 노릇을 해주었는데, 처음에는 코가 부러진 데다 얼굴이 '지독하게 흉측한' 그를 모델로 쓴다는 생각을 차마 하지 못했다. 그는 "무척 끔찍하게 느껴졌다"고 썼다. 하지만 모델료가 쌌고 어차피 매주 세 번 작업실 청소를 하러 오는 사람이었다. 그래서 1863년 가을부터 로댕은 삶이 비비를 짓이긴 무게로 진흙을 짓이기며 흠집 하나 주름 하나에도 정성을 들여 흉상을 빚기 시작했다.

이후 십팔 개월간 로댕은 비비의 얼굴에서 문득문득 잘생긴 점들을 발견하곤 했다. 두상이 고왔을 뿐 아니라, 허울은 거칠어도 골격에 어딘지 고귀한 부분이 있었다. 루브르에 전시된 얼굴들과 별로 다를 것이 없다고, 사실 그 얼굴들 다수가 옛 그리스인들이 아니냐고 로댕은 생각했다.

1863년에 그가 완성한 흉상은 당대에 유행하던 세련된 인물묘사와는 근본적으로 다른 것이었다. 15년 전 보들레르가 발표한 〈조각이 따분한 이유〉라는 도발적인 제목의 에세이는 단순한 과장이 아니었다. 예전에는 조각이 성당의 선조 세공이나 공원의 전쟁 기념상처럼 거의 장식 용도로만 제작되었다. 19세기 중반까지만 해도 파리 오페라 극장 전면을 장식하던 카르포Carpeaux의 술 취한 무희들을 비롯해 가장 뛰어난 작품마저 건물에 부착되는 용도였다. 독립된 조각품이 박물관에 전시될 경우는 대부분 본래 설치되었던 곳이 파괴되었기 때문이었다.

로댕이 의식했건 안 했건 〈코가 부러진 남자L'Homme au nez cassé〉는 이 오랜 불문율에 대한 과감한 도전이었다. 기념상이나 건물에 무명의 남자 얼굴을 쓸 리 만무했기 때문이다. 죄의 상징이라면 모를까, 비비는 알레고리로서가 아니라 진정으로 못생긴 사람이었다. 그 자체로 독립된 존재이지 다른 무엇인가를 고발하기 위한 장치가 아니었다. 릴케도 동의했다. "이 얼굴에는 고통을 드러내는 천 개의 목소리가 있을 뿐 비난은 없다. 그것은 세상에 대고 탄원하지 않는다. 자기 안에서 정의를 행사하고 그 모든 모순들과 타협할 따름이다."

1864년 파리 살롱전이 흉상 발표의 적기 같았다. 모네 · 세잔Cézanne · 르누아르 같은 동시대 화가들이 차츰 이름을 알리고 있었으나 주류 살롱전들의 반응은 아직 미적지근했다. 전년도 공식 출품작의 3분의 2가 탈락했는데, 그중에는 마네Manet의 낮 뜨거운 작품 〈풀밭 위의 점심Déjeuner sur l'herbe〉도 있었다. 이 작품들을 별도로 전시한 일명 '탈락작들의 살롱전'은 본 전시회보다 훨씬 많은 인기를 끌면서 마네를 컬트 영웅으로 부각시켰다.

하지만 그해 겨울, 심의회에 흉상을 출품하기 전 이상한파가 닥치면서 작업실 온도가 영하로 곤두박질쳤다. 테라코타의 머리 후면이 갈라지면서 바닥으로 떨어져 부서졌다. 아침에 작업실에 들어간 로댕은 그 꼴을 한동안 물끄러미 바라보다가 오히려 더 좋아 보인다는 생각을 했다. 비비 본연의 모습에 피폐한 효과가 가미되어 삶의 냉정함이 매우 문학적인 방식으로 표출되고 있었다.

로댕은 1864년 살롱전에 흉상이라기보다는 마스크에 가까운 작품을 제출했다. 심의회에서 탈락했고, 이듬해도 마찬가지였다. 하지만 예전처럼 크게 실망하지는 않았다. 누가 알아보건 아니건 그 작품에 중대한 의미가 있음을 알았기 때문이다. 비비는 아름다움이란 완벽이 아니라 진실에 관한 것이라는 사실을 로댕에게 일깨워주었다. "특징 없는 작품을 빼고 예술에 추함이란 없다"고 그는 말했다. 인간은 결함 있는 존재이므로 완벽에 마음을 열지 못한다. 하지만 상흔과 흠집, 주름살에는 공감할 수 있다. 그것들이 모여서 한 인생의 모습을 보여주기 때문이다.

"그 작품은 이후 내 작품세계 전체를 결정지었으며, 최초로 성공한 모델 작업의 결과물이기도 하다." 나중에 로댕은 말했다. 자신의 재능을 인식하기 시작하면서 깨달은 또 하나의 사실은 대부분의 재능이 그렇듯 거기에도 함정이 존재한다는 것이었다. 예술적 재능은 타인들과 공유되어야 하며 그러지 않을 경우 가치를 잃는 법이었다. 이제 관객을 찾아 본질적으로 보이지 않는 것을 보이게 해야 한다는 과제가 그에게 떨어졌다. 사실 수많은 재능들이 실현되지 못했고, 따라서 재능을 가진 사람들은 마치 짝사랑에 빠진 듯 내면의 공허를 부여안고 고통을 받게 마련이었다. 릴케처럼 로댕도 재능의 숙명에 짓눌린 채 청춘기를 보냈다. 그리고 1864년, 그는 비로소 그의 목격자이자 평생에 걸쳐 헌신적인 수호자가 되어줄 한 여인을 만났다.

1864년, 24세의 조각가를 만난 로즈 뵈레Rose Beuret는 고작 열여덟 살이었으나 이미 숙련된 노동자였다. 재봉사 일자리를 얻어 샹파뉴의 포도원 집을 떠난 지 얼마 안 된 때였다. 그녀가 로댕의 작업실과 가까운 곳에서 여성용 모자에 꽃 장식을 수놓고 있을 때, 로댕은 오스만에 의해 철거된 오페라 극장을 대신해 탕플 대로('범죄의 대로Boulevard of Crime'라고도 불렸다)에 신축 중이던 새 오페라 극장 테아트르 드 라 게테Théâtre de la Gaîté 건물에 쓰일 석자재에 꽃 장식을 새기고 있었다.

보닛 언저리에 회갈색 머리칼이 곱슬거리는 그녀는 강인하고 긴장돼 보이는 인상을 갖고 있었다. 특히 쉽사리 동요하는 눈빛이 처음 본 순간부터 로댕에게 깊은 인상을 남겼다. "그녀는 도시 여자들 같은 기품은 없었지만 농부의 딸다운 육체적 활력과 단단한 살집을 가졌고, 여자의 몸을 더 아름다워 보이게 하는 생기발랄하고 솔직하고 분명한 남자 같은 매력 또한 겸비했다." 그는 곧바로 그녀에게 모델을 서달라고 청했다. 부수입을 올리는 것도 좋았을 테지만, 어쩌면 낯선 도시에서 친구가 그리웠을 뵈레는 흔쾌히 승낙했다.

로댕은 작업실에 나타난 그녀가 "대포알처럼 강인했다"고 말했다. 냉골인 작업실에서 침실용 탁자 위에 거울을 내려놓듯 한쪽 손을 아래로 늘어뜨리고 다른 쪽 손으로는 머리카락을 쓸어올리는 자세로 몇 시간을 버텼다. 로댕은 뵈레를 본떠 빚은 그 최초의 실물 크기 조각상 〈바쿠스의 여사제Bacchante〉에 관해, "나는 내 안의 모든 것을 그녀 속으로 쏟아부었다"고 말했다. 매 일요일과 당시 인기가 많았던 낭만파 조각가 알베르 에르네 카리에 벨뢰즈Albert-Ernest Carrier-Belleuse를 위해 진흙 모형을 만드는 일을 하러

가기 전 아침에 짬을 내 작업을 했다. 로댕은 〈바쿠스의 여사제〉 주조에 필요한 돈이 모일 때까지 작업을 미루고 다른 작업들을 먼저 했다. 작품들이 늘어나면서 작업실 공간이 부족해져 이사를 해야 했다. 〈바쿠스의 여사제〉를 들어 옮기던 짐꾼들이 미완의 작품을 바닥에 떨어뜨리고 말았다. 로댕은 그 소리를 듣고 달려가 끔찍한 참상에 경악했다. "내 가엾은 여사제가 죽었다."

다행히 피와 살을 지닌 살아 있는 뵈레는 그리 쉽게 떠나지 않았다. 첫 번째 모델 작업 이후 "그녀는 마치 동물처럼 나에게 애착을 보였다"고 로댕은 말했다. 두 사람은 연인이 되었음은 물론이고, 공동의 노동과 연계된 강력한 동반자 관계를 형성했다. 조각이 로댕의 노동이었다면, 그녀의 노동은 로댕 자체였다. 그녀는 아침에는 모델로서 포즈를 취해주고, 밤에 다시 찾아와 진흙이 마르지 않도록 작품을 젖은 천으로 덮어주는 등 최고의 조수 노릇을 해주었다. 재봉사 일도 계속했고, 이따금 로댕이 그녀가 단추 다는 일을 돕기도 했다.

로댕은 자신이 뵈레에게 얼마나 의존하고 있는지 시인하기를 싫어했다. 둘의 관계에 대해 누가 물으면, 어깨를 으쓱하며 "여자는 있어야 하잖아요"라고 말할 뿐이었다. 하지만 아내가 있어야 한다는 뜻은 아니었다. 1866년 그녀가 낳은 아들의 출생증명서에는 성명 오귀스트 외젠 뵈레, 부친은 '미상'이라고 적혔다. 그럼에도 두 사람의 관계는 평생 계속되었다. 뵈레는 로댕의 주요 자문역이자 동반자 · 연인이었으며, 궁극적으로 그의 재능이 유지되도록 뒷받침하는 역할을 했다.

로댕은 이후 십여 년간 관람자로서 화랑들에 들렀다. 파리 살롱전이 〈코가 부러진 남자〉를 거절하고 십일 년이 지났지만 다음 작품을 단 한 점도 출품하지 않았다. 조각 한 점으로 한 예술가의 경력이 좌우될 수 있다고 믿었기에, 마침내 걸작을 빚어냈을 때 다시 찾아가겠다고 마음먹은 터였다.

기술적 역량에 관해서는 자신이 있었으나, 그동안 습득한 다양한 가르침들을 어떻게 종합해 제대로 된 조각법으로 빚어내야 하는지 가늠되지 않았다. 르코크가 관찰의 중요성을 강조했고 바리는 움직임의 중요성을 일깨워주었지만, 인체의 형태에 대해서는 아직 가르쳐준 스승이 없었다. 그래서 로댕은 1875년 그 근원으로부터 배우겠다는 생각을 하고 이탈리아로 떠났다. 미켈란젤로 말이다.

철분이 부족할 듯한 이탈리아 음식에 의존하지 않아도 되게끔 프랑스 소시지를 잔뜩 싸서 기차에 올랐다. 고딕풍 성당들을 보고 싶어서 프랑스와 벨기에의 아름다운 경치를 거쳐 가는 노선을 택했다. “디낭은 그림 같고, 랭스와 그곳 성당의 아름다움은 이탈리아에서는 아직 찾아보지 못한 것이었어.” 그는 뵈레에게 이렇게 썼다.

로댕이 도착한 그해 겨울, 피렌체 전역은 미켈란젤로 탄생 400주년 경축 행사가 한창이었다. 그는 메디치 성당을 찾아갔다. 미켈란젤로의 로렌초 드 메디치Lorenzo de Medici 상이 미래의 〈생각하는 사람〉과 흡사한 사색하는 자세로 앉아 있었다. 피렌체에서 찾을 수 있는 미켈란젤로의 작품들을 샅샅이 검토한 뒤 로마의 시스티나 성당 천장화를 보러 갔다. 그 경험은 로댕을 완전히 흔들어 놓았다. 미켈란젤로가 내린 결정은 하나같이 로댕이 루브르에 전시된 그리스 예술가들의 작품에서 배운 바와 역행하는 것들이었다. "'잠깐!' 나는 스스로에게 말했다. '왜 이 신체 굴곡을 안쪽으로 표현했을까? 둔부는 왜 이렇게 올리고 어깨는 왜 낮췄지?'" 미켈란젤로가 잘못 생각했을 리는 없음을 그도 알고 있었다.

로댕은 다시 학생으로 돌아가 르코크가 가르친 연습을 재구성하고 "그의 작품 자체가 아니라 그 발판에서" 나온 스케치들로 공책을 채워갔다. 그 발판이란 "그를 이해하기 위해 내 상상력 안에 짓고 있는 시스템"이라고 뵈레에게 써보냈다. 차츰 "위대한 마법사가 자신만의 비밀을 나에게 속삭여주고 있어."

한 달 후 돌아오는 길에 로댕의 머릿속은 수많은 착상들로 차고 넘쳤다. 먼저 마침내 살롱전 진입을 가능하게 해줄 조각 작업에 곧바로 착수했다. 모델은 아름다운 근육조직을 가진 젊은 벨기에 병사였다. 그는 한쪽 주먹으로 창 같은 막대기를 움켜쥐었고, 다른 손은 고뇌에 찬 듯 머리에 갖다 댄 자세를 취했다. 로댕은 전면과 후면, 양쪽 측면, 그리고 4분의 3 측면까지 그의 신체 형태를 치밀하게 관찰했다. 사다리에 올라가 내려다보이는 모습을, 이어서 바닥에 쪼그려 앉아 올려다보이는 모습을 각각 포착했다. 그는 한쪽 다리로 선 채 석 달을 보냈으며, 한 치의 오차도 없이 윤곽선

하나하나를 정밀하게 살려내며 도합 일 년 반을 보냈다.

그 결과 놀랄 만큼 사실적인 석고상이 탄생했고, 로댕은 이 작품에 '청동시대L'Age d'airain'라는 제목을 붙였다. 눈을 반쯤 감은 이 사내는 끔찍한 무언가를 본 사람이었다. 우연히 연인의 살해된 시신을 목도했는지도, 아니면 그 자신이 그녀를 살해한 장본인인지도 몰랐다. 인물의 측면을 가로막지 못하게 창을 빼기로 한 결정 덕에 수수께끼 같은 포즈가 더욱 돋보일 수 있었다.

〈청동시대〉는 1877년 살롱전 선정작이 되었고, 프랑스 정부가 시에서 사용할 용도로 복제본 구입을 원할 만큼 뜨거운 호응을 끌어냈다. 하지만 파리에서 살롱전 전시가 시작되면서 로댕의 세심한 정밀함은 오히려 역효과를 불러왔다. 〈청동시대〉가 지나치게 사실적이라는 불평이 평론가들로부터 터져나온 것이다. 샤를 타르디외Charles Tardieu는 〈라르L'Art〉에 "성격이나 아름다움은 없이 그저 모델을 단순하게 모방한 작품으로, 조각이라기보다는 습작이라고 할 수 있는, 저급한 형태의 놀랄 만큼 정확한 복사본"이라고 평했는가 하면, 모델의 몸에 직접 주형을 뜨는 이른바 '쉬르물라주surmoulage'라는 부도덕한 기법을 쓴 작품이라고 비난한 사람들도 있었다.

그러자 정부에서 전문가들을 파견해 작품을 조사하게 했다. 그들은 "매우 엄밀한 의미에서의" 실물 주형은 아니지만 "상당 부분에 실물 주형이 사용됐고, 따라서 진정한 예술작품으로 간주될 수 없다"는 결론을 내렸다.

이 '쉬르물라주' 혐의는 길고 말도 많았던 그의 경력 동안 받은 수많은 모욕들 중에서도 가장 지독한 모욕에 속할 것이다. 작가에게 표절 의혹을 씌우는 것과 다름없었다. 로댕은 뵈레에게 "정말이지 몸도 영혼도 완전히 멍들었어"라고 말했지만, 신문사들에 보낸 격렬한 자기변호서에는 일체 내색하지 않았다. 그는 관료들에게 모델의 사진들을 봐달라고, 그러면 그 모델이 조각에 비해 약간 뚱뚱한 편임을 알게 될 것이며, 그것은 곧 자신의 작품이 실물 주형이 아니라는 증거가 될 거라고 탄원했다. 또한 알렉상드르 팔귀에르Alexandre Falguière와 한때 그의 고용주였던 카리에 벨뢰즈를 비롯해 당대의 대표적 조각가들을 규합하여 '쉬르물라주' 혐의를 반박하는 성명서를 발표하게 했다. 더 나아가 그들은 〈청동시대〉는 "보넬 작업 그리고 그보다 더 탁월한 성격의 보기 드문 힘"을 보여주는 사례라고 절찬했다.

그로부터 삼 년 후, 마침내 신임 예술차관 에드몽 튀르케Edmond Turquet의 마음이 움직였다. 1880년, 그는 그 조각의 청동 복제품을 만들라는 지시를 내렸고, 같은 해에 아직 검증되지 않은 예술가에게 두 번째 작품을 위촉하는 친선의 손짓까지 보였다. 시에서 새로 지을 장식미술박물관의 입구를 디자인할 미술가가 필요했던 것이다.

로댕은 이 임무를 자신이 단순한 장식가 이상임을 입증할 기회로 받아들였다. 물론 장식이 들어간 문을 만들어야 했다. 시에서는 그냥 장식 문이 아니라 파리 역사상 가장 기념비적인 문을 만들어달라고 요청했다. 20피트 높이에 200개가 넘는 작은 나신들이 새겨진 이 청동문은 단테Dante의 《신곡La Divina Commedia》에서 영감을 받은 것이었다. 이탈리아에서 로렌초 기베르티Lorenzo Ghiberti의 성당 청동문 〈천국의 문〉과 대리석 감옥에서 탈출하려고 애쓰는 노예들을 묘사한 미켈란젤로의 측면 조각 연작을 본 이후 그의 마음속에 끓어오르던 착상이었다. 프랑스에 돌아온 후 그는《신곡》을 뒷주머니에 넣고 다니며 반복해서 자주 읽곤 했다.

정부는 그의 디자인 제안을 수락하고 8,000프랑을 작업비로 주었으며, 정부 소유의 '대리석 창고'에 무료 작업실을 마련해주었다. 세브르의 공장 일을 그만둬도 될 상황은 아니었지만(그는 그곳

훗날 청동으로 주조된 로댕의 〈지옥의 문〉.

에서 화병을 만들며 십 년을 더 보내게 된다), 이것은 로댕 평생의 작업이 될 〈지옥의 문La Porte de l'Enfer〉의 탄생을 뜻했다.

잔디가 깔린 대리석 창고 안뜰은 수많은 석판들로 덮여 있었다. 일부는 전체가 뒤집혔고, 나머지는 반쯤 새겨지다 폐기된 것이었다. 대리석 창고는 위니베르시테 로와 센 강 끝자락 사이, 한때 '백조의 섬'이라 불리던 작은 땅뙈기에 있었다. 정부는 전후 보존 작업의 일환으로 폐위된 왕들의 석재 유물과 훼손된 석재 군사 기념물 등을 이곳에 보관했는데, 대부분 오랫동안 방치되다가 결국 조각공들의 손에 들어가 부품으로 재활용되었다.

안뜰 둘레에 줄을 지어 늘어선 작업실들은 정부 작업을 위촉받은 예술가들을 위한 공간이었다. 로댕은 1880년 M호에 입실했다. 처음에는 젊은 예술가 조셉 오스바흐Joseph Osbach와 작업실을 함께 썼지만, 〈지옥의 문〉 작업 규모가 자꾸만 커지면서 몇 년 후에는 H호와 J호까지 넓혀 쓰게 되었다.

축축한 진흙 덩이들 때문에 작업실의 공기는 냉하고 습했다. 난방시설이라곤 작은 무쇠 난로가 전부였다. 그래도 예전의 마구간 작업실에 비하면 장족의 발전이었고, 로댕은 '맹렬하게' 작업에 착수했다. '부화하기 직전의 알처럼' 머릿속에 고동쳐온 영상이 있었다. 여태 쌓아온 이 영상들의 보고寶庫를 열어젖혀 작품을 만들도록 프랑스 정부로부터 허락받은 로댕은 지옥 최하층에서 제 아이들의 살을 갉아먹는 굶주린 아버지 우골리노, 그리고 간통한 연인들인 프란체스카와 파올로를 되살려내기 시작했다. 두 사람

앞에 단테를 앉혀놓을까도 생각해보았지만, 원본에 대한 지나치게 명백한 암시 같았고 그렇게까지 드러내고 싶지는 않았다.

그래서 유명 인물이 아닌 익명의 남자를 등장시키기로 결정했다. 〈지옥의 문〉 맨 위에 "발을 안쪽으로 모으고 주먹을 입에 댄" 자세의 그를 갖다놓았다. 영웅적인 행동 따위는 하지 않고 단지 생각하고 있는 모습이었다. 로댕은 이렇게 썼다. "그의 머릿속에서 풍성한 생각이 차츰 구체화된다. 이제 그는 더이상 몽상가가 아니다. 그는 창조자이다."

로댕은 발에서 시작해 위로 올라가지 않고, 몸통부터 시작했다. 먼저 근육 비율에 대한 감을 잡기 위해서 진흙에 작은 C자형의 등뼈를 새겨넣었다. 일부만 남긴 했지만 르네상스 시대 이후 수많은 조각가들이 모방해온 아폴로니오스Apollonios의 탁월한 대리석상 〈벨베데레 토르소〉의 윤곽과 동일하게, 오른쪽 어깨를 약간 들린 허벅지 쪽으로 기울어져 내려오게 했다. 그리고 구체적인 세부 작업을 거쳐 27인치 크기의 인물상을 완성했으며, 훗날에는 석고 및 청동 기술자들을 고용해 그 세 배에 육박하는 79인치까지 확대했다.

이 인물상의 최초 제목은 '시인Le Poète'이었다. 단테 또는 보들레르를 염두에 둔 제목이었을 것이다(로댕은 알몸에 보석만 걸친 여인이 유혹하는데도 바위 위에 앉아 생각에 집중하려 애쓰는 작가의 이야기를 다룬 시 〈악의 꽃〉 귀퉁이에 습작 스케치를 그려넣기도 했었다). 또는 운문시를 쓰는 한정된 의미의 시인이 아니라 마술사 · 철학자 · 조각가 등 모든 부류의 창작가를 일컫는 고대 그리스어 '포이에시스poiesis'를 지칭한 것일 수도 있다.

결국 〈생각하는 사람〉으로 제목을 붙인 이 작품은 어떤 점에서 예술가란 어떤 모습인가에 대한 젊은 조각가의 탐구였다. 로댕에게 예술가는 노동자였고, 〈생각하는 사람〉은 그 고투에 바치는 오마주였다. 작품의 인물은 깊은 생각에 잠긴 나머지 몸 전체가 그 무게에 짓눌리고, 이마에는 고랑이 지고, 고개는 아래로 꺾여 있다. 어깨는 아틀라스처럼 웅크리고 있으나 그가 진 짐이라곤 오직 자신의 머리뿐이다. 아무 말도 없이 턱을 손바닥에 괴고 있으며, 눈길을 내리깐 탓에 주변을 가득 채운 고통은 보지 못한다. 통상 조각상들이 전쟁영웅이나 귀족들을 찬미했던 데 반해, 이 이름 모를 인물은 드물게도 보통 사람에게 경의를 표했다. 그것은 현대예술을 위한 기도와도 같았다.

몇 년 후 사진작가 에드워드 스타이켄Edward Steichen은 오늘날 메트로폴리탄 박물관에 걸려 있는 그의 사진작품을 통해 〈생각하는 사람〉을 로댕의 자화상으로 해석함으로써 신화로서 〈생각하는 사람〉의 입지를 강화해주었다. 사진 속의 로댕 역시 턱에 주먹을 대고 조각 앞에 서 있는데, 어두운 노출 탓에 인간과 물체의 경계가 흐려지면서 둘은 예술가와 그 창작품보다는 페르소나와 에고의 관계로 재배치되어 제시된다. 두 인물의 목 아래 짙게 드리운 음영 때문에, 오로지 거대한 머리의 무게를 지탱하기 위해 투명한 몸들이 결합한 것 같은 느낌을 준다. 훗날 릴케는 〈생각하는 사람〉의 "몸 전체가 머리가 되었고 그 혈관 속의 피 전부가 뇌가 되었다"고 썼다.

로댕은 〈생각하는 사람〉을 다시 만들어 〈지옥의 문〉이 될 15피트 높이의 나무틀에 걸었다. 작업실에 찾아온 사람들이 공간을 차지하고 앉은 거대한 목재 구조물을 보고 뭐냐고 물으면, 그는 "내 문입니다"라고 대답했다. 그는 촛불을 켜놓고 부조와 인물상을 빚어 보강재 위 패널에 부착했다. 실물 주조가 아닌지 의심하지 못할 만큼 작으면서 자신의 조소 솜씨를 과시할 수 있을 만큼 크게 만들었다. 또한 고딕 건축에 대한 지식을 활용하여 길을 잃고 울부짖는 영혼들을 배치했으며, 그림자를 이용해 극적 효과를 최대화했다. 그리고 인체를 팽창시켜 마치 내장이 뽑혀나오는 듯한 효과를 구현했다.

〈지옥의 문〉은 로댕 최대의 성취로 널리 인식되고 있지만 작품은 완성되지 못했다. 끊임없이 커지고 새로운 디테일이 추가되면서 결국 높이 20피트가 넘고 너비는 13피트에 달하는 지경에 이르렀다. 1900년에 석고 버전을 발표했을 뿐, 본래 의도했던 청동 주조로 탄생하는 모습을 보지 못하고 무려 삼십칠 년간 작업을 계속했다. 더 돈이 되는 다른 위촉 작업들로 인해 작업이 지연된 측면도 있지만, 그는 마땅한 조력자가 없다고 주장하곤 했다. 조수로 고용된 사람들은 재능이 뛰어나서 오래 남아 있지 않거나 너무 형편없어서 내보내야 하거나 둘 중 하나였다.

사실 로댕은 지독하게 생각이 많은 사람이었다. 〈지옥의 문〉 작업이 시작된 지 이 년째 되던 해에 로댕의 작업실을 방문한 에드몽 드 공쿠르는 그가 천재의 손을 가졌을지 모르나 머릿속은 "단테 · 미켈란젤로 · 위고 · 들라크루아가 뒤섞인 잡동사니"였다고 썼다. 공쿠르의 눈에 그 거대한 뒤범벅은 마치 산호초처럼 보였고, 로댕은 "수많은 프로젝트와 밑그림들에 짓눌려 스스로를 천 개의 상상, 천 개의 꿈으로 쪼개놓을 뿐 아무것도 완성시키지 못하는 사람" 같았다.

그즈음 로댕에게는 또 하나의 끈질긴 관심사가 있었다. 바로 카미유 클로델Camille Claudel이라는 젊은 여성 조각가였다. 1882년, 로댕은 안식년을 받아 피렌체로 떠나는 친구 알프레드 부셰Alfred Boucher의 요청으로 금요일 오후의 소규모 미술반 강의를 맡았다.

부드러운 밤색 머리와 차디찬 푸른 눈을 가진 재능 있는 여학생에게서 로댕이 무엇을 보았는지 상상하기는 어렵지 않다. 그녀는 보는 이에 따라 무례하다고도 느낄 만큼 솔직한 기질이어서, 따분하면 큰 소리로 한숨을 내쉬는가 하면 심한 사투리로 혼잣말을 늘어놓곤 했다. 로댕은 그런 그녀가 버릇없어 보이기보다는 한없이 사랑스러웠다. 그녀가 장난스럽게 적은 문답지에도 그런 반항적인 매력이 드러나 있다.

> 가장 좋아하는 남성의 자질: 아내에게 순종하는 것.
> 가장 좋아하는 여성의 자질: 남편을 벌벌 떨게 하는 것.

가장 좋아하는 자신의 미덕: 하나도 없음. 그런 것은 죄다 따분함.

열여덟 살 처녀가 마흔두 살 강사의 연정에 즉각 호응하지 않은 것 또한 이해할 만한 일이다. 그녀는 파리에 가서 예술을 해보라는 은사의 권고를 따라 가족과 함께 프랑스의 한 농촌 마을을 떠나 몽파르나스 도심으로 막 이주한 터였다. 아파트 입주자들이 거의 모두 예술가들이었기 때문에, 그녀는 난생처음으로 아웃사이더가 아니게 되었다. 모든 새로운 경험들 가운데 중년의 미술 강사가 차지한 위치는 그리 대단하지 않았고, 문답지의 응답으로 판단하건대 결혼이라는 개념도 당시 그녀에게는 시시한 것이었다.

그러나 로댕은 달랐다. 불과 일 년 사이에 필사적이고 애절하게 클로델에게 빠져들었다. 그녀가 그를 만나지 않으려 하면, 온갖 구실을 대며 그녀와 함께 있을 것 같은 그녀 친구를 찾아갔다. 1883년 그가 그녀에게 쓴 편지에는 "무정한 여인이여, 불쌍히 여겨주오. 더는 못 견디겠소. 당신을 보지 않고는 하루도 견딜 수 없소"라고 적혀 있다.

클로델과 로댕은 차이점이 많았지만 부정할 수 없는 몇 가지 유사점들로 묶여 있었다. 로댕은 그녀의 재능을 진정으로 믿었고, 기회가 있을 때마다 그녀의 성장을 지원했다. 클로델은 자신의 예술에 대한 로댕의 '신속하고 명쾌한 제안들'에 감명 받기 시작했다. 두 사람은 일에 대한 헌신과 일이 다른 무엇보다도 중요하다는 신념을 공유했다.

1885년, 로댕은 새로 위촉받은 중요한 작업을 도울 일손이 필요했다. 14세기 영국군의 봉쇄 하에서 몰살 위협을 받은 마을 사람들을 구하고자 목숨을 내놓았던 프랑스 항구도시의 여섯 남자를 추모하는 기념물 〈칼레의 시민〉 작업이었다. 로댕은 클로델과 그녀의 친구 제시 립스콤Jessie Lipscomb을 조수로 고용했다.

얼마 지나지 않아 클로델은 〈칼레의 시민〉과 〈지옥의 문〉 두 작품 모두에서 로댕의 수석 조수로 떠올랐다. 다른 조수들이 잡담하며 담배를 피울 때도, 그녀는 로댕이 자신에게만 맡긴 작은 손과 발들을 조각하며 묵묵히 일에 몰두했다. 이듬해에 클로델과 로댕은 열렬히 사랑하는 사이가 되었다. 로댕이 다른 여자들과는 동침하지도 미술을 가르쳐주지도 않겠다는 계약서를 클로델에게 써줄 만큼 둘 사이는 격렬해졌다. 그는 뵈레와 헤어질 것이며 클로델과 함께 여섯 달 동안 이탈리아 여행을 한 뒤 결혼하겠다고 서약했다.

클로델과 함께하는 동안 예술의 주제와 생활 양면에서 여성에 대한 로댕의 관심이 전반적으로 넓어졌다. 교제의 폭도 더 진보적인 예술가들로 확장됐는데, 그들 중에는 나름대로 성공한 여성을 아내로 둔 이들이 많았다. 로댕의 조각에도 여성이 더 자주 등장했고, 클로델과 닮은 얼굴들이 종종 나왔다. 관능적인 자세들에 도전하기도 했다. 1889년에 완성된, 한 쌍의 연인을 실물 크기의 대리석 조각으로 표현한 〈입맞춤〉이 좋은 예인데, 남자와 여자가 하도 단단히 맞붙어 있어서 작품 주위를 아무리 돌아보아도 얼굴이 제대로 보이는 지점이 없을 정도이다. 이 연인들은 훔쳐보는 타인들의 시선에서 벗어나 자신들만의 우주를 형성하고 있다. 클로델과 로댕이 적어도 한동안은 그랬듯이.

로댕이 쉰 살에 접어들면서 평론가들은 그의 작품에 한없는 당혹감을 느꼈다. 그랑드 에콜을 나오지 않았고 거장 밑에서 수학하지도 않은 이 인물을 어떻게 분류해야 할지 종잡을 수 없었던 것이다. 더 이상한 사실은 그가 자신의 아마추어 기질을 포용하는 듯하다는 점이었다. 실수를 고치거나 감추는 것이 아니라 오히려 강조하고 있었기 때문이다.

평론가들이 삐딱한 시선으로 그를 보고 있을 때, 동료 예술가들은 그의 재능을 일찌감치 알아보았다. 폴 세잔Paul Cézanne은 1894년 처음 만난 이래로 그의 애호가가 되었고 작품에 감동해 눈물까지 흘렸다고 전해진다. 세잔은 지베르니의 모네 집에서 옥타브 미르보Octave Mirbeau · 귀스타브 제프루아 · 조르주 클레망소Georges Clemenceau와 함께 있던 중 들뜬 목소리로 제프루아에게 이렇게 말했다. “로댕 씨 그 사람은 거만하지가 않아요. 나하고 악수를 했다니까!” 당시 쉰다섯 살이었던 그 화가는 로댕의 친절에 감격해 한쪽 무릎을 꿇고 감사의 뜻을 전했다.

슈테판 츠바이크도 로댕을 높이 평가했다. 이 오스트리아 작가는 로댕의 작업실을 방문해 그가 그동안 작업해온 흉상의 마무리 수정 작업에 착수하는 모습을 지켜보았다. 로댕은 츠바이크에게 작업실을 안내해주기로 해놓고는 일에 열중한 나머지 그의 존재를 까맣게 잊어버렸다. 한참 후 고개를 들어 여전히 츠바이크가 서 있는 걸 본 로댕은 소스라치게 놀라 사과하기 시작했다. 츠바이크는 로댕을 만류했고, 나중에 이렇게 말했다. "고마운 마음으로 그의 손을 잡았지만, 사실 그 손에 입이라도 맞추고 싶었다."

1891년 문인협회 회장으로 임명된 에밀 졸라가 처음으로 지시한 일은 로댕에게 오노레 드 발자크Honoré de Balzac 기념상 제작을 위촉하라는 것이었다. 졸라는 이 위대한 자연주의 작가가 사망한 지 삼십 년이 되도록 변변한 기념상 하나 없다는 사실은 부당하다고 여겼고, 종종 냉소적으로 '조각계의 졸라'라고 불리는 탁월한 자연주의 예술가 로댕이야말로 그 작업의 적임자라고 생각했다. 한편 평론가들은 두 사람 다 '애욕의 광기에 사로잡혀' 조야하고 무차별적인 사실주의를 조장한다고 평가했다.

위촉을 수락하며 로댕은 그것이 어떤 모습의 조각이 될지 밝히지 않았는데, 아마 스스로도 알지 못했을 것이다. 어쨌든 대대적인 연구에 착수해야 했다. 먼저 작가의 고향을 방문하고, 외모가 비슷한 모델을 찾아내야 했다. 위고와 보들레르, 그리고 화가 클로드 로랭Claude Lorrain 등 다른 프랑스 천재들의 기념상들도 마무리 단계에 있었다.

설상가상으로 클로델과의 관계가 악화일로에 있었다. 로댕의 명성이 높아지면서, 그의 모델들을 비롯한 여러 여자들이 그의 환심을 사려 들었다. 클로델은 로댕이 그 외부인들에게 그들의 신성한 사생활에 끼어들도록 허용했다고 느꼈고, 그로 인해 질투가 날로 격렬해졌다. 그뿐만 아니라, 뵈레와 헤어지겠다는 약속을 그가 과연 지킬지 의심하기 시작했다.

뵈레는 로댕과 클로델의 관계를 잘 알고 있었다. 물론 괴로웠지만 그를 온전히 포기하기보다는 모른 체하는 쪽을 택했다. 하지만 클로델은 이전의 다른 애인들과는 달리 심각한 위협이었기에 뵈레도 방관할 수만은 없었다. 두 여인은 앙숙이 되었다. 덤불에 숨어 집 안을 몰래 훔쳐보는 클로델에게 뵈레가 총을 겨눈 일도 있었다. 한편 클로델은 뵈레를 빗자루를 휘두르는 마귀할멈 또는 네 발로 웅크리고 앉은 야수 따위로 묘사한 그림들을 로댕에게 주곤 했다. 그녀의 그림들에는 알몸에 족쇄를 찬 오그라든 모습의 로댕도 심심찮게 등장했다. 로댕은 자신도 어찌해볼 방도가 없는 척했다. 두 여자와 각각 별도의 관계를 유지해서 손해 볼 것이 없었거니와, 더 사랑받는 클로델이 왜 그것으로 만족하지 못하는지 이해가 안 되기도 했다.

무산된 약속들과 그로 인한 분노로 클로델도 더는 견딜 수 없는 지경에 이르렀다. 감정의 격발로 온몸의 기운이 빠졌고, 일도 손에 잡히지 않았다. 1893년, 그녀는 로댕에게 자신의 무엇인가를 빼앗겼다고 느끼고 이별을 통보했다. 로댕은 망연자실했지만 싸울 의욕이 없었기에 조용히 물러나 파리 교외에서 뵈레와 함께 살 집을 물색하기 시작했다.

로댕과의 결별은 클로델에게는 고난의 시작일 뿐이었다. 그녀

위에 드리워졌던 그의 그림자에서 벗어나기란 간단한 일이 아니었다. 그녀가 그의 정부情婦였다는 사실이 이미 널리 알려져 있던 까닭에, 그를 연상시키지 않는 그녀 자신만의 스타일을 찾기란 불가능에 가까웠다. 소문에 정면으로 맞서고, 로댕이 자신보다 훨씬 나이 어린 여성이자 예술가 지망생의 약점을 부당하게 이용했다는 사실을 숨김없이 털어놓는 것이 그녀의 전략이었다.

한편 로댕은 클로델의 경력을 도우려는 노력을 그만두지 않아 그녀를 질색하게 했다. 갈라선 지 일 년 후, 그는 그녀의 흉상 한 점이 포함된 전시회에 나타나 그 작품이 "나를 주먹으로 치는 것 같았다. 이제 그녀는 내 맞수가 되었다"고 언론을 향해 선언했다. 이후에도 여러 해 동안 그는 그녀에게 일감이 가게 하고 그녀가 전시회에 참가할 수 있도록 주선하는 등 그녀 모르게 뒤에서 계속 지원했다. 1895년, 그가 힘을 써준 덕분에 작품을 위촉받았음을 알게 된 클로델은 작품을 통해 통렬한 반격을 시도했다. 그녀는 사 년 동안 실물 크기의 청동 조각 세 개로 이루어진 치밀한 복수의 판타지를 빚었다. 날개 달린 노파가 허약한 늙은 남자를 끌고 가는데, 남자의 한쪽 팔은 그들 뒤에 무릎을 꿇고 앉은 알몸의 여자를 향하고 있다. 여자는 남자에게 돌아오라고 간청하지만 이미 너무 늦었다. 암컷 야수의 날카로운 발톱에 영원히 붙들려 있기 때문이다.

1902년 〈성숙의 시대L'Age Mûr〉라는 제목의 이 작품이 발표되면서, 이미 불편한 상태였던 클로델과 그녀의 가족 사이의 관계가 악화되었다. 어머니와 여동생은 그녀가 가문에 먹칠을 했다고 비난했고, 기독교 시인이던 남동생 폴 클로델Paul Claudel은 그 작품을 처음 본 순간의 공포를 이렇게 표현했다. "이 알몸의 젊은 여자가 내 누나다! 내 누나 카미유가 욕되게 무릎을 꿇고 애원하고 있다. 뛰어나고 자존심 강한 그 여자가 자신을 이렇게 묘사했다."

클로델은 이십 년 가까운 세월을 작업실에 틀어박혀 보냈다. 말을 잊어버릴까 걱정되어 스스로에게 말을 걸었다. 로댕이 몰래 꾸며온 일들 때문에, 혹시 그가 자신을 쫓아다니며 아이디어들을 훔치고 있는지 모른다는 피해망상에 시달리기도 했다. 그녀는 불결과 빈곤 속에 살다가 1913년 남동생에게 이끌려 정신병원에 입원했다. 폴은 〈성숙의 시대〉의 악령이 그녀로부터 로댕만 앗아간 것이 아니라고, "그녀의 영혼 · 천재성 · 정신 · 아름다움 · 생명을 한꺼번에" 할퀴어갔다고 말했다.

하지만 모든 사람이 그녀가 정신이상이라고 생각한 것은 아니다. 문병을 다녀온 몇몇 친구들은 클로델의 정신이 온전해 보였으며 집에 돌아가기를 간절히 원하고 있다고 전했다. 당시에 그녀가 쓴 편지들도 이런 주장을 뒷받침한다. 1927년 그녀가 어머니에게 쓴 편지에는 "여기서 계속 살아야 한다는 게, 내가 더이상 인간이 아니라는 게 너무 가슴 아파요"라고 적혀 있다. 늙은 '백만장자' 로댕이 자신을 착취했는데 왜 벌은 자신이 받아야 하는지 그녀는 이해할 수 없었다. 하지만 청원은 받아들여지지 않았다. 그녀는 삼십 년을 정신병원에서 보내다가 79세의 나이로 사망해 병원 공동묘지에 묻혔다.

더 비극적인 것은 어쩌면 그녀가 가장 두려워했던 대로 클로델이라는 이름이 영원히 로댕과 묶여버리고 말았다는 사실일지도 모른다. 그녀가 살아 있을 때 두 사람의 정사가 대중잡지의 추문 기사나 헨리크 입센Henrik Ibsen의 1899년 작 희곡 〈우리 죽은 자들이 깨어날 때Når vi døde vaagner〉 같은 연극작품의 소재로 쓰였다면, 그녀가 죽은 뒤에는 남동생이 그녀의 작품 다수를 로댕 박물관에 기증해, 그곳은 오늘날까지 그녀의 작품이 가장 많이 소장된 장소로 남아 있다.

4

세기말로 향하는 이십오 년간, 유럽 주요 도시 대부분의 인구가 두 배 또는 세 배로 폭증했다. 작가들은 급속한 도시화를 질병처럼 묘사했다. 스모그가 가득한 대도시들이 오염된 물을 곪아터지는 종기처럼 강으로 흘려보냈고, 대기를 유황 공기처럼 오염시켰으며, 세균이 번식하는 가운데 주민들은 아파트 단지에 몰려들어 위아래에 층을 지어 살았다.

병원균에 대한 공포가 도시 전역을 사로잡았고, 그 공황 자체가 하나의 질병으로 자리잡았다. 의과대학들이 자궁에서 기원한 것으로 알려진 히스테리라는 병증을 소개하기 시작하면서, 정신질환 및 간질병을 앓거나 가난하거나 그 밖에 교정 불능으로 판정된 파리 여성 5,000여 명이 추방되어 자르댕 데 플랑트 옆, 화약 공장을 개조한 살페트리에르 정신병원에 수용되었다.

죽음의 공장이라 해도 좋을 곳이었다. 저널리스트 쥘 클라라르티Jules Claretie는 이렇게 썼다. "그 벽들 너머에는 특수 부류의 생명들이 살아 들끓고 발을 질질 끌면서 떠돈다. 노인들과 빈민 여성들, 긴 의자에 누워 죽음을 기다리는 요양 환자들, 정신병동 또는 감옥의 고독 속에서 분노에 차 울부짖거나 비탄의 눈물을 흘리는 미치광이들… 그곳은 말하자면 고통의 베르사유 궁이다." 침상 하나에 환자 서넛이 붙어 잤다. 원장조차 '비참함의 만물상'이라고 부를 정도였다.

이 지옥을 관장하던 이가 바로 신경과학의 창시자이자 '신경증의 나폴레옹'으로 불린 장 마르탱 샤르코Jean-Martin Charcot였다. 그는 살페드리에르를 '마비와 경련과 발작의 황무지'에서 대표적인 연구교습 병원으로 탈바꿈시킨 뛰어난 과학자였지만, 아침마다 강단에서 허풍쟁이 장사꾼처럼 고함을 질렀다. 그가 히스테리에 걸린 여자들에게 최면을 걸어 진정시키는 모습을 보러 구경꾼들이 줄을 섰다.

1885년, 빈에서 온 젊은 신경과학자 지그문트 프로이트는 샤르코의 강의를 들었다. "샤르코는 더할 나위 없이 매혹적이었다. 그의 모든 강의는 구조와 구성에서 그 자체로 작은 걸작이었다. 스타일이 완벽했고, 말들은 귓속에서 메아리칠 만큼 인상적이었으며, 그가 보여준 주제는 종일 시야를 맴돌았다"고 그는 말했다. 샤르코의 영향으로 연구에서 임상으로 방향을 틀어 빈에 돌아온 프로이트는 샤르코의 히스테리 이론들을 동료들에게 전파했고, 자신이 창시한 정신분석학에 활용했다.

프로이트는 샤르코를 '보는 사람'이라고 묘사했다. 샤르코는 히스테리의 신경과학적 근원을 정확히 짚어내지는 못했으나, 그 증상들, 즉 그것이 '보이는' 양상에 초점을 맞췄다. 그는 직관에 따라 진단했다. 아마추어 미술가이기도 했던 그는 일그러진 표정, 발작적 경련, 부자연스럽게 꼬인 자세 등 히스테리의 가장 흔한 발현 형태들을 그려냈는데, 고통에 빠진 인체를 묘사한 삽화와 주조물들이 무척 많아 결국 샤르코 박물관을 설립했다. 당시 날로 커가던 질병과 쇠퇴의 매혹에 대한 응답으로 설립된 몇 곳의 해부학 박물관들 중 하나인 이 시설 덕분에, 순전히 예술적으로만 간주될 수도 있던 관찰과 재현의 과정에 과학적 권위가 부여된 측면이 있다.

예술과 과학 사이의 이런 간극을 메우고자 샤르코는 역사적 회화들 속 인물들과 화가 본인들에 대한 진단서를 썼다. 그의 제자 막스 노르도Max Nordau가 스승의 뒤를 이어 퇴폐 예술을 의학적으로 진단한 책도 베스트셀러가 되었다. 그는 인상주의자들이 단조로운 시각과 발육 정지된 색감을 가진 히스테리 환자들이었다고 주장하고, 그것이 바로 퓌비 드 샤반Puvis de Chavannes이 '백색 도료'로 그림을 그리고 폴 알베르 베스나르Paul-Albert Besnard가 '선정적인' 원색들을 사용한 이유라고 설명했다.

히스테리는 점차 단순히 임상적인 증상에서 문화적인 증상으로 전이했다. 졸라는 스무 권으로 구성된 루공 마카르Rougon-Macquart 연작을 통해 한 가문의 불안한 쇠락을 다루었다. 로댕의 〈지옥의 문〉에 반영된 단테의 지옥은 세기말 파리의 실존 현실을 보여주었다. 뒤틀린 인물들은 고통스러운 불안과 신경증에 대한 샤르코의 삽화들을 재현하고 있다. 로댕의 지옥에 거주하는 자들은 그들 자신의 현세적 열정이라는 악몽을 살아가는 평범한 사람들이다. 사랑은 전쟁이었고, 욕망은 이성을 뒤엎었다. 그들에게 지옥은 심판과는 무관했다. 삶의 조건 자체가 징벌이었다.

카미유 클로델로 인한 가슴앓이가 지루하게 이어지는 동안, 로댕은 발자크 기념상 작업을 해야 했다. 십팔 개월 안에 납품하기로 약속했던 작품이 완성되기까지 칠 년이 소요됐다. 발자크에 대한 일련의 자연주의적 탐구에서 시작해보았지만, 작가의 외모가 그 천재성을 적절히 드러내지 못한다는 결론에 이르면서 모두 폐기했다. 작가의 정신보다 단테라는 인물 자체를 그리려고 했던 〈생각하는 사람〉 때처럼 잘못된 출발이었다.

벌거벗은 발자크가 남성적 '피조물'의 근원을 움켜쥔 모습으로 그의 창조력의 본질을 제시하려고도 해보았지만 나체는 지나친 실례일 것 같았다. 또 다른 자세는 지나치게 학구적이었다. 목 부분이 처음에는 너무 약했다가 다음 것은 또 너무 강했다. 로댕은 결국 목욕가운을 걸친 모습이 발자크를 묘사하는 단 하나의 진실한 길이라고 결론 내렸다.

"자신만의 영상을 찾아 한밤중에 미친 듯이 집 안을 서성이는 영감에 찬 작가가 입을 것이 목욕가운 말고 또 있을까요?" 로댕은 전기작가에게 이렇게 말했다. "서재에 있는 발자크를 보여줘야만 했어요. 부스스한 머리에 눈은 몽상에 잠기고, 숨이 차고… 실존의 완전한 진실보다 더 아름다운 것은 없는 법이니까요."

하지만 1898년 살롱 드 라 소시에테 나시오날Salon de la Société Nationale에 선보인 로댕의 조각은 이번에도 많은 관객들의 눈에 지나치게 사실적이었다. 〈발자크〉는 이 전시회의 주요 작품들 중 하나로 홍보되면서 일반적으로 미술 전시회를 찾지 않는 그 작가의 많은 팬들까지 끌어모았다. 하지만 그들을 맞이한 것은 한 손에 책을 들고 양순한 자세를 취한, 그들이 사랑하는 작가가 아니라, 끔찍하게도 손에 매우 색다른 뭔가를 들고 있는 거대한 괴물이었다. 로댕의 발자크는 두터운 입술에 턱이 축 처졌고, 헐렁한 목욕가운 아래로 배가 비어져나와 있었다. 평론가들은 질겁해서 법석을 떨었다. 저것은 무엇일까? 녹아내리는 눈사람? 고깃덩어리? 펭귄? 아니면 한 덩이의 석탄? 그들은 물었다. 왜 환자용 가운을 입고 있지? 그리고 혹시 가운 아래로 그걸 만지작거리고 있는 건가?

로댕을 믿어주고 싶은 사람들조차 난감하기만 했다. "이 종양들, 이 우스꽝스러운 왜곡 속에서 뭔가 아름다운 것을 찾을 수 있게 도와주소서!" 로댕의 추종자들이 본 것을 자신도 보고자 노력했던 어느 평론가의 글이다. 아아, "나는 보지 못했고, 재로 내 이

로댕의 발자크 기념상,
1908년 에드워드 스타이켄이
찍은 사진.

마를 덮었다. 나는 결코 이 종교에 속하지 못하리라."

작품을 위탁한 뒤, 믿음과 인내심을 갖자는 졸라의 간청 때문에 오랜 시간을 기다린 협회 회원들조차 작품을 보자마자 퇴짜를 놓았다.

이번에도 로댕의 친구들이 변호에 나섰다. 모네는 "절대적으로 아름답고 훌륭한 조각"을 칭찬하며 얼간이들은 무시하라고 로댕을 위로했다. 오스카 와일드Oscar Wilde는 조각의 머리가 "눈부시다"고 했다. 툴루즈 로트렉Toulouse-Lautrec · 마이욜Maillol · 드뷔시Debussy · 보들레르 · 아나톨 프랑스Anatole France도 작품에 대한 지지를 선언하고 나섰다. "고귀하고 세련된 나라 프랑스가 고결하고 탁월한 예술가로 살아온 로댕에게 그에 합당한 처우를 계속해주기를 희망한다"는 내용의 공동 서한에 졸라가 빠진 것이 눈에 띈다.

당시 이미 협회 회장직을 그만둔 졸라는 또 다른 사건에 휘말려 있었다. 사 년 전 프랑스 군대는 무고한 유대인 대위 알프레드 드레퓌스Alfred Dreyfus에게 반역 혐의를 씌워 악마의 섬으로 유형을 보냈다. 하지만 조사 결과 기결수 드레퓌스는 간첩이 아니었고, 진범과 군대의 평판을 보호하고자 한 반유대주의 정보국장에 의해 누명을 썼음이 드러났다.

졸라는 드레퓌스 사건의 재수사를 요구하는 4,000자 분량의 맹렬한 폭로기사를 썼다. 〈로로르L'Aurore〉 1면에 '나는 고발한다J'Accuse!'라는 제목으로 실린 폭발적인 글에 프랑스 지식인들은 양편으로 갈려 치열한 논쟁을 펼쳤다. 세잔과 에드가 드가Edgar Degas · 폴 발레리Paul Valéry는 보수주의자 편에 서서 드레퓌스에 반대한 반면, 모네와 마르셀 프루스트Marcel Proust는 친 드레퓌스 좌파의 선봉장이 된 졸라를 지지했다. 법원이 비방죄로 1년형을 선고하자, 졸라는 영국으로 도피했다.

논쟁이 십 년 이상 이어졌지만, 로댕은 단 한 번도 오랜 친구이자 동지를 지지하는 발언을 하지 않았다. 로댕이 반유대주의 성향을 갖고 있었는지 아니면 단순히 정치 논쟁에서 벗어나고 싶어했는지는 분명치 않다. 그는 자신과 직접 관련이 없는 사안에 대해서는 좀처럼 의견을 밝히지 않는 사람이었다. 동시대의 문화현상에 대해 모르는 것이 하도 많아 친구들이 기막혀하곤 했다. 하다못해 찰스 다윈Charles Darwin에 대해서도 몰랐다. 그의 무지에 불쾌감을 느끼는 사람들도 있었다. 졸라도 그랬다. 졸라는 자신이 일생 최악의 시기를 보내고 있을 때 지지의 손길을 내밀지 않은 로댕을 용서하지 않았다.

한편, 흥미롭게도 졸라와의 인연이 〈발자크〉에는 도움이 되었다. 로댕의 열혈 지지자들 다수가 친 드레퓌스 입장이었는데, 그들은 로댕과 졸라의 불화에 대해서는 몰랐던 것이다. 그들은 전시회를 보러 왔고, 비난받는 〈발자크〉를 드레퓌스처럼 무고한 혐의를 입은 사람들의 상징으로 보았다. 개인 수집가들이 작품을 구매하겠다고 제의해오기 시작했고, 영국 예술가협회가 작품을 런던에서 전시하자고 설득하기도 했다.

결정은 로댕의 몫이었고, 그는 〈발자크〉를 아예 팔지 않기로 했다. 그 작품이 자신에게 너무나 소중해서 "내 조각의 유일한 소유주가 되기로 마음먹었다"는 성명을 발표하는 한편, 〈발자크〉를 구매하지 않기로 한 협회 결정으로 자신은 '경제적 재앙'에 빠질 테지만, 자신의 예술을 변호하기에는 너무 늙었다고도 했다.

로댕이 자신의 예술을 '변호'하기를 거부한 것은 너무 늙어서가 아니라 그럴 필요가 없다는 것을 알았기 때문일 수도 있다. 프랑스는 아직 그를 진심으로 받아들이지 않았을지 모르지만 영국은 그를 한없이 찬미했다. 〈발자크〉가 발표된 그해, 영국에는 〈코가 부러진 남자〉의 주조본이 열 점이나 있었던 반면, 프랑스에는 그것을 가진 사람이 한 명도 없었다. 그런가 하면 나중에 영국 최대의 로댕 후원자가 되는 윌리엄 로센스타인William Rothenstein은 자신이 소유한 런던의 최신 화랑에 로댕의 에로틱 드로잉들을 전시했다. 그는 그 작품들이 고전적이면서도 계시적이라고, 로댕 본인도 미처 시도해보지 못한 차원의 조각을 예시하고 있다고 믿었다.

또한 영국인들은 당시 인물의 흉상에 더 높은 가치를 부여했다. 런던의 작가 조지 무어George Moore는 "자동차와 사냥꾼들은 물건들을 내돌리다가 폐허 더미에 떨구지만 흉상은 로마제국보다도 오래 살아남는다"면서, 낸시 커너드Nancy Cunard 부인에게 로댕이 나이를 먹고 있으니 빨리 작품을 한 점 주문하라고 권했다. "로댕의 손이 힘을 잃고 눈이 흐릿해지기 시작하면 더이상의 조각은 없는 겁니다. 모든 예술가들이 고대로부터 어떤 조각도 기법의 아름다움에서 로댕의 작품에 비견할 수 없다고 믿고 있어요."

영국의 젊은 예술가들이 '거장maître' 밑에서 수련하기 위해 프랑스로 이주하기 시작했다. 르코크 밑에서 함께 배운 급우이자 친구로 당시 슬레이드 미술대학 교수로 있던 알퐁스 르그로Alphonse Legros가 파리로 떠나는 학생들을 로댕과 연결해주고 개인교습을 주선했다. 그들 중에는 영국 시인 로버트 브라우닝Robert Browning의 아들 펜 브라우닝Pen Browning도 있었는데, 그는 로댕의 지도하에 님프 옆에 선 아폴론Apollo을 작은 청동 조각으로 만들었다. 이에 감명을 받은 아버지 브라우닝이 로댕을 만찬에 초대했다. 그는

"렘브란트처럼, 로댕은 비참함이 살아 숨 쉬게 하고, 늙어서 굽은 등에서조차 아름다움과 시를 발견해낸다"고 말했다.

어릴 적 꿈이 웅변가였던 로댕에게 학생을 가르치는 건 쉬운 일이었다. 보베의 기숙학교에서도 텅 빈 교실에 서서 강연 연습을 하곤 했다. 쉬는 시간에 강단에서 몸짓을 섞어가며 연습에 몰두하다가, 아이들이 문가에서 훔쳐보다 킬킬거리며 웃는 소리를 듣고 문득 제정신으로 돌아온 일도 있었다.

그에게 배우겠다는 수요가 나라 밖에서까지 밀려오자, 로댕은 학교를 세워야 할 입장이 되었다. 1899년 가을, 그는 한때 자신의 조수였던 앙투안 부르델Antoine Bourdelle, 쥘 데부아Jules Desbois와 함께 몽파르나스 대로에 로댕학교를 설립했다. 이번에는 빈 교실이 아니었다. 수강신청을 받기 시작하자 곧바로 서른 명이 등록을 마쳤다.

한 학생은 "그를 보고 이야기를 나누면 당장 작업을 하고 싶어졌다"고 말했다. 잡지 〈쿤스트 운트 퀸스틀러Kunst und Künstler〉는 로댕학교가 머지않아 그랑드 에콜을 위협할 거라는 추측기사를 내놓았다. 로댕에게 그보다 더 신나는 일은 없었다. 자신을 거절한 그 학교를 결코 용서하지 않았던 그에게, 젊은 정신들을 완고한 전통에 맞서게 할 기회가 주어진 것이다.

파리의 예술 교육에서 그랑드 에콜이 지녔던 확고부동한 권위에 저항한 것은 로댕학교만이 아니었다. 줄리앙Julian과 콜라로시Colarossi 아카데미들을 비롯해 예술가가 이끄는 교과 과정들이 대안으로 등장하고 있었다. 그들도 여성과 외국인 학생 들에게 문호를 개방했다. 로댕학교의 첫 학기에 등록한 학생들 가운데는 미국의 사라 휘트니Sarah Whitney, 스코틀랜드의 오틸리 매클래런Ottilie McLaren, 그리고 독일 조각가 클라라 베스트호프Clara Westhoff가 있었다.

북부 도시 브레멘 출신의 베스트호프는 조금 어색할 정도로 껑충한 키에 묵직한 턱, 그리고 검은 눈을 갖고 있었다. 숲 지대처럼 고요하고 어두운 얼굴만큼 말수도 적었다. 그녀는 열일곱 살에 조각을 공부하러 뮌헨으로 갔다가 연상의 화가 프리츠 마켄젠Fritz Mackensen을 만났고, 그를 따라 그녀의 고향에서 가까운 보르프스베데에 그가 만든 한적한 예술인 마을로 떠났다. 내성적인 그녀는 한동안 장엄한 황무지와 자신처럼 사회 부적응자 같은 동료 예술가들 틈에서 편안함을 느꼈다. 하지만 스물한 살에 접어들면서 그 조그만 마을에 평생 묻혀 살기에는 자신의 야망이 너무 크다는 사실을 깨달았다.

위대한 조각가 로댕이 파리에 학교를 세웠다는 소식을 들은 베스트호프는 당장 짐을 쌌다. 1899년 겨울 몽파르나스에 도착한 그녀는 5층까지 계단을 걸어올라가 작은 호텔 방에 짐을 풀었다. 파리의 예술가들 대다수가 불과 몇 년 전에야 현대 파리에 편입된 시골풍의 언덕 마을 몽마르트르에 살던 시절이었다. 몽마르트르는 집세가 싸고 르 샤 누아르Le Chat Noir와 몽마르트르의 실제

풍차를 본떠 건물 앞에 장식해놓아서 유명했던 물랭 루주Moulin Rouge 같은 신나는 카바레들 때문에 보헤미안들이 모여 살았으나, '진짜배기' 파리를 찾는 관광객들이 차츰 몰려들자 건물주들은 기회를 놓치지 않았다. 이제 집세가 밀려서는 안 되었고, 외상도 인정되지 않았고, 그림이나 시로 대신 지불할 수도 없게 되었다. 몽마르트르가 상업화되면서 몽파르나스로의 대대적인 남하가 시작되었다. 베스트호프가 도착한 전해에 문을 연 돔Dôme은 기존의 라 클로즈리 데 릴라La Closerie des Lilas와 함께, 빈둥거리는 수많은 '몽파르나스인들Montparnos'을 위해 속속 들어설 수많은 카페들의 신호탄이 되었다.

베스트호프와 절친했던 독일 화가 파울라 베커Paula Becker가 몇 달 후 옆방으로 이사를 왔다. 그녀가 들어온 날 밤, 두 사람은 새벽녘까지 이야기꽃을 피웠다. 둘은 그 전해에 보르프스베데에서 친구가 된 사이였다. 베스트호프의 섬세한 흉상 작업을 지켜본 베커는 조각가 본인도 부드러운 사람일 거라 생각했고, 얼마 지나지 않아 두 사람은 서로의 머리를 백합 모양으로 땋아주고 저녁을 먹은 뒤 함께 왈츠를 추는 사이가 되었다. 그들은 여러 면에서 상호보완적으로 정반대였다. 베커는 짙은 금발에 시야의 모든 것을 흡인하는 커다란 갈색 눈을 갖고 있었다. 베스트호프는 우울하고 말이 없었다. 사람들과 모인 자리에서 베스트호프가 수줍음에 압도되어버리면 베커의 넘치는 활기가 두 사람 몫을 해냈다.

파리에서 재회한 그들은 독일 예술에 대해 아무런 관심이 없는

파울라 베커와 클라라 베스트호프, 1899년경 보르프스베데에서.

도시에 사는 '여성 예술가'라는 공통된 입장에 있었다. 두 사람은 값싼 보리 커피며 그들이 좋아하는 페이스트리를 파는 상점들을 찾아 도시를 함께 탐험했고, 전시회에 가서 모네와 세잔 같은 대표적인 프랑스 예술가들을 발견했다. 특히 세잔에 감명 받은 베커가 그의 작품을 전시한 화랑에서 한없이 맴도는 모습을 베스트호프가 본 적도 있었다. 베커는 단조로운 기법으로 그린 세잔의 작품들을 보며 보르프스베데의 자연주의자들 사이에서 호응을 받지 못한, 자신이 그리던 그림들에 대한 일종의 지지를 찾았던 것 같다.

베스트호프는 친구만큼 파리에 열광하지 않았다. 베커는 파리의 열광적인 에너지와 세계주의적 풍조에 들떴지만, 베스트호프는 열심히 노력해서 로댕에게 좋은 인상을 남기는 데만 관심이 있었다. 하지만 그것은 갈수록 답답하고 힘든 일이었다. 처음에 그의 작업실을 찾아가 유쾌한 시간을 가졌기에 기대가 컸다. 그녀는 부모에게 말했다. "선생님은 저를 무척 다정하게 대해주며 작업 중인 것들을 이것저것 많이 보여주셨어요. 하지만 안타깝게도 여러 가지 이유 때문에 남자들하고 함께 작업할 수는 없을 거래요." 그녀는 그런 피상적인 구분을 작품으로 뛰어넘을 수 있을 거라 믿었다. "언젠가는 선생님을 내 작업실에 초청할 거예요."

베스트호프는 로댕의 강의에서 큰 영감을 받았다. 수업은 직선적이었고, 그는 복잡한 관념들을 간결하고 이해하기 쉬운 원리로 단순화하는 요령이 있었다. 로댕의 제자 오틸리 매클래런은 "대단치 않은 자들은 자신의 작품을 신비화하려 애쓰고 거기에 가르칠 수 있는 것이 없는 체하지만, 가르치는 힘을 갖춘 사람이라면 가르칠 수 있는 것이 무척 많다"고 말했다. 하지만 베스트호프는 로댕의 본보기만으로는 만족하지 못했다. 그가 자신의 작업실로 찾아와 작품을 직접 보고 비평해주기를 원했다. 하지만 한 달에 한두 차례 방문이 전부였고, 그나마 나중에는 조수를 대신 보냈다.

그 무렵 로댕은 1900년 만국박람회 참가 신청이 마감되기 전까지 재원을 마련하느라 바빴다. 시로부터 공식 초청을 받지는 못했지만, 전시관 비용을 직접 댄다면 참가를 허용한다는 약속이 있었기 때문이다.

다른 예술가들이 전시할 작품의 세부 마무리를 돕는 것을 빼고는 만국박람회에 제대로 참여해본 적이 없는 그였다. 전시관 비용이 8,000프랑에 달했으나 놓칠 수 없는 기회였다. 당시 파리 인구가 300만이 안 되었는데 무려 5000만 명의 관람객이 몰려올 행사였기 때문이다. 자신만의 전시관을 가지고 참여하는 예술가는 로댕이 유일했다.

그는 쿠르 라 렌과 몽테뉴 가街가 만나는 통행 많은 교차로에 위치한 삼각형 지구 알마 광장을 사용하겠다고 파리 시에 요청했다. 로댕에 대해 의견이 갈린 시 의회는 그 요청을 즉각 승인하지 않았고, 부업으로 시를 쓰는 정치인이 힘을 써주어 간신히 요청이 받아들여졌다. 로댕은 자신이 얼마나 운이 좋았는지 깨닫고 "파리가 보르지아 시대의 이탈리아였다면 나는 독살당했을 것이다"라고 말했다.

행운을 허비하지 않기로 굳게 마음먹은 로댕은 저축해둔 돈을 쏟아붓고 은행 세 곳에서 대부를 받아 강철 테두리에 치장 벽토를 사용한 루이 16세 풍의 육면체 전시관을 지었다. 높은 아치형 창을 통해 새어들어오는 빛으로 나뭇잎들이 채색되어, 전시관은 푸르고 비옥한 온실 같은 느낌을 주었다. 조각이란 빛이 가장 좋은 야외에서 감상해야 한다는 것이 로댕의 생각이었다.

이 작업에 그의 모든 시간이 집중되었기에, 설립한 지 몇 달 후인 4월에 학교 문을 닫아야 했다. 실망한 베스트호프는 독일로 돌아가려고 다시 짐을 쌌지만, 적어도 곧 펼쳐질 만국박람회의 장관은 보고 가야 할 것 같았다. 그녀는 베커와 함께 몇 달 동안 새 전시장들을 짓는 인부들의 작업 모습을 울타리 틈으로 훔쳐보았다. 파리야말로 '벨 에포크'의 여왕이며 20세기 너머까지 군림할 것임을 전 세계에 입증하기 위해 시에서 사 년에 걸쳐 준비한 행사였다.

파리 시민들이 1899년에서 1900년으로 달력을 넘기기가 무섭게 '팽 드 시에클fin de siècle[9)]' 동안 도시를 움켜쥐었던 절망감과 불안이 사라지고 새로운 세기에 대한 낙관주의가 스며들었다. 신기술이 가져다줄 가능성에 대한 흥분이 기계산업에 대한 한때의 두려움을 대체했다. 제조업의 발전으로 소비자들의 새로운 욕구가 활성화되었고, 신경과학과 심리학 분야의 진보는 히스테리에 대한 공포를 진정시켜주었다.

그해에 열린 파리 만국박람회에서는 4차 국제 심리학회가 개최되었다. 그곳에서 제시된 연구들은 미지의 것에 대한 보다 폭넓은 문화적 수용을 함의하고 있었다. 최면술, 초감각적 지각, 초심리학 등의 주제를 놓고 신문지상에서 열띤 논쟁들이 벌어졌다. 몇 달 전 출간된《꿈의 해석Die Traumdeutung》에서 프로이트는 꿈이 무의식에 이르는 '왕도'라고 선언했다. 이 미스터리들을 매혹적인 탐구 영역이라고 생각한 학자들도 있었고, 수치스러운 것으로 일축하는 이들도 있었다.

---

9) 세기말.

1900년 만국박람회 기간 동안 점등되었던 에펠탑.

만국박람회는 대중시장의 유토피아였으며, 훗날 발터 벤야민 Walter Benjamin이 쓴 대로 '사람들이 즐기러 들어가는 환등상'이었다. 박람회가 개막되고 마차들이 굴러들어오는 순간, 한쪽으로 길게 뻗은 모자 쓴 여자들이나 지팡이를 든 남자들이나 모두 영화와 자동차와 식민지에서 들어온 이국적인 물건들, 미술품, 그리고 전기 등 새로운 것들을 대면하고 놀랄 준비가 되어 있었다. 프랑스 기술자들은 듬성듬성 떨어진 촌락들을 연결해 통합된 도시로 변신시킬 메트로 지하철과 아르누보 풍의 역들을 선보였다. 센 강 양쪽에는 아라비아의 야외 시장 수크와 알프스의 산장 샬레 등 이

국풍의 건축물들을 본뜬 마을이 들어섰다. 한량들을 위해 새로 지은 아치형의 강철교 알렉상드르 3세 다리는 샹젤리제와 세운 지 십일 년이 됐지만 금빛 도료를 입혀 새것처럼 빛나는 에펠탑을 이어주었다. 박람회의 최대 볼거리는 전차를 탄 요정으로 꼭대기를 장식하고 안에는 눈부신 전등 불빛을 반사하는 분수와 거울들을 설치한 높이 60피트의 전기궁전이었다.

유리 돔을 장착한 그랑팔레와 사다리꼴의 프티팔레는 첨단 프랑스 예술을 소개하기 위해 지은 것이었다. 그랑팔레는 들라크루아 · 쿠베르Coubert · 르누아르의 그림들을 비롯한 전前 세기의 작품들을 전시했고, 프티팔레는 최근 십 년 이내의 미술품들에 초점을 맞췄다(인상주의는 완전히 배제되었지만). 로댕의 〈생각하는 사람〉에 대한 페미니스트적 반박으로 널리 해석된 〈심오한 생각〉 등 클로델의 작품 세 점이 전시작에 포함되었다. 얇은 드레스를 입은 여자가 불이 지펴진 벽난로에 바짝 붙어 무릎 꿇고 양손으로 난로 선반을 붙들고 있는 모습을 보여주는 클로델의 그 작품은 로댕의 것과 달리 남성적인 근육질과는 거리가 먼 연약함의 초상이다. 위태롭고 모호하고 파멸적인 이 작품에서 당시 여성으로서 지성인의 삶을 산다는 것이 무엇이었는지를 엿볼 수 있다.

로댕도 흉상 한 점과 〈입맞춤〉을 출품했지만, 바로 길 건너에서 벌어지는 자신만의 400평방미터 크기의 구경거리에는 댈 것이 못 되었다. 그는 자신의 전시관에 〈발자크〉와 〈걷는 남자L'Houme gui marche〉, 〈지옥의 문〉의 석고 버전, 그리고 수많은 신체 부위들을 포함해 무려 165점의 조각작품을 설치했다.

로댕으로서는 그때까지 연 가장 큰 규모의 전시였건만 희망했던 만큼의 호응이 즉각 일어나지는 않았다. 비가 6월의 개막 축하 행사들을 망쳐놓은 데다, 관람객들의 시선이 빛과 무용수들이 동원된 호화로운 구경거리들에 집중되어 평범한 전시에까지 미치지는 않았기 때문이다. 로댕이 시인 장 로랭Jean Lorrain에게 한산한 전시관 밖 모습에 대해 불평하자, 로랭은 "몽테뉴 가에는 고양이 한 마리도 없다"고 맞장구쳤다.

물론 좀 더 진지한 관람객들은 로댕의 역사적인 프로젝트를 놓치면 안 된다는 것을 알고 있었다. 로댕의 조수 하나는 첫날 방문한 사람들이 적어도 서로보다는 작품을 들여다보는 데 집중하는 것 같다고 생각했다. 기괴하게 관능적이고 분열된 로댕의 조각들에 대한 소문이 돌기 시작했고, 몇 주 안에 로댕은 오스카 와일드, 폰 힌덴부르크von Hindenburg 왕가 사람들, 현대무용가 이사도라 덩컨Isadora Duncan 등을 접견할 수 있었다. 젊은 예술가 에드워드 스타이켄도 들러, 그동안 별러온 대로 〈발자크〉 옆에 선 로댕을 프레임에 담았다.

로댕의 작품에 깊은 인상을 받은 덩컨은 "머리는 어디 있어?" 또는 "팔은 어디 간 거야?" 같은 무식한 소리를 하며 지나가는 관람객들에게 "이게 실물이 아니라 상징이라는 걸, 삶의 이상理想이라는 관념인 걸 몰라요?"라고 말하며 작품을 변호하기까지 했다.

평단의 호평도 이어졌다. 에세이 작가 루돌프 카스너Rudolf

Kassner는 로댕을 가리켜 "생존하는 가장 현대적인 예술가이다. 역사적인 관점에서 볼 때 필요한 유일한 사람이다. 로댕이 없었다면 그리스인들이 시작해 미켈란젤로에서 중간 지점에 이른 발전 과정은 완결되지 못했을 거라는 내 주장은 빈말이 아니다"라고 선언했다. 그는 "글자 그대로 신기원을 이루었다."

베스트호프와 베커도 깊은 감명을 받았다. 베커는 보르프스베데의 한 친구에게 "어제도 갔고 오늘도 다시 갔어. 이건 파리에서의 내 삶에 있어 획기적인 경험이야"라고 쓰며 얼른 오라고 권했다. 특히 로댕은 "삶과 삶의 혼을 엄청난 힘으로 포착했어. 내 생각에 그는 오직 미켈란젤로와만 비교될 수 있을 것 같고, 어떤 점에서 나는 그가 더욱 가깝게 느껴져. 그런 사람들이 지상에 존재한다는 것만으로도 노력하며 살아갈 가치가 있는 것 같아."라며 감탄의 느낌을 표현했다. 로댕의 전시는 그해 여름 보르프스베데로 돌아갈 두 여자에게 힘을 실어주었다. 그들의 머릿속은 벌써 여러 아이디어들로 들끓어오르고 있었다.

5

지구촌의 여행자들이 새로운 세기의 첫 만국박람회를 보기 위해 파리로 몰려들고 있을 때 어떤 예술가들은 현대의 스펙터클에 맞서 아예 사회를 피해 물러났다. 독일의 한 집단은 도심을 빠져나와 평야 농지에 초가지붕 오두막들이 들어선 촌락 보르프스베데로 향했다.

1880년대 중반, 뒤셀도르프 예술대학에 다니던 프리츠 마켄젠은 여름이 되면 햇빛 가득한 풍경을 화폭에 담기 위해 보르프스베데로 갔다. 은빛 자작나무들과 토탄으로 새까만 호수가 대조를 이루었다. 잘 익은 사과들이 나무에서 떨어졌다. 그것은 도시생활의 공격적인 분주함, 예술대학의 지겨운 형식주의(당시 주류를 이룬 도덕적 사실주의에 대해 주로 가해진 비판)에 지친 그에게 꼭 필요한 영적 회복의 시간이었다. 그는 농부와 토탄 채집꾼들이 사는 그 마을에서 그들도 자신과 같은 효과를 볼 거라고 장담하며 하인리히 포겔러Heinrich Vogeler와 오토 모데르존Otto Modersohn 같은 뒤셀도르프의 친구들을 불러들였다.

1889년 그들이 뒤셀도르프로 돌아가지 않기로 결정함으로써 예술인 마을이 탄생했다. 그 비옥한 풍경의 공기를 들이마시면 왕성한 창조력이 분출되리라는 기대와 함께 새 사람들이 합류했다. 보르프스베데 사람들에게는 오직 자연이 스승이었고, 예술가들은 손에 붓을 들고 배우는 것만큼이나 구름을 올려다보며 많은 것을 배웠다. 십 년 새에 클라라 베스트호프와 파울라 베커를 포함한 젊은 세대들이 들어오기 시작했고, 1900년 8월 포겔러는 피렌체의 한 파티에서 만난 젊은 시인을 그곳에 초청했다. 바로 라이너 마리아 릴케였다. 그의 신작시들에 사용할 낭만적인 동화풍의 삽화를 포겔러가 그려주기로 약속이 되어 있었고, 그래서 직접 만나 협업을 하자고 릴케를 부른 것이다.

"이곳에서는 눈이 얼마나 커지는지! 내 눈은 아무 때고 그저 하늘만 올려다보고 싶어한다." 릴케가 보르프스베데에 도착해서 쓴 글이다. 예술인 마을 입주자 대부분이 허름한 농가에서 살았지만, 포겔러의 집은 '위겐트슈틸Jugendstil[10)]' 풍의 걸작으로 개조되어 있었다. 아치형 난간에 이어 층계가 나오고, 층계를 오르면 포도

10) 독일의 아르누보.

덩굴에 덮인 순백의 벽이 나타났다. 황갈색 눈에 소년 같은 섬세한 얼굴을 가진 포겔러가 릴케를 따뜻하게 맞아 특별한 손님에게만 제공되는 '푸른 박공 방'으로 안내했다.

공용실에 들어가니 커다란 의자에 앉아 휴식 중인 젊은 사람들이 보였다. 화병에 들꽃이 꽂혀 있고, 누군가 피아노로 슈베르트를 치고 있었다. 여자들은 장미 화관을 둘렀고, 남자들은 유행하던 고풍 패션으로 깃을 빳빳하게 세운 셔츠를 입은 모습이었다.

릴케가 꼭 필요로 하던 편안한 환경이었다. 거절로 점철된 한 해였다. 안드레아스 살로메에서 톨스토이, 그리고 최근에는 안톤 체호프Anton Chekhov까지 릴케를 거절했다. 릴케는 체호프에게 여러 번 편지를 보내 자신이 번역한 〈갈매기The Seagull〉의 원고를 읽어달라고 청했으나 응답이 없었다. 또 릴케는 당시 러시아 잡지 〈예술세계〉 편집자로 일하던 무용감독 세르게이 디아길레프Sergei Diaghilev에게 자신이 베를린에서 열 계획인 미술전을 지원해달라고 간청하는 편지를 보내기도 했다. 디아길레프는 거절했고, 미술전 개최 계획은 수포로 돌아갔다.

하지만 그곳 보르프스베데에서 그는 사랑과 우정과 예술의 융합을 믿는 따뜻하고 친밀한 공동체를 발견했다. 그는 이렇게 썼다. "나는 이 풍경을 깊이 신뢰한다. 그리고 여러 날에 걸쳐 그것이 제시해줄 길과 가능성들을 달게 받아들일 것이다. 나는 여기서 다시 묵묵히 나아갈 수 있고, 변화해서 살 수 있다." 그러나 보르프스베데 사람들이 릴케를 어떻게 받아들일지는 애매했다. 다른 남자들은 벨벳 조끼에 긴 영국식 외투를 입었는데, 릴케는 샌들에 시원한 농부용 작업복 상의 차림으로 도착했다. 나름대로 보헤미안다운 옷을 찾아 입은 것이었으나, 슬라브족 하인이나 체코 민족주의자처럼 보여 가정부들조차 뒤에서 웃음을 터뜨렸다.

그의 시 역시 동료들로부터 즉각적인 호응을 얻지 못했다. 도착하고 얼마 지나지 않은 어느 날 밤, 그는 촛불을 밝힌 음악실에서 열린 주례 살롱에 참석했다. 발표할 차례가 오자 릴케는 침착한 바리톤 음성으로 자신의 시를 낭송했다. 낭송을 하다보니 시에 대한 자신감도 생겼다. 벨벳 안락의자에 앉은 흰 드레스 차림의 여자 둘이 그를 뚫어져라 노려보는 모습이 눈에 들어왔다. 막 파리에서 돌아온 베커와 베스토호프였다.

릴케의 낭송이 끝나자, 나이 지긋한 교수 칼 하웁트만Carl Hauptmann이 마지막 한 줄을 빼면 더 좋은 시가 될 것 같다고 말했다. 시인은 그 야만적인 생각을 접하고 얼굴이 굳어졌다. 릴케의 일기에 따르면, 그것도 조금 전 커다란 돼지가죽 수첩에 적힌 '인위적이고 추상적'이며 '부자연스러운' 산문을 읽은 사람한테서 나오는 소리라니 더 모욕적이었다. 게다가 자신의 시를 마음에 들어한 것이 확실한 여자들 앞에서 당한 굴욕이었다.

베커는 릴케의 결론과는 사뭇 다른 의견을 일기장에 적었다. 그녀 생각에 하웁트만은 "난해하고 둔감한 텍스트'를 제시했지만, 한편으로 그것은 '훌륭하고 심오한' 것이었다. 그녀가 릴케에게서 받은 인상은 그의 시보다는 '작고 섬세한 손'과 '친절하고 창백한' 얼굴 등 육체적 유순함에 집중되어 있었다. 재능이 있는 것은 분명해 보였지만, 그의 감상적인 시와 하웁트만은 서로 너무 달랐기 때문에 비교할 수 없었다. 그녀는 "사실주의와 이상주의의 싸움"이라고 썼고, 그것은 그날 밤의 촛불이 다 사윈 후까지 지속될 터였다.

어느 일요일, 그 흰옷 입은 여자들이 다시 릴케의 눈에 띄었다. 창밖을 내다보고 있는데, 히스가 무성한 황야에서 그들이 두 송이 백합처럼 홀연 나타났다. 그날 살롱에는 환한 얼굴에 챙 넓은 모자를 쓴 쾌활한 베커가 먼저 도착했고, 이어서 프랑스 제정시대풍의 허리선이 높은 드레스 자락이 부르튼 맨발 위로 길게 쏟아진 위엄 있는 여신 같은 모습의 베스트호프가 들어왔다. 진한 색깔의 곱슬머리가 그녀의 '아름답고 거무스름한 얼굴' 위로 찰랑거리는 것을 릴케는 지켜보았다. 그녀는 그날 밤의 주인공이었다. 그녀가 나타나자 집 안 전체가 환해졌다. "오늘 저녁 그녀는 볼 때마다 다른 방식으로 아름다웠다"고 릴케는 썼다. "귀 기울여 듣고 있을 때가 특히 그랬다."

하지만 하웁트만이 또다시 나름의 이론을 세우며 릴케의 기분을 망치기까지는 그리 오래 걸리지 않았다. 그는 그날 밤에도 토론을 장악했고, 이어서 권주가도 불렀다. 술자리로 끝나는 모임이라면 자신은 외톨이가 될 거라는 것을 릴케는 잘 알고 있었다. 그는 술을 즐기지 않았고 춤도 추지 못했다. 어느새 하웁트만이 베스트호프와 춤을 추는 모습이 릴케의 눈에 들어왔다. 그도 사람들

틈에 끼어 어울리려고 해보았다. "나는 사람들과 악수를 하기도 하지 않기도 했고, 웃기도 웃지 않기도 했다. 스스로를 자극했다가 이내 뻣뻣해져서 구석자리에 앉아 맥주 냄새를 맡고 담배연기를 들이마셨다." 그는 그 자리의 모습이 '역겨운' 광경이라고, 매우 독일적인 천박함의 과시라고 생각했다. 술잔에 코를 박은 남자들, 숨 막힐 듯 자욱한 담배연기, 술 취한 자들의 억지 너털웃음. 마침내 그는 그만 자러 가려고 자리에서 일어났다.

그런데 놀랍게도 흰옷 입은 그 여자들이 따라오고 있었다. 하도 웃어서 볼이 발그레했고, 춤을 추고 나온 몸은 후끈했다. 릴케가 창문을 열어주자 그들은 창가에 앉아 몸을 식혔다. 가빴던 숨이 잦아들자 그들은 달빛에 관심을 돌렸다. 릴케는 더이상 떠들썩한 주연에 의해 '허물어진 모습'이 아닌, 밤 풍경을 유심히 응시하기 시작한 그들을 바라보았다. 그 순간, 그는 창틀 안에 비친 변천의 초상을 보았다. 베커와 베스트호프가 눈 깜짝할 사이에 소녀에서 예리한 눈의 예술가로 탈바꿈한 것 같았다. 그들이 떠난 뒤에도 그 영상을 떨쳐내지 못한 릴케는 일기에 몇 줄의 시를 적었고, 그들은 "아직도 반은 속박되어 있지만 어느새 장악하고 있는…" 이라고 묘사되었다.

릴케는 유년기가 끝나는 바로 그 순간 예술가의 삶이 시작되는 것이 이상적이라는 결론에 다다랐다. 아이의 무구한 경외감을 갖고 세상을 향해 몸을 열 때, 그날 밤 베커와 베스트호프의 간절한 눈에 달빛이 들어왔듯 이미지들이 자유로이 흘러들어온다는 생각이었다. 그렇다면 그 이미지들을 어떻게 끌어모아 예술로 승화시킬지 배워야 할 때였고, 보르프스베데야말로 그것을 배우는 데 최적의 장소로 보였다. "연일 상실로 점철됐던 러시아 여행은 내 눈이 아직 숙성하지 못했다는 아픈 증거로 남아 있다. 내 눈은 받아들이고 담고 내보내는 법을 모른다. 묶여 있는 것이다…. 내가 누군가에게 배울 수 있다면, 그것은 틀림없이 이곳 풍경과 꼭 닮은 이 사람들일 것이다."

릴케는 먼저 오토 모데르존을 찾아갔다. 키가 크고 붉은 턱수염을 기른 서른다섯 살의 그 화가는 대부분의 예술인 마을 입촌자들보다 나이가 많고 입지도 탄탄한 편이었다. 그의 작업실에는 음울한 풍경화들, 그리고 색조 및 퇴색을 연구하는 데 사용해온 죽은 새 및 식물들로 가득한 진열함들이 널려 있었다. 릴케가 시각예술가의 관점에서 세계를 경험하고픈 욕구를 털어놓자, 모데르존도 동감을 표시하며 젊은이라면 그릇처럼 수용적으로 생에 접근해야 한다고 말했다. 그럴 수만 있다면 자신의 삶이 해답들이 아닌 이미지들로 가득 차기를 기대해야 한다는 것이었다.

릴케는 모데르존의 작업실에서 나와 파울라 베커에게 갔다. 그들이 얼마나 쉽게 "대화와 침묵을 통해 서로에게 가까워졌는지" 깨달은 그는 자신이 '검은' 조각가보다 '금발의 화가'에게 더 매혹되는 것을 느꼈다. 하지만 예술의 측면에서는 베커보다는 클라라 베스트호프의 작품에 더 관심이 갔다(그는 본래 조각을 더 좋아했고, 회화는 '미혹'이라고 비웃었다). 베스트호프는 처음부터 릴케의 그리 매력적이지 못한 용모를 잊게 해주는 소년 같은 푸른 눈에 끌렸다. 한편 오토 모데르존과 베커 사이에 잔잔한 연애가 시작되고 있었다. 모데르존은 기혼자였으나 그해에 아내가 갑자기 사망했고, 두 사람은 약혼했다. 이후 릴케는 베스트호프 쪽으로 관심을 전환했다.

그의 매혹은 일차적으로 그녀의 작품에 대한 경의에 뿌리박고 있었다. 또 말수 없는 그녀의 성격 탓에 연애가 진행되기가 어려웠다. 하지만 한 주 두 주 흐르는 동안 그녀가 그에게 조각을 가르쳐주고 로댕 밑에서 공부했던 이야기를 들려주면서 둘은 차츰 친밀해졌다. 방으로 돌아오면 릴케는 일기장을 펼쳐 그녀와 나눈 대화 내용을 되살려 적어놓곤 했다. 그는 로댕에 대한 에세이를 함께 쓰자고 베스트호프에게 제안했다. 시간이 갈수록 두 사람의 관계는 더욱 애틋해졌고, 그의 산문은 시로 바뀌어갔다. 그는 그녀의 강한 손을 주제로 시를 쓰기 시작했다. 그가 조각가의 손은 세계를 새로 지을 수 있다는 신념과 함께 항상 예술가에게서 중시해오던 요소였다.

육 주가 지나고, 릴케는 보르프스베데를 떠나 베를린으로 돌아갔다. 예술인 마을에 영원히 정착할 생각은 당초부터 없었고, 너무 오래 머물면서 폐를 끼치기도 싫었다.

몸은 떨어져 있었지만 릴케와 베스트호프는 편지로 연락을 유지했다. 그녀의 글에 담긴 문학적 형상에 감명 받은 그는 자신이 그저 그녀의 경험을 바꿔 써서 회신하는 기분을 느끼곤 했다. 이때 그가 쓴 편지에서 "당신이 갖고 있는 것들을 내 말에 담고, 내 문장들을 당신에게 보내고 싶은, 무거운 짐에 흔들리는 대상처럼 당신의 영혼 속 모든 방들을 채우고 싶은" 욕망을 고백한 놀라운 구절을 찾을 수 있다.

2월, 베스트호프는 릴케를 만나러 베를린에 갔다. 그는 그녀를 안드레아스 살로메처럼 숭배하지는 않았는데, 어쩌면 그것이 매력의 한 부분이었는지도 모른다. 안드레아스 살로메와의 관계는 자신을 거세시켰다는 암시가 그의 일기에 담겨 있기도 하다. "나 자신이 부자이기를, 베푸는 사람이기를, 초대하는 사람이기를, 주인이기를 나는 원했다." 하지만 번번이 자신은 그녀에게 '가장 보잘것없는 걸인'일 뿐임을 절감하곤 했던 것이다. 그는 눈부신 연상의 애인에게 줄 것이 없었으나, 이 '처녀' 베스트호프는 절대 그를 미심쩍어하지 않는 것 같았다. 그를 향한 그녀의 애정은 신선할 정도로 순수하고 단순했다.

다음달, 릴케와 베스트호프가 약혼을 발표하자 모두가 놀랐다. 그들이 친구들에게 이 소식을 전하러 보르프스베데에 함께 돌아오자, 오토 모데르존은 파울라 베커에게 편지를 써 자기가 오늘 누구를 만났는지 맞혀보라고 했다. "조그만 릴케를 팔 밑에 낀 클라라 W.였어." 베커는 당시 베를린의 요리학교에 다니고 있었다. "항상 그가 안락한지를 먼저 챙겨야지 이기적인 생각에 끌려서는 절대 안 된다"는 다소 침울한 생일 축하 편지로 약혼자에게 온전히 헌신하라고 촉구한 아버지의 압력 때문이었다.

3월이 되었고, 베커는 불행했다. "요리, 요리, 또 요리. 이제 더는 못 하겠고, 더는 안 할 거예요." 그녀는 모데르존에게 경고성의 편지를 썼다. "내가 그림을 그리지 않고는 못 배긴다는 걸 알잖아요." 꿈을 이루기 전까지는 아기도 낳지 않겠다고 베커는 결심했다. 하지만 베스트호프는 자기만큼 의지가 강하지 않은 것 같아 걱정되었다. 결혼을 하면 결국 그녀만 희생하고 말 거라고 베커는 예측했다. 릴케를 만난 이후 베스트호프가 자기에게서 자꾸 멀어져가는 느낌이기도 했다. 왜 전부터 꿈꿔온 대로 다 함께 공동체를 이루어 살 수는 없는 걸까, 베커는 이해되지 않았다. "이제 나는 그녀의 삶에서 배제된 것 같다. 먼저 그것에 익숙해져야 한다. 그녀가 여전히 내 삶의 일부이면 좋겠다. 그녀와의 삶은 아름다웠기 때문이다."

릴케의 약혼 소식에 더 크게 실망한 사람은 안드레아스 살로메였다. 그녀는 자신의 반대는 질투에서 비롯된 것이 아니라, 한 사람과의 절대적인 관계로 인해 릴케의 창조력이 꽃도 피워보지 못하고 억압될지도 모르기 때문이라고 말했다. 그녀는 그가 가족을 책임질 만큼 성숙하지 못하다는 것도 알고 있었다. 그래서 그에게 재고를 권하는 '최후의 호소'를 써보냈다. 그러지 않을 거면 다시는 연락도 하지 말라고 못을 박았다가, 마지막 순간에 양보하여 우유 영수증 뒷면에 절망적인 상황에 빠진 경우라면 만나줄 수 있지만 정말 '최악의 순간'에만 국한된다고 조건을 덧붙였다.

최후통첩은 가혹했지만 근거가 없진 않았다. 릴케에게 가족은 태어난 순간부터 줄곧 하나의 신화였다. 아들을 딸로 여기는 어머니의 허구가 체화된 존재였던 그가(그녀에게는 귀족 행세라는 또 하나의 허구가 있었다) 이제 자신의 가정 판타지를 날조하고 있었다. 그는 베스트호프에게 보낸 편지에 결혼생활에 대한 별난 마음속 영상을 묘사한 적이 있다. 희미한 등불 아래 화덕 앞에서 그가 그녀를 위해 요리를 하고 있다. 유리 접시들마다 꿀이 빛나고, 러시아산産 식탁보가 덮인 식탁에 상아색의 차가운 버터 조각들과 커다란 빵 한 덩이, 함부르크 장미 향이 나는 차, 카네이션, 그리고 파인애플이 놓여 있다. 그가 찻잔에 넣은 레몬 조각들이 "금빛 석양 너머로 지는 해처럼 떨어진다." 키 큰 장미꽃들이 사방을 장식하고 있다.

사실 릴케는 매일 밤 오트밀을 먹었다. 하지만 그는 결혼이란 남자가 되어가는 하나의 과정이며, 아이는 예술가가 되기 전에 먼저 남자가 되어야 한다고 믿었다. 그뿐 아니라 그해 봄에는 보르프스베데 사람들 전부가 결혼을 하는 것 같았다. 하인리히 포겔러가 토박이 처녀 마르타 슈뢰더Martha Schröder와 막 결혼식을 올렸고, 베커와 모데르존은 다음달 결혼할 예정이었다.

릴케는 1901년 4월 오베르노일란트의 부모 집 거실에서 베스트호프와 결혼식을 올렸다. 그는 한 친구에게 "내 결혼의 의미는 이 사랑하는 젊은 여인이 자아를 발견하도록 돕는 데 있다"고 말하며 끔찍하게 생색을 냈다.

클라라 베스트호프와 결혼한 1901년 베스테르베데에서의 릴케.

달이 바뀌고, 두 사람은 예술인 마을에 인접한 베스테르베데의 초가지붕 오두막으로 이사했다. 교통이 두절된 고립된 환경에서 두 사람은 한동안 작품활동에 집중했다. 이듬해까지 베스트호프는 조각으로 집 안을 가득 채웠고, 릴케는 보르프스베데 화가 다섯 명에 대한 논문을 썼다. 그리고 일주일 만에 《시도집》 2권을 완성했다. 그들의 고적한 생활은 베스트호프의 임신으로 막을 내렸고 연말에 딸이 태어났다. 그들은 아기에게 '아름다운 성서 속 이름' 루스Ruth를 붙여주었다.

이후 수년간 릴케의 펜촉에서 격렬한 감정들이 쏟아져나왔지만, 딸에 대한 묘사는 놀랄 만큼 막연한 추상이 전부였다. "그 아이로 인해 삶이 훨씬 더 풍요로워졌다"쯤이 가장 높은 강도의 표현이었다. 릴케에게 루스는 가족이라는 단위를 완성해준 존재였으며, 그로써 성년으로의 전이라는 숙제도 완결된 셈이었다. 그런데 그는 이 '조그만 생물'이 말 이외의 방식으로 알리는 배고픔과 눈물에 당혹감을 느꼈다.

루스가 태어나고 몇 달 후인 1902년 2월, 베스트호프는 베커에게 보낸 편지에 이제 "꼼짝 못하고 집에 붙들린" 처지임을 토로했다. 기분 내키면 자전거를 타고 야외에 나가 오후를 즐기다가, 돌아오는 길에 무엇이든 필요한 것을 들고 올 수 있었던 시절은 지나갔다. "다른 곳에서 찾아야 했던 것들이 이제 다 집에 있어. 가꿔야 할 집이 있고, 그래서 가꾸고 또 가꾸지, 그렇게 온 세계가 그냥 내 옆에 있는 거야. 그리고 그건 나를 놓아주지 않아…. 세상이, 내가 더이상 밖에서 찾지 않는 세상이 내게로 오지…."

편지를 읽고 베커는 화가 났다. 편지 내용 자체보다는 표현 때문이었다. 그것은 베스트호프의 어법이 아니었다. 마치 릴케의 말처럼 들렸다. 베커는 그동안 억눌러온 분노와 상실감을 담아 친구를 몰아세웠다. "너희 부부에 대해 아는 것은 별로 없지만, 내가 볼 때 너는 예전의 너 자신을 너무 많이 벗어내 그것을 외투처럼 바닥에 깔아 너의 왕이 밟고 지나가게 한 것 같아." 왜 베스트호프가 자신의 "황금 망토를 다시" 걸치지 않는 것인지 그녀는 이해할 수 없었다.

게다가 베스트호프는 친구의 생일을 잊고 지나갔다. "최근에 너는 나에게 몹시 이기적이었어. 사랑이 반드시 인색해야 하는 걸까? 반드시 한 사람에게 전부를 주고 다른 사람들로부터는 받기만 해야 하는 걸까?"라고 베커는 덧붙였다. 그리고 릴케를 향해서도 한마디 했다. "친애하는 라이너 마리아 릴케 씨, 나는 당신을 공격하는 거예요, 시인합니다."

그녀는 보르프스베데에서 하나의 작은 가족이 되어 나누었던 행복을, 예술에 대한 그리고 베토벤Beethoven에 대한 사랑을 기억하라고 그에게 간청했다. 그리고 그가 보내준 최신 저서에 대해 '아름답다'고 감사의 뜻을 전한 다음 곧바로 그의 글을 모욕하기 시작했다. 내 편지에 회신을 할 거라면 "제발, 제발, 제발, 수수께끼 같은 말은 쓰지 마세요. 남편과 나는 단순한 사람들이랍니다. 수수께끼를 푸는 건 힘든 일이라, 하고 나면 괜히 머리와 가슴만 아픈 걸요."

이틀 후, 릴케는 불같은 반격을 가했다. 그는 자기 아내가 가장 필요로 할 때 연락이 닿지 않는 것을 보면 베커의 우정이란 허약한 것이 틀림없다고 말했다. 혹시 이기심 때문에 친구의 새로운 행복을 축하하지 못하는 것은 아닌지, 그와 베스트호프가 함께하기 위해 불사한 희생을 왜 인정하지 못하는 것인지 물었다.

이어서 그는 베커야말로 혼자 있기를 좋아하는 베스트호프의 성향을 항상 높이 샀던 사람이 아니냐고 따졌다. 그래놓고 이제와서 그런 성격을 비난하는 것은 위선적이라고 덧붙였다. 어째서 베스트호프의 "새로운 고독이 문을 열어 당신을 맞아들일 그날을" 기다리며 "기뻐해주지" 못하는지 물으며 "나 또한 깊은 신뢰를 갖고 그 고독의 문 밖에 조용히 서 있다"고도 했다. 그런 다음 그가 남긴 결혼의 신화에 대한 가장 유명한 글귀가 이어졌다. "두 사람의 결합에서 최우선의 과업은 상대방의 고독을 지켜봐주는 것이라고 나는 생각합니다."

베커는 항복했다. 릴케 스스로에게 유리한 수사修辭였으나, 이렇게 위엄 있는 표현에 맞서 경쟁하기란 쉽지 않았다. 베커는 그녀 자신이 결혼 첫해에 느꼈던 견딜 수 없는 외로움을, 그리고 그것을 달래줄 수 있는 사람은 세상에서 베스트호프 한 사람뿐이라고 믿었던 기억을 일기장에 적었다. 그녀는 이제 다시는 그들의 길이 하나가 되지 못하리라는 뼈아픈 전망과 마주해야 했다.

베커는 우울증에 빠졌고, 모데르존은 릴케와 베스트호프를 탓했다. 베커에게 작품이 어떻게 되어가고 있는지 묻기는커녕 한번 찾아오지도 않는 두 사람에 대한 원망이 그의 일기에 드러나 있다. 모데르존은 이렇게 썼다. "릴케는 자신의 '고귀한 아내가… 열어줄 때까지' 베커가 문가에서 기다려야 한다고 변명의 여지없는 오만함으로 주장했는데, 그렇다면 베커는 과연 뭐란 말인가. 그녀야말로 뭔가를 성취하고 있는데, 아무도 그건 안중에 없다."

이기적이건 아니건, 당시 릴케의 가족에게 닥친 고난은 과장된 것이 아니었다. 이제 아이 아버지가 되었다는 이유로, 삼촌 야로슬라프의 유산에서 제공되던 연금 지급이 중단된 상태였다. 글을 써서 돈이 벌리는 것도 아니었다. 그의 최신 단편소설집《그들 혈통의 최후The Last of Their Line》에는 평론가들의 혹평이 이어졌고, 그 책을 판매하는 서점도 거의 없었다.

그런가 하면, 릴케가 빈과 베를린에서 추진했던 미술전들도 실패로 돌아갔다. 출판사들에 보낸 신간 제안서와 신문사들에 보낸 예술비평 기자 지원서도 모두 거절당했다. 요리조리 학점을 모아 어떻게든 박사학위를 취득할 수 있을 거라고 생각했지만, 그것도 돈이 있어야 가능한 일이었다.

아버지가 프라하의 은행에 일자리를 구해주겠다고 했지만, 그런 제안 자체가 자신을 육체적으로 허약하게 만든다고 대답했다. 그것은 여태 기울어온 모든 노력을 포기하고 기껏 떠나온 그 자리로 돌아가는 행위로서, '모든 것을 죽이는 실패'라는 것이었다. 아버지의 의도가 선하다는 것은 알았지만, 그런 직종은 자신의 예술을 파괴하고 말리라는 것을 왜 알지 못하는지, 예술이 왜 오만으로 비치는지 그는 이해할 수 없었다. 어떤 사람들에게 병역이 그러하듯 릴케에게 예술은 의무였다. 릴케는 은행원으로 일하느니 차라리 가족과 함께 굶어죽겠노라 결심했다. 그런 삶은 "죽음의 위엄마저 빼앗긴 죽음 같을 것"이라는 생각이었다.

1902년 봄, 마침내 독일의 출판업자 리하르트 무터Richard Muther에게서 연락이 왔다. 미술가 연구 총서를 기획하고 있는데, 율리우스 마이어 그라페Julius Meier-Graefe의 마네 연구, 그리고 무터 자신의 레오나르도 다 빈치Leonardo da Vinci 연구 등이 포함될 거라고 했다. 최근 릴케가 보르프스베데에 대한 논문을 썼다는 것을 알고 있던 그는 로댕에 관한 논문을 쓸 수 있겠느냐고 물었다. 원고료는 고작 150마르크였지만, 돈이 몹시 궁했던 터라 릴케는 그 자리에서 수락했다. 집에서, 쳇바퀴 돌아가듯 답답한 가정생활에서 벗어날 수 있는 기회가 주어진 것이 내심 반갑기도 했다. 결혼하기 전에 그랬듯 그는 "진짜들 사이에서 진짜처럼 느끼고 진짜로서 존재하기를" 갈망했다. 파리에 가면 "도서관에서 공부하고, 마음을 가다듬고, 오랫동안 사랑하고 존경해온 로댕에 관해 쓸" 수 있을 터였다.

딸이 태어난 지 몇 달 되지도 않았는데 예술인 마을을 떠나기로 한 그의 결심이 어떤 이들에게는 용서할 수 없을 만큼 이기적인 일로 비쳤다. "얼마나 지독한가, 결혼하고 아기를 낳자마자 돈벌 궁리나 하다니!" 모데르존은 일기에 이렇게 썼다. 하지만 정작 베스트호프는 별로 반대하지 않았던 것 같다. 로댕의 제자였다는 전력을 활용해 릴케를 그에게 소개해주었으니 말이다. 그녀는 로댕의 기억을 환기시키기 위해 자신의 작품 사진을 동봉한 편지를 보냈으나 응답이 없었다. 이때 로댕은 프라하에서 열린 사상 최대 규모의 개인 작품전에 참가하고 있었고, 이어서 빈으로 가 분리파Secession 전시를 관람하고, 기념비적인 작품 〈베토벤 프리즈Beethoven Frieze〉를 막 발표한 구스타프 클림트를 만났다. 그 작품을 직접 본 로댕은 클림트의 손을 맞잡고 말했다. "당신은 굉장한 예술가입니다! 자신의 일을 이해하고 있어요."

로댕이 파리로 돌아온 6월, 릴케는 또 한 통의 편지를 보내 그 해 가을 파리에서 만나 논문 집필을 위한 연구를 시작하고 싶다고 했다. 아울러 거장의 회신을 간절히 기다리는 아내 베스트호프에게 '단 한 마디'라도 써보내주기를 간청했다.

다행히 로댕은 열렬한 애서가였다. 문학에서 영감을 받은 작품만도 수십 점이었고, 작가들이 그의 최대 지지자들이기도 했다. 작가와 평론가들의 영향으로, 번번이 그들의 평에 맞추어 작품을 조정했다는 이야기도 있었다. 어찌 됐든 이 의욕 넘치는 젊은 작가와 만나서 잃을 것은 없었다. 그래서 베스트호프를 재능 있고 상상력이 풍부한 조각가로 기억하고 있으며, 기꺼이 릴케를 만나보겠노라는, 괜찮다면 9월 또는 11월에 파리에서 시간을 낼 수 있을 거라는, 따뜻하지만 간결한 회신을 써보냈다.

릴케는 8월에 회신으로 다음달에 찾아가겠다고 전하며 아내의 스케치 몇 점을 갖고 갈 테니 부디 평을 해달라고 청했다. 그런 다음 '완전히 몰입해' 로댕의 작품을 연구하며 남은 여름을 보냈다. "작품들을 듣고 볼수록 자꾸만 더 좋아진다. 아직 살아 있는 사람 중에 그만큼 뛰어난 사람이 또 있을지 의심스럽다." 젊고 낭만적인 시인은 로댕 작품의 표현력 풍부한 격정에 자연스럽게 끌렸다. 〈생각하는 사람〉의 사유가 낳은 육체적 긴장이 정신의 상태를 체현하는 것 같았다면, 〈입맞춤〉의 끌어안은 대리석 연인들은 집중된 감정을 형상화하고 있었다.

릴케는 일에 대한 로댕의 강박적인 헌신도 존경했다. 로댕은 탁월한 예술을 위해 호사와 물질적 쾌락을 희생했다. 예술을 금이나 빵보다 중시한 까닭이었다. 그는 검소한 생활로, 또 친구들이나 가족보다 작업실에서 작품들과 많은 시간을 보내는 것으로 유명했다. 로댕은 릴케의 표현대로 "하늘 전체가 하나의 돌"인 사람이었다. 그런 금욕적인 생활방식은 곤궁이 영혼을 감화한다고 믿은 시인에게 공감을 주었다.

릴케는 어쩌면 로댕이야말로 러시아에서 찾아 헤맸으나 실패한 바로 그 거장일지 모른다고 생각했다. 로댕에게 보낸 그의 또 다른 편지에 이런 희망이 암시되어 있다. "시인이나 화가나 조각가가 아니고는 살 수 없을 것 같은 젊은이들이 참된 조언을 얻지 못하고 절망의 늪에 처박히는 것은 가장 비극적인 운명입니다. 강력한 대가를 찾는 사람들은 말이나 정보를 찾는 것이 아니라 본보기를, 위대함을 만드는 뜨거운 가슴과 손을 찾는 것입니다. 그들은 바로 당신을 찾고 있습니다."

1902년 8월, 시인은 접은 옷가지들을 완벽하게 정돈된 여행가방에 넣었다. 그는 단순히 글을 쓰기 위해서가 아니라, 예술가란 어때야 하는지 배우는 여정을 시작하기 위해 아내와 딸을 남겨놓고 길을 떠날 채비를 하고 있었다.

이 작업에 대한 시인의 헌신이 얼마나 어마어마한 것인지 로댕은 짐작조차 못했을 것이다. 릴케는 로댕의 작품을 종교처럼, 그리고 로댕 본인을 구세주처럼 숭앙했다. 모세의 뒤를 따라 약속의 땅으로 갔던 여호수아처럼, 릴케는 이 여정을 새로운 미래의 시작으로 보았다. 다른 모든 것은 불확실했지만 이것 하나만큼은 확신할 수 있었다.

2부

거장과 제자

6

찌는 듯한 8월의 오후, 릴케는 파리 북역에 도착했다. 승무원들은 승객들에게 도착 즉시 소지품을 짐꾼에게 맡기라고 충고했다. 좀도둑과 소매치기들이 유리로 된 커다란 역의 엄청난 인파에 압도된 관광객들을 노리고 있었기 때문이다.

각 잡아 다린 바지에 맨 위까지 단추를 채운 셔츠 차림의 릴케는 거리에 발을 내딛는 순간, 이 낯선 도시의 광경에 눈이 휘둥그레졌다. 그렇게 산업화된 대도시를, 씽씽 달리는 자동차들과 끝이 보이지 않는 사람들의 무리를 본 적이 없었기 때문이다. 기계에 일자리를 빼앗긴 수많은 노동자들이 거리로 밀려나와 있었다. 병들어 진물이 흐르는 몸과 햇볕에 시달린 앙상한 나무들, 그리고 '말라붙은 웅덩이 같은' 눈의 걸인들이 보였고, 곳곳에 병원이 널려 있었다.

군중은 쓰레기 사이를 기어다니는, 삶의 거대한 발걸음 밑에서 살아남으려고 허둥대는 딱정벌레들을 연상시켰다. 대도시와 대중교통이 도래하기 전에는 다른 사람들을 바라볼 일이 별로 없었다. 그런데 이제 사람들이 없는 곳이 없었으며, 개별적인 얼굴은 없고 그저 필요만 있는 듯한 떼를 이루어 존재했다.

모든 경제적 계층이 시야에 공존했다. 한번 훑어만 봐도 그 도시의 부와 빈곤의 모든 영역을 볼 수 있었다. 맨 밑바닥에는 넝마주이들이 쓰레기와 말똥을 남기며 마차를 타고 가는 부르주아들의 폐기물을 머리 위에서 받아 빈민촌을 이루어 살았고, 그 중간쯤에 거지보다 빠르게 음식 조각을 낚아채는 개들이 있었다.

로댕을 만나기 얼마 전의 릴케.

파리 사람들은 다른 곳 사람들보다 삶의 의미를 더 강렬하게 느끼는 듯 보였다. 릴케는 서둘러 일터로 향하는 이들이 마치 그가 도로에 파인 구멍쯤 된다는 듯 "나를 피해가지 않고 완전히 무시하며 밀치고 갔다"고 썼다. 그런가 하면 최신 지하철과 전차들은 "나를 꿰뚫고" 전속력으로 질주했다. 아무도 멈춰 서서 그를 도와주지 않을 것임이 금세 분명해졌다. 뮌헨에서와는 달리, 사람들은 그가 젊고 가난한 예술가라는 사실에 관심이 없었다. 거기서는 누구나 생존을 위해 싸우고 있었기 때문이다.

쓰레기 더미들을 피해 깡충거리며 호스텔로 가는 길에서 그는 엄청난 흥분을 느끼기 시작했다. 다리도 수레도 벽돌이 깔린 길도, 눈앞의 그 모든 새로운 것들이 아무도 눈길을 주지 않는, 자신만을 위해 준비된 놀이터 같은 기분이었다. 낯선 거리 이름들을 소리 내어 읽으니, 리듬감 있는 프랑스어 음절들이 머릿속에 맴돌았다. 앙드레 셰니에André Chenier · 베르제vergers…. 파리는 불결했지만, 그래도 어찌 됐든 보들레르와 위고의 도시라고 그는 생각했다.

센 강을 건너 라탱 구역에 다다를 즈음에는, 신나게 논 뒤의 피로감이 밀려왔다. 예술가들이 몽마르트르 언덕으로 올라가 마키maquis[11]를 무단 점거하거나 피카소Picasso와 키스 반 동겐Kees van Dongen이 그랬듯 전설적인 바토 라부아르Bateau-Lavoir[12] 건물에 들

11) 잡목숲.

12) 파리 북부 몽마르트르 라비앙 가 13번지에 있는 낡은 건물. 1900년대 초 비싼 집값 때문에 파리 시내에서 살 수 없게 된 가난한 예술가들이 살았다.

어가 살게 되면서 라탱 구역은 보헤미안 마을로서의 명성을 잃어버렸다. 이제는 좁다란 툴리에 로에 있는 릴케의 호스텔에서 조금만 내려가면 나오는 소르본대학의 학생들이 그곳을 장악하고 있었다.

문을 열고 들어가니, 비좁은 방은 조금도 편안해 보이지 않았다. 수많은 사람들의 머릿기름에 찌든 안락의자와 낡아빠진 양탄자, 그리고 먹고 버린 사과가 들어 있는 들통이 전부였다. 하나뿐인 창문으로는 옆 건물의 벽만 보였다. 릴케는 이로 인해 이후 오주 동안 호흡곤란을 겪었다고 한다. 게다가 그 벽에 난 여남은 개의 창이 커튼 사이로 '눈'처럼 자신을 노려보는 것만 같았다.

그는 책상에 펜과 종이를 가지런히 올려놓고 등유 램프 심지에 불을 붙인 뒤, 곤한 나그네의 무게를 못 이겨 벌써 꺼지기 시작하는 의자에 머리를 젖히고 앉아 지금까지 온 길을 돌아보았다.

9월 1일 월요일 오후 세시가 조금 못 된 시각, 호스텔에서 나온 릴케는 대리석 창고에 있는 작업실에서 앞으로 스승이 될 사람에게 자신을 소개하기 위해 센 강변을 걸었다. 채석장만큼이나 거칠고 혼란스러운 건물 안뜰 가장자리에 작업실로 쓰이는 창고들이 줄지어 서 있었다. J호 작업실 문에는 가끔 '조각가는 성당에 있음'이라는 안내문이 내걸려 있기도 했다.

다행히 릴케가 방문한 날은 그렇지 않았다. 문이 열리자, "여기저기에 회색 물체들과 흙먼지가 있는" 어두운 실내가 드러났다.

〈입맞춤〉 앞에 선 로댕, 1898년경.

진흙이 담긴 통 몇 개와 받침대도 하나 있었다. 짧게 깎은 머리에 부드러운 회색 수염을 기른 로댕이 한 손에 회반죽 뭉치를 든 채 바로 앞에서 알몸으로 포즈를 취하는 모델은 쳐다보지도 않고 서 있었다. 흙이 튀어, 입고 있는 옷이 뻣뻣했다. 키는 생각했던 것보다 작았지만, 어쩐지 고귀해 보이는 인상이었다. "항구를 빠져나온 배처럼" 이마에서 뻗어내린 코에는 테 없는 안경이 균형 있게 걸려 있었다.

고개를 들고 젊은 손님이 와 있는 것을 본 로댕은 하던 일을 멈추고 수줍은 미소를 지으면서 의자에 앉으라고 권했다. 사자 같은 풍채의 로댕 옆에서 릴케는 더욱 생쥐처럼 보였다. 스물여섯 살의 그는 코와 축 늘어진 콧수염 몇 가닥이 만나는 지점으로 얼굴이 바짝 몰려 있고 어깨가 좁았으며 허약해 보인 반면, 예순한 살의 로댕은 체구가 당당하고 움직임이 육중했으며, 긴 턱수염 탓에 어쩐지 아래로 끌리는 느낌을 주었다.

릴케가 미리 외워둔 프랑스식 인사치레를 가까스로 마치자, 고맙게도 로댕이 대화를 이끌었다. 조각가는 실내를 둘러보며 놀라운 사물들을 하나하나 짚어주었다. 저것은 석고로 만든 손, 저기 저것은 진흙으로 만든 손, 이런 식이었다. 크레아시옹création[13]이라는 프랑스어는 같은 뜻의 독일어 쇱풍Schöpfung에 비해 얼마나 더 이름다운가, 릴케는 생각했다. 로댕에게는 의외의 경쾌함이 있었다. 그는 "근사한 선물을 받은 아이처럼" 기쁨과 당혹감이 담긴 웃음을 지었다.

얼마 후 로댕은 릴케에게 마음껏 구경하라고 하고는 작업에 복귀했다. 조각 작업이 그토록 쉬워 보일 수 있다는 것에 릴케는 감탄했다. 그는 마치 어린아이가 눈사람을 만들듯 흉상을 만들었다. 진흙 덩이에 또 하나의 진흙 덩이를 올려 머리를 만든 다음, 가로로 선을 그어 입을 새기고 엄지로 두 개의 구멍을 파 눈을 만들었다. 작업이 진척될수록 로댕의 활력도 커졌다. 그가 작품 앞으로

13) 창조물, 작품.

바짝 다가설 때면, 육중한 체중 밑의 마룻바닥이 삐걱거리는 소리를 냈다. 세부들을 유심히 들여다보느라 코가 작품에 맞닿을 정도였다. 손가락을 몇 번 움직이면 얼굴이 완성되었고, 정이며 곡괭이로 슬슬 쓸어주면 몸이 완성되었다. '시간을 분으로 압축하듯' 작업 속도가 빨랐다.

로댕이 작업하는 모습을 종일 봐도 지겹지 않을 것 같았지만 첫 방문부터 실례를 범하고 싶지 않아 릴케는 그만 가보겠다고, 작품을 보여주어 고맙다고 말했다. 놀랍게도 로댕은 내일 또 오라고 했다. 시골 작업실에서 일할 예정인데, 그곳의 돌아가는 모습을 보면 유익할 것 같다는 이야기였다. 물론 릴케는 흔쾌히 수락했다.

그날 저녁 릴케는 로댕이 그토록 너그럽게 시간을 내준 사실에 마음이 한껏 부풀어 숙소로 돌아왔다. 그보다 친절하고 적극적인 취재원은 또 없을 것 같았다. 그는 베스트호프에게 "그분은 나에게 무척 소중한 분이야. 곧바로 알 수 있었어"라고 편지를 썼다.

이튿날 아침, 릴케는 프랑스어 표현 몇 개를 연습하고 싸구려지만 깔끔한 양복을 차려입은 다음 몽파르나스 역에서 아홉시 열차를 탔다. 뫼동 교외에 있는 로댕의 작업실도 어서 보고 모처럼 신선한 시골 공기도 마시고 싶은 마음이었다.

파리 남서쪽에 있는 뫼동은 기차로 이십 분밖에 걸리지 않았지만, 마치 다른 세기에 와 있는 듯한 느낌을 주었다. 구릉지대가 저

멀리서 연기를 내뿜는 도시의 굴뚝들을 감싸안고 있었다. 조그만 옛날 집들을 처음 봤을 때, 로댕은 그것들이 마치 들판의 양들 같다고 생각했다. 그러자 어린 시절의 '근심 없는 행복'이 되살아났다. 그곳이 무척 마음에 든 로댕은 빌라 데 브리앙Villa des Brillants이라는 루이 13세 풍의 저택을 구입하고 경내에 작업실을 세웠다. 카미유 클로델과 헤어지고 이 년 뒤인 1895년의 일이었다. 파리를 떠나기로 한 결정에는 그 사건이 중요한 이유로 작용했을 것이다.

릴케는 마을로 들어서는 기차 안에서 내다본 풍경에 로댕만큼 매혹되지 않았다. 역까지 이어지는 도로는 불결하고 경사가 급했으며, 집들은 센 강 계곡에 너무 밀집되어 있었다. 마을의 카페들은 이탈리아에서 본 지저분한 '오스테리아osteria[14)]'들을 연상시켰다. 로댕처럼 저명한 예술가에게 어울리는 장소 같지는 않았다.

뫼동은 강박적이라 할 만큼 깔끔하게 정돈된 모네의 저택이 자리잡은 지베르니와는 확연히 달랐다. 모네가 이국적인 꽃들을 가꾸고 수련 연못 위에 인도교를 올린 데 반해, 로댕의 저택은 자연 그대로였다. 릴케는 몇 개의 문을 지나고 나무에서 떨어진 밤과 자갈들이 거의 같은 비율로 깔려 있는 손질되지 않은 오솔길을 따라 빌라 데 브리앙으로 걸어갔다. 길 끝에 서 있는 소박한 붉은 벽돌 건물도 장관이라 하기는 어려웠다.

릴케가 문을 두드리자, 앞치마를 두르고 팔에 비누거품을 묻힌

---

14) 이탈리아의 간이식당.

여자가 문을 열었다. 릴케는 해묵은 골동품처럼 지치고 혈색 없는 얼굴로 쳐다보는 그 여자를 향해 프랑스어로 인사말을 건넨 뒤, 로댕 씨와 약속이 있어서 왔다고 말했다. 바로 그때, 로댕이 문가로 나와 릴케를 맞아들였다.

가구가 별로 없는 방들에서 릴케는 러시아에서 본 톨스토이의 간소한 집을 떠올렸다. 로댕은 가스도 전기도 없는 그 집 아래층 벽에 그림 한 점 걸지 않음으로써 창밖의 전망이 두드러져 보이게 했다. 장식이라고는 골동품들, 갈수록 늘어가는 테라코타 화병들, 고대 그리스의 나체상들, 에트루리아 시대의 공예품들, 부서진 로마의 비너스 상들이 전부였다. 간소한 트레슬 탁자와 수직 등받이 의자도 몇 개 있었다. 로댕은 쿠션은 사람을 게으르게 한다고 믿었고 "온종일 반쯤 누워 사는 것에 동의하지 않는다"고 말했다. 그런가 하면 누군가는 로댕의 집을 방문한 후 "살아 있는 행위 자체는 그에게 별 의미가 없다는 느낌을 준다"고 말했다.

로댕은 릴케를 밖으로 데리고 나가 구경을 시켜주었다. 함께 걷는 동안 로댕이 자신의 일생에 대해 이야기하기 시작했다. 취재 온 저널리스트에게 하는 말이 아니었다. 릴케도 예술가였기에, 젊은 시인이 본보기로 삼을 수 있을 만한 교훈으로 이야기를 풀어나갔다. 그가 무엇보다 강조한 것은 "트라바이에, 투주르 트라바이에Travailler, toujour travailler", 즉 "일하라, 늘 일하라"였다. "나는 내 젊음을 거기에 바쳤다네"라고 그는 말했다. 작품을 만드는 것만으로는 충분치 않고(그는 '예술art'보다 '작품work'이라는 단어를 더 좋아했다) 그것을 살아야 한다고, 그러기 위해서는 고급 와인이나 소파에 앉아 빈둥거리는 것, 그리고 그런 삶의 지향에 방해된다면 자기 아이까지 포함해 일체의 세속적 쾌락에서 벗어나야 한다고 했다.

릴케는 빠른 프랑스어로 이어지는 로댕의 충고를 한 마디도 놓치지 않으려고 열심히 귀 기울였다. 바짝 붙어 강렬한 눈빛으로 로댕을 바라보았으나, 로댕은 말할 때 상대를 정면으로 바라보지 않았다. 이야기에 몰입한 나머지 상대가 듣고 있는지 신경 쓰지 못했고, 자신이 누구와 대화하는지조차 잊어버리기 일쑤였다.

릴케는 로댕이 잠시 말을 멈춘 틈을 놓치지 않고 작은 선물을 하나 가져왔노라고 말했다. 로댕은 릴케가 건네준 몇 장의 시를 훑어보는 예의를 보였다. 비록 독일어 시였지만, 로댕이 고개를 끄덕이는 모습을 보고 릴케는 최소한 형태에 대해서만큼은 그가 인정하고 있는 게 틀림없다고 생각했다.

정오에 그들은 야외 식탁에 앉아 점심을 먹었다. 코가 붉은 남자와 열 살쯤 돼 보이는 소녀, 그리고 문을 열어주었던 오십대 여자와 함께였다. 로댕은 릴케에게 그들을 소개해주지도 않고 식사 준비가 늦었다고 불평만 했다. 여자는 화가 나서 굳어진 얼굴로 탕 소리를 내며 음식을 식탁에 올려놓더니 뭐라고 쏘아붙였다. 릴케가 모르는 말이었지만 충분히 이해할 수 있었다. 식탁에서 이렇게 친밀한 분노를 표현할 수 있는 사이라면 답은 하나라고, 이 여자는 바로 로댕의 아내라고 릴케는 생각했다.

"어서 먹어요!" 로즈 뵈레가 식탁에 둘러앉은 사람들에게 고함을 질렀다. 릴케는 그녀가 시키는 대로, 고기를 피해가며 접시에 담긴 음식을 조금씩 먹었다. 시중드는 사람이 릴케가 채식주의자인 것을 모르고 수줍어서 그러는 줄 알고 고기를 더 얹어주었다. 로댕은 아무 신경 쓰지 않고, 마치 혼자 먹는 자리처럼 음식을 입에 몰아넣고 요란하게 먹었다.

마침내 식사가 끝나자, 로댕은 자리에서 일어나 릴케에게 작업실로 가자고 했다. 릴케는 안도의 한숨을 쉬며 로댕을 따라갔다. 집 모퉁이를 도니, 만국박람회에 설치되었던 로댕의 전시관이 반대편에 서 있었다. 1900년 11월 박람회가 폐막된 뒤 이웃에게서 땅을 조금 사들인 다음 전시관 전체를 옮겨와 그곳에 세운 것이다.

로댕은 매일 그것을 바라보며 평생의 가장 큰 성공작을 음미하곤 했다. 무려 20만 프랑 어치의 작품이 판매되었고 수많은 관람객이 다녀갔다. 전시관이 뫼동으로 옮겨지자 독일의 출판업자 칼 베데커Karl Baedeker가 뫼동 시장에게 '뮈제 로댕Musée Rodin[15)]'의 개관 시간을 문의하기도 했다.

릴케는 로댕은 마치 아이가 장난감들에 둘러싸여 있듯 자신의 조각품들에 둘러싸여 있구나, 하고 생각했다. 가장 소중한 재산과 함께 시간을 보내는 것보다 더 행복한 일은 로댕에게 없었다.

두 사람은 작업실로 들어갔다. 거의 유리로만 된 기다란 건물

---

15) 로댕 미술관.

이었다. 로댕이 문을 열었을 때 눈앞에 나타난 광경에 릴케는 아연실색했다. 그 안에는 '한 세기의 작품'이라 할 만한 것들이 가득 들어 있었다. 작업실은 마치 살아 있는 생태계처럼 고동쳤다. 흰 겉옷을 입은 기능공들이 대리석을 자르고, 벽돌 가마에 불을 피우고, 석재 블록들을 끌고 있었다. 아치형 유리 천장을 통해 쏟아지는 햇볕을 받으며 줄지어 선 석고 작품들이 천사처럼, 또는 "수족관의 주민들처럼" 밝게 빛났다. 눈처럼 흰 백색이 그의 창백한 눈을 찔렀다. 견디기 힘들 정도였다. 하지만 그는 탐욕스럽게 모든 것을 빨아들였다.

몇 분이 흘렀을까, 로댕은 압도당한 릴케에게 혼자 둘러보라고 했다. 릴케는 도대체 어디서부터 시작해야 할지 알 수 없었다. 완성되지 않은 작품들이 즐비하게 널려 있었다. 탁자 위에 팔다리들이 수북이 쌓여 있고, 엉뚱한 머리가 붙은 몸통도 보였다. 뒤엉킨 채 서 있거나 뻗어 있는 팔과 다리들도 눈에 들어왔다. 수해가 휩쓸고 간 마을 곳곳에 널린 찢긴 사체들처럼 보이기도 했다. 책에서만 읽은 작품들의 주형 작업도 진행되고 있었다. 그중에서도 몇 미터에 달하는 〈지옥의 문〉 구역들이 분리된 채 선반과 진열함 들에 흩어져 있었다.

로댕은 인체 부위 가운데 손을 가장 중시하는 것이 틀림없어 보였다. 정보에 밝은 방문객들은 '거장'을 기쁘게 하려면 "손들을 좀 볼 수 있을까요?" 하고 물어야 한다는 것을 알았다. 늙고 지혜로운 손, 주먹을 움켜쥔 손, 대성당의 첨탑에 박힌 두 개의 손가락

등등 갖가지 형상과 배열의 손들이 작업실 안에 가득했다. 로댕은 1만 2,000개의 손을 조각했고 그중 1만 개는 '깨부쉈다'고 밝힌 적이 있다. 예전에 고용주 카리에 벨뢰즈 밑에서 손과 발을 만들며 여러 해를 보냈던 그가 이제 자신의 작업장에서 견습생들의 손 작업 솜씨를 시험하고 있었다.

그 모든 손들에 깃든 교훈을 릴케는 곧바로 이해했다. "겨우 내 새끼손가락만하지만 생명력이 가득해 심장을 뛰게 하는… 저마다 느낌과 조금의 사랑과 헌신과 친절과 탐색을 갖고 있는…" 릴케의 시에 묘사된 손은 언제나 세계로의 '뻗침'을 뜻했다. 그것은 욕구였다. 연인을 향해 손을 뻗는 여인, 엄마를 붙잡는 어린아이, 제자에게 길을 가리키는 스승. 로댕에게 손은 그 자체로 완전하고 내적으로 다져진 하나의 풍경이었다. 그것은 단순히 인체라는 서사의 한 문장이 아니라, 시구들처럼 쌓여가는 주름과 윤곽을 통해 제 나름의 이야기를 하고 있었다.

로댕은 머리보다 손으로 꿈꾸는 것 같다고, 그럼으로써 모든 환상을 현실로 만드는 것 같다고 릴케는 생각했다. 그리고 이제 부디 시인 자신을 그 변화의 손안으로 받아들여주기만을 소망했다. 그의 소명은 이미 운명적으로 정해졌으며, 단지 그것에 생명을 불어넣어줄 거장이 필요할 뿐이라고 그는 믿었다. 금속 인간을 움직이게 만들고 돌에 새겨진 인간의 심장을 뛰게 하는 손을 가진 이 사람 로댕만이 릴케가 《시도집》에 묘사한 삶을 변화시키는 힘을 지닌 것 같았다.

> 나는 당신의 말 속에서 그것을 읽습니다, 그리고
> 동그랗게 오므려 앞으로 다가올 형태를 만들고 긋는
> 당신의 따뜻하고 지혜로운 그 손짓의 역사에서
> 그것을 배웁니다.

세시가 되었다. 릴케는 하루에 담을 수 있는 최대량을 눈에 담았다. 그날 저녁 파리에 돌아오니 과로한 눈이 아프고 피곤했다. 그럼에도 그날 밤 그는 베스트호프에게 파리 행 결정이 옳았음을 확인했다는 편지를 썼다. "그만한 위대함이 있다는 것이, 그리고 이 크고 절망적인 세상에서 그것을 발견했다는 것이 기뻐." 하지만 잉크가 자꾸 번지는 바람에 그만 써야 했다. "눈이 아프군, 팔도 그렇고."

며칠 후 릴케는 다시 뫼동을 방문했다. 이번에도 로댕 · 뵈레와 어색한 식사를 했고, 지난번의 그 소녀도 함께였다(릴케는 이 아이가 로댕의 딸이라고 추측했지만 그들에게는 외아들이 있었으므로 그냥 이웃 아이였을 가능성이 크다).

점심 식사 후에 로댕과 릴케는 정원 벤치로 가서 쉬었다. 소녀가 따라와 벤치 근처 땅바닥에 주저앉더니 자갈들을 뒤집어 들여다보기 시작했다. 그리고 두어 번 다가와 로댕이 말하는 모습을 올려다보다가, 로댕이 도무지 알은 척을 하지 않자 그냥 돌아가기도 했다.

얼마 후, 소녀는 이번에는 작은 제비꽃 한 송이를 들고 와 로댕의 커다란 손에 멈칫멈칫 올려놓고는 그가 뭐라고 말해주길 기다렸다. 하지만 그의 눈길은 "수줍은 작은 손과 제비꽃과 아이 자체와 그 작은 사랑의 순간까지 모조리 건너뛰어"버렸다. 로댕은 계속 릴케에게 이야기를 했고, 소녀는 결국 체념했다. 자신이 받은 교육에 관해 이야기하던 그가 별안간 미술학교에 대한 공격에 돌입한 참이었다. 노예처럼 소재를 베끼는 법만 학생들에게 가르친다는 이유였다. 교사들 대부분이 자신의 감정으로, '가슴에 이식된' 눈으로 보라고 그에게 가르쳤던 르코크와는 다르다고 했다.

소녀가 로댕의 관심을 사기 위한 마지막 시도를 하러 돌아왔다. 이번에는 달팽이 껍데기를 미끼로 가져왔는데, 그것이 거장의 눈길을 끌었다. 로댕은 손바닥 위에서 달팽이 껍데기를 뒤집어보더니 미소를 지으며 "부알라Voilà[16)]"라고 말했다. 표면이 부드럽고 외형이 단순하며 내면의 삶으로 빛나는 듯하다며, 그리스 미술의 완벽한 모사라고 설명했다. 아름다운 누드모델처럼, 그 외면에 절대적으로 확실한 자연법칙이 깃들어 있다는 것이었다.

릴케는 달팽이를 통해 예기치 않게 로댕의 성향의 원형을 엿본 느낌이었다. 그것은 자신의 의지 밖의 그 무엇에도 무관심한 채 오직 안으로 감겨들어간 고리 같은 것이었다. 소녀가 다시 한 번 배경으로 물러나는 것을 보고, 마침내 릴케가 입을 열었다. 둔중

16) 바로 이거야.

한 독일어 억양을 최대한 억누르며 예술가의 삶에서 사랑의 역할이 뭐라고 생각하는지, 예술과 가족 사이에서 어떻게 균형을 이뤄야 하는지 물었다. 로댕은 독신이 최선이지만, "남자에게는 여자가 필요하므로" 아내는 있어도 될지 모른다고 대답했다.

그날 저녁 릴케는 로댕이 보여준 가혹한 진실에 관해 생각하며 혼자 숲길을 걸었다. 조각가의 집은 답답했다. 가족 간에 사랑이 없어 보였다. 로댕은 그걸 다 알면서도 신경 쓰지 않았다. 그는 자신이 누구인지를, 즉 자신이 예술가라는 것을 알았고, 그것만이 그에게 중요했다. 오직 자신의 규범만을 따랐고, 타인들의 표준 따위는 의미가 없었다. 그는 자신의 우주 속에서 살았는데, 그것은 다른 사람들이 만들어놓은 테두리 안에서 사는 것보다 가치 있는 일이라고 릴케는 생각했다. 로댕이 릴케의 시를 이해하지 못하고 외국어는 하나도 모르는 것이 오히려 잘된 일 같기도 했다. 그런 무지로 인해 그는 자신만의 신성한 영역 안에서 건재할 수 있었기 때문이다.

차고 습한 숲속 공기를 들이마시면서 시인은 내면에 하나의 공간이 열리는 것을 감지했다. 어떻게 다다라야 할지는 아직 모르지만 목적지는 발견했다는 안도감이 들었다. 그는 로댕을, 열심히 노력하면 길이 열릴 거라는 그의 확언을 신뢰했다.

숲에서 돌아오니 모든 것이 달라 보였다. 이제 주변의 모든 것이 아름다웠다. 고요한 하늘, 호수 위를 떠도는 백조 세 마리, 해를 향해 굽은 넝쿨의 장미꽃들. 밤이 떨어져 널려 있는 진입로조차 이제는 그가 나아갈 길을 안내해주는 것만 같았다. 길가에 삶이 무성하게 자라도 진정한 예술가는 앞만 보고 정진한다. 그는 "오른쪽도 왼쪽도 보지 말아"야 한다. 그날 밤 릴케는 베스트호프에게 바로 그것이 로댕과 톨스토이 같은 위대한 인물들이 "더이상 필요 없는 장기처럼 발육 정지된" 빈약한 삶을 사는 이유라는, "행복과 예술 중 하나를 선택해야 한다"는 편지를 썼다.

독일에서 홀로 딸 루스를 돌보던 베스트호프는 이 소식을 어떻게 받아들였을까. 릴케는 자신과 베스트호프를 같은 길을 걷는 부부로보다는 별개의 길을 나란히 걷는 예술가들로 묘사하기를 좋아했다. 그런데 베스트호프의 예술은 옹호했지만 그녀가 겪는 육아의 고통에 대해서는 별 관심이 없었다. 그녀가 피로를 호소하면, 그는 조금 피곤한 것이 건강에 좋다고 대꾸했다. 이따금 당신은 정말 강인하고 용감하니까 "하룻밤 잘 쉬고 나면 괜찮을 거야" 같은 칭찬 비슷한 말을 섞기도 했다.

하지만 그해 9월, 베스트호프는 그리 쉽사리 묵종하지 않았다. 자신도 파리에 가서 로댕을 다시 한 번 만나고 싶다고 고집했다. 릴케는 그럼 그러라면서 대신 루스는 데려오지 말라고 설득했다. 파리는 아이에게 적합한 곳이 아니라는 이유에서였다. 물가가 엄청나게 비싸고 호텔은 비좁은 데다 일할 시간 말고는 여유가 없다고 했다. 릴케는 로댕도 같은 생각이라고 말했다. "내가 당신하고 루스 이야기를 했거든. 아이를 두고 와야 하니 슬픈 일이라고. 그랬더니 잠시 말이 없다가 무척 진지한 어조로 이렇게 말하는 거야. '사람은 일을, 오직 일만을 해야 하네. 그리고 참을성이 있어야 해.'"

베스트호프는 보르프스베데 인근 오베르노일란트에 있는 부모에게 루스를 맡기고 다음달에 릴케와 합류할 채비를 했다.

로댕을 만나고 온 지 불과 열흘 후에 릴케는 새 스승에게 편지를 썼다. 자주 보는 사이에 편지를 쓴다는 것이 이상하게 보일지 모르지만 언어장벽 때문에 자신의 뜻을 충분히 전달하지 못한다는 생각이 들어서라고 고백했다. 조용한 방에서 편지를 쓰면 자신이 그에게서 얼마나 큰 영감을 받고 있는지를 정확하게 표현할 수 있을 것 같다고 말하고, 로댕이 외로움을 견디고 희생을 감내하고 "심지어 궁핍의 불안조차 물리칠" 힘을 자신에게 주었다고 했다. 아내도 동의했다고, 그녀가 곧 파리로 건너올 것이며, 둘 다 파리에서 일자리를 찾게 되면 계속 체류하고 싶다고 했다. 또 이 여정이 "내 인생의 위대한 재탄생"이 되리라는 생각이 든다고 했다.

릴케는 또한 로댕에게 얼마 전 뤽상부르 공원을 산책하다가 영감을 얻어 쓴 시 몇 줄을 보냈다. "감히 훌륭하다고 믿어서가 아니라, 그저 제 손을 인도해주는 당신 곁으로 다가가고 싶은 욕구 때문에 쓴 것입니다"라는 설명과 함께였다. 로댕이 "제 삶과 제 예술의 본보기가 되었"다고 했으며, 그의 독일어 시를 로댕이 이해하지 못할 거라는 걸 알지만, 그저 그의 눈길이 닿기만 해도 좋겠다고 했다. 그런 다음 편지를 쓴 진짜 용건을 꺼냈다. 그는 이렇게 고백했다. "내가 당신을 찾은 것은 단지 논문을 쓰기 위해서가 아니고, 어떻게 살아야 하는지 당신에게 묻기 위해서입니다."

로댕이 이 편지에 회신을 했는지는 알 수 없지만, 그는 릴케에게 이후 넉 달간 아무 때나 작업실에 찾아와도 좋다고 했다. 그것은 릴케에게는 가능한 모든 순간을 로댕 곁에서 지낼 수 있다는 독려와도 같았다. 아침에 뫼동으로 오라는 초대를 받는 날이야말로 최고였다. 릴케가 질문을 준비해서 오면, 둘은 연못가에 앉거나 산책을 하면서 오후가 될 때까지 이야기를 나누곤 했다. 스승은 제자에게 메타포들을 엮어 들려주기를 좋아했고, 제자는 빵 조각을 쪼아먹는 비둘기처럼 성실하게 받아적었다. 어느 날 바닥에서 버섯을 하나 뜯어내며 로댕이 말했다. "보게나, 꼭 하룻밤이 걸렸네. 하룻밤 사이에 이 주름들이 생겼어." 그리고 버섯을 뒤집어 밑을 보여주며 "훌륭한 솜씨야" 하고 덧붙였다.

작업장에서 일하는 로댕을 지켜보는 날들도 있었다. 그가 연장들을 검처럼 휘두르며 단칼에 사지와 머리들을 잘라내고 숨이 차올 때까지 진흙을 베어내고 흙먼지가 피어오르도록 석고를 다듬는 모습을 릴케는 유심히 관찰했다. 그는 재료를 첨가하는 방식의 조각가였고, 각 부분들로 세분했다가 재구성하는 기법을 썼다. 맹금이 발톱으로 고깃덩어리를 낚아채듯 사지 하나를 잡아챘다가 곧바로 쓰레기통에 던지기도 했다. 팔도 다리도 없이 몸통만 남겨놓는 때도 있었다. 작가 장 콕토Jean Cocteau는 그 결과물은 "위에서 아래까지 견고하게 지어진 집이 아니라 계단의 일부나 발코니 또는 문의 한 조각"일 때가 많았다고 말했다.

릴케가 그래왔듯 로댕은 영감을 기다리지 않았다. 다시 말해 어떤 순전한 표현이 영혼에서 흘러나와 수동적인 물질로 옮겨가기를 기다리지 않았다. 로댕에게 신은 "우리에게 직접적으로 영감을 전달하기에는 너무 위대했다." 바로 그것이 로댕이 "정확히 어떻게 귀결될지 모르는 채로, 마치 어둠 속에서 벌레가 한 지점에서 다른 지점으로 이동하듯" 무형의 진흙을 다룬 이유였다고 릴케는 논문에 적었다. 커다란 손으로 진흙을 쥔 채 주무르고 침을 뱉어가며 마침내 그것을 속속들이 알게 되고, 그 과정에서 대상에 에너지를 주고 흔들어 깨어나게 한 것이다. 릴케는 이렇게 썼다. "창조적인 예술가는 선택할 권리가 없다. 그의 작품에는 단호한 충실함이 배어들어 있어야 한다."

로댕의 지나치다 싶을 만큼 생기 넘치는 직업방식은 그에 못지않게 역동적인 작품들을 낳았다. 그는 빛을 조작해 인물들의 운동감을 높였다. 수평면들이 꼭 맞게 배열되면 빛이 표면을 향해 미끄러져 들어와 마치 움직이는 것 같은 착시효과를 일으켰던 것이다. 그는 촛불로 빛과 그림자 사이의 교차점을 비추는 테스트를 해서 그 효과의 성공 정도를 측정하곤 했으며, 루브르에서 제자에게 시범을 보인 적도 있다. 저녁 무렵, 박물관이 문을 닫기 직전에 도착해서 밀로의 비너스 상 앞에 촛불을 들어올린 다음, 작품의 윤곽 주위로 촛불을 움직일 때 빛을 관찰하라고, 우묵하거나 갈라진 지점 또는 경계선 등에서 빛이 튕기지 않고 미끄러지는 모습을 지켜보라고 제자에게 지시했다. 그는 촛불이 모든 결함들을 드러낸다고 믿었다.

릴케가 파리에 온 지 한 달이 되어갈 무렵, 로댕은 인물상을 위촉받았다. 엄청난 시간이 소요되는 작업이라 주말에도 일해야 할 만큼 바빠졌고, 따라서 릴케와 긴 대화를 계속할 수 없었다. 릴케는 로댕에게 일할 시간을 주고 자신은 파리에서 혼자 시간을 좀 보내기로 했다. 로댕의 태생지인 파리에서 그의 이력을 추적해 예술가로서의 성장 과정을 더듬어보는 것도 괜찮을 것 같았다. 루브르에 가보니 놀랍게도 어느새 자신의 내면에 미술에 관한 확실한 의견이 서 있는 것이 느껴졌다. 〈사모트라케의 니케Victoire de Samothrace〉는 율동감의 '기적'으로 보였고, 〈밀로의 비너스Venus de Milo〉는 너무 수동적이고 정적이어서 별로 마음에 들지 않았다.

릴케는 일주일 동안 매일 아침 아홉시에서 저녁 다섯 시까지 소년 시절 로댕이 수많은 삽화를 복제했던 곳인 국립도서관에서 시간을 보냈다. 로댕처럼 자신도 보들레르와 발레리 같은 대표적인 프랑스 상징주의자들의 글을 마음에 새기고 싶었다. 로댕이 숭배했다는 고딕 대성당들, 이른바 '중세 산맥들'의 복제본도 자세히 들여다보았다.

도서관이 문을 닫으면 센 강변을 걸어 숙소로 돌아왔는데, 도중에 시테 섬에 들러 노트르담 대성당의 종탑 두 개 너머로 해가 지는 모습을 지켜보았다. 동정녀 마리아를 위해 세워진 그 성당은 전쟁을 연이어 겪으며 파괴되었다가 재건되기를 거듭했다. 장식품들은 약탈당해 사라졌지만, 벽들만큼은 마리아의 정결한 의지처럼 꿋꿋이 서 있었다. 그 모든 수모를 견뎌낸 모습이 더욱 아름다워 보였다. 강이 '회색 실크'로 변하고 도시의 불빛이 하늘의 별빛처럼 피어나는 시간이었다. 어둠이 내리면 사람들은 음악과 향수로 대기를 다시 오염시켰지만, 성당은 항상 감각으로부터의 피난처를 제공해주었다. 숲 또는 바다처럼, 성당은 세상이 숨을 죽이고 시간이 정지하는 곳이었다.

대성당 앞에 서서 그곳에 투입된 노동을 생각하지 않기란 불가능에 가깝다. 건축에 들어간 공력은 완성된 건물에 못지않게 인상적이다. 릴케는 여러 해에 걸쳐 매일 현장에 와서 돌 하나를 쌓고 그 위에 또 하나를 올린 인부들의 모습을 생각하며 탄복하지 않을 수 없었다. 성당들은 "그들이 영감을 잃어버렸다면 결코 완성되지 못했을" 거라고 그는 생각했다. 생각만으로도 벅찬 일이었지만, 그것을 생업으로 선택한 장인들이 있었기에 완성된 것이다.

로댕의 주문 "일하라, 늘 일하라"는 릴케가 보르프스베데에서 예술과 삶의 융합에 관해 배운 것들과 부합하지 않았다. 그는 구름을 올려다보고 오지 않는 뮤즈를 애타게 기다리며 여러 해를 보낸 시인이었다. 로댕의 본보기 덕분에 그는 행동할 수 있게 되었다. 이제 일함으로써 기다리지 않고 살 수 있었다. 아니, 그보다 "일함으로써 죽지 않고 살 수 있는 것"이라고 릴케는 확신했다.

7

전기작가는 출발점에서 이야기를 시작하기 마련이다. 날이 무뎌진 칼로 나무를 새기는 데 정신이 빠져 밥도 안 먹는 소년, 그리고 세브르의 화병 공장에서 일하는 청년이 묘사될 것이다. 그리고 단테 · 보들레르 · 미켈란젤로 등 성장기에 영향을 미친 인물들이 거론되고, 예언적 깨달음의 순간, 즉 장래의 천재성이 결정된 찰나가 식별될 것이다. 그것은 '평범하고 감동적'일 것이다.

하지만 이것은 오귀스트 로댕의 이야기를 하기에는 잘못된 방식이다. 아니, 적어도 릴케는 그렇게 이야기를 풀어가고 싶지 않았다. 10월에 로댕이 이탈리아로 친구를 만나러 떠나면서, 릴케는 논문 집필에만 집중할 삼 주의 시간을 얻었다. 그는 호스텔의 고물 책상 앞에 앉아 공포스러운 첫 페이지를 어떻게 시작할지 고민하기 시작했다.

그는 창 너머의 벽돌 벽을 쳐다보았다. 그리고 왔다갔다하면서 시간을 보냈다. 창문을 닫고 사는 것에 익숙하지 않아 열어놓은 탓에 '폼 프리트pomme frite[17]'의 기름 냄새와 병원의 요오드액 냄새가 섞인 악취가 방 안으로 들어왔다. 견디기 힘들 정도가 되면 뤽상부르 공원으로 산책을 나가 문에 머리를 대고 깊은 숨을 들이쉬었다. 그랬더니 이번에는 보도 가장자리에 빽빽하게 심긴 꽃들의 진한 향내가 그의 예민한 감각을 괴롭혔다.

취객들이 거리로 몰려나오기 전인 여덟시까지는 반드시 숙소로 돌아왔다. 그리고 다시 책상 앞에 앉으면 악취는 램프의 등유 탄 냄새로 대체되었다. 로댕을 유명하게 해준 작품들에 대한 설명으로 글을 시작할까 생각해봤지만, 명성은 작품과는 무관하다는 판단에 이르렀다. 그는 종이에 이렇게 적었다. "명성은 새로운 이름에 들러붙는 모든 오해들의 총합에 지나지 않는다."

로댕의 유년기로 시작할 수도 없었다. 조각가의 작품들을 직접 관찰한 결과, 날 때부터 위대했다는 결론에 도달한 것이다. 그의 탁월함은 고딕 대성당이나 꽃이 만개한 밤나무만큼이나 영원한 것으로 느껴졌다. 그 이야기는 줄기에서 출발해 몸통으로 내려간 다음, 마침내 막 갈라진 씨앗이 누워 있는 흙으로 돌진해야 할 터였다.

릴케는 침대에 누웠지만 잠들지 못하리라는 것을 알았다. 전차

17) 감자튀김.

가 내는 진동과 소음 때문에 제대로 휴식을 취할 수 없었다. 잠깐 졸았다가도, 숙소로 돌아온 사람들이 계단을 올라가는 소리가 하도 커서 그들이 금방이라도 방문을 열고 쳐들어올까 두려워 잠이 깨기 일쑤였다.

그는 잠들지 못하고 누운 채 수호천사를 부르듯 보들레르를 떠올려 《파리의 우울Le Spleen de Paris》에 실린 산문시 〈새벽 한 시에〉의 도입부를 읊어보곤 했다. "드디어! 나는 혼자다!… 인간의 얼굴이 가하는 포학은 사라졌다." 그리고 스스로를 보들레르와 비교하며 또 다른 불안에 시달렸다.

로댕은 이런 문제와는 거리가 멀었다. 자신이 왜 예술가인지, 또는 애당초 예술가여야 하기는 하는지 하는 의문을 가져본 일이 없었기 때문이다. 그런 회의는 작업에 방해만 된다는 것을 그는 알고 있었다. 릴케도 그저 일해야 할 뿐 다른 것은 없다는 사실을 받아들이기 시작하고 있었다. 이미 거장과 많은 시간을 보낸 터라 머릿속에서 그와 긴 대화를 끌어갈 수 있었다.

"당신의 삶은 어땠나요?"

"좋았습니다."

"혹시 적이 있었습니까?"

"일에 방해가 될 만한 적은 없었죠."

"명성은 어떤가요?"

"그것이 일을 의무로 만들더군요."

"친구는요?"

"내게서 일을 기대했어요."

"그럼 여자는요?"

"일을 하면서 그들을 찬미하는 방법을 배웠습니다."

"하지만 젊은 시절이 있으셨을 텐데요?"

"그때는 다른 사람들과 똑같았지요. 젊을 때는 아무것도 모르는 법입니다. 나중에 알게 돼요, 그것도 아주 천천히."

로댕이 없는 동안, 릴케는 평소 동경해오던 다른 예술가들을 만나보기로 했다. 그보다 불과 다섯 살 많았지만 그해 베네치아 비엔날레에 작품이 몇 점 전시되는 등 이미 유럽에서 잘 알려져 있던 스페인의 이그나시오 술로아가Ignacio Zuloaga를 만났다. 가슴팍이 두텁고 검고 진한 콧수염을 가진 그 바스크 출신 초상화가는 자연스러운 자신감을 발산했다. 그는 스케치는 생략하고 곧장 목탄으로 캔버스에 윤곽을 잡은 다음 진한 색조의 물감으로 채워나갔다.

로댕도 술로아가에게서 좋은 인상을 받고 자신의 청동 조각 세 점과 그의 회화 한 점을 교환한 바 있었다. 훗날 릴케는 로댕을 제외하면 술로아가가 파리에서 "나에게 깊이 그리고 지속적으로 영향을 미친" 유일한 인물이었다고 고백했다. 하지만 두 사람의 관계는 다소 일방적이었던 것 같다. 릴케가 그에 대한 경탄을 담은 편지를 몇 통 보냈지만 술로아가는 한 번도 릴케가 원한 만큼의 열의로 응답하지 않았다. 자신의 작업실로 한 번 초대하기는 했다. 그곳에서 릴케는 또 다른 거장 엘 크레코El Greco의 작품들을 처음 접했다. 그 그리스 태생의 스페인 르네상스 화가가 재현해낸 성서 속 격렬한 장면들과 마주하면서 릴케는 여태 악몽을 통해서만 알았던 격정과 치열함을 읽었다. 작품 속 인물들의 비율이 맞지 않는, 촛불의 화염처럼 길고 구불구불한 몸들은 엘 그레코가 활동했던 16세기는 물론 당대의 기법마저 훌쩍 뛰어넘은 듯 보였다.

그달 릴케는 곧 파리로 건너올 아내를 맞을 준비를 해야 했다. 그가 살고 있던 라탱 구역에서 몇 블록 떨어진 아베 드 레페 로 3번지에 각자의 아파트를 얻었다. 같은 건물에서 방은 따로 쓰기로 했다. 이들 부부는 일요일에만 만나 《닐스 뤼네》의 몇 구절을 서로에게 읽어주곤 했다. 그녀의 생일이 돌아오자 릴케는 귀스타브 제프루아의 에세이 《예술적인 삶La Vie Artistique》을 한 권 사주었다. 헌사는 '사랑받는 어머니 · 예술가 · 친구 · 여자인 클라라에게'였다. 아내나 연인이라는 단어는 없었으나 베스트호프도 별로 개의치 않았을 것이다. 파리에 온 지 한 달 만에 그녀는 벌써 조각작품 몇 개를 위촉받았던 것이다. 이 두 번째 파리 체류는 초장부터 첫 번째 체류에 비해 훨씬 보람 있는 것이 되어가고 있었다.

그리고 다른 무엇보다도 마침내 로댕의 눈에 접근할 수 있었다. 베스트호프는 로댕이 작업장을 개방하는 거의 매주 토요일에 자신의 작품을 가져가 비평을 청했다. 릴케는 이렇게 썼다. "로댕이 가까이에 있다는 것, 그것은 그녀를 혼란스럽지 않게 해주고, 그녀의 노력과 발달과 성장에 모종의 안정감과 평화를 가져다준다.

파리는 그녀에게 좋은 곳 같다." 남편과 함께 뫼동에 다녀온 후 그녀는 "자유롭게 풀려나는 느낌, 누구에게나 좋은 온갖 것들에 둘러싸인" 느낌을 묘사했고, "아름다운 인물상과 부서진 조각들이 풀밭 위에 나란히 또는 하늘을 향해 서 있었고, 아이처럼 뛰놀고 싶게 하는 잔디밭이 보였고, 약간의 우울 속에 골동품 토르소가 햇볕을 받고 서 있었다"라고 썼다.

릴케는 논문을 거의 마쳐가고 있었다. 로댕의 예술을 모든 각도에서 관찰하고 숙고한 그는 세상을 보는 방식마저 달라져 있었다. "이미 꽃들은 나에게 훨씬 의미가 커졌고, 동물들에게서도 색다른 종류의 기쁨을 느낀다. 그리고 때때로 사람들로부터도 그런 것을 느낀다. 손들이 어딘가에 살아 있고 입들은 말을 한다. 그리고 나는 모든 것을 보다 조용히, 훨씬 더 정당하게 본다." 예술가처럼 보는 법을 배우고 있었으나 아직 예술가의 기예는 습득하지 못한 릴케였다. "내 예술의 도구는, 망치는, '나의' 망치는" 어디에 있을까? 그는 물었다. 어떻게 하면 말을 가지고 작품이라는 물체를 지을 수 있을까? 어떻게 하면 로댕의 예술 원칙을 시에 적용할 수 있을까?

로댕은 자신이 학생 시절에 했던 과제를 활용해보면 어떻겠냐고 릴케에게 제안했다. "르가르데 레 자니모Regardez les animaux![18]" 바리 교수는 소년 로댕에게 이렇게 말했었다. 동물들을 관찰한다는

18) 동물들을 보아라!

것은 인물 조각가를 꿈꾸는 그에게 하찮게만 느껴졌지만, 왜 동물들이 먼 옛날 동굴 화가들로부터 시작해 예술가들의 경외의 대상이 되어왔는지 금세 이해할 수 있었다.

당시 동물원들은 새로 발견된 종들의 연구 장소로 쓰이는 한편, 식민주의의 힘을 상징하기도 했다. 나라 안에 사자와 원숭이를 전시하면서 프랑스의 용감한 해외 탐험가들에게 경의를 표하는 장이었다. 예술가들에게 동물원은 동물들의 박물관으로서, 이제껏 볼 수 없었던 미학적 형태를 접할 수 있는 곳이었다. 바리에게 자르댕 데 플랑트는 작가 헨리 제임스Henry James가 말했던 대로 '그만의 아프리카이자 아시아'였다. 화가 앙리 '르 두아니에' 루소Henri 'Le Douanier[19]' Rousseau도 여러 해 동안 그곳의 벤치에 앉아 영감을 받아가며 몽환적인 밀림 회화들을 그려냈다.

릴케에게는 곰과 영양과 플라밍고와 뱀들이 모여 사는 동물원이 문밖의 인간 동물원에 비하면 안식처와 같았다. 그는 울타리에 갇힌 동물들을 보듯, 받침대 위에 놓인 로댕의 조각들을 바라보았다. 그것들 하나하나가 새로운 발견이었다. 그 여정에서 그는 뮌헨의 옛 은사 테오도르 립스의 가르침을 떠올려 훗날 '아인제엔einsehen', 즉 '들어가서 보기inseeing'라고 이름 붙인 의식적 관찰법을 개발해 사용했다.

'들어가서 보기'는 사물의 표면에서 핵심으로 이행하는, 지각이

19) 루소가 세관원으로 일을 하며 그림을 그렸기에 '세관원Le Douanier 루소'라고 불렸음.

감정적 결합으로 발전하는 경이로운 여정을 뜻한다. 릴케는 '들어가서 보기'를 '살피기inspection'라는 용어와 구별했다. '살피기'는 보는 자의 관점만을 강조한 탓에 의인화의 함정에 빠지기 쉬운 반면, '들어가서 보기'는 대상의 관점을 고려한다는 것이었다. 사물을 인간화하고 또 인간을 사물화하는 행위였다.

이를테면 돌멩이를 볼 때, 그 돌멩이가 형성된 장소를 깊이 들여다봐야 한다. 그리고 자신의 내면에 형성되고 있는 돌멩이의 무게로 가슴이 내려앉을 때까지 계속해서 보아야 한다. 그것은 몸 안에서 일어나는 일종의 지각이며, 관찰자가 보는 자이자 보임을 당하는 자일 때 일어나는 일이다. 공감을 가지고 관찰하려면 눈만이 아니라 살갗으로 보아야 한다.

"나의 가상 커다란 감각이, 세상을 향한 나의 감각이, 이 세상에서 내가 느끼는 행복감이 어디에 있는지 말하면 자네는 웃을지 모르지만 고백하겠네. 그것은 여기저기서 되풀이해 경험한, 형언할 수 없을 만큼 짧지만 깊고 영원하고 존엄한 '들어가서 보기'의 순간들이었네." 릴케가 한 친구에게 쓴 편지 내용이다.

세상을 이런 방식으로 경험하는 즐거움에 대한 릴케의 묘사는 우리가 공감을 통해 정신의 고독에서 우리 자신을 해방시킬 수 있다고 믿은 립스의 신념과 상통한다. 릴케가 파리의 동물원에서 연구할 때, 립스는 뮌헨에서 공감과 심미적 즐거움에 대한 이론을 세우고 있었다. 이 주제에 관해 쓴 독창적인 논문에서 그는 네 가지 유형의 공감을 제시한다. 첫째는 일반적인 통각적統覺的 공감으로, 일상적인 대상에서 움직임을 볼 때 일어난다. 둘째는 경험적 공감으로, 인간이 아닌 존재에서 인간적인 성질을 볼 때 일어난다. 셋째는 기분 공감으로, 예를 들면 '명랑한 노랑'처럼 색깔과 음악에 감정적 지위를 부여할 때 일어난다. 마지막으로 넷째는 외양 공감으로, 몸짓이나 움직임이 내면의 감정을 전달할 때 일어난다.

동물들은 옛 은사의 가르침을 바탕으로 사례연구를 해볼 수 있는 귀한 기회를 릴케에게 제공했다. 동물들은 인간과 비슷한 욕구를 갖고 있다는 이유로 친밀감을 주기도 하지만, 인간과 언어를 공유하지 않다는 점 때문에 근본적으로 신비로운 존재로 남아 있다. 예술가들은 동물을 호기심의 대상으로 뜯어볼 수 있지만, 사물들과 달리 동물은 눈을 들어 우리를 마주 본다. 이 쌍방 간의 응시를 통해 별개의 삶들이 서로 연결되고, 오스트리아 미술사가 알로이스 리글이 성공적인 미술작품의 필수요소라고 주장한 '보는 자의 개입'을 충족시킨다.

릴케는 매일같이 동물원에 가 '들어가서 보기' 기법을 수련하다가, 저녁이 되면 집에 돌아와 거칠게나마 그날 본 동물들의 초상을 그려보았다. 혼자서 우리 안을 거니는 표범에게 특히 끌렸다. 로댕의 작업실에서 본 작은 석고 표범이 떠올랐다. 조각가가 "세 보, 세 투C'est beau, c'est tout[20]"라고 말하며 그 작품을 무척이나 아끼는 것을 보고 릴케는 국립도서관에 가서 원래 버전인 청동 조

20) 아름답고 완전해.

각을 찾아보았다. 진열함 속의 작품을 몇 번이고 되풀이해서 보다 보니, 로댕이 그 안에서 무엇을 보았는지 비로소 깨달아지기 시작했다.

그리고 이 조그만 석고 주형 작품에서 나는 그의 의도를, 고색古色이란 무엇이고 그가 그것과 어떻게 연결되어 있는지 볼 수 있었다. 이 동물에게는 조형 작업과 똑같은 생동감이 있었다. 높이가 내 손 너비만큼이나 되는 이 소품에는 마치 대작처럼 수십만 개의 측면이, 살아 있고 활기가 있으며 서로 다른 수십만 개의 측면이 있다. 석고 작품인데도 말이다. 그로 인해 어슬렁거리는 발걸음의, 넓적한 발의 강력한 내디딤의, 또한 힘을 감추고 있는 경계심과 그 소리 없음의 표현이 최고도로 증대된다….

표범 석고상은 로댕이 상점 진열창에서 바리의 그레이하운드를 본 순간 무정물無情物이 살아 있는 맹수와 똑같은 생명력으로 움직일 수 있다는 사실을 깨닫고 느낀 흥분을 릴케로 하여금 느끼게 했다. 동물원에 다녀와 남은 인상을 바탕으로 이른바 '기분영상mood-images' 스케치에서 표범을 그릴 때, 그리고 유명한 시 〈표범Der Panther〉을 쓸 때, 그는 그것을 생각했다. 시는 우리 안을 맴도는 표범의 이미지로 시작된다.

지나가는 창살에 눈이 지쳐서

표범은 더는 아무것도 보이지 않는다.
마치 그에게는 수천의 창살만 있고
수천의 창살 너머 세계는 없는 듯하다.

릴케가 표범의 배회를 통해 자신의 예술적 곤경을 언급하는 것으로 해석하고 싶을 수 있다. 하지만 여기 시인은 존재하지 않는다. 릴케는 더이상 미사여구를 동원해 관심을 끌고 있지 않다. 한 예로, 표범의 크기나 털의 결 따위에 대해 아무 말이 없다. 감금된 상태라는 조건에서만 표범을 규정한다. 표범은 자신이 갖고 있지 않은 자유가 된다. '지나가는' 창살은 움직이지만, 정작 표범은 우리가, 즉 '사물'이 되어버린 것이다.

그리고 표범이 자신의 발이 움직이며 내는 소리를 듣기 시작할 때 관점은 릴케에서 표범으로 옮겨간다. 이로써 공감의 회로 자체가 시의 주제가 된다. 끝부분에서 릴케는 다시 표범의 눈으로 돌아가 "눈동자의 장막이 소리도 없이 열린다…."고 쓴다. 이때 이미지들이 표범의 시야로 진입해 몸 한가운데로, 심장 속으로 파고들어가고, 거기서 포획되어 덧없이 사라진다.

마침내 릴케는 스스로에서 빠져나와 대상들로 이루어진 물질적 세계로 들어가는 법을 발견했다. 젊은 시절 로댕이 루브르의 그림들을 암기했듯, 시인은 이제 쓰기 전에 먼저 이미지들이 모여 내면에서 형체를 이루도록 그냥 두었다. 그것들을 창조하기보다는 수용했고, 그것들이 그를 빚도록 기다렸다. 훗날 릴케의 주인공이 된 말테 라우리드 브리게가 말하듯, "시는, 사람들이 생각하듯, 감정이 아니다(감정은 어린 나이부터 갖게 된다). 시는 경험이다."

1902년 11월에 쓴 〈표범〉은 그의 출세작이자 스스로 '사물시Dinggedicht'라고 부른 모음집 《신시집Neue Gedichte》에 수록될 작품들 중 가장 먼저 쓴 시이다. 로댕의 깊은 영향으로 마치 조각을 하듯 써나간 이 시는 한편으로는 영매의 연금술이 처음으로 시도된 작품이기도 하다. 훗날 존 밴빌John Banville은 이 급진적인 시적 경험은 "엘리엇Eliot 또는 파운드Pound만큼이나 혁명적"이었다고 〈뉴욕 리뷰 오브 북스New York Review of Books〉에 썼다. 하지만 이 한 편의 시로, 당시 릴케가 필사적으로 찾던 예술적 탈바꿈이 도래하지는 않았다.

가을이 가고 겨울이 오자 착상이 바닥났다. 무언의 날들이 달로 쌓여갔고, "여전히 아무 일도 일어나지 않았다." 그는 길을 따라 흐르는 물처럼 계속 로댕을 만났고, 일상 속 사람들과 일들은 "그가 더는 통과해 흐르지 않는 마른 강바닥처럼 방치되었다." 창조력은 수십 개의 방향 없는 줄기로 흩어질 뿐이었고, "하나의 강바닥을 찾아 흘러 풍성해지기를" 아무리 애태우며 기다려도 소용없었다.

그가 너무 약했던 걸까? 아니면 너무 간절히 원한 걸까? 한때 그는 집과 가족을 이루어 바닥을 파고 뿌리박음으로써 "더 보이고 더 만질 수 있고 더 사실적"이게 되리라 믿었다. 하지만 현실이 좀 더 구체적이 된 것은 확실했으나 "그것은 내 '외부의' 현실이었다." 그것은 "내가 간절히 열망하는, 진짜 사물들 사이의 진짜 사람이 되는" 실존적 변화를 성취하는 데 아무 도움도 되지 못했다.

릴케가 〈표범〉을 쓰던 그해 가을 어느 날, 열아홉 살의 오스트리아 사관생도 프란츠 크사버 카푸스는 시집 한 권을 들고 백 년 된 밤나무 그늘 아래 앉아 있었다. 장크트 푈텐 사관학교에 다녔지만 문학 지망생이기도 했던 그는 독일 낭만주의를 현대화한다는 급진적인 신예 시인에 대한 이야기를 듣고 그 시인의 최근작 《나 자신의 축가In Celebration of Myself》를 찾아 들고 잔디밭으로 향한 것이다.

릴케는 낭만주의 인습에 맞서 성자 · 천사 · 신들과 같은 강력하지만 세속화된 종교적 상징들로 지면을 채우기 시작했다. 어느 시에는 그리스도 같은 인물이 등장하여 매춘부들과 동침하고 마리아 막달레나를 임신시키지 못한 것을 탄식한다. 이런 불손한 태도로 릴케는 젊은 세대의 영웅으로 떠올랐다. 오스트리아 작가 슈테판 츠바이크는 프리드리히 실러Friedrich Schiller에 대한 '케케묵은 강의'를 하는 교사 모르게 급우들과 함께 릴케와 니체의 글을 교과서에 베껴적던 일을 회고하기도 했다.

츠바이크보다 두 살 조금 못 되게 어렸던 카푸스 또한 릴케의 이반적인 시를 처음 발견하고 비슷한 경외감을 느꼈을 거라는 것을 상상하기란 어렵지 않다. 그날 오후 사관생도는 가장 좋아하는 교수 중 하나인 프란츠 호라체크Franz Horaček가 다가오는 것도 모를 만큼 책에 빠져 있었다. 호라체크가 카푸스의 손에서 책을 가져가더니 표지를 들여다보고 "라이너 마리아 릴케 시집?" 하며 책장을 넘겨 시들을 훑어보았다. 그리고 고개를 저으며 말했다. "그러니까 우리 생도였던 르네 릴케가 시인이 된 거로군."

호라체크는 자신이 장크트 푈텐 사관학교의 목사이던 십오 년 전쯤, 낯이 창백하고 병약한 그 소년이 이곳 학생이었다고 설명했다. 그는 릴케를 "말수가 없고 진지하고 재능이 많았으며 혼자 지내기를 좋아했다"고 묘사했다. 4학년까지 하급 사관학교에서의 삶을 "참을성 있게 견뎌냈"으나 졸업하고 상급 사관학교로 진급하게 되었을 때 부모가 자퇴를 시켰고, 이후 소식을 듣지 못했다고 말했다.

카푸스는 릴케와 자신의 유사점들을 헤아리지 않을 수 없었다. 둘 다 동쪽 슬라브 지역에서 이곳 사관학교로 왔고(릴케는 프라하에서, 카푸스는 루마니아의 티미소아라에서), 둘 다 천성과 '완전히 반대되게' 느껴지는 군대에서 복무하기 직전까지 갔다. 릴케가 자신과 같은 땅에서 같은 제복을 입고 같은 꿈을 꾸며 서 있었음을 생각하면서 그는 "누군가에게 이해받고 싶다면 바로 이 사람"인 시인 릴케에게 편지를 쓰기로 결심했다. 그는 릴케가 기억하고 있을 호라체크에 관해 이야기했고, 아울러 자신이 쓴 시 몇 편을 보내며 릴케의 의견을 청했다.

그 시기의 릴케는 남의 앞날에 조언을 해줄 형편이 못 되었다. 12월에 로댕에 관한 논문을 출판사에 송고했지만 쥐꼬리만 한 원고료는 별 도움이 되지 않았다. 출간된 책 몇 권을 지인들에게 보낼 돈도 없었고("내 책이지만 살 수가 없어"라고 그는 시인했다), 전에 나온 책들의 인세마저도 바닥나고 있었다.

릴케는 베스트호프와 함께 파리에서 외국에 있는 가족과 친구들을 그리워하며 연말 명절을 보냈다. 오토 모데르존에게 연하장을 보내 쌓여 있던 불편한 감정을 달래보려 했다. 파리에 대한 불평도 늘어놓았다. "온갖 아름다운 것들이 빛을 발하고 있다지만, 그것만으로는 보상이 안 돼요. 거리의 온갖 잔혹함과 혼란, 그리고 정원과 사람과 물건들의 기괴함을 견뎌내야 하기 때문이죠." 그런 다음 "조국에 머물러요!"라고 일렀다. 파리에서 좋은 것은 로댕 하나뿐이라고 했다. "시간도 그는 비껴가고, 그렇게 계속해서 평생을 매일같이 일하는 걸 보면, 그는 건드릴 수 없는, 신성불가침하고 거의 신원불명의 존재처럼 보여요."

모데르존에게는 릴케의 설득이 필요치 않았다. 그는 "그 끔찍한 미친 도시는 자네 취향이 아니야. 그쯤이야 보지 않아도 알지"라는 답장을 보내왔다. 그에게 도시란 질병과 자기중심주의, 니체 철학과 모더니즘을 낳은 곳이었다. "내게는 그 어떤 것도 이 평화롭고 경건한 시골보다 중요하지 않아. 난 그런 도시에서는 절대 살 수 없어. 그곳의 예술작품들을 보고 즐긴 다음 내 평화와 고요로 후딱 돌아와야만 할 거야."

모데르존은 저녁 내내 소파에 몸을 파묻고 파이프 담배를 피우는 생활에 만족했지만, 그의 아내에게는 외국 풍치에 대한 호기심이 아직 남아 있었다. 스물다섯 살이던 파울라 베커는 모든 것을 단념하고 보르프스베데의 강인하고 냉혹하며 릴케의 표현대로 '쟁기에 묶여 사는' 농부 아낙으로 주저앉기에는 너무 젊었다. 마을의 단조로운 일상과 그곳에서 그려온 비슷비슷한 풍경화들로 인해 예술적 감각도 둔해지기 시작했다. 삼 년 전 베스트호프와 함께 파리에 다녀온 이후, 독일 예술가들이 프랑스 예술가들에 비해 순종적으로 보였다. 파리에서는 작품에 대한 합의라든가 일치된 반응 따위에 아무도 신경 쓰지 않았다. 그곳을 다시 찾아간다는 생각만 해도 베커의 맥박이 빨라졌다.

릴케 부부와 다시 연락이 닿았으니 기회가 있었다. 모데르존은 아내 혼자 여행한다는 것이 마뜩치 않았지만, 끔찍해하면서도 요리학원에 다니는 등 그녀가 보여준 희생에 보답하기 위해 그쯤은 양보해야 한다는 걸 알았고, 그래서 동의했다.

1903년 2월, 자신의 스물여섯 살 생일에 맞춰 파리 행 열차에 오른 베커는 몹시 들떠 있었다. 예전의 그 파리 생활이 똑같이 재현되리라 생각했다. 미술관과 샴페인, 베스트호프와 철학 토론을 하며 보내는 나날, 그리고 교외에 놀러 나가는 토요일들. 파리에 도착한 베커는 학생 시절 베스트호프와 지냈던 작은 호텔 방을 다시 얻었다.

릴케와 베스트호프가 시간을 내준 첫 번째 저녁, 베커는 신난

강아지처럼 라탱 구역에 있는 그들의 건물로 달려갔다. 그녀가 보르프스베데에 대한 한담을 들려주었지만, 릴케와 베스트호프는 아무 관심이 없어 보였다. 그녀가 사는 시골 마을의 이야기를 하찮게 여기는 모습이었다. 딱히 무례하게 군 것은 아니지만, 어쩌면 그보다 더 나빴다. 두 사람은 상냥했을 뿐 따뜻함이나 친밀감은 없었고 무엇보다도 철저히 불행해 보였다. 돈과 과로에 대한 불평이 전부였다. 좀 쉬고 함께 시골로 당일 여행을 다녀오자고 베커가 제안했지만, 그들은 일을 해야 한다며 거절했다.

이튿날 베커는 남편에게 릴케 부부는 '침울을 과시한다'고 써보냈다. "그들은 '일하라, 늘 일하라'라는 로댕의 충고를 글자 그대로 받아들이고 있어요. 일요일에도 교외에 나가지 않고, 재미라곤 도무지 없는 삶을 사는 것 같아요." 릴케는 로댕 그리고 로댕에 관한 논문 이야기를 끝없이 늘어놓았는데, 베커가 보기에 그 작업은 사실상 입신과 출세를 위한 몸부림에 지나지 않았다. "릴케는 톨스토이, 무터, 보르프스베데 사람들, 로댕, 그리고 새로 사귄 친구 술로아가 같은 유럽의 위대한 정신들이 발하는 빛과 연합해 자신도 빛을 내기를 원하는 조그만 불꽃으로 점점 사위어가고 있어요." 베스트호프의 최근작인 부서진 인체 부분들도 로댕의 작품과 지나치게 닮아가고 있었다. "이러다 로댕의 축소판이 되는 것은 아닐지, 두고 보면 알겠죠."

그러나 릴케 부부의 로댕에 대한 집착이 베커에게 나쁜 것만은 아니었다. 그 유명한 조각가를 만날 기회가 열렸기 때문이다. 릴케는 그녀에게 로댕이 토요일마다 친구와 동료들을 위해 작업장을 개방한다고, '무척 저명한 화가의 아내'라고 소개해(물론 베커는 모멸감을 느꼈다) 입장할 수 있게 해주겠다고 말했다.

주말이 되어 그녀가 로댕의 작업장에 도착했을 때는 이미 여러 사람이 모여 있었다. 그녀는 거장에게 입장권을 제시하기 전 문가에서 멈칫거리며 자세를 가다듬었다. 이윽고 마음이 가라앉자, 로댕에게 조심스럽게 다가가 릴케가 써준 쪽지를 내밀었다. 그는 그것을 읽지도 않고 들어가라는 고갯짓을 했다.

베커는 실내에 널려 있는 조각품들을 마음껏 들여다볼 수 있었다. 모든 작품이 마음에 들지는 않았지만, 전체적으로 엄청난 힘이 느껴지면서 로댕의 의도라면 믿을 수 있다는 생각이 들었다. '이분은 세상이 인정하든 안 하든 개의치 않는 거야.' 그녀는 생각했다. 나가는 길에 용기를 내 뫼동의 작업장에 한번 방문해도 괜찮을지 묻자 놀랍게도 로댕은 선선히 다음 일요일에 들르라고 했다.

다시 돌아온 주말, 그녀가 기차를 타고 도착하니 조수 하나가 로댕은 지금 바쁘지만 원하는 대로 혼자 경내를 돌아봐도 괜찮다는 허가가 있었다고 알려주었다. 베커는 산책을 하다가, 만국박람회에서 본 로댕 전시관에 들어가 작품들을 다시 감상했다. 만든 이의 '자연숭배'가 절실하게 표현된 것에 그녀는 감명을 받았다. 얼마 뒤 로댕이 나타나 그녀를 작업장으로 안내했다. 그가 다량의 드로잉 뭉치를 꺼내 보여줬을 때, 그녀는 거장의 작업이 단순한 연필 선에 수채 물감을 입히면서 시작된다는 것을 깨닫고 깜짝 놀랐다. 이 유순한 남자에게서 타는 듯 광적인 색깔이 나오다니 얼마나 신기한가, 그녀는 생각했다.

로댕이 "일, 그것이 내 쾌락이라오"라는 익숙한 독백에 돌입하기까지는 많은 시간이 걸리지 않았다. 릴케에게서 들었을 때는 부아가 치밀던 그 말이 로댕의 입에서 나오자 황홀하게만 느껴졌다. 로댕이 진정으로 그렇게 살고 있다는 것을 믿을 수밖에 없었던 것이, 증거가 실내 구석구석에 널려 있었기 때문이다. 릴케는 그저 그런 책 몇 권을 낸 것이 전부이면서 앓는 소리를 연발하며 단순히 그 말을 읊고만 있을 뿐이었다. 베커는 남편에게 당장 파리로 오라고 편지를 썼다. 로댕 곁에 있을 수만 있어도 가치 있는 일이라고 했다. "그래요, 그분은 예술을 비범하게 만드는 바로 그것을 갖고 있어요."

하지만 릴케 부부에게 돌아와 그들의 전염성 강한 불행감과 다시 대면하는 순간 베커의 흥분은 차디차게 식어버렸다. 한동안은 자신의 욕구보다 그들의 사정을 우선시해서라도 이번 여행을 실패로 돌아가지 않게 하겠다는 생각으로 버텼다. 그래서 교외 피크닉 대신 평생 본 적도 없는, 물 흐르듯 천진한 선으로 이루어진 일본 회화전을 그들과 함께 보러 갔다. 하지만 3월에 릴케가 그해 겨울에만 세 번째로 독감에 걸려 앓아눕자 튤립을 들고 문병을 다녀온 뒤, 그녀는 "그 사람을 이제 더이상은 못 견디겠어요"라고 모데르존에게 선언했다. 그리고 결혼반지에 입을 맞추며 그만 파리를 뜨기로 결심했다.

보르프스베데 행 열차를 기다리며 그녀는 남편에게 릴케와 얼마간 떨어져 지내는 것이 베스트호프에게 좋을 거라는 편지를 썼다. 흉상 작업 위촉은 계속 들어왔지만, 릴케의 허약함은 그녀마저 지치게 했던 것이다.

그 무렵에는 릴케 본인도 스스로를 그다지 높이 평가하지 못했다. 로댕에 대한 논문을 끝마치자, 이제 또다시 어디서 돈이 나올지 그리고 다음 책을 쓸 영감이 또 어디서 나올지 걱정해야 하는 처지가 되었다. 그해 봄, 그는 후원자이자 친구이던 스웨덴의 심리학자 엘렌 케이Ellen Key에게 "전혀 글을 쓸 수가 없어요. 내 글이 양식이며 일용품들과 관련되어 있다는 인식 자체만으로 일한다는 것이 불가능해집니다"라고 편지를 썼다. "고요 속의 울림을 기다려야만 해요. 만일 강요하면 그 울림은 절대로 오지 않는다는 걸 나는 알고 있어요."

그의 책상은 답장을 하지 않은 편지들만 쌓일 뿐 비어 있었다. 1903년 2월, 그는 마침내 자신이 소년 시절에 다닌 사관학교의 생도 하나가 보내온 편지에 답장을 쓰기 위해 책상 앞에 앉았다. 그는 프란츠 크사버 카푸스라는 이 젊은이를 몰랐지만, 호라체크 교수가 언급되어 있어서 반가웠다. 릴케는 장교가 아닌 유일한 교수였던 그를 좋아했었다.

"친애하는 귀하, 귀하의 편지가 며칠 전 저에게 도착했습니다. 저에 대한 크고 친절한 신뢰에 감사드리고 싶습니다. 감사밖에 드릴 것이 없군요." 릴케는 장식적인 검은 필기체로 이렇게 썼다.

답장 받기를 거의 포기할 무렵, 파리 소인과 푸른 봉인이 찍힌 봉투가 카푸스 앞에 도착했다. '아름답고 또렷하고 확실한 필체'로 주소가 씌어 있었고 "손에 들어보니 묵직했다."

봉투를 열어보니 그가 보낸 두 통의 편지에 대한 여덟 장의 회신이 들어 있었다. 릴케는 자신 또한 창작의 종이 다시 울리기를 애타게 기다리고 있었으므로, 예술가로서의 짐을 짊어질 준비가 되었는지 신중하게 고려할 것을 젊은 시인에게 충고했다.

릴케는 썼다. "글을 쓰게 만드는 이유를 찾아보세요. 그것이 당신 가슴속 가장 깊은 곳에 뿌리를 뻗어가고 있는지 살펴보세요. 그리고 글을 쓰지 못하게 되면 죽을 것인지 물어보세요. 무엇보다도, 깊고 고요한 밤에 물어보세요. 나는 꼭 써야만 하는가, 라고. 가슴속에서 또렷하게 '나는 써야만 한다'는 응답이 들려오면, 그 필요성에 맞춰 당신의 삶을 만들어가세요." 하지만 그 명령에 영원히 굴복할 준비를 해야 한다고, 왜냐하면 예술은 선택이 아니라 변치 않는 영혼의 기질이기 때문이라고 그는 덧붙였다.

카푸스의 시에 대한 평은 하지 않겠다면서, 다만 특유의 목소리가 없으며 "아직 독립적이지 않다"고 했다. 아울러 자신을 비롯해 편집자와 비평가들에게 다시 보내지 말라고 권고했다. 그런 것들은 외부의 확인에 지나지 않으며 시인의 인증은 내면에서 나와야 한다고. 그리고 비평은 예술과 한없이 동떨어진 것이며, 잘해야 "즐거운 오해 정도"라고도 했다.

릴케의 답장에 감동한 카푸스는 즉시 답장을 써보냈다. 그의 서신들은 출판된 적이 없기 때문에 내용은 알 수 없지만, 두 사람이 이후 오 년 동안 스무 통 정도의 서신을 교환했다는 사실은 널리 알려져 있다. 고독과 사랑과 예술을 오가는 릴케의 사색에 깊은 감명을 받은 카푸스가 그 편지들이 자신뿐 아니라 '오늘과 내일의 성장하고 진화하는 정신들'의 가슴도 흔들어놓을 거라고 눈치 빠르게 예측한 사실 또한 마찬가지이다. 릴케가 사망하고 얼마 안 되었을 때, 그는 그 편지들을 베스트호프와 루스 릴케에게 가지고 가 출간 의사를 타진했다.

릴케는 편지를 많이 쓰는 습관을 시 쓰기 훈련의 일환으로 보았다. 그는 줄을 그어 글자들을 지움으로써 지면을 망치기보다는 이예 한 장을 통째로 고쳐 쓰는 등 엄청난 공을 들여 편지를 썼기에, 자신이 죽으면 그것들을 공개해도 좋다고 출판사에 이미 허락한 터였다. 1926년 릴케가 사망하자, 루스와 그녀의 남편 칼 지버Carl Sieber는 무려 7,000통에 달하는 릴케의 편지를 추려 몇 개의 묶음으로 나누어 출판사들에 가져갔다. 1927년, 릴케가 생전 마지막 해에 네덜란드의 출판사 대표에게 쓴 편지들이 출간되고, 1928년에는 전기작가 모리스 베츠Maurice Betz에게 쓴 편지들과 로댕에게 쓴 편지들이 각각 출간되었다. 카푸스에게 쓴 편지들은 1929년 《젊은 시인에게 보내는 편지》라는 제목으로 인젤 출판사에서 출간되었다.

릴케의 유족들이 카푸스의 이름이나 이력을 첫 출판본에 넣지 않기로 한 탓에, 그에 대해서는 알려진 사실이 거의 없다. 이후 발행된 판들 중에 카푸스가 쓴 간단한 머리말이 삽입된 것이 있을 뿐이다. 왜 릴케가 취할 것이 없는 낯선 사람과 그렇게 오래 편지를 주고받았는지도 알려져 있지 않다. 하지만 편지들이 마치 젊은 시절의 자신에게 쓴 것처럼 읽힌다는 점에서 볼 때, 자신처럼 사관학교라는 '길고 끔찍한 천벌'의 희생자가 된 그 젊은 시인에게 그가 연민을 느낀 것만은 분명하다.

하지만 카푸스가 편지를 보내온 시기가 중요할지도 모른다. 카푸스의 첫 편지는 릴케가 파리에서 로댕의 영향권 아래 자신의 입지를 굳히려고 애쓰던 무렵 도착했고, 그래서 그는 자신의 형상을 발견하려는 욕구를 이해했던 것이다. 아버지에게 인정받은 순간 '진짜 소년'이 된 꼭두각시 인형 피노키오처럼, 젊은 예술가들은 거장의 눈에 비친 자신의 모습을 볼 때 자신감을 얻는다.

릴케 본인도 아직 한없이 순진했던 시기이지만, 카푸스는 스스로를 암묵적으로나마 릴케의 제자로 삼았으며, 선배 시인 릴케는 이 책임감을 귀중하게 여겼다. 릴케는 오직 아마추어만이 시도할 수 있을 권위를 담아 카푸스에게 편지를 썼다. 거장의 옷을 빌려 입고 만족했던 것이다. 그렇다고 자신이 전문적으로 그를 지도해줄 입장이 아니라는 것을 모르지는 않았기에, 그해 봄 친구 하나에게 "열한 권인가 열두 권의 책을 썼지만 그것으로 얻은 것이 거의 없고, 그나마 원고료라도 받은 것은 그중 네 권뿐이잖은가"라는 편지를 썼다. 그는 카푸스에게 시에 대한 조언보다는 시적인 삶에 대한 안내를 제공하기로 했다. 그것은 바로 그 자신이 로댕에게 요청한 것이었고, 이후 그가 카푸스에게 쓴 편지들은 일종의 관찰 일지 역할을 하게 된다.

8

릴케와 베스트호프가 한동안 떨어져 지내야 한다는 파울라 베커의 주장은 이틀 만에 현실이 되었다. 유별나게 끈질긴 독감을 앓고 있던 릴케는 훈훈한 지중해 기후만이 겨울에 지친 육신을 달래줄 수 있다는 결론에 이르렀다. 아내는 파리에 남아 작업을 마치게 하고, 아버지가 부쳐준 약간의 돈을 쥐고 홀로 만원열차에 올라탄 그는 낙타털 담요를 두르고 오들오들 떤 끝에 토스카나 지방에 도착했다.

대리석으로 유명한 도시 카라라의 언저리에 비아레조라는 고상한 해변 휴양지가 있었다. 그는 곧장 붉은 줄무늬가 있는 검은색 수영복을 꿰입고 한 손에 《닐스 뤼네》를 든 채 맨발로 해변을 거닐었다. 부드러운 모래와 햇볕에 심신이 건강해져야 옳았지만 뭔가 잘못된 느낌이었다. 바다는 단조롭고 평평하기만 했고, 짭조름한 공기 때문에 갈증이 났다. 음식점의 테이블들이 직사각형이 아니라 원형인 것조차 마음에 걸렸다. 최악은 사방에서 독일어 말소리가 들려온다는 것이었다.

프랑스어 신문으로 얼굴을 가렸건만 웨이터도 독일어로 음식 주문을 청했다. 옆 테이블의 신혼부부도 독일어로 웅얼웅얼 이야기를 나누었고, 관광객들도 독일어로 시시껄렁한 대화를 주고받으며 소란을 피웠다. 그는 "가장 굵은 필체로 내 침묵에 밑줄을 그어봤지만 아무 소용 없었어"라고 아내에게 썼다. 어디를 가나 가족의 목소리가 들리는 것 같았다. 독일어는 그의 어머니가 체코 사람들에 대한 우월감을 표현하고자 휘두른 무기였으며, 그의 아버지의 자존심을 짓밟은 군사정부의 언어였다. 릴케에게 독일어는 약자를 괴롭히는 인간의, 근거 없는 권력의 소리였다.

독서에 집중할 수 없자 릴케는 4월에 젊은 시인 프란츠 카푸스에게 두 통의 편지를 써보냈다. 당시 느끼던 불확실성과 화해하기 위해 그것에 대한 예찬조차 주저하지 않았다. "여기서는 시간을 측정할 수 없습니다. 그래서 한 해 한 해가 의미가 없고, 십 년이란 세월도 아무것도 아닙니다. 예술가로 산다는 것은 헤아리고 셈하는 것이 아니라, 어서 수액이 깃들기를 강요하지 않고 영영 여름이 오지 않을지 모른다는 두려움도 없이 봄의 폭풍우 속에 당당히 선 나무처럼 원숙해지는 것을 뜻합니다. 여름은 반드시 오지만, 인내심을 가진 자에게만 오는 법입니다." 전에 그는 로댕을

"가슴 깊은 곳에 뿌리박은" 나무처럼 "스스로에게 파고들어가 있다"고 묘사한 바 있었다.

이런 글귀가 카푸스에게 위안을 주었는지는 모르지만, 스스로가 아직 한 그루 묘목처럼만 느껴졌던 릴케 본인에게는 별 효과가 없었다. 그는 카푸스에게 스승을 찾으라고 권하면서 창조력에 관해 자신에게 가장 많은 것을 가르쳐준 두 사람을 거명했다. "깊이와 영속성 측면에서 이 두 이름을 들 수밖에 없습니다. 하나는 매우 탁월한 작가 야콥센, 다른 하나는 현존하는 예술가들 중 비길 사람이 없는 조각가 오귀스트 로댕입니다."

하지만 카푸스가 멀리서 스승을 구한 것은 현명한 일이었을 것이다. 로댕의 거대한 영향력은 릴케에게 영감을 준 반면 릴케를 위축시키기도 했다. 자신의 시에 조각과 같은 유형 매체의 힘이 결여되어 있는 것 같았다. "저는 실재하는 형체를 재현하지 못하는 것 때문에 육체적인 고통을 경험했습니다"라고 그는 썼다. 시는 결코 화랑을 채우지 못할 테고, 말은 몸짓처럼 공간을 가로지를 수 없었다.

릴케를 마비시킨 불안은 "무척 단단하고 돌 같고 커다란 어떤 것이 너무 가까이에 있는" 유년기의 악몽을 되살려냈다. 한 개의 단어도 쓰지 못한 채 하루하루가 지나가기 시작했다. 집을 떠나 떠돌던 그는 언젠가 파리에 있는 베스트호프에게 돌아가리라 생각했지만, 그렇게 한들 거기서 무엇을 할지는 알지 못했다. 로댕의 친구이자 세피아 빛의 사색적인 초상화로 인기가 높던 외젠 카리에르Eugène Carrière에 대한 책을 쓸까 싶기도 했다.

릴케가 이탈리아를 떠나기 전, 그가 로댕에 대해 쓴 얇은 책이 나왔다. 릴케는 카푸스에게 보낸 편지에서 비난한 바 있던 건조한 학술적 비평보다 로댕의 예술을 와인처럼 음미하는 접근법을 썼다. 향을 들이마시고 잔을 빙빙 돌리며 빚어낸 그의 맥시멀리즘maximalism적 묘사는 오직 로댕 작품의 멜로드라마에 비견될 만했다. 〈지옥의 문〉에 대해 릴케는 이렇게 썼다. "그가 창조한 육체들은 서로 맞닿아 있고 상대를 물어뜯는 짐승들처럼 한데 뭉쳐 있으며, 단일한 생물체처럼 하나의 심연 속에 빠져 있다. 그 육체들은 얼굴처럼 귀 기울여 듣고 팔처럼 솟구친다. 육체의 사슬, 육체의 화환과 덩굴과 묵직한 송이들 속으로 고통의 뿌리에서 솟아오른 죄악의 달콤함이 파고든다."

릴케에게 관찰력 훈련으로도 활용된 이 책은 따라서 소재뿐 아니라 저자에 관한 정보도 많이 담고 있다. H. T. 토비어스 A. 라이트H. T. Tobias A. Wright는 1918년에 나온 릴케의 시집 머리말에 이렇게 썼다. "우리는 릴케가 쓴 다른 어떤 책에서보다 오귀스트 로댕에 대한 짧은 논문에서 삶과 예술에 대한 그의 철학을 더 정확히 추론할 수 있다."

《오귀스트 로댕Auguste Rodin》을 평한 대부분의 비평가들이 '열광' '지나친 애착' '감수성으로 흠뻑 젖은' '격찬' 같은 표현을 동원해 로댕에 대한 릴케의 찬미를 언급했다. 어느 오스트리아 신문은 이렇게 말했다. "이것은 산문으로 쓴 시다. 항상 근엄하기만 한 사람들에게는 과도와 호화로 보이겠지만, 모든 시는 과장을 먹고 자란다."

릴케는 독일어로 써서 로댕이 읽지 못할 것 같아 송구하다는 편지와 함께 아내를 통해 책을 로댕에게 전했다. 이것이 그에 대해 자신이 쓸 마지막 글이 아니라는 말도 덧붙였는데, 그것은 사실이었다. "이 책을 썼다고 해서 당신에 대한 생각이 제 머릿속에서 사라지지는 않으니까요. 그리고 그것은 지금부터 제가 쓰는 모든 책들에 영원히 담길 것입니다." 또 그는 파리를 떠난 후 도무지 집중이 안 된다고, "바다와 바람 소리와 함께 당신의 목소리를 듣기 위해" 로댕에 관한 글을 읽곤 한다고 고백했다.

책과 편지를 받은 로댕은 간단한 답장을 보내왔다. "릴케 부인이 가져다주신 책에 대해 커다란 감사의 마음을 전합니다." 그리고 언젠가 그 책이 프랑스어로 번역되기를 소망한다고 했다.

이후 두 사람 간의 연락이 잠잠해졌다. 티레니아 해 연안에 폭풍이 불어닥칠 즈음, 릴케는 마음속에서 낯익은 흔들림을 느꼈다. 날씨는 여러 날에 걸쳐 마을에 '불안과 폭력'을 가져오며 하늘을 잿빛 솥처럼 뒤덮었다. 무엇에 등 떠밀리듯 방으로 들어간 릴케는 4월의 한 주 동안 방 안에 틀어박혀 《시도집》의 마지막 3부를 썼다. 대도시 파리의 스모그와 콘크리트 벽이 '가난과 죽음의 책'이라는 부제가 달린 서른네 편의 시에 어둡게 드리워져 있어서, 1부와 2부의 배경이 된 보르프스베데의 목가적 분위기와 극명한 대조를 이룬다.

책에서 릴케는 자신이 변하기 시작했음을 시인한다. 신을 향한 울부짖음이 어린 시절 꿈에서 그를 짓누를 것만 같았던 돌덩이를 소환하는데, 이제 그것을 거장의 굳건한 의지로 재현한다. 시 속의 그는 씨앗에서 향료를 짜내듯 그 힘이 자기 안에서 창조력을 뽑아낼 거라 믿고 있으며, 그것이야말로 그가 원하는 변화이다.

> 하지만 그게 당신이라면, 내가 부서지도록 짓눌러주십시오.
> 당신의 그 손으로 나를 덮으십시오….

릴케는 더 남은 것이 없을 만큼 창조력을 불태웠다. 그렇게 책을 마치고 난 느낌은 출산의 기쁨보다 목적의 상실 쪽에 더 가까웠다. 5월에 그는 파리로 돌아왔다. 하지만 새 작업에 들어가기도 전에 다시 앓아눕고 말았다. 일거리가 없고 베스트호프의 위촉 작업도 끝난 상태라 집세를 낼 방도가 없었다. 하인리히 포겔러가 보르프스베데로 돌아오라고 권하자, 두 사람은 별수 없이 수락했다. 베스트호프가 작업실에서 짐을 싸는 동안, 릴케는 침대에 누워 그곳으로 돌아가 고독을 잃을 것을 두려워했다. 하지만 루 안드레아스 살로메와 좀 더 가까운 곳이기도 하다는 점이 떠올랐다. 베스트호프와의 약혼 선언 후 이 년 반 동안 그는 멀어진 옛 친구에게 연락하고픈 마음을 애써 눌러왔다. 그러나 지금 그는 그 어느 때보다 그녀의 길잡이가 필요했다. '최후의 호소' 뒷면에 휘갈겨 쓴 그녀의 조건을 떠올리며 릴케는 바로 지금이 그 '최악의 순간'이라고 판단했다.

6월 파리를 떠나기 직전, 그는 그녀에게 편지를 보냈다. "여러 주 동안 이 글을 쓰고 싶었지만, 너무 이른 것이 아닌가 하는 두려움 때문에 쓸 수가 없었어요." 하지만 이제 곧 독일에 돌아가니, 부디 하루만이라도 찾아갈 수 있도록 허락해달라고 썼다. 그녀는 남편이 교수로 임용되어 독일 북부의 대학촌 괴팅겐 인근으로 이주한 상태였다.

릴케의 편지와 로댕에 관한 논문을 받을 무렵, 안드레아스 살로메는 스스로의 농담에 따르면 '농부 아낙'이 되어 삼림지대 바로 뒤 너도밤나무 계곡에서 개 한 마리와 닭들을 보살피며 살고 있었다. 처음에 그녀는 천천히 책을 읽기 시작했다가 날이 갈수록 점차 빠져들었고, 마침내 릴케가 쓴 것은 단순한 비평문이 아니라 창조력의 철학에 대한 정밀한 도표임을 깨달았다. 대단한 '심령의 방향전환'을 요했음이 틀림없는 이 성취를 목도한 그녀는 전에 그에게 느꼈던 짜증을 밀어놓을 수 있었다.

며칠 후 도착한 그녀의 답장을 펼쳐든 릴케는 자신의 것과 비슷해서 익숙한 그 올곧은 필체를 보자마자 마음이 편해졌다. 그녀는 로댕에 대한 글을 읽고 거의 할 말을 잃었다고 고백했다. "당신과 상반된, 당신에게 보완이 되는, 당신이 갈망해온 본보기에게, 마치 결혼처럼 스스로를 바쳤더군요. 달리 표현할 방법을 못 찾겠어요. 이 책에서 나는 약혼 또는 신성한 대화의 느낌, 전에는 아니었지만 신비롭게도 이제 그렇게 된 존재로 받아들여지는 느낌을 받았어요." 또 그녀는 이 책이 '의심의 여지 없이' 그가 지금까지 쓴 가장 중요한 작품이라고 단언했고, "이제 당신은 나에게 기대도 돼요"라는 약속의 말까지 곁들였다.

편지를 든 릴케의 손이 떨렸다. 답장을 어떻게 시작해야 할지 알 수 없었다. 그녀에게 할 말이 너무 많았다. "불평하지 않을 거예요"라고 말했지만, 쏟아져나오는 괴로움의 토로를 제어하지 못했다. 그는 그해 겨울에 걸린 세 번의 독감에 대해, 파리 생활의 고통과 최근의 슬럼프에 대해 늘어놓았고, "당신 외에는 조언을 구할 사람이 없어요. 오직 당신만이 나를 아니까요"라고도 말했다.

그렇게 '두 글쟁이들'은 아무 일도 없었다는 듯 예전의 서신 교환 관계로 자연스럽게 돌아갔다. 릴케는 청춘기의 온갖 두려움들이 아직도 자신을 괴롭힌다고 했고, 때때로 타인의 삶에 의해 침해당한 나머지 자신과 그들 사이의 경계가 모조리 무너져버릴까봐 염려된다고 했다. 타인들의 불행이 지면에 번지는 잉크처럼 자신의 마음속에 스며든다며, 자신에게 과연 자아가 있는지, 어쩌면 없을지도 모른다는 생각을 한 적이 있다고 했다. 그리고 "나에게는 진짜가 없어요"라고 말했다.

그는 파리에서 겪은 충격적인 경험을 예로 들었다. 도서관에 가는 길이었는데, 앞에서 걷던 남자가 샤르코 박사의 이른바 '성 비투스의 춤' 증세를 보이며 발작을 일으켰다. 어깨가 부들부들 떨렸고 머리가 위아래로 요동치고 있었다. 걸음걸이도 부자연스럽게 깡충거리다가 멈추기를 반복했다. 릴케는 마치 시야가 좁혀들

다가 남자의 몸속으로 들어가버린 듯 호기심에 가득 차 바라보았다. 근육에 긴장이 쌓이다가 확실히 오고야 말 경련의 폭발을 향해 차츰 상승하는 모습을 지켜보았다.

그러자 그의 몸속에서도 비슷한 압박감이 느껴지기 시작했다. 마치 시각을 통해 그 남자의 병을 옮겨 받은 것만 같았다. "내 것과 더이상 구별되지 않는 그의 두려움에 이끌린" 그는 남자를 따라가지 않을 수 없었다.

편지 몇 장에 걸쳐 이 경험을 묘사한 후, 릴케는 그날은 철저한 실패로 끝났다고 결론지었다. 도서관에는 아예 가지 못했다. 그런 충격을 겪고 어떻게 책을 읽을 수 있겠느냐고 그는 썼다. "완전히 고갈된 느낌이었어요. 타인의 공포가 나를 갉아먹고 소진시켜버린 것 같았죠." 그는 이런 일들이 늘상 일어난다고 말했다. 공포를 예술로 변형시키지는 못하고 거꾸로 창조성이 짓눌린다는 것이다. 그는 안드레아스 살로메에게 어떻게 하면 그런 강렬한 감정을 전환해 시로 만들어낼 수 있을지 물었다.

그녀의 대답은 단호했다. 릴케는 이미 그렇게 했다는 것이었다. 그 남자에 대한 그의 묘사가 하도 생생해서 그것은 더이상 그의 안에만 살아 있는 것이 아니라 그녀 안에도 살아 있다고 했다. 그러니 자신의 재능을 실현할 수 있을까 하는 걱정은 그만두고 이미 그렇게 했다는 사실을 받아들이라고, 증거는 바로 그의 편지에 있다고 했다.

프로이트 심리학을 집중적으로 공부한 안드레아스 살로메는 릴케의 불안이 당시 범람하던 '세기말' 증상임을 알아차렸다. 군중과 도시적 소외에 대한 우려가 커져가면서 많은 정신이론가들이 보다 사회학적인 접근법을 채택하고 있었다. 삼백 년 전 데카르트 Descartes에게 "나는 생각한다, 고로 존재한다"라고 선언하게 했던 개인의식에 대한 질문은 이제 타인들은 어떻게 생각하는가, 타인들도 자아를 갖고 있다는 것을 어떻게 확신할 수 있는가, 하는 질문으로 바뀌었다.

릴케의 옛 스승 테오도르 립스의 공감 연구는 결국 위의 두 번째 질문으로 귀착되었다. 그는 '아인퓔룽'으로 사람들이 대상에서 스스로를 보는 것을 설명할 수 있으며, 그때 그 관찰 행위는 수동적인 흡수가 아니라 체험된 인지가 된다고 주장했다. 그것은 다른 장소에 존재하는 자아이며, 예술에서 우리 자신을 본다면 타인들에게서도 우리 자신을 볼 수 있다고 그는 말했다. 공감은 다른 사람들의 마음속으로 들어가는 관문이었다. 그리고 릴케의 비범한 공감 능력은 그가 지닌 최대의 시적 재능이자 그가 짊어질 가장 무거운 십자가이기도 했다.

안드레아스 살로메는 힘들어하는 릴케를 이해했고, 긴장을 풀고 좀 편안해지라고 권했다. 내면에서 자라나는 씨앗처럼 재능을 길러야 한다고 했다. "모든 것이 떨어져내리는 조그만 토양이 됐다고 생각해요. 망가지고 부서지고 혐오스럽다는 듯 버려진 것일 수 있는 온갖 것들이 당신이라는 땅속으로 들어가 거기 묻힌 씨앗에 양분이 되어주는 거예요. 그런 다음 훌륭한 양토로, 바로 당신으로 변하는 거죠." 병든 자들, 죽어가는 자들에게 소매치기처럼 접근해 그들의 불행을 끌어모아 시로 쓰라고 그녀는 말했다.

릴케는 그녀의 조언을 받아들여, 발작하던 남자를 차단하기보다는 동일시하려 해보았다. 이미 동물과 꽃에 '들어가서 보는' 법을 터득한 그는 이제 정물화에서 인물화로 옮겨가는 예술가처럼 진화할 수 있었다. 그러고 보면, 그 남자의 산발적인 발걸음도 시인의 그것과 그다지 다르지 않겠다 싶었다. 그들은 모두 다른 사람들과는 다른 방식으로 삶을 살아가고 있을 따름이었다.

그로부터 몇 달간, 그는 이 같은 지각의 파편들을 재구성하여 안드레아스 살로메에게 보냈다. 차츰 파리의 광경과 소리뿐 아니라, 그것들을 경험하고 있을지 모를 어떤 사람의 이미지가 떠올랐다. 릴케는 그 인물에게 말테 라우리드 브리게라는 이름을 붙였다. 릴케가 남긴 유일한 장편소설의 주인공이 되는 말테는 젊은 덴마크 시인이었고, 릴케처럼 파리로 건너가 온갖 자극들의 맹습으로부터 자신을 방어해야 했다. 그 또한 《말테의 수기Die Aufzeichnungen des Malte Laurids Brigge》에 정확히 묘사된 바와 같이, 투렛 증후군 같은 경련에 시달리는 한 남자의 모습에 괴로워한다. 이후 수개월, 수년에 걸쳐 릴케가 가족이며 친구들로부터 멀어지는 동안, 말테는 그의 가장 가까운 동반자가 될 터였다.

보르프스베데 공동체로 돌아온 릴케 부부는 행복하지 않았다. 하인리히 포겔러는 정원을 가꾸고 집을 개조하며 한 해를 보냈고 이제 둘째 아이가 나오기로 예정되어 있었다. 로댕의 금욕적인 제자가 되어 귀환한 릴케는 옛 친구가 예술이 아닌 가정사를 최우선의 창조 행위로 삼은 것에 실망감을 느꼈다. 전통적 안락함의 수용은 로댕의 복음과는 대치되는 것이었기에, 릴케는 보르프스베데 사람들이 "치졸하며 중요치 않은 것들에 경도되는" 것 같다고 결론지었다.

한편, 보르프스베데 사람들도 릴케와 베스트호프가 썩 마음에 들지 않았다. 두 사람이 각자 하나씩 방을 요구하는 것도 그랬고, 그해 앞서 출간된 보르프스베데 예술가들에 대한 릴케의 논문도 물의를 일으킨 바 있었다. 오토 모데르존을 빼고 다른 예술가들에 대해서는 별로 높이 평가하지도 않으면서 릴케가 원고 청탁을 수락한 것은 오로지 돈 때문이었다. 하지만 대놓고 그들을 폄하하고 싶지도 않았으므로 평가 자체를 유보했다. 대신 그는 서론에서 설명한 대로 "성장 단계에 있는" 젊은 예술가들의 초상을 썼다. 그들의 어린 시절, 그리고 예술인 마을에서의 삶을 묘사했다. 그 책을 읽은 베커는 문체가 화려하고 신화화된 내용은 의미가 없다고 생각했다. "말도 많고 미문도 많지만, 내용 자체는 텅 비어 있다"는 것이었다. 보르프스베데 최고의 화가인 자신이 전혀 등장하지 않은 것도 달갑지만은 않았을 것이다.

그해 여름, 인근의 오래된 농가에서 베스트호프의 부모와 함께 살던 딸 루스와의 재회도 씁쓸했다. 루스는 이제 발가벗고 집 밖에서 뛰어노는 개구쟁이 꼬마가 되어 있었다. 아이는 흐린 듯 푸른 눈으로 부모를 바라볼 뿐 단번에 알아보지 못했다. 머뭇거리며 릴케에게 다가오던 아이는 며칠이 지나자 그를 '아저씨' 또는 '착한 아저씨'라고 부르기 시작했다. 릴케는 아이가 원할 만한 관심을 갖고 아이를 대하기가 힘이 들었다. 이 알 수 없는 어린 생명과 가까워져야 한다는 부담감으로 마음이 불안해졌다. 아이를 돌본다는 것은 고독 밖으로 끌려나오는 것을 의미했으며, 그래봤자 아이는 결국 실망할 것이 틀림없었다. 8월 말에 이르자, 그는 한시바삐 보르프스베데를 떠나고만 싶었다.

베스트호프도 자신처럼 로댕의 충고를 따라 로마로 가 조각을 공부하면 딱 좋을 시기 같았다. 릴케는 '로마의 겨울'을 아내와 함께 보내며 마침 흥미를 느끼기 시작한 고딕 건축을 연구하기로 결심했다. 외딴 시골이라면 더욱 좋겠다 싶었지만, 시 외곽에 빌라를 얻어 몇 달 동안 그곳에서 살았다. 그러다가 봄이 왔고, 독일어를 쓰는 관광객들이 산성을 에워싸는 병사들처럼 릴케를 향해 몰려들었다. 베스트호프는 로마에 머물렀지만, 릴케는 또 한 철을 견딜 엄두가 나지 않았다.

그는 또다시 대륙을 헤맸다. 로마에서 스웨덴으로, 다시 덴마크로 갔다. 이탈리아에서 《말테의 수기》를 쓰기 시작한 그는 말테가 덴마크인이라는 이유로 '야콥센의 도시' 코펜하겐에 끌렸다. 그의 친구이자 동료 작가인 슈테판 츠바이크는 그 무렵 "릴케와 연락하기가 어려웠다"고 회고했다. "집도 없었고, 수소문할 주소도 없었고, 하숙집이나 사무실도 없었다. 그는 언제나 세상을 떠돌았고, 그 자신을 포함해 아무도 그의 발길이 어디로 향할지 알지 못했다."

베스트호프는 스칸디나비아에 있을 릴케에게 우편물을 전송했다. 7월에는 두 달 전 프란츠 카푸스에게서 온 편지를 전송했다. 그것이 고마웠던 릴케는 그 젊은이가 "힘든 시기를 보내고 있다"고 아내에게 설명했다. 카푸스는 힘겨운 어린 시절을 보낸 탓에 성년에 쓸 기력이 모두 소모되어버린 게 아닌지 걱정하고 있었던 것 같다. 릴케가 그의 '삶에 대한 아름다운 근심'을 칭찬한 것을 보면, 특히나 불안에 찬 편지였던 모양이다. 릴케는 "성性은 힘든 겁니다, 맞아요"라고 동의한 뒤, 사려 깊은 조언이 떠오를 때까지 기다렸다가 답장을 썼다고, 보르프스베데에서 보낸 비참한 여름이 마침내 그 조언을 가져다주었다고 했다.

성장하면서 친구들과 멀어지는 것은 상실인 동시에 발전할 수 있게 해주는 해방이기도 하다고 그는 말했다. 주변세계가 한산해지면 사람들이 우리의 고독을 두려워할 수 있지만 "그들 앞에서 안정과 평정을 유지해야 하고, 당신의 회의로 그들을 괴롭히지 말아야 하며, 그들로서는 이해하지 못할 당신의 확신에 찬 기쁨으로 그들을 두렵게 하지 말아야 합니다." 또 그는 우리는 달리 보면 광활함일 수도 있는 공허 속에서 양분을 찾아야 한다고, 거기로 더 깊이 들어갈수록 뒤처진 이들에게 친절해야 한다고 했다.

릴케는 젊은 시인에게, 첫 번째 편지에 적었던 거대한 낭만적 질문들은 그만두라고 충고했다. "연시戀詩는 쓰지 마세요"라고 했다. 로댕에게서 배운 대로, 종내 생명으로 싹틀 세포나 씨앗처럼 단순한 것이 의미 깊은 것으로 이어지고 작은 것들이 큰 것으로 자라난다고 했고, 바로 그것이 일상의 '것들', "거의 아무도 보지 않지만 문득 헤아릴 수 없을 만큼 커지는 것들"에 초점을 맞춰야 하는 이유라고 했다.

어디로 가든 릴케에게는 병이 따라다녔다. 지독한 치통, 눈이 찔린 듯 아픈 증상, 부어오른 목, '정신적 구토증' 같은 것들이었다. 그보다 더 한심한 것은 글을 쓸 의지도, 달리 돈을 벌 방도도 없었다는 것이다. 동료 작가들과 달리 릴케는 교단에 서거나 저널리스트로 일하는 것은 본업을 흐린다는 이유로 거부했는데, 그중에서도 특히 저널리즘은 '명명하기 힘든 공포'의 대상이었다. 왜냐하면 기자는 자신이 속한 시대 속에서 작동하는 법인데, 릴케 본인은 그 시대와 결연한 이질감을 느꼈기 때문이다. 그래서 글을 쓰지 않는 시간은 '연구'에 할애했다.

학교로 돌아갈까도 생각해보았지만, 공부는 이미 지나칠 만큼 한 것 같았다. '말들에 대한 말들' 그리고 '관념들에 대한 관념들'을 수없이 읽었으나 실상 그는 무엇을 배운 것일까? 국립도서관에서 프랑스 문학이라는 광활한 목장의 풀을 뜯고 나서도, 책에서 눈을 떼니 책에 대한 메모만 수북이 쌓였을 뿐 자신의 글은 아니라는 깨달음이 왔다.

1904년 5월, 릴케는 독자적인 학습 요목을 짜기로 했다. 그것은 덴마크어 배우기, 그림 형제Grimm Brothers 사전 읽기, 생물학 도서

읽기, 옌스 페테르 야콥센과 이그나시오 술로아가에 대한 논문 쓰기, 쥘 미슐레Jules Michelet의 프랑스사 읽기, 러시아 문학을 프랑스어로 번역하기, 과학 강의와 실험 참관하기, 그리고 '탄탄하고 촘촘한 산문' 곧 《말테의 수기》 쓰기로 구성된 의욕적이고도 광범위한 계획이었다.

릴케에게는 삶 자체가 교육이 되었다. 모든 도시와 모든 감정이 숙달해야 할 주제였다. 학습 요목을 다듬던 중, 릴케는 사랑도 탐구의 주제가 되어야 한다는 것, 그것도 교양 과정이어야 할지 모른다는 것을 편지에 써서 카푸스에게 보냈다. "사랑한다는 것은 좋은 일이기도 하고요." 왜냐하면 사랑하는 것은 "어려운 일이기 때문입니다. 한 인간이 다른 인간을 사랑한다는 것, 그것은 아마도 우리에게 주어진 가장 어렵고 궁극적인 과제이고, 최종적인 시험이자 증거이며, 다른 모든 일은 그것을 위한 준비 과정일 것입니다. 그런 까닭에 모든 것을 막 시작하는 젊은이들은 아직 사랑을 모릅니다. 배워야 하는 것입니다."

이 논리는 릴케 평생의 역설이 되었다. 학습이 고독을 요한다면, 사랑의 학습 또한 타인 없이 이루어져야 했다. "사랑은 처음에는 결합이나 양도, 상대방과의 통합을 가리키는 그 무엇도 아닙니다." 그는 카푸스에게 말했다. 두 사람의 경계는 유지되어야 하며, 그들이 "가볍고 어리석은 유희에 빠지지 않고 사랑을 짐이자 배움의 대상으로 견뎌낼 수 있다면… 그렇다면 후대 사람들에게는 지금만큼 어렵지 않을지도 모릅니다. 그것은 큰 진전일 것입니다."

학습 요목의 두 번째 과제는 "나를 돕고자 하는 특정인을 찾을 것, 그리하여 교육 과정 전반이 두 사람 간의 사연이 되도록 할 것"이었다. 그는 '위상이 있는 스승'을 원했지만, 한편으로는 참을성도 있는 사람이어야 했다. 일대일로 그에게 조언을 해줄 수 있고 많은 "질문과 소망들, 그리고 내 지독한 미숙함"을 기꺼이 감내해줄 사람이라고 그는 썼다.

안드레아스 살로메를 통해 만난 독일의 사회학자 게오르크 짐멜이 괜찮은 후보일 것 같았다. 짐멜은 그 바로 전해에 〈대도시와 정신적 삶〉이라는 에세이를 발표해 큰 반향을 일으킨, 무척 인기 많은 강연자였다. 에세이에서 그는 자신이 태어난 도시 베를린을 예로 삼아 현대 도시 거주자들의 신경과민 심리를 검토했다.

짐멜은 도시가 쏟아붓는 감각의 과부하에 대한 방어책으로 도시인들이 '보호기관'을 개발하고 있다고 주장했다. 이 보호기관들은 감정기관을 둔화시키며, 그 결과 덜 예민하고 더 지적이고 더 냉담한 시민들이 양산된다는 것이었다. "무심한 도시 풍경과 이보다 더 절대적 연관을 맺고 있는 심리현상은 없을 것이다"라고 짐멜은 썼다.

짐멜의 환경 또한 《말테의 수기》를 쓰기에 적합할 것 같았다. 덴마크인 주인공은 릴케처럼 "급속히 바뀌는 영상들의 누적"과 짐멜이 제시한 대도시의 특징인 "감정적 삶의 강화"를 경험할 터였기 때문이다. 이 감정적 열광에 이점이 있다는 안드레아스 살로메의 견해가 납득되었다. 11월에 카푸스에게 보낸 편지에 릴케는

"모든 강화는 좋은 것입니다. 우리가 그것에 온전히 집중하고 있다면, 도취 또는 흐리멍덩한 상태가 아니라 기쁜 마음으로 밑바닥까지 선명히 들여다볼 수 있는 상태라면 그렇습니다"라고 썼다.

1905년 초에 릴케는 짐멜에게 편지를 보내 다음 학기에 베를린에서 강의를 할 예정인지 물었다.

짐멜은 학교는 좀 쉬고 예술이 현대의 불안을 어떻게 표현하고 있는지에 대한 논문을 집필할 예정이라면서, 사실 릴케에게 청이 있다고, 로댕을 소개해줄 수 있겠느냐고 물었다. 그는 로댕의 작품들이 현대인의 불안한 정신을 형상화했다고 믿는다고 말했다. "로댕은 관절 표현에 새로운 유연성을 적용하고, 표면에 새로운 질감과 진동을 부여하고, 두 개의 몸 또는 한 몸의 부분들 간의 접촉을 새로운 방식으로 제안하고, 충돌하거나 갈등하거나 호응하는 면들을 사용해 빛을 새롭게 배분함으로써 인체에 새로운 유동성을 제공했으며, 그 결과 인간 내면의 삶을 드러내 보여주었습니다…."라고도 썼다. 짐멜에게 로댕은 르네상스에서 시작된 연속체에 종지부를 찍은 예술가였다. 사백 년 전 미켈란젤로는 콘트라포스토contrapposto[21] 자세로 〈다비드David〉를 세우고 여인들을 긴 의자에 기대앉게 했던 데 반해, 로댕의 작품들은 끝없는 발달 과정에 묶인 상태로 긴장과 불안이 팽배해 있다고 그는 말했다.

릴케는 이 위대한 사상가들을 돕는다는 것이 자랑스러워 재빨

21) 한쪽 발에 무게를 실은 자세.

리 둘을 연결시켜주었다. 짐멜이 로댕에 관한 가장 뛰어난 에세이에 속하는 〈현대 정신의 표현으로서 로댕의 작품〉을 쓰기 시작할 무렵, 안드레아스 살로메는 괴팅겐으로 찾아오라는 놓칠 수 없는 기회를 릴케에게 제시했다. 권위 있는 출판사 인젤에서 4월에 출간할《시도집》의 교정을 막 마친 릴케는 대망의 재회를 위해 부푼 마음으로 떠났다.

안드레아스 살로메의 집 루프리트에서의 생활은 기대했던 그대로였다. 오랜 친구들이 정원에 모여 앉아 서로 책을 읽어주었고, 그녀는 그가 좋아하는 채식 음식을 만들어 식탁에 올렸다. 그녀의 애견 심멜이 병에 걸려 갑자기 죽자, 릴케는 그녀와 함께 애도했다. 그녀가 우는 모습을 보며 그는 "어린 시절 기르던 토끼가 죽었을 때 느꼈던 대로 우리는 불필요한 근심과 책임감을 삶에 끌어들이지 말아야 한다"는 신념을 재확인했다. 떠날 채비를 하는 그에게 안드레아스 살로메는 루프리트의 방 한 개는 문 앞의 초록색 가죽 슬리퍼와 함께 늘 그에게 개방되어 있다고 말해주었다.

남편이 그녀가 본 적 없는 옛 연인과 재회한 일에 대해 베스트호프의 심정이 어땠는지는 확실하게 알려져 있지 않다. 릴케는 안드레아스 살로메가 자신의 '내면의 역사'에서 발달 과정에 결정적인 역할을 했으므로 베스트호프도 그녀를 '불가결하고 필수적인' 인물로 간주해야 한다고 해명했다. 어쩌면 아무런 설명도 필요치 않았을지 모른다. 로마 생활을 접은 그녀는 루스와 함께 살면서 미술을 가르칠 수 있는 보르프스베데로 돌아와 작업실을 새로 꾸리고 있었다.

파울라 베커는 릴케가 '이런저런 것들을 공부하러' 또 여행을 떠났다는 소식에 몹시 기뻐했다. 이제 가장 친한 친구가 보르프스베데에 돌아와 매일 함께 시간을 보낼 수 있게 되었기 때문이다. 네 살이 된 포동포동하고 '안아주고 싶은 어린 것' 루스가 바로 옆방바닥에서 노는 동안, 베커는 흰 드레스 차림에 냉담한 표정을 한 오랜 친구의 초상을 그리기 시작했다. 베스트호프는 장미 한 송이를 쇄골에 대고 입술을 굳게 다문 모습이었다. 시선은 옆을 향했지만, 아무것에도 닿지 않았고 그래서 무용하게 보였다. 완전히 내면에 침잠한 나머지, 베커가 아무리 애를 써도 그녀를 그림 속으로 불러오기란 불가능하게만 느껴졌다.

두 사람은 독립에 대해 자주 이야기했다. 남편과 떨어져 지내는 것이 싫지만은 않다고 베스트호프가 말하면, 베커가 자신도 좀 혼자 지내면 좋겠다고 맞장구치는 식이었다. 베커에 따르면, 파리에서 베를린으로 돌아온 게오르크 짐멜이 이제 괴팅겐으로 올 계획이라고 릴케가 알렸을 때 베스트호프는 릴케가 '유럽의 지식인들과 만나는 것'이 잘된 일이라 생각했던 듯하다.

어느 추운 날, 베커는 작업실에서 화덕에 토탄을 넣으며 보르프스베데를 떠나고픈 마음이 간절하다고 베스트호프에게 털어놓았다. 친구의 슬픔이 심상치 않음을 베스트호프는 처음으로 깨달았다. "다시 '세상으로' 나가는 것이, 파리로 돌아가는 것이 자신에게 얼마나 중요한 일인지 설명하는 그녀의 볼에 눈물이 연신 흘러

내렸다." 그녀에게는 파리가 곧 '세상'이었던 것이다.

모데르존도 베커의 우울을 감지했다. 하지만 그는 전원생활에 대한 아내의 불만족을 야망 탓으로 돌리고 처음으로 그녀의 예술을 비난하는 내용을 일기에 썼다. "이제 파울라의 그림은 예전만큼 훌륭하지 않다. 그녀는 내 충고를 받아들이려 하지 않는다. 몹시 한심하고 가련한 일이다." 그녀의 머리가 큰 나체화들은 파리에서 유행을 타기 시작한 원시적 회화들과 비슷했는데, 그는 그녀가 좀 더 '예술적인' 그림을 추구해야 한다고 생각했다.

그의 생각에 여성 예술가들은 일반적으로 고집이 너무 셌다. 그는 베스트호프를 좋은 예로 들면서, "그녀가 중요하게 여기는 것은 하나밖에 없는데 그것의 이름은 로댕이다. 그녀는 그가 하는 일이라면 무엇이든 맹목적으로 따른다"고 썼다. 베커도 친구가 아직도 "로댕의 개성과 그의 위대하고 단순한 좌우명들의 영향권 한가운데"에 있다고 동의했다.

그런 까닭에, 그해 가을 릴케가 속달우편으로 전해준 로댕의 소식은 베스트호프에게 더더욱 반가웠다. 베를린에서 거의 삼 주간 짐멜의 강의를 듣고 떠나기 전날 로댕에게서 편지 한 통이 왔다고 했다. 릴케가 자신에 대해 쓴 논문 번역본을 드디어 읽었다는 전갈을 베를린까지 보내온 것이다. 책에 대한 소감을 딱히 밝히지는 않았으나, 릴케에게 "친애하는 친구여, 나는 노력과 재능을 통해 이미 널리 영향력을 미치는 작품들의 저자이자 한 인간에게 최대의 우정과 경탄을 표하고자 이 글을 씁니다"라고 쓴 것을 보면 만족했던 것이 분명해 보인다.

릴케는 베스트호프도 로댕의 표현 하나하나를 음미할 수 있도록 편지를 필사해서 보냈다. 예상치 못한 로댕으로부터의 따뜻한 기별에 사기가 오르고 다시 그를 찾아가고 싶어진 릴케는 "저는 스승이신 당신을 보고, 당신이 만든 아름다운 것들의 타오르는 생명의 순간을 경험할 필요가 있습니다. 생각만으로도 마음이 들떠옵니다"라는 회신을 써보내며, 자신과 베스트호프가 그해 가을 프랑스 여행을 계획하고 있는데 9월 초에 들러도 괜찮겠느냐고 물었다.

로댕은 릴케 부부와의 만남에 동의한 것은 물론이고 아예 뫼동에 체류할 것을 권해왔다. 로댕의 비서는 '두 분이 대화할 수 있도록' 로댕이 정말로 시인이 뫼동 저택에 묵어주기를 '청한다'고 강조하는 추신을 편지 뒷면에 적어 보냈다.

베스트호프가 릴케와 함께 '정원이 사방으로 넓게 펼쳐진' 뫼동 저택으로 출발할 일에 대해 공상이 한창일 때, 베커는 잠자코 있었다. "나를 따라서 해봐"라는 베스트호프의 말에, 베커도 마침내 그러기로 마음먹었다. 방법은 아직 알지 못했지만 그때부터 동전 한 닢이라도 착실히 모아두는 일부터 시작하기로 했다. 무슨 일이 있어도 언젠가는 파리에 가리라, 그녀는 자기 자신과 약속했다.

"사람들마다 어딘가에 스승이 있는 법이다. 그리고 스스로 스승이라고 느끼는 사람들마다 어딘가에 제자가 있는 법이다." 보르프스베데에 처음 왔을 때 릴케가 쓴 글이다. 그는 안드레아스 살로메를 대체할 조언자를 찾아왔고, 이제 로댕을 대신할 스승 후보로 짐멜을 바라보고 있었다.

같은 시기에 로댕은 다음 제자를 찾고 있었다. 1905년 2월, 그는 에드가르 바레즈Edgard Varèse에서 가능성을 보았다. 로댕이 모델로 고용했던 그 스물한 살 청년은 피부와 머리칼이 짙은 이탈리아계 외모였으며 음악을 공부하고 있었다. 함께 대화하던 중 소리의 조각이라는 측면에서 음악을 다시 상상하고 싶다고 한 바레즈의 말에 로댕은 깊은 인상을 받았다. 토리노에서 보낸 어린 시절 로마의 대성당들에 매혹되었던 바레즈는 그 건축양식을 화강암처럼 단단한 '소리의 토막들'로 옮겨놓고 싶었다. 로댕은 인맥을 맺도록 도와주겠다는 조건을 내걸고 바레즈를 뫼동 저택의 비서로 채용했다. 로댕에게는 바레즈가 숭배하던 클로드 드뷔시Claude Debussy를 비롯해 유명한 음악인 친구가 많았다.

하지만 약속을 지킬 짬을 내기가 힘들었다. 로댕이 화가 이그나시오 술로아가와 함께 스페인으로 자동차 여행을 떠난 6월, 바레즈는 뫼동에 남아 로댕을 대신해 우편물들에 답장을 써보냈다. 당시 서른세 살이던 술로아가가 투우를 보여주자 로댕은 '역겨운 살육'이라며 불쾌해했고, 프란시스코 고야Francisco Goya와 엘 그레코El Greco의 그림들 또한 대수롭지 않게 여겼다. 엘 그레코는 한마디로 '그림 그릴 줄을 모른다'고 연신 투덜거렸다. 미술상이 술로아가에게 엘 그레코가 그린 제단 장식용 세례 요한 그림을 단돈

1,000페세타에 팔겠다고 하자, 로댕은 그걸 사는 건 미친 짓이라고 만류했다. 다행스럽게도 술로아가는 생각이 달랐고 그래서 사들였다.

바레즈는 스페인에 실망하고 돌아온 로댕에게 반감을 느꼈다. 본래 성미도 급했지만, 약속과 달리 자신의 앞날을 위해 별다른 조치를 취해주지 않는 로댕에 짜증이 났던 것이다. 그는 이 노인이 "전능하신 하나님이라도 된 듯 고집스럽게" 잔소리만 늘어놓을 뿐 "음악에 대해 아는 것이 하나도 없다"고 생각했고, 그래서 9월에 로댕에게 '얼간이'라고 쏘아붙이고는 작업장을 박차고 나갔다.

그로부터 십 년 후, 뉴욕에 건너간 바레즈는 거의 혼자서 전자음악 분야를 개척했다. "사실 음악에는 수평적, 수직적, 그리고 역동적 팽창 또는 하강, 이렇게 세 차원이 존재한다"고 쓴 그는 "소리의 투사, 다시 말해 소리가 다시 반향할 거라는 희망 없이 우리를 떠나버리는 것 같은 느낌… 공간으로의 여행"으로 묘사된 넷째 차원을 추가할 새로운 악기를 발명하고 싶었다.

운이 닿으려고 그랬던지, 릴케는 바레즈가 떠나고 일주일도 되지 않은 때에 프랑스에 도착했다. 파리 땅을 처음 밟은 지 정확히 삼 년 만의 귀환이었다. 뤽상부르에서 루브르까지 센 강을 거쳐 걷는 익숙한 산책로에서, 그는 변한 것이 별로 없다고 생각했다. 좋아하던 채식 음식점도 그대로였다. 그는 거기에 들어가 예전처럼 무화과와 멜론, 아티초크, 토마토, 쌀밥을 주문해 먹었다.

그런데 열흘간 묵을 예정으로 도착한 뫼동은 많이 변해 있었다.

로댕이 대대적으로 개축해놓은 저택은 그다지 현대적이지는 않았지만 기능상 전보다 훨씬 편리했다. 전기가 들어왔고, 날로 늘어나는 조수들을 위해 작업실과 주거 공간도 늘렸다. 인접한 대지를 사들여 신고전주의풍으로 전면을 장식했고, 1871년 폭격으로 무너진 샤토 디시Chateau d'Issy의 폐허 현장에서 가져온 기둥도 몇 개 설치했다. "그의 세계는 훨씬 더 넓어졌다"라고 릴케는 썼다. "로댕이 삶을 살아가는 방법은 정말 근사하다."

릴케가 문을 두드리자, 로댕이 "커다란 개처럼" 맞아들이고는 "반가운 눈빛으로 살펴보았다." 베스트호프는 어디 있느냐고 로댕이 묻자, 릴케는 그녀의 아버지가 8월에 급사해서 독일에 남아 어머니를 돌보고 있다고 대답했다. 오랜 친구처럼 이런저런 이야기를 나누다보니 지난 삼 년간 로댕의 삶에 얼마나 많은 변화가 있었는지 금세 알 수 있었다.

1900년 만국박람회 직후, 로댕의 명성이 동으로는 보헤미아로 서로는 미국으로 뻗어나가면서 1903년에 미국 최초의 단독 전시회가 열렸고, 국내에서는 레지옹 도뇌르 3등 훈장Légion d'Honneur Commandeur을 받았다. 이미 그는 세계에서 몸값이 가장 높은 예술가였고, 불멸을 꿈꾸는 귀족들이 백지수표를 들고 그에게 흉상 제작을 요청하고 있었다. 원하는 대상을 골라 작업할 수 있게 된 그는 조셉 퓰리처Joseph Pulitzer · 구스타프 말러Gustav Mahler · 빅토르 위고 같은 저명한 문화계 인물들을 주로 선호했다. 화려한 파티에 초청하며 설득을 시도하는 소장가들도 있었지만, 로댕은 웬만해서는 그런 행사에 가지 않았다. 어쩌다 참석해도 피곤을 호소하다 일찍 자리를 떠 아홉시에는 잠자리에 들었다. 행사 장소가 외국일 경우, 프랑스어밖에는 모르는 그는 알아듣지 못하는 질문에 그저 고개를 끄덕이거나 숙이는 독특한 버릇으로 행사 후원자들을 즐겁게 해주었다.

오랜 세월 정당한 보수를 받지 못하고 일해온 로댕이기에 경제적 보상이 반가운 것은 당연했지만, 그는 이 뒤늦은 인정이 "내게 행해진… 과거의 불의를 옳은 것으로 만들지는 않는다. 내가 이백 년을 더 산다 해도 마찬가지다"라고 말했다. 생각 없이 즐기기에는 성공이 너무 늦게 찾아온 것이다. 미술 소장품을 제외하면, 그는 값비싼 음식이며 재물에는 관심이 없었다.

뿐만 아니라, 자신이 가광을 받으면서 몰려들기 시작한 추종자들을 어떻게 다뤄야 할지 알지 못했다. 친구들이 돈이나 연줄을 위해 자신을 이용하고 있다는 의심마저 들기 시작했다. 돈을 빼돌린다고 직원들을 추궁하기도 했다. 누군가를 도와주려 할 때마다, 기대와는 다른 결과가 나오는 것 같았다.

릴케는 차츰 로댕이 고립 상태에 놓였음을 깨달았다. "제자들은 나를 따라잡고 뛰어넘어야 한다고 생각한다네." 로댕이 릴케에게 말했다. "모두 나를 적대시해. 어느 한 사람도 내 편이 되어주질 않아." 바로 이것이 가장 충성스러운 제자, 그에게 돌아와준 제자를 로댕이 그토록 반가워한 이유였다.

로댕은 릴케에게 원하는 만큼 얼마든지 머물러도 좋다고 했다.

그리고 즉각 그를 자신의 측근으로 받아들였다. 화가 외젠 카리에르와 비평가 샤를 모리스Charles Morice와의 점심 자리에 데려가기도 했다. 릴케는 파리 작업실에서 열리는 모임들에도 참석했으며, 작품 제목 붙이기를 늘 어려워하는 로댕에게 의견을 제시할 수도 있게 되었다.

릴케가 떠날 날이 다가올 무렵, 로댕의 머릿속에 생각 하나가 떠올랐다. 누군가 신뢰할 만한 사람으로 에드가르 바레즈의 빈자리를 채워야 했다. 아들 오귀스트를 잠시 써보았으나 우편물 처리 속도를 감당하지 못했다. 성실한 작가보다 적임자는 없겠다 싶었다. 로댕은 릴케에게 일자리를 제의했다.

당시 비서직은 유명인이나 부자들 대신 매일 우편물 관리를 하는 것이 주 업무로, 대부분 남자들이 맡았다. 릴케에게 주어진 조건은 뫼동 저택에 기거하면서 월급 200프랑을 받고 로댕의 우편물을 읽고 회신을 하는 것이었다. 고된 일이 아니고 기껏해야 오전 두 시간 정도 소요될 것이며, 남은 시간은 본인의 일에 쓰면 된다고 로댕은 보장했다.

릴케는 스승이 중요한 업무를 맡길 만큼 자신을 신임한다는 데 감동을 받아 '머리가 어찔할' 정도였다.

하지만 프랑스어 실력이 부족하지 않을까, 그가 물었다. 그러자 로댕은 어깨를 으쓱하며 금방 배울 것 같다고 했다.

이제 릴케는 황홀했다. 훗날 안드레아스 살로메는 "로댕과 한 집에서 살면서 그의 식솔이 된다는 것, 그것은 그의 가장 깊은 욕구가 실현된 셈이었다"고 회고했다.

릴케도 같은 생각이었다. "나는 아버지처럼 소중한 사람, 위대한 거장에게 갈 거야." 그는 이 일자리에 대해 친구에게 이렇게 썼다. "함께 살고 싶다고 하는데 당연히 수락할 수밖에 없었어. 그의 모든 날들을 함께 나누고, 나의 밤들은 그의 밤과 똑같은 것들에 둘러싸이겠지." 릴케는 로댕에게 보낸 수락서에도 거의 같은 말을 적었다. "당신이 내게 말을 걸어준다면" 밤이고 낮이고 그 말을 듣는 것이 자신에게는 영광일 거라고 했다.

그리하여 1905년 9월, 릴케는 로댕의 열혈 제자에서 신망 받는 최측근 조력자가 되었다. 릴케는 세브르 계곡이 보이는 방 세 개짜리 오두막에 입주했다. 창밖을 내다보니 센 강의 양쪽 기슭을 연결하는 다리가 "시의 연이 되었다. 내 삶도 마찬가지였다." 가슴속에 새롭게 일깨워진 '주아 드 비브르joie de vivre[22)]'의 느낌이 전에 없이 용솟음쳤다.

22) 삶의 기쁨.

9

매일 아침 릴케는 로댕과 똑같이 일곱시 정각에 일어났다. 샌들과 느슨한 베레모로 완성된 시골 복장으로 갈아입기 전, 아직 실내복 차림으로 정원을 거니는 로댕의 모습이 이따금 창 너머로 보이기도 했다. 함께 앉아 과일과 커피로 가벼운 아침을 먹은 뒤, 릴케는 우편물 더미와 씨름했다.

로댕의 조수 한 명은 "릴케는 일에 뛰어들었다"고 회고했다. "처음으로 로댕의 서신이 지연되지 않았고, 서류들이 정리되었다." 쉬운 일이 아니었다. 미술상을 통해 작품을 판매하는 일이 드물었던 로댕은 서류 처리를 직접 해야 했는데, 비서가 쓰는 낱말 하나하나를 감시하고 토를 달았다. 생각도 자주 바뀌었고, 자신의 머릿속을 스쳐가거나 입 밖으로 내뱉은 모든 발상을 하나도 빠짐

없이 기록할 것을 요구했다. 나중에 강연이나 문서에 사용될지 모르지 않느냐는 생각이었다.

10월에 찾아온 베스트호프를 제외하면, 릴케는 이후 수개월간 로댕 외에는 사실상 아무도 보지 못했는데, 그건 나쁠 것이 없었다. 두 사람은 '모든 것'에 대해 이야기를 나눴고, 말없이 나란히 앉아 있는 일도 많았다. 릴케는 어린 백조들이 떠 있는 수영장 너머로 지는 해를 함께 바라볼 수 있도록 로댕이 파리에서 돌아오기를 기다리기도 했다. 로댕은 보송보송한 회색 깃털의 새끼 백조들이 처음 나타났을 때 사냥꾼들을 시켜 숲속의 개구리며 두꺼비들을 모두 잡아 먹이로 주었을 만큼 그들을 애지중지했다.

해가 지면 로댕은 릴케에게 '봉 쿠라주Bon courage[23]'라는 말을 던지고 자러 갔다. 밤에 헤어지는 인사를 왜 그렇게 할까 처음에는 헷갈렸지만, 차츰 이해가 될 것 같았다. 로댕이 그에게 힘을 내라고 한 것은 '젊은 날들에 그것이 얼마나 필요한지' 알았기 때문일 것이다.

로댕의 작업장에 일손이 늘어나면서, 여행을 다닐 여가 시간도 덩달아 늘어났다. 릴케도 대성당이나 전원으로 떠나는 당일 여행에 가능하면 동행했다. 그는 다시 로댕 곁에서 지내게 된 기회를 이용해 그에 관한 후속 에세이의 자료를 수집하기로 했는데, 그 책은 기존의 로댕 논문 2부로 삽입되어 발표된다. 젊은 플라톤

23) '행운을 빌어요' 또는 '힘내요'라는 의미의 표현.

Plato이 결코 글을 쓰지 않은 스승 소크라테스Socrates의 말 한마디 한마디를 기록했듯, 릴케도 모든 것을 받아적었다.

두 사람은 사흘 연속 다섯시에 일어나 먼저 기차를 타고 이어서 마차로 갈아탔다. 그렇게 도착한 베르사유 공원에서 몇 시간씩 산책을 했다. 릴케는 베스트호프에게 이렇게 말했다. "그는 모든 것을 보여줘. 먼 풍경이든 움직임이든 한 송이 꽃이든, 그가 환기시키는 것은 모두 너무나 아름답고, 너무나 평범하고, 너무나 생동감이 넘치고 젊어. 가장 사소한 것들조차 그에게 다가와 스스로를 열어 보이는 거지."

릴케가 흥미로운 광경들을 가리키면, 로댕은 그것들에서 결론을 도출했다. 어느 겨울날 동물원에서 로댕이 우리 속 중국 꿩들에 사로잡혀 있을 때, 릴케는 결핵 환자처럼 눈이 크고 공허한, 어쩐지 아파 보이는 원숭이들의 특징을 메모했다. 그 "차가운 공기 속에서 만발한" 플라밍고의 분홍 깃털은 너무도 선연해서 아플 지경이었다. 또 그는 "벽을 향해 몸을 던지는" 개코원숭이들을 가리켰다. '어머니 자연Mother Nature'이 너무 바빠 '말할 수 없는 끔찍함'을 교정하지 못한 것 같다고, 그래서 그들이 미쳐버린 것 같다고 그는 말했다.

그러자 로댕은 어머니 자연은 수많은 실험 끝에 인간의 형상을 완성했을 거라고, 그러니 개코원숭이들에게 감사하는 것이 옳다고 했다.

간혹 로즈 뵈레도 이런 소풍에 동행하곤 했는데, 왜 로댕이 긴 세월을 그녀와 함께해왔는지 알 것 같았다. 그녀는 숲속의 새들이며 나무들의 이름을 빠짐없이 알았다. 보랏빛으로 활짝 피어난 크로커스 꽃이나 잔가지에 중심을 잡고 앉은 까치를 보며 기쁨을 느끼는 점에서 그녀는 로댕과 똑같았다. 한번은 그녀가 우연히 발견한 다친 자고새를 치료해줘야 한다고 나서는 바람에 모두 서둘러 뫼동으로 돌아가야 했다. 릴케는 그녀가 '선하고 충실한 영혼'이라고 생각했다.

로댕과 뵈레 사이에는 부드럽고 묵묵한 애정이 있었다. 12월의 강림절 첫 일요일 오후, 세 사람은 노트르담 대성당의 두시 미사에 참석했다. 언제나 본인보다 상대방의 필요를 먼저 챙기는 뵈레가 두 남자에게 의자를 빼주었다. 로댕은 자리에 앉아 모자를 무릎 위에 올려놓고 눈을 감았다. 그는 턱수염이 가슴에 맞닿을 만큼 고개를 숙인 자세로 오르간 소리와 릴케가 느끼기에는 '흰 새'처럼 성당 안에서 솟구치는 소프라노의 노래 소리를 들으며 거의 두 시간 동안 앉아 있었다. 음악이 그치자 그는 자리에서 일어나 참을성 있게 기다리는 뵈레에게 가서 함께 성당에서 나왔다. 한마디도 나누지 않고 오후를 함께 보낸 것이다.

세 사람은 뫼동에서 하나의 작은 가족처럼 살았다. 11월에 릴케와 뵈레는 케이크에 예순다섯 개의 초를 꽂고 로댕의 생일을 축하했고, 다음달에는 페이스트리를 먹으며 릴케의 서른 번째 생일을 함께 축하했다.

뫼동에서의 릴케 · 로즈 뵈레 · 로댕(왼쪽부터).

몇 주 후, 릴케는 아내와 딸과 함께 크리스마스를 보내기 위해 독일로 돌아왔다. 부모에게 맡겼던 루스를 이제 직접 기르기 시작한 베스트호프는 릴케가 도착했을 때 딸의 흉상 작업에 한창이었다. 네 살배기를 한 자리에 앉히고 작업한다는 것은 쉬운 일이 아니었다. 오랜만에 가족이 다 모였으니 며칠간 일을 중단하고 명절을 즐기기로 했다.

릴케가 없는 뫼동에는 편지가 수북이 쌓여갔다. 1월에 돌아온 릴케는 밀린 업무 때문에 그달 샤르트르 대성당에 함께 가자는 로댕의 제안을 현실적으로 받아들일 수가 없었다. 하지만 로댕은 이

것은 '프랑스의 아크로폴리스'라며, "프랑스의 성당들만큼, 그중에서도 특히 이것만큼 유용한 학습 자료는 없네!"라며 함께 갈 것을 고집했다. 로댕은 미술학교를 다니지 않고 샤르트르 대성당만 들여다보는 것이 차라리 나았으리라는 말을 때때로 했다. 성당은 가장 현명한 스승이자 빛과 그림자의 걸작으로, 렘브란트도 명암법을 거기서 다 배울 수 있었을 거라고 생각했다.

고딕 건축을 단번에 이해하는 건 어려운 일일 수 있다는 것을 로댕은 잘 알고 있었다. 훈련되지 않은 눈은 복잡하게 엉킨 장식에 압도되기 쉬웠다. 하지만 그는 사람들이 성당을 보는 법을 다시 배워야 한다고, 그 자신이 보베의 성당에서 느꼈던 어린아이의 경이감을 되살려야 한다고 믿었다. "무엇보다 자아를 겸손히 낮추고 어린아이가 되는 것, 전부를 한꺼번에 숙달하지 않아도 족하다고 믿는 것, 자연이 가르쳐주는 것에 순종하는 것, 그리고 끈기 있게 여러 해를 반복하는 것이 우선이다"라고 그는 썼다.

그리하여 흐리고 침침한 1월의 어느 아침, 릴케와 로댕은 기차에 올라 한 시간 동안 밀밭을 가로질러 달린 끝에 아홉시 반에 샤르트르에 도착했다. 대성당은 빗물받이 괴수상처럼 마을 한가운데 서 있었고, 커다란 벽 주위로 오두막들이 모형처럼 펼쳐져 있었다. 1194년에서 1235년 사이에 건립된 샤르트르 노트르담 성당은 파리 노트르담의 두 배에 달하는, 프랑스 최대 규모의 성당이다.

릴케와 로댕은 약간 떨어져 서서 고개를 젖히고 화재로 인해 짝이 맞지 않는 두 개의 탑을 올려다보았다. 50피트 높이의 부벽은 아래는 누렇고 위는 거뭇해서 세월의 흔적이 엿보였다. 표면 전체에 덩굴무늬 장식이 빽빽이 들어차 있었다. 평소라면 말 한마디 없이 눈앞의 광경을 한 치 한 치 뜯어보았을 로댕이 이날은 조악한 솜씨로 수리된 부분들을 가리키며 투덜거렸다. 우측 측면 입구가 '유연성'을 잃었고, 창의 스테인드글라스 일부가 소실되어 있었다. 파리 노트르담보다도 훼손 정도가 심각했다.

살이 얼얼해지는 혹한도 문제였다. 갑작스러운 돌풍이 마치 군중을 밀치고 달리는 사내처럼 밀려들어와 로댕도 느꼈는지 눈길을 돌려보니, 그는 생각에 잠긴 채 탑처럼 굳건히 그대로 서 있었다. 또 한 번의 돌풍이 동쪽에서 밀려와 성당 남쪽 귀퉁이에 서 있던 천사의 호리호리한 몸을 갈기고 지나갔다. 마치 모나리자처럼 지혜롭고 잔잔한 미소를 띤 석조 천사는 해시계를 들고 있었다.

바람에 시달린 릴케는 그처럼 지복한 얼굴의 석상 앞에서 인간의 유한성을 새삼 절감했다. 로댕이나 자신이나 '저주받은 두 영혼'처럼 느껴졌다.

이윽고 릴케가 입을 열었다. "폭풍이 다가오고 있어요."

"그건 모르는 소리네." 로댕이 맞받았다. "대성당 주변에는 항상 이런 바람이 불어. 성당의 장대함에 흔들리고 뒤틀린 바람이 이곳을 에워싸는 거야."

추운 날씨 때문에 두 사람은 그날 일찍 파리로 돌아와야만 했다. 하지만 날카로운 돌풍은 이미 릴케의 내면을 열어젖히고 석조 천사의 이미지를 단단히 박아놓은 터였다.

팡테옹 신전 지하에는 프랑스 최고 지성들의 유해가 보존되어 있다. 볼테르Voltaire · 졸라 · 루소Rousseau · 위고가 영면한 둥근 천장의 영묘 전면에는 '위대한 인물들에 국가는 감사한다'는 비문이 새겨져 있다. 팡테옹은 단순히 묘지를 뛰어넘어 혁명 이후 프랑스 역사의 빛나는 배경으로 자리잡았다.

따라서 1906년 봄 팡테옹의 웅장한 층계 앞에 〈생각하는 사람〉을 세우기로 파리 시가 합의한 것은 그때까지의 로댕의 경력에서 최고의 공인이라 할 수 있었다. 자신의 작품이 이 기념비 중의 기념비 안에 잠든 모든 사상가들을 추모하는 용도로 쓰인다는 자부심에 로댕은 가슴이 벅차올랐다.

미술사가 엘리 포르Élie Faure는 이 결정을 로댕에 대한 부당한 처우, 그의 표현을 빌리자면 "오랫동안 그에게 행해진 무례"를 교정하고자 하는 프랑스의 시도로 읽었다. 소년 시절 그랑드 에콜 입학을 거절당한 후 반세기 동안 그에게 닫혀 있던 문들이 마침내 활짝 열렸다. 이 새로운 변화와 함께 로댕은 자칭 '해방'의 시기를 만끽하기 시작했다.

하지만 스승의 해방이 제자에게는 속박이 되어 다가왔다. 그해 겨울 릴케의 업무량이 그랬다. 관료적 절차와 〈생각하는 사람〉의 청동 주조 작업에 소요되는 자금 조성에 꼬박 이 년이 걸리면서 비서가 처리해야 할 서류 작업이 산더미처럼 쌓여갔다. 회신하지 못한 편지들을 모아놓은 상자가 방 두 개를 채웠다. 릴케가 프랑스어로 편지를 쓰는 데는 독일어에 비해 시간이 배는 걸렸다. 그렇다고 문법이 완벽하지 못한 편지를 쓸 수는 없었다. 로댕을 대신해서 쓰는 편지와 자신의 개인적인 편지를 합해 릴케는 매일 수백 통의 편지를 써야 했다.

당초 업무 조건이었던 하루 두 시간이 훨씬 넘게 소요되면서 글을 쓸 시간이 그만큼 줄었다. 이따금 '거대한 양의 미변환 자료'가 머릿속에 부풀어올라, 첫 열차를 타고 지중해로 떠나버리고픈 충동을 느끼기도 했다. 그곳에서 마쳐 11월에 출간된 《시도집》이 예상보다 훨씬 좋은 평가를 받고 있었다.

릴케는 자신의 애인을 다른 남자가 칭찬하는 것을 듣는 것만큼이나 지루한 일이라는 이유로 자기 책에 대한 서평을 읽지 않았다지만, 《시도집》은 독일의 후원자인 칼 폰 데어 하이트Karl von der Heydt가 초기 서평에서 "신을 향한 영혼의 탐색이라는, 서정시가 다다를 수 있는 가장 숭고한 주제"를 야심차게 다루었다고 예찬했듯 평단의 호평을 끌어냈다. 초판 500부가 이 년 만에 모두 팔려나갔고, 초판의 두 배 크기로 재판이 나올 예정이었다.

이처럼 전례 없는 관심에 대처하면서 릴케는 아울러 전에 냈던 《그림들의 책Das Buch der Bilder》 개정판 작업도 해야 했다. "'단지 시간'이 필요할 뿐인데, 도대체 그것은 어디에 있을까요?" 그는 안드레아스 살로메에게 하소연했다. 그해 겨울, 독일의 대학 몇 곳에서 강의 초청이 들어왔다. 강의 주제도 로댕이니, 이번에야말로 휴가를 좀 청해야겠다고 릴케는 생각했다.

로댕은 그리 달갑지 않게 휴가를 허락했고, 릴케는 2월에 독일로 건너왔다. 뒤셀도르프 부근이 첫 강연 장소였는데 환대가 극진했다. 하지만 거의 도착하자마자 아버지의 병세가 위독하다는 소식이 들려왔다. 릴케는 서둘러 프라하로 떠나기보다는 짜릿한 강연을 마치고 다음 강연 장소인 베를린으로 갔다. 한시바삐 안드레아스 살로메와 베스트호프를 만나고 두 사람을 서로에게 소개해주고픈 마음이 굴뚝같았다. 두 여인의 만남은 아름답게 진행된 것 같다. 나중에 릴케는 안드레아스 살로메에게 아내를 따뜻하게 대해주어서 고맙다고 말했다.

릴케가 귀족들과 어울리고 있을 때, 그의 아버지는 프라하에서 죽어가고 있었다. 그로부터 이 주 후, 마침내 요제프가 사망했으며 시신을 수습할 사람이 없다는 전갈이 왔다. 소식을 전해들은 로댕은 조의를 표하면서 돈이 필요하면 말하라는 전보를 보내왔다. 릴케는 프라하로 건너가 베개를 받치고 누운 아버지의 창백한 시신과 마주하고 매장 절차를 진행했다. 어머니는 장지에 부르지도 않았다.

요제프 릴케는 만년에 이르러 체념하듯 아들의 직업을 받아들였는데, 릴케는 아버지가 근본적으로 '사랑할 능력이 결핍된' 사람이며 어쩌면 자신도 그런 점을 물려받았는지 모른다고 생각했다. 하지만 그가 아버지의 죽음에 느리게 대응한 것은 사랑이 부족해서라기보다는, 프라하에서 보낸 불행한 어린 시절의 기억과 대면하고 싶지 않았기 때문이었다. 그는 간신히 며칠을 그곳에서 보낸 뒤 서둘러 파리 행 열차에 올랐다.

뫼동의 스승 집에 돌아온 릴케를 또 하나의 울적한 광경이 기다리고 있었다. 로댕이 지독한 열병에 걸려 담요를 덮고 커다란 마호가니 침대에 누워 있었던 것이다. 노인임에도 좀처럼 병치레가 없는 그였지만, 한번 앓아누우면 한동안 꼼짝달싹 못하곤 했다. 게다가 그달 절친한 친구 카리에르가 인후암으로 사망하는 슬픔도 겹친 터였다. 카리에르는 초창기부터 로댕의 예술을 인정해준 지지자였고 〈생각하는 사람〉의 팡테옹 건립 위원회 회장직도 맡고 있었다.

불과 수주 앞으로 다가왔던 제막식 일정에도 차질이 빚어졌다. 2월에 릴케가 독일로 떠나고 거의 곧바로 〈생각하는 사람〉에 대한 반감이 격화되면서 프로젝트 자체의 존립이 위태로워졌다. 프로젝트에 반대하는 비평가들은 소설가 조제팽 펠라당Joséphin Péladan이 말했듯 "배변 행위를 연상시키는" 자세를 취한 인물 조각상에 팡테옹 입성이라는 영예를 부여할 수는 없다고 했다. 샤르코 박사의 제자이자 내과의사로 퇴폐예술에 관한 책을 쓴 막스 노르도Max Nordau는 "이마가 부풀고 찌그러진 짐승 같은 얼굴이 심야처럼 위협적으로 노려본다"는 말로 작품을 조롱했다.

누군가 팡테옹의 담을 넘어 조각상의 석고모형을 손도끼로 훼손하는 사건까지 발생했다. "복수다, 나는 복수를 하러 왔다!"고 외치는 사내를 경찰이 끌어내리고 보니, 〈생각하는 사람〉의 주먹을 입에 댄 자세를 자신이 배추를 먹는 모습을 흉내낸 것으로 여긴 정신질환자였다. 정황을 듣고 난 뒤에도 로댕은 이 폭력사태가 끼친 충격에서 벗어나지 못했다.

또 다른 추문의 돌발 가능성에 로댕은 거의 미칠 지경이 되었다. 발송인 불명의 소포를 받고 폭탄이 들어 있을 거라며 마당에 묻을 만큼 그는 피해망상에 시달리고 있었다. 그로부터 얼마 후, 친구가 그리스 꿀은 잘 먹었냐는 편지를 보내왔다.

릴케는 자신의 문제는 잠시 제쳐두고 로댕을 도와야만 했다. 위기에 처한 스승을 나 몰라라 할 수 없었고, 로댕에게 "미약하지만 그 어느 때보다 내 지원이 필요하다"고 믿었다. 한편 로댕은 외국에서 릴케의 위상이 높아가고 작품에 대한 수요가 늘고 있다는 사실을 전혀 몰랐다.

한동안 릴케는 가까스로나마 균형을 유지했지만, 4월 말에 터진 일은 달랐다. 그달 아일랜드 극작가 조지 버나드 쇼George Bernard Shaw가 로댕에게 자신의 흉상 제작을 요청했다. 마흔아홉 살이 된 작가는 "인생의 절정기가 너무 많이 지나기" 전에 자신의 초상을 만들어놓고 싶었다. 당시 그는 런던의 로열 코트 시어터에서 초연되던, 이를테면 최신 희극 〈바바라 소령Major Barbara〉을 비롯한 풍자도덕극의 작가로서보다 〈토요비평Saturday Review〉의 연극 평론가로서 명성이 차츰 상승하던 때였다. 사회주의자이자 채식주의자이던 쇼는 맹렬한 정치적 메시지를 생기 넘치는 기지로 다듬은 희곡들을 썼다.

그런저런 사안에 관심이 없고 영어도 할 줄 모르던 로댕은 쇼의 작품에 대해 무지한 채로 그를 만났다. 아직도 독감에서 회복

중이었기에, 그는 편리한 파리 작업실이 아니라 뫼동으로 열두 번 와달라고 쇼에게 요청했다. 쇼는 동의하고 2만 프랑에 청동 조각을 주문했다. 그는 로댕이 아닌 다른 사람에게 흉상을 맡긴다면 '기막힌 얼간이'가 틀림없다고 말했다.

하지만 이어진 강행군은 쇼의 예상을 넘어섰다. 작업 초반에 로댕은 커다란 금속 컴퍼스로 쇼의 빨간 머리 꼭대기에서 굽은 턱수염 끝까지 길이를 잰 다음 열여섯 개의 옆얼굴 틀을 떴다. 쇼가 이제 가능한 모든 각도에서의 조사가 끝났겠거니 생각하고 있는데, 로댕이 이마 뒤와 턱 밑을 포착해야 하니 소파에 누우라고 했다. 기본 형상이 갖춰지자 로댕은 이목구비 세부 다듬기 작업에 들어갔다.

로댕의 치밀한 작업 과정에 감명 받은 극작가는 1912년 발표한 뛰어난 에세이에 이 경험을 묘사했다.

> 그는 첫 십오 분 만에 진흙 덩이에 인간 비슷한 형체를 부여해 축소상을 만들었는데, 그것이 너무나 살아 있는 나머지, 나는 더이상 수고할 것도 없이 그걸 달라고 해서 받아들고 가고 싶을 정도였다…. 그 십오 분이 지나고, 내 이목구비를 정확한 규격으로 재현하는 신중한 작업이 진행되었다. 그런데 신비롭게도 그것이 기독교 미술의 형태를 띠는 것이었다. 나는 또다시 "제발 여기서 멈추고 그걸 주세요. 비잔틴풍의 걸작이군요"라고 말하고 싶었다. 그러더니 이번에는 베르니니Bernini가 끼어든 것 같은 모습이 되었고,

이어서 놀랍게도 어쩌면 상당히 품위 있는 18세기 작품인 듯 정리가 되었다…. 그러더니 하룻밤 새에 한 세기가 흘러 그것은 로댕이 만든 흉상이 되었고, 내가 내 어깨 위에 지고 다니는 살아 있는 머리가 되어버렸다. 참으로 심미가가 아닌 발생학자가 연구해야 할 과정이었다. 로댕의 손이 작업했지만, 그것은 조각가의 손이 아니라 생명력 자체의 손이었다.

작업을 위해 장시간 앉아 있어야 했던 이 경험을 통해 쇼는 미술 모델들에 대한 연민을 느끼기 시작했는지도 모른다. 몇 년 후, 그는 자신이 만든 조각상과 사랑에 빠지는 그리스 신화 속 예술가 피그말리온 이야기를 모델의 관점에서 다시 쓰게 된다. 쇼는 그 인물에게 일라이자 둘리틀이라는 이름을 붙였다.

쇼가 로댕의 예술을 흠모한 것은 사실이지만, 두 사람은 천성이 정반대였다. 쇼가 쾌활한 이야기꾼이었던 반면, 로댕은 특히 그 시기에는 유머라고는 없는 사람이었다. 오랜 시간을 함께 앉아 있었지만 로댕이 웃는 모습을 딱 한 번 봤는데, 바로 자신이 그의 애견 캅에게 디저트의 절반을 주는 것을 보고 가볍게 킬킬 웃더라고 쇼는 말했다.

쇼는 그 무엇도 심각하게 받아들이지 않았기에 로댕의 근엄함에 더욱 흥미를 느꼈다. 로댕이 조각상의 머리에 물을 뿜는다는 게 그 너머 모델에게까지 뿜는 것을 보고 쇼는 어린이용 의자에 앉아 웃음을 참느라 혼났다. 주걱으로 주름 자국들을 치고 철사로

목을 자르더니 잘린 머리를 아무렇지도 않게 옆으로 내던지는 로댕을 쇼는 '말할 수 없는 즐거움'으로 지켜보았다.

쇼가 엉터리 프랑스어로 농담도 해봤지만 별 도움이 되지 않았다. 작업 시간에 두 사람이 무슨 이야기를 했느냐는 질문에, 로댕은 "쇼 씨는 프랑스어는 잘 못하지만 격렬한 표현으로 깊은 인상을 남깁니다"라고 대답했다. 쇼의 프랑스어 실력보다 영어 실력이 더 못했던 로댕은 쇼의 이름을 '베르나르 슈브'라고 발음해 듣는 사람들을 헷갈리게 만들곤 했다.

릴케도 로댕처럼 영국 문학에 대해 아는 것이 없었지만, 쇼가 일반 손님들보다 훨씬 더 재미있는 사람이라고 생각했다. 오스카 와일드만큼이나 똑똑하면서 잘난 체는 없었다. 작업이 지연되어 일정이 삼 주로 늘어나면서, 릴케는 모델로서의 쇼에 대해서도 호감을 느꼈다. 그는 가만히 서 있는 것이 아니라 자신의 체중 이상을 짊어진 기둥처럼 단호하고 결의에 찬 자세로 서 있었다. 곧 쇼는 로댕 대신 릴케와 이야기를 나누며 오후를 보내는 일이 많아졌다.

릴케는 차기작으로 쇼에 관해 써보면 어떨까 생각하기 시작했고, 쇼의 출판사에 그가 얼마나 훌륭하고 활기찬 모델인지 칭찬하는 편지를 써보냈다. "주제 자체가 작품의 진실성에 이처럼 큰 도움을 주는 일은 드뭅니다"라고 쓴 다음, 쇼의 책들을 보내준다면 그에 관한 글을 쓸 수 있을지 검토해보겠다고 했다.

봄이 되면서 로댕의 심기를 풀어줄 소식들이 전해져왔다. 저명 예술가와 정치인들, 그리고 전에 로댕의 〈발자크〉를 거절했던 문인협회의 회장으로 구성된 위원회가 〈생각하는 사람〉의 팡테옹 설치를 지지하고 나선 것이다. 위원회의 지지가 반대 의견을 압도하면서, 4월 21일 드디어 동상이 베일을 벗고 모습을 드러냈다.

제막식에 참석한 릴케는 쇼 부부와 나란히 앉아, 파리의 예술차관 앙리 뒤자르댕 보메츠Henri Dujardin-Beaumetz가 당당한 연설로 〈생각하는 사람〉과 로댕을 소개하는 모습을 지켜보았다. 그는 오랜 오해를 이겨내고 "인간애와 확신으로 이루어진 진정으로 창의적인 이 예술가가 마침내 만인의 찬탄이 비춰주는 빛 속에서 평화롭게 일할 수 있게 되었습니다"라고 말했다.

로댕을 사진에 담기 위해 런던에서 건너온 쇼의 친구 앨빈 랭던 코번Alvin Langdon Coburn도 축하행사에 동참했다. 그 자신 아마추어 사진작가이기도 했던 쇼가 뫼동에서 상자형 사진기를 들고 다니는 것을 본 로댕이 원하는 만큼 마음껏 사진을 찍으라고 한 일이 있다. 쇼는 뫼동에서 지치고 졸린 모습으로 석조 난간에 기댄 릴케의 사진을 한 장 찍었다. 하지만 로댕의 사진은 코번이 찍어야 한다고 생각해 그를 초청한 것이다. "그는 지금까지 찍은 어떤 사진도 마음에 들어하지 않았어. 스타이켄도 할 수 없이 포기하고 실루엣으로 찍었다더군. 자네가 본 그 누구보다 백만 배는 더 큰 인물이야. 자네의 다른 모델들은 그의 음화를 뽑을 때 유화제로나 쓰면 맞을걸."

코번은 그 기회를 놓치지 않고 이후 며칠간 로댕과 로댕의 작품 사진 수십 장을 찍었고, 흉상 작업에 한창인 로댕과 쇼의 모습

조지 버나드 쇼와 로댕, 그리고 쇼의 흉상, 1906년.

도 필름에 담았다. 쇼의 말이 허풍이 아니었다고 코번은 생각했다. "그는 옛날의 족장 또는 예언자 같았다."

파리를 떠나기 전날, 목욕물을 받던 쇼에게 생각이 하나 떠올랐다. 목욕을 마치고 욕조에서 나온 그는 코번에게 〈생각하는 사람〉 자세로, 그것도 나체로 사진을 찍어달라고 했다. 웃으며 촬영을 마친 둘은 영국으로 돌아갔다.

같은 해에 그 사진이 런던 살롱전에 전시되자, 비평가들은 쇼가 그토록 남부끄러운 초상을 찍었다는 사실이 믿기지 않고 혐오스럽다는 반응을 보였다. 이에 대해 쇼는 흉상은 인간의 평판만을 전달하고, 전신 초상은 “옷으로 온몸을 둘러싼 채 머리만 튀어나온 것으로 아무짝에도 쓸모없다”고 항변하고 나섰다. 그런데 그 사진은 쇼 자신의 진정한 모습을 보여주었다는 것이다. 아니면 단순히 장난기가 조금 심하게 발동했을 수도 있다.

석고 · 청동 · 그리고 ‘빛나는’ 대리석, 이렇게 세 가지 판으로 완성된 흉상을 보고 쇼는 할 말을 잃었다. 쇼는 로댕에 대해 “그는 나를 보았다. 지금까지 다른 아무도 못했던 일이다”라고 말했다. 쇼의 아내도 흉상들이 남편과 너무 똑같아 섬뜩할 정도라고 했다. 이마에 두 타래의 머리카락이 악마의 뿔처럼 갈라져 있었고, 무표정한 얼굴에는 극히 미세한 미소가 떠올라 있었다.

몇 년 뒤, 쇼는 언젠가 자신은 사전에 이렇게 소개될 거라고 말했다. ‘쇼, 버나드: 로댕이 제작한 흉상의 주제, 기타 미상.’

10

1905년, 로댕의 작업장은 이제 매음굴에 더 가까워 보였다. 가난한 예술가들은 아내를 모델로 쓰곤 했으나, 로댕은 실제로 쓰건 쓰지 않건 모델을 희망하는 여자들을 수시로 고용할 수 있었다. 대좌에 누워 있는 모델과 가리개 뒤에서 옷을 벗고 있는 모델 그리고 무료한 얼굴로 어슬렁거리는 모델들이 작업장에 늘 가득했다.

로댕은 그들 중 누가 언제 흥미로운 움직임을 보일지 모른다는 이유로 술과 음식을 차려놓고 그들이 자유롭게 배회하도록 내버려두었다. 누군가가 눈길을 끌면, 손에 든 정을 돌려가며 지켜보았다. 그러다 느닷없이 "멈춰!" 하고 외치며 모델에게서 눈을 떼지 않은 채 더듬더듬 연장을 찾았다. "움직이지 마!"

그는 판에 박은 뻣뻣한 자세보다 자연스러움을 선호했다. 하지만 아이디어가 떠오르면 모델의 몸을 진흙처럼 다루며 특정한 자세를 연출하기도 했다. 로댕에게 모델들은 사물화된 대상에 지나지 않았다. 그가 좋아한 모델 하나가 맹장 제거 수술을 해야 했을 때, 그녀의 몸을 '저며놓은' 의사에게 불같이 화를 낸 일도 있다. "내장 한 조각을 빼내려고, 숭배해야 마땅할 젊은 육체를 찢어발겼다"는 것이었다. 모델들을 동물에 비유하는 일도 잦았다. "지방한 점 없는" 어느 일본인 여자를 폭스테리어로 묘사했는가 하면, 영국 여자들의 다리는 말의 다리 같다고 생각했다. 그는 임산부를 포함해서 온갖 체형과 크기의 모델들을 다 좋아했다.

로댕은 촛불을 켜놓고 밤늦게까지 인물 스케치 작업을 했다. 작업복 차림으로 마법사처럼 두개의 촛대를 들고 어두운 복도를 서성이는 그의 모습이 이웃들의 눈에 띄곤 했다. 불과 수년 만에 다리를 벌린 자세의 초근접 클로즈업을 포함해 수백 장의 여체 드로잉이 완성됐다. 서로를 애무하거나 자위 행위를 하는 모습들도 있었다. 어떤 이들은 이 노골적인 작품들을 명백한 변태 취미로 간주했다. W. B. 예이츠Yeats와 함께 로댕을 찾아왔던 예이츠의 연인 모드 곤Maud Gonne과 시인 엘라 영Ella Young은 작업실 입실을 거부했다. 로댕이 이것이야말로 자신의 최대 걸작이라고 주장해서 예이츠는 예의상 들어갔지만, 두 여인은 설득되지 않았던 것이다. 영은 "그 사람은 미쳤어요, 지독하고 호색적으로 미쳐버렸어요"라고 말했다.

하지만 당시 유럽에는 로댕 말고도 성애의 영역을 깊이 파들어간 사상가들이 많았다. 그해에 출간된 《성욕이론에 관한 세 개의 에세이》에서 프로이트는 성욕은 모든 인간 행동의 동기이며 유아기부터 각자 처한 사정에 따라 정상적으로 또는 비정상적으로 발달한다고 주장했다. 《꿈의 해석Die Traumdeutung》을 통해 무의식의 원리를 발표한 지 육 년 만에 무의식적인 욕망 · 좌절 · 쾌락의 주요 동륜으로 성을 지목하고 나선 것이다. 로댕뿐만 아니라 구스타프 클림트 · 에곤 실레Egon Schiele 같은 빈의 예술가들에게 인간 정신의 가장 내밀한 단면을 재현한다는 것은 저항할 수 없는 과제였다.

이 시기 로댕의 작품 스타일을 순전한 포르노그래피로 매도하는 것은 부당한 일이지만, 그런 유혹이 전무했다는 주장 역시 부정확하다. "물론 나는 관능적인 인간입니다." 그해 봄 취재차 찾아온 게오르크 짐멜에게 로댕이 한 말이다. 모델들에게 늘 매혹되기 일쑤라고, 하지만 그것이 '성욕의 관능'은 아니라고 그는 덧붙였다. 남녀 모두 나체로 묘사하기를 즐기지만 여자 쪽에 더 끌리는데, "그들이 남자들보다 나를 더 잘 이해하기 때문이에요. 더 주의가 깊어요. 남자들은 친구들의 말에 너무 귀를 기울이고요."

그러나 그가 더듬고 찬미하는 것은 여자들의 귀가 아니었다. 작업장의 불온함에서 출발한 추문은 차츰 로댕이 '색정광증'에 걸려 미쳐가고 있다는 소문으로 번져갔다. "파리 전체가 그의 시시콜콜한 호색 행위에 대해 입방아를 찧고 있었다"고 짐멜은 말했다. '뫼동의 술탄'이라는 새로운 별명까지 붙었다.

호색한으로 낙인찍힌 예술가의 모델로 일하지 않겠다는 여자들이 나왔고, 불안해하며 포즈를 취하는 여자들도 적지 않았다. "첫 작업에 임하는 모델만큼 재미있는 것도 없다"고 로댕은 말했다. "두려워서 몸을 떨면서 옷을 벗거든. 마치 다른 작업실에서 겸손이라는 질병에 감염되기라도 한 것처럼 말이야. 내 평판이 정말 그렇게 나쁜가?" 조수에게 이렇게 묻기도 했다.

정말 그렇게 나빴으며, 때로는 그럴 만도 했다. 로댕의 시선 자체가 탐욕스럽다고 느낀 사람들도 있었다. 여체의 특성들이 관심을 끌었다 하면 그는 공격성에 가까운 집요함으로 노려보았다. 그의 야수 같은 눈길은 미술상의 딸이고 후원자의 아내이고 가릴 것 없이 누구나 덮칠 수 있었다. 종이를 내려다보거나 종이에서 펜을 떼는 일 없이 주제를 그려내는, 이른바 윤곽 스케치를 견뎌야 하는 모델들의 고생이 특히 심했다. 그의 작업은 몸의 굴곡을 본다기보다는 손끝으로 만지는 것과 더 비슷한, 다시 말해 시각적 애무에 가까운 것이어서 많은 모델들이 기겁하곤 했다.

음경처럼 휘두른 로댕의 펜이 가한 상징적인 위협 외에도, 그는 실제로 모델들과 선을 넘기도 했다. 젊은 미국인 무용가 루스 세인트 데니스Ruth St. Denis가 알몸으로 잔뜩 긴장한 채 서 있을 때, 로댕은 그녀 앞에 무릎을 꿇고 앉아 팔꿈치에서 손목까지 입을 맞추었다. 마침 기자 하나가 작업실에 들어오는 바람에 로댕은 세인트 데니스를 놓아주었고, 그녀는 혼비백산 달아날 수 있었다.

로댕의 이 같은 행동을 예술가의 기벽으로 용인하는 여자들도 있었고, 유혹에 넘어가는 여자들도 있었다. 흉상 작업을 위해 로댕을 방문한 바 있는 오스트리아 작곡가 구스타프 말러의 아내 알마 말러Alma Mahler에 의하면, 옆방에 앉아 로댕이 작업을 마치기를 기다리는 젊은 여자가 항상 있었다고 한다. 그녀는 회고록에 "붉은 입술의 어떤 여자가 아주 오랜 시간을 거기에 앉아 보냈다. 그것은 소용없는 일이었는데, 그는 그녀에게 거의 신경을 쓰지 않았고 휴식 시간이 되어도 그녀에게 말 한마디 걸지 않았기 때문이다. 그 여자들이(이른바 '사교계'의 여자들이었다) 수치심도 모르고 그런 처우를 견디게 할 만큼 그의 매혹은 강력한 것이었다"고 썼다.

그렇게 기다리는 여자들 중에 웨일스의 미술학도 그웬 존Gwen John이 있었다. 그녀는 로댕의 '생카세트cinq-à-sept[24)]' 정부, 다시 말해 근무시간이 끝나고 귀가하기 전에 동침하는 여자가 되었다. 그 관계는 수년간 지속되다가 존이 로댕에게 끔찍하게 집착하게 되면서 깨졌다.

젊은 여성들이 로댕에게 느낀 매력은 당초 릴케를 매혹했던 그것과 유사한 것이었던 듯하다. 많은 사람들이 그를 위대한 손으로 자신을 빚고 가다듬어줄 피그말리온 같은 존재로 보았다. 파리에서 춤추던 이십대의 이사도라 덩컨도 로댕에게 느낀 매혹을 그렇게 묘사했다. 판에 박히고 부자유한 발레에 싫증을 느끼던 덩컨은 자신만의 스타일을 개발해 물 흐르듯 자연스러운 움직임을 활용

24) '다섯시에서 일곱시까지'를 뜻하는 프랑스어 표현.

이사도라 덩컨.

한 무용 공연을 선보였는데, 그것은 바로 머리끝에서 발끝까지 온몸으로 추는 춤을 의미했다. 맨발 공연도 자주 했다. 친구 장 콕토는 "그녀에게 디테일은 별로 중요하지 않았다"고 말했다. "그녀는 아름다움과 추함을 넘어 크게 살기를, 생을 붙잡고 정면으로 맞붙어 살기를 원했다. 그녀는 로댕학파에 속했다."

로댕처럼 고대 그리스 예술에서 영감을 구한 덩컨은 타나그라 소상小像들에서 보이는 여자들의 무릎 꿇은 자세와 느슨한 튜닉 드레스, 그리고 그리스 화병의 실루엣을 본떠 춤에 활용했다. 덩컨을 만난 로댕은 그녀에게 작업장 안의 조각들을 보여주었다. 훗날 덩컨은 자서전에서 특별히 육감적인 장면을 소개하며 이 만남을 회고했다.

그가 내 두 손을 훑으며 쓰다듬었다. 그의 손 밑에서는 대리석도 납처럼 녹아 흐르는 것 같다는 생각을 했던 것이 떠오른다. 마침내 그가 진흙을 약간 떼어내더니 양 손바닥으로 눌렀다. 그의 호흡이 거칠었다. 그에게서 용광로처럼 열기가 뿜어져나왔다. 그는 금세 여자의 가슴을 빚어냈고, 그것은 그의 손가락 아래에서 고동쳤다.

덩컨은 로댕을 연습실로 데려가 '자신의' 예술을 보여주었다. 로댕은 그녀의 춤에 감명을 받았던 것 같다.

그가 처진 눈꺼풀 아래 타오르는 눈으로 나를 바라보더니, 자신의 작품 앞에서 짓던 것과 똑같은 표정으로 내게 다가왔다. 그는 내 목과 가슴을, 내 팔을, 내 엉덩이와 다리와 맨발을 어루만졌다. 내 몸 전체가 진흙이라도 되는 듯 짓이기기 시작하는 그에게서 나를 불태우고 녹이는 열기가 발산되었다. 나는 내 전 존재를 그에게 내어주고 싶은 욕망밖에 없었다.

하지만 덩컨의 소심한 일면이 그날 저녁 그녀를 지켰다. 그녀는 로댕의 손에서 빠져나와 옷을 입고 더한 일로 이어지기 전에 그를 보냈다.

훗날 그녀는 이렇게 썼다. "참으로 딱한 일이었다! 내 처녀성을 위대한 목신 판에게, 강대한 로댕에게 바칠 신성한 기회를 잃게

한 나의 유치한 오해를 내가 얼마나 자주 후회하는지. 그로 인해 예술과 삶 전체가 더욱 풍요로워질 수 있었을 텐데.”

로댕의 그 어떤 연애도 카미유 클로델에 대한 사랑에는 비길 수 없었다. 그러던 중 1904년, 그는 클레어 드 슈아죌 공작부인Duchesse Claire de Choiseul을 만났다. 이름과 달리 슈아죌은 프랑스인이 아니었고(프랑스 사교계는 그 점을 굳이 강조했다) 딱히 공작부인이라 할 수도 없었다. 클레어 쿠더트Claire Coudert는 뉴욕 출신의 부자로, 십삼 년 전 프랑스 후작 샤를 오귀스트 드 슈아죌Charles-Auguste de Choiseul과 결혼한 사이였다. 그는 도박으로 재산을 다 날렸는데도 어느 해 여름 후작에서 공작으로 작위가 올라갔고, 덩달아 그의 아내도 공작부인이 된 것이다. 뉴욕의 저명한 변호사의 딸이자 잡지 〈보그Vogue〉의 출판업자 콘데 나스트Condé Nast와 인척관계이던 그녀에게는 돈이 아니라 ‘공작부인’이라는 호칭이 중요했다.

슈아죌과 로댕이 처음 만난 것은 슈아죌의 남편이 아마도 팔고 싶어서 자신이 물려받은 흉상에 대한 의견을 들려줄 수 있겠느냐고 묻는 편지를 로댕에게 보낸 후였다. 언제부턴가 슈아죌과 로댕이 직접 편지를 주고받기 시작했고, 그러다가 몇 년 새에 그녀는 자칭 그의 ‘작은 아내’가 되었다. 로댕의 친구들에게 그것은 앞으로 다가올 길고 긴 권력투쟁의 신호탄과 같았다. 그들의 눈에 ‘공작부인’은 상상할 수 있는 최악의 미국인 캐리커처였다. 그녀는 샤르트뢰즈[25]와 브랜디 냄새를 풍기고 다녔고, 자신이 던진 농담에 낄낄대며 웃었다. 묵은 화장에 덧칠을 했고, 립스틱과 같은 색깔의 헤나로 머리를 물들였다. 무엇보다 예술에 대해 아는 것이 없었다.

하지만 예순넷의 로댕은 24세 연하의 슈아죌에게서 활기를 얻었다. 슈아죌의 매너가 형편없다고 해도 상관없었다(클로델에 대해서도 그렇게 생각한 사람들이 많았다). 평생 그렇게 많이 웃어본 적이 없었다. 그의 슈아죌 흉상은 그가 만든 몇 안 되는 웃는 얼굴 중 하나이다.

대부분의 기록이 그녀가 로댕을 완전히 좌지우지했음을 보여준다. 첫 만남에서 "형편없는 옷차림에 어색한 거동, 낙담하고 거의 지쳐빠진" 모습이었던 로댕을 대상으로 그녀는 변신 작업에 돌입해 어떤 옷을 입을지, 무엇을 먹을지, 머리는 어떻게 정돈할지를 지시하기 시작했다. 로댕은 그녀가 이른 대로 아침마다 이발사를 시켜 머리를 다듬고 수염에 향수를 뿌렸다. 헐렁한 가운 대신 값비싼 맞춤 정장을 입고 중절모를 썼는데, 그것은 마치 바다코끼리가 터틀넥 스웨터를 입은 꼴과 같았다.

슈아죌은 자신을 로댕을 현대세계로 인도하는 대사쯤으로 여겼다. 〈뉴욕 타임스〉 기자가 정말 로댕과 많은 시간을 보내느냐고 묻자 그녀는 이렇게 대답했다. "그럼요, 자랑스럽게도 나는 둘 다

---

25) 샤르트르회 수도원에서 만드는 약초 술.

로댕의 작업실에서 마주 앉은 로댕과 드 슈아죌 공작부인.

예요. 세상에서 가장 훌륭한 조각가의 뮤즈이자 세상에서 가장 훌륭한 나라의 딸요…"

그러나 슈아죌은 로댕의 뮤즈 역할에 만족하지 않았다. 그녀는 그의 거래상이자 회계원이자 아내이자, 궁극적으로 유산 집행자가 될 작정이었다. 작업실 개방 정책을 철회하고 친구들조차 안내인에게서 출입증을 받고 들어오게 했으며, 때에 따라서는 전면 출입금지를 선언하기도 했다. 로댕 밑에서 조각 공부를 하려고 들렀던 유복한 상속녀 거트루드 밴더빌트 휘트니Gertrude Vanderbilt Whitney는 방문객들을 돌려보내는 슈아죌을 보고 충격을 받았다(거트루드의 할아버지가 근처에 아파트를 갖고 있었는데, 당시에는 이디스 워튼Edith Wharton에게 세를 내준 상태였다). "내가 여기에 있는 한 아무도 그를 방해할 수 없어요. 내가 모든 걸 처리하니까. 내가 곧 로댕이라고요!" 슈아죌은 이렇게 말했다고 전해진다. 그녀의 전횡적인 출입통제를 놓고 한 기자는 그녀를 로댕 작업실의 케르베로스[26]라고 불렀고, 다른 대부분의 사람들은 '인플루엔자'라고 불렀다.

한편, 뫼동에 있던 릴케는 파리에서 번져나가는 로댕에 대한 구질구질한 소문을 전혀 알지 못했다. 편지 회신과 쇼의 체류 등 각종 업무에 파묻혀 파리에는 발걸음조차 하기 어려웠던 것이다.

조지 버나드 쇼가 런던으로 돌아가고 이틀 후인 4월 23일, 여전히 로댕 앞으로 온 편지들에 회신을 하고 있던 릴케는 뜻밖의 편지 한 통을 발견했다. 런던 최대의 로댕 후원자 중 한 사람인 윌리엄 로센스타인이 보낸 편지였다. 그는 최근 메트로폴리탄 박물관의 회화 큐레이터가 된 친구 로저 프라이Roger Fry가 구매를 고려하는 작품들을 직접 보고 의견을 전해주기 위해 파리에 들렀다가 로댕을 찾아왔고 릴케와도 안면을 튼 사이였다.

릴케는 이 새 지인이 마음에 들어 첫 만남 후 뫼동에 한번 들러주면 로댕도 자신도 무척 기쁠 거라는 편지를 보냈었다. 성공적으

---

26) 그리스 신화에 나오는 지옥을 지키는 개.

로 치른 팡테옹 축전에 대해 언급했고, 쇼에 대한 예찬을 거듭하며 새 흉상에서 그의 '놀라운 치열함'이 발산된다고 말하기도 했다.

4월의 그날 도착한 것은 로센스타인의 정다운 회신이었다. 그는 릴케에게 안부를 되물었고, 친절한 제의에 고마움을 표했다. 모든 것이 범상했으나 로댕은 그 편지를 보고 불같이 화를 냈다. 그가 '자신의' 친구에게 사적인 편지를 써보내도 좋다고 허락한 적은 없다고 했다. 문제 될 내용이 없다는 사실은 상관없었다. 로댕은 그 행위 자체를 용서할 수 없는 신뢰 위반으로 보았다.

로댕은 서류철들을 마구 뒤지더니, 승인되지 않은 편지를 한 통 더 찾아냈다. 저명한 미술품 수집가이자 작가인 하인리히 티센 보르네미사Heinrich Thyssen-Bornemisza 남작이 릴케에게 독일어로 쓴 편지였다. 로댕은 릴케의 눈앞에 증거를 들이댔다. 느닷없는 대립 상황에 주눅이 든 릴케는 남작의 편지가 자신에게 온 것은 맞지만, '로댕의 비서' 자격으로 받은 것이라고, 로댕 본인이 남작에게 편지를 쓰라고 승인하지 않았느냐고, 혹시 잊어버린 것이냐고 해명했다.

더 중대한 사안인 로센스타인과의 연락에 관해서는, 자신은 로댕의 피고용인이 아닌 친구로서 그 사람을 소개받았으며, 따라서 새 친구에게 평범한 안부 편지쯤은 보내도 괜찮다고 생각했다고 주장했다.

로댕은 릴케의 변명을 들어주지 않았다. 릴케는 그의 쇠고집이 어이없었지만, 로댕을 아는 사람들에게는 이미 익숙한 것이었다.

가까운 친구 쥐디트 클라델Judith Cladel도 "로댕의 성미는 이미 변하기 시작했다. 그는 성급하고 횡포했으며, 죄 없는 목에 떨어지는 칼처럼 명령을 날려댔다"라고 썼다.

로댕은 즉석에서 릴케를 해고했다. 클라델은 '잔인하고 부당한' 해고라고 생각했다. 릴케는 '도둑질하는 하인'이 되어 쫓겨난 기분이었다. 아홉 달 동안 성실하게 봉사해왔건만, 기회주의적 행동이라는 죄목으로 추방당한다는 것은 가혹했다. 수년 뒤 로센스타인은 자신이 '가엾은 릴케'에게 보낸 편지가 그토록 '로댕에게 불만의 원인'이 되었다는 사실을 듣고 충격을 받았으나, 로댕이 '다루기 힘든 사람'으로 악명 높다는 것은 그도 알고 있었다.

로댕이 피고용인들에게 분노를 폭발시킨 것은 이번이 처음이 아니었다. 사소한 실수에도 깜짝 놀라 잠에서 깬 사자처럼 노발대발했다가, 나중에야 지나친 반응이었음을 깨닫곤 했다. 조수들을 해고했다가 재고용하기를 밥 먹듯이 했는데, 그중 특별히 총애했던 조수는 이 년에 걸쳐 무려 다섯 번이나 그것을 되풀이했다.

그런 파괴적인 기운이 작품으로 향하면 매혹적인 절단 및 분절 조각들이 되었고, 사람에게 향하면 그저 파괴만을 낳았다. 나중에 무성영화 스타가 된 청년 모델 루 텔레겐Lou Tellegen이 처음으로 만든 진흙 인물상을 가져와 비평을 부탁했을 때, 로댕은 힐끗 보더니 연장을 집어들고 직접 쳐서 다듬기 시작했다.

"그러고 나자 본래의 모습은 남은 것이 거의 없었다. 그는 그나마 남은 형체마저 깨부수더니, '처음부터 다시 해'라고 말하고는 가버렸다." 텔레겐은 회고록에 이렇게 썼다. 로댕은 "언제나 본 대로 느낀 대로 말했다. 물론 그보다 더 비속한 표현을 찾지 못하는 한 그랬다."

릴케가 도착했을 무렵 로댕의 명성은 스스로 배신이라 느끼는 것에 무척 예민해지지 않을 수 없을 만큼 커져 있었다. 팡테옹 제막을 앞두고 긴장이 최고조에 달해 어느 때보다 릴케의 지원이 필요했던 시기에, 가장 믿는 제자인 그가 쇼에게 아첨하는 모습을 본 것도 영향을 미쳤을 것이다. 릴케는 자신의 조그만 거처에 들어가 짐을 싸서 그날 저녁으로 뫼동을 떠났다.

릴케의 후임 후보자들을 면접할 시간이 없었던 로댕은 유명한 화가 가문의 지인 앨버트 루도비치Albert Ludovici가 자신의 아들은 어떠냐고 하자 그 자리에서 고용을 결정했다.

스물다섯 살의 영국 작가 앤서니 루도비치Anthony Ludovici는 1900년 만국박람회에서 처음 로댕의 작품을 본 이래 줄곧 그의 작품을 애호해왔지만, 일자리를 얻어 뫼동에 도착하고 나서는 크게 실망했다. 로댕은 늙고 냉담했으며, 끝없이 작업장을 찾아오는 방문객의 행렬에 지쳐 보였다. 흉상 위촉 작업에 기운을 다 쓰고도, 다른 작업까지 예정대로 진행시켰다. 이제 로댕은 기존 작품을 다양한 크기와 재료로 복제 생산하는 공장을 돌리고 있는 셈이었다. 로댕이 진흙 또는 밀랍으로 작품 하나를 빚어내면 조수들이 열 개가 넘는 석고판으로 베껴냈고, 그것들 중 일부는 청동으로 주조되거나 석재 작업장으로 보내져 대리석 조각으로 제작되었다.

젊고 세련된 루도비치는 로댕의 거친 시골풍 거동에 경악했다. 그는 로댕을 "무식하고 상스럽고 무례하다"고 평가했으며 로즈에 대해서는 "자신보다 훨씬 격이 떨어지는 여자와 친밀한 가정생활을 한다"면서, 로댕과 말을 섞어봤자 배울 것이 없다는 생각에 혼자 아침을 먹기로 결심했다.

또한 좀처럼 직원들에게 선의를 베푸는 법이 없으면서 그들에게는 '흔들림 없는 동정과 관용과 헌신'을 요구하는 것은 부당한 행위라고도 생각했다. 로댕의 가정부 하나가 자기 전임자가 '속담에 나오는 사기 항아리와 놋쇠 항아리' 사건으로 해임되었다고 알려주었을 때도 전혀 놀랍지 않았다. 이솝 우화에서 섬세한 사기 항아리는 그보다 강한 놋쇠 항아리와 어울리려고 하면 반드시 깨지게 되어 있다.

릴케처럼 루도비치도 로댕과 함께한 시간을 책으로 써냈지만, 그의 《오귀스트 로댕에 대한 개인적 추억Personal Reminiscences of Auguste Rodin》은 무조건적인 외경 대신 침착한 객관성이 주조를 이룬다. 루도비치의 객관적인 시선은 오귀스트 뵈레Auguste Beuret에 대한 로댕의 잔인한 취급에까지 향한다. 아버지가 입에 올리지도 않은 아들 오귀스트가 '조각가이자 레지옹 도뇌르 3등 훈장 수훈자 로댕 씨' 앞으로 보낸 가슴 아픈 편지들을 루도비치는 직접 읽어보았다. 오귀스트는 신문에 아버지의 이름이 보이면 그가 받은 상이나 새로 열린 전시회를 축하하는 편지를 써보내곤 했지만 대부분 답장 없이 무시되었다.

로댕은 오귀스트를 남부끄럽게 여겼고 평생 우둔한 아이로 일축했다. 실제로 그가 장애를 갖고 있었는지 아니면 아버지의 평가가 너무 가혹했던 것인지는 확실치 않다. 오귀스트가 어린 시절 창밖으로 떨어진 일이 있다고 주장하는 전기작가들도 있으나 확증된 주장이 아니고, 뇌손상 진단도 없었다. 어쨌든 로댕은 처음부터 오귀스트를 짐으로 여겼고, 아이를 이모 집으로 보내 수년간 거기서 살게 했다.

성년이 된 뒤에도 로댕은 오귀스트를 곱게 보지 않았다. 오귀스트가 부유한 아버지를 두고도 헌옷팔이로 간신히 생계를 이으며 빈민으로 살고 있다는 것을 알고 루도비치는 마음이 괴로웠다.

과로와 저평가에 시달린 루도비치는 여섯 달만에 로댕의 비서일을 그만두었다. 훗날 그는 릴케와 비슷하게 "하찮은 오해 때문에 격렬한 언쟁이 있었고, 로댕이 참을 수 없을 만큼 무례하게 구는 바람에" 그 시기가 끝났다고 썼다.

루도비치는 보수적인 기독교 작가 겸 니체 학자가 되어 어느 정도 명성을 얻었다. 하지만 초창기의 히틀러와 우생학운동을 지지한 경력으로 곧 세상에서 잊혔다. 2차 세계대전이 끝나고 일 년 후, 루도비치는 여성운동가들과 흑인들의 영국 진입에 대한 글쓰기를 잠시 멈추고 릴케의 로댕 논문 영역본 신판에 대한 서평을 쓰면서, 처음에는 릴케가 자신을 해고한 로댕에 대해 보복성의 말을 썼기를 기대했노라고 했다.

사실 릴케도 그럴 생각이 전혀 없지는 않았다. 책에 추가할 두 번째 에세이의 발표를 앞두고 좀 더 비판적인 어조로 써야 할지를 고민했는데, 로댕의 실제 업적보다는 "그가 우리에게 지시한 요구"로 인해 초창기의 열광이 변색된 것은 아닐까 염려되었다. 결국 그는 "지금은 로댕에 관해 새로운 이야기를 할" 시기가 아니라는 판단을 내렸다. 그에 대한 모순된 의견들을 소개하면 독자들이 혼란스러울 것이고, 책이 지닌 축하의 기조도 손상될 것 같았다.

릴케의 책에 깃든 확신과 독창성을 높이 평가한 루도비치는 "릴케는 과로한, 그리고 명사 대우에 오만해진 예술가의 성미가 불러온 단순한 사고들이 그의 작품세계에 대한 해석을 좌우하는 것을 허락할 수 없을 만큼 천성이 관대하고 이해심이 많았고 인간에 대한 지식이 심오했다"는 서평을 남겼다.

누가복음에는 말 안 듣던 아들이 결국 아버지에게 돌아온다는 탕자의 우화가 나온다. 작은아들은 유산을 미리 받아 세상을 돌아다니며 탕진하고, 큰아들은 집에 남아 아버지 밑에서 일한다. 돈이 떨어지자 작은아들은 지치고 굶주리고 무일푼인 채로 집에 돌아온다.

아버지는 달려가서 오래전 잃은 줄만 알았던 아들을 끌어안고 큰아들에게 '잔치를 준비하라'고 말한다. 큰아들은 기가 막힌다. 집에 남아 긴 세월을 성실하게 일해온 자신에게는 아무 포상도 주어지지 않는데, 무책임하고 이기적인 동생을 위한 잔치가 웬 말이냐고 따진다. 아버지는 탕자가 과거에 무슨 짓을 했는지는 중요하지 않다고, 돌아왔다는 사실이 중요하다고 대꾸한다.

파리에서 새 거처를 찾던 릴케에게 이 용서의 우화가 떠올랐다. 놀랍게도 도시를 떠도는 또 한 명의 탕자가 그에게 구조의 손길을 건넨 것이다. 바로 옛 친구 파울라 베커였다. 석 달 전 그녀는 남편이 잠든 한밤중에 보르프스베데를 떠나 릴케에게 편지를 보냈었다. 파리로 가겠다는 계획과 함께 "나는 이제 모데르존이 아니고 파울라 베커도 아니에요. 나는 나예요"라고 선언하면서, 그와 로댕을 다시 만나고 싶다고, 그리고 무엇보다 일을 하고 싶다고 했다.

릴케는 베커가 여태 혼자서 버텼으리라고는 생각도 못했다. 그런데 그녀는 이젤과 송판 의자와 작업대만 갖고도 만족하며 살고 있었다. 뤽상부르 공원 북쪽으로 몇 블록 올라가면 나오는, 예전에도 묵었던 카세트 로 29번지의 호텔로, 좁아터진 싸구려였지만 주별 임차가 가능했다. 5월에 릴케는 숙소를 알아보다가 그녀에게 들렀고, 그녀는 그가 위층에 방을 얻도록 도와주었다.

그는 곧바로 입실했다. 마치 가라앉는 배처럼 공중으로 치솟은 교회당의 중랑中廊이 내다보이는 방이었다. 새 책상 앞에 앉아 베스트호프에게 해고당한 사실을 알리는 편지를 썼다. 수모를 의연하게 견디고 싶었던 릴케는 자신이 힘들어하는 것을 알고 로댕이 안쓰러운 마음으로 보내준 거라고 했다. 언젠가는 끝날 일이었고,

어쩌면 '잘된' 일인지도 모른다고 설명했다.

하지만 이튿날에는 로댕에게 괴로운 진심을 토로하는 편지를 썼다. "이 사건으로 저는 깊은 상처를 입었습니다"라고 쓴 다음, "표면적으로만 개인 비서"로 여겼을 뿐 안드레아스 살로메가 나중에 말했듯 "사실은 온전하고 자유롭게 교제하는 친구"로 여긴 자신을 그토록 간단히 내쫓은 로댕의 처사에서 자신이 일개 피고용인에 불과했다는 느낌을 받았다고 했다.

릴케는 "당신은 비서에게 그 친숙한 처소를 내준 것이 아니었습니다"라고 덧붙였다. 그리고 자신의 처신을 다시 한 번 변호하면서, 로댕이 지적한 잘못은 단순한 오해이지 신뢰 위반이 아니라고 했다. 하지만 궁극적으로 로댕이 어떤 생각을 하건, 자신의 헌신은 변함없을 거라고 맹세했다. "당신의 삶을 움직이는 현명한 유기체는 그 기능의 유지를 저해하는 듯 보이는 것은 무엇이든 즉각적으로 배격해야 한다는 걸 저는 이해합니다…. 당신을 더는 보지 못하겠지요, 하지만 홀로 남아 탄식한 사도들처럼 제게는 삶이 새롭게 시작됩니다. 당신의 위대한 모범을 찬미하고 위로와 정직과 힘 속에서 당신을 발견하는 삶 말입니다."

로댕으로부터의 유배는 릴케에게 단순한 상처만이 아니라, 예술가로서 이루고 있던 중대한 진전의 중단을 의미했다. 마치 때 이르게 전지된 포도덩굴 같은, "입이 되었어야 할 것이 상처가 되어버린" 느낌이었다. 그달에 쓴 시 〈1906년의 자화상〉은 그의 이런 불안한 상태를 잘 보여준다.

> 아직도 아이의 공포와 우울, 그리고 조심스러움이
> 여기저기서 엿보인다, 그것은 비굴한 종류는 아니지만,
> 어쨌든 섬기는 자의 것, 여인의 것이다.
> 입으로서 만들어진 입은, 크고 확실하며,
> 설득력 강한 것은 아니지만, 그 나름대로
> 긍정적이다.

이 시구를 쓸 무렵, 릴케는 또 다른 초상의 주제가 되었다. 줄리앙 아카데미 수업을 위해 인물화 연습을 해야 하는데 모델료가 없었던 베커의 요청으로 아침마다 그녀의 모델 노릇을 해주었던 것이다. 어느 날 둘이 작업 중일 때 누군가 문을 두드렸다. 베커가 거튼 사이로 거리를 내다보더니 바로 닫아버렸다. 그리고 몸을 돌려 릴케에게 속삭였다. "모데르존이에요."

그녀에게 이기적이고 잔인하다는 편지를 보내오던 남편이었다. 그녀는 예술은 그 자체로 사랑의 형태이므로 자신이 비정하다는 것은 말이 안 된다고 주장했다. 그는 돌아오라고 애원했고, 그녀는 그만 놓아달라고 간청했다.

그들 부부의 갈등을 회피해온 릴케는 마침내 덫에 걸려든 느낌이었다. 베커의 그림 작업을 지나치게 옹호했다가는 그녀 편을 드는 것처럼 보일까 봐 걱정이 되었다. 릴케는 자리를 피해주었고, 베커와 모데르존은 이야기를 나눴다. 하지만 그녀는 파리에 남겠다는 결심을 굽히지 않고, "우리 두 사람에게 더이상의 시련은 불

파울라 모데르존 베커가 그린
릴케의 초상, 1906년.

필요해요. 나를 놓아주세요, 오토. 나는 남편으로서 당신을 원하지 않아요, 정말로요. 이 사실을 받아들여요, 제발. 당신 자신을 그만 괴롭혀요"라는 편지를 써보냈다.

베커의 여동생은 언니의 결정에 격노했고, 오랜 친구 칼 하웁트만도 그녀를 어리석고 약하다고 비난했다. 릴케는 어느 쪽으로도 직접적인 의견을 밝히지 않았으나, 더이상 모델을 서주지 않는 것으로 자신의 판단을 암시했다. 베커는 초상화를 포기하고 정물화를 택했다.

완성되지 못한 그림이 주제를 더 정확히 표현해야 하는 초상화였다는 측면도 있지만, 어쨌든 윤곽뿐인 그림이었다. 베커는 릴케의 담청색 눈동자와 졸린 듯한 눈꺼풀을 그려넣지 못하고 특징 없는 검은 동그라미로 남겨놓았다. 그것은 시야에 들어오는 모든 것을 무방비 상태로 받아들이는 크게 뜬 시인의 눈이었다. 입은 시에서처럼 '크고 확실하게' 뻗어 있다. 하지만 릴케의 말대로 때 이르게 전지된 포도덩굴처럼 약간 벌어져 있다. 시도 그림도 변환기의 초상이지만, 베커의 그림이 기로에 놓인 시인을 좀 더 예지적으로 표현했다고 할 수 있다.

릴케는 베커를 멀리하며 승려처럼 호텔 방에 처박혀 다음달을 보냈다. 그는 "나는 매일 혼자 방에서 무릎을 꿇었다가 일어서. 나는 이 안에서 나에게 일어난 일을 신성시할 거야. 아직 오지 않은 일조차, 실망조차, 버려짐조차"라고 아내에게 썼다.

시가 릴케의 신이었다면 시로 이끌어주는 말들은 천사였다. 샤르트르 대성당의 석조 천사는 그렇게 시를 품고 그에게 돌아왔다. 〈해시계를 든 천사〉에서 릴케는 자신의 세계와 천사의 세계를 갈라놓는 거리를 받아들인다. 그날 그를 쓰러뜨릴 뻔했던 바람에도 석재 조각들은 끄떡없었음을 기억하면서, 밤낮없이 해시계를 들고 있는 그 천사가 자신의 영역을 얼마나 잘 이해하고 있는지 묻는 한 줄로 시를 끝맺는다. "돌로 만들어진 존재여, 그대는 우리의 삶에 대해 무엇을 알고 있습니까?"

지난 아홉 달 동안 릴케의 머릿속에 쌓여온 착상들이 단숨에 쏟아져나오면서 두 권짜리 《신시집》의 상편이 완성되었다. 최소한 다시 글을 쓰고 있긴 했으나, 그는 아직도 빈털터리 나그네였다. 다시금 버려진 탕자가 된 느낌이었다.

다만 원치 않는데 '아버지' 집에서 내쫓겨난 셈이었으니, 본래 이야기와는 다른 각도로 보아야 했다. 어쩌면 탕자가 미지의 땅을 향해 길을 떠난 것은 이기적이기보다는 용감한 행동이었는지도 몰랐다. 사실 집에 남은 큰아들이 가엾은 존재일 수 있었다. 그는 어디서 태어났는가에 개인의 운명이 달렸다고 믿었으므로, 그의 삶은 아무것도 달라지지 않고 똑같이 진행될 터였다. 탕자는 모험을 떠나고, 자유를 맛보고, 어쩌면 신을 발견할지도 몰랐다.

그것이 바로 로댕이 묘사해낸 탕자였다. 바닥에 무릎을 꿇고 양팔을 하늘을 향해 뻗은 청년의 청동 조각 작품은 당초 '탕자The Prodigal Son'라는 제목이 붙었다가 '기도Prayer'로 바뀌었는데, 두 제목 모두 정확하지 않다고 생각한 릴케는 논문에 이렇게 썼다. "이것은 아버지에게 무릎 꿇은 아들의 모습이 아니다. 이런 자세는 신을 필요로 하게 하고, 이렇게 무릎 꿇은 인물 속에는 신을 필요로 하는 모든 사람이 내재한다. 모든 공간이 이 대리석에 속하며, 그것은 세상에 홀로 존재한다."

릴케는 〈집 떠난 탕자〉에서 우화를 다음과 같이 뒤집었다. 시는 이렇게 시작된다.

> 그렇다, 나아간다, 붙드는 손을 뿌리치고.
> 무엇을 향해 나아가느냐고? 불확실성을 향해,
> 우리와 아무 연관 없는 나라로

시의 마지막 몇 행에서 릴케는 아들의 귀환보다 출가에 갈채를 보낸다.

> 보내주는 것—
> 설령 홀로 죽어야 할지라도.

> 이것이 새로운 삶의 시작일까?

릴케에게는 적어도 새로운 장章의 시작이었다. 그는 로댕의 집을 공식적으로 떠났고, 7월 말에는 다시 여행길에 나섰다. 먼저 벨기에 해안에 잠깐 들렀다가 베를린으로 갔다. 후원자 칼 폰 데어 하이트가 불확실한 나날을 건더내도록 2,000마르크를 지원해주었다. 릴케는 "혼란스러운 시기였어요. 파리와의 작별은 힘들었고 속내도 복잡했습니다"라고 그에게 써보냈다. 9월에는 그리스를 생각하고 역시 폰 데어 하이트에게 경비 지원을 호소하는 긴 편지를 보냈다. 로댕에 관한 두 번째 에세이를 마무리해야 하는데, 로댕의 정신적 고향인 그리스보다 좋은 환경을 생각하기 어렵다고 했다.

마침 어느 남작부인이 카프리에서 겨울을 함께 보내자고 초대해서 그리스 여행 계획은 실현되지 않았다. 폰 데어 하이트의 인내심도 바닥나고 있는 실정이었다. 그는 시인이 초창기에는 경제적 지원을 요구할 수 있지만, 시간이 흐르면 경제적 자립을 위해 노력해야 한다며 지원에 매달리는 릴케를 책망했다.

릴케는 독립을 중시하는 바로 그 이유 '때문에' 자립할 수 없었던 거라는, 예상대로 명쾌하지 않은 논리로 대응했다. 로댕 밑에서 일하느라 너무 오랫동안 작품활동을 할 수 없었으며, 따라서 일자리를 위해 자유를 포기하기를 거부하는 것이라 했다.

폰 데어 하이트는 결국 돈을 보냈고, 릴케는 서른한 살 생일날 카프리에 도착했다.

릴케의 변덕스럽고 호사스러운 여행에 진저리가 난 것은 후원자뿐이 아니었다. 베를린의 베스트호프는 새 친구 안드레아스 살로메에게 장기화되는 릴케의 부재를 불평했다. 편지와 격리에 바탕을 둔 그들의 이른바 '내면 결혼'으로 그녀 혼자서 루스를 길러야 할 뿐 아니라, 교사 월급으로 간신히 먹고 산다는 것이었다.

충격을 받은 안드레아스 살로메는 릴케가 빨리 아버지로서의 의무를 이행하지 않으면 경찰에 신고하라고 베스트호프에게 충고했다. 친애하는 루가 이런 법적 조치까지 제안했다면, 릴케도 부끄러운 줄 알고 도리를 다할 것이라고 베스트호프는 생각했다. 그녀는 그의 친구가 해준 말을 릴케에게 편지로 써보냈다.

예측한 대로 이 편지는 릴케의 이탈리아 휴가를 망쳐놓았다. 그는 아내에게, 그리고 간접적으로 안드레아스 살로메에게(그녀가 전해들으리라는 것을 알았으므로), 열렬한 변론을 써보냈다. 그는 어떤 외적 요구보다도 예술을 우선시하라고 충고한 사람이 다름 아닌 안드레아스 살로메였다며 오랜 친구의 위선을 꼬집었다. 그리고 아버지로 산다는 것이 명예로운 일이기는 하지만 시인의 소명은 절박한 의무라고 했는데, 그것은 안드레아스 살로메가 처음부터 아예 가정을 꾸리지 말라고 충고했던 것을 무시한 말이었다.

릴케는 이해해달라고 간청한 뒤 아내를 칭찬했다. 하지만 탕자의 길을 계속 걷겠다는 결심을 굽히지 않았다. "마지막, 궁극적인, 최후의 목소리가 말을 걸어올 때까지, 나는 위험하고 너무나 자주 무책임한 처지를 그보다 설명하기 쉬운 체념의 처지와 맞바꾸지 않겠어"라고 했다.

그렇다고 릴케가 사랑을 존중하지 않은 것은 아니다. 그는 다만 그것을 사방으로 퍼지는 원圓처럼 목적어가 없는, 자동사로 보고 싶어했다. 그러지 않으면 사랑하는 것은 타인을 소유하는 것이고, 사랑받는 것은 소유되는 것이었다. 또는 《말테의 수기》에 보다 적확히 쓰게 되듯, "사랑받는 것은 불꽃 속에 타들어가는 것을 뜻한다. 사랑하는 것은 사라지지 않는 기름으로 불을 밝히는 것이다. 사랑받는 것은 죽는 것이고, 사랑하는 것은 이겨내는 것이다." 릴케에게 단란한 가정이란 가장 밝게 타오르는 불이어서, 산 채로 타버리기 전에 창밖으로 뛰어내려야 했다. 설사 바닥에 엎어진다 해도, 흉터투성이의 얼굴이 다른 사람을 흉내낸 얼굴보다 나을 터였다. 릴케에게 가족은 자아의 궁극적 소멸을 뜻했다.

그가 몰랐던 사실이 있다면, 아내도 최소한 부분적으로 그의 주장에 동의하지만, 그녀 자신의 소명 또한 충족시키고 싶어한다는 사실이었다. 릴케가 카프리에서 크리스마스를 보내는 동안, 베스트호프는 친구들이 몇 건의 작업과 거처를 제공해온 이집트로 떠났다. 아내의 그렇게 결연한 모습을 릴케는 몇 년 만에 처음 보았다. "처음 로댕을 만난 이후 그녀가 그렇듯 간절하게 뭔가를 추구한 것은 처음이었다."

휴지기를 지나는 자신과 비교할 때 그토록 부지런히 사는 아내에게 릴케가 시샘을 느꼈을 수도 있다. 이탈리아 여행은 완전히 실수였다. 집중을 방해하는 요소가 너무 많았다. 술 취한 독일 관광객들이 소란을 피우며 거리를 쏘다녔고, 남작부인의 친구들은 사교에만 열을 올릴 뿐 일은 거의 하지 않았다. 이탈리아에서 한적한 곳을 찾아 평화를 누릴 수도 있었겠지만, 그가 진정으로 글을 쓸 수 있는 곳은 파리뿐이었다. 그 도시는 그에게 마치 사관학교와 비슷해서, 글쓰기를 통해 두려움을 잊도록 그의 등을 떠밀었다. 다만 수련을 채 끝마치기 전에 로댕이 그를 쫓아냈을 뿐이다.

2월에 그는 "완전한 고독, 파리에서의 고독에 대한 간절한 염원이 내 안에 다시 쌓여갔다. 그것이 다음으로 필요한 것이라는 생각은 얼마나 옳았던가. 그리고 그렇게 다 알고도 그 기회를 반은 놓치고 반은 허비함으로써 스스로에게 얼마나 큰 해를 끼쳤던가. 그 기회가 다시 올까? 그것에 모든 것이 달린 것 같다"고 썼다.

그는 베스트호프가 이집트에서 돌아오는 봄까지 기다렸다. 이탈리아에서 함께 이 주를 보냈지만, 두 사람 사이에 열정이라곤 자취조차 없었다. 릴케는 아내의 아프리카 경험담을 듣고 싶었지만 그녀는 할 말이 전혀 없는 듯했고 실망감이 가득한 얼굴로 돌아다녔다. 항상 우거지상이어서, 어느 지인으로 하여금 "맙소사, 정말 사랑받지 못한다는 걸 그렇게 과시하고 다녀야 할까?"라고 탄식하게 만들었던 뵈레가 떠올랐다. 그러다가 베스트호프와 릴케의 길이 다시 갈렸다. 이번에는 그녀는 독일로, 그는 프랑스로 각각 떠났다. 이후 여러 해 동안 두 사람의 유대관계는 유지됐으나 더이상 혼인관계 안에서 서로를 바라보지 않게 되었다.

릴케는 이번에는 파리가 다르리라는 것을 예감했다. 이제 그는 누구의 아들도, 누구의 비서도 아니었다. 사실상 아버지나 남편이라고 할 수도 없었다. 연인들이야 서로를 와인처럼 소모하라지, 나는 마침내 그 포도덩굴에서 벗어난 거야, 그는 생각했다. 프란츠 카푸스가 사랑하는 사람들이 떠난다고 불평하자, 릴케는 "주변의 공간이 넓어지는 것"을 한번 보라고 했다. 이제 그가 그 빈 공간에 처해 있었다. 경계선 사이의 어떤 지점, 그곳에서 드디어 자유롭게 호흡할 수 있게 되었다.

11

20세기가 밝아오면서 신세대 예술가들이 한 치의 머뭇거림도 없이 과감하게 미지의 영역 안으로 들어갔다. 서유럽에는 '원시적'인 아프리카 미술의 전유專有 또는 성적 금기들의 실험을 통해 식민지 탐험 정신을 작품에 수용하는 사람들이 많았다. 불과 몇 해 사이에 제국주의의 보드라운 붓질이 입체파의 뾰족한 선으로 굳어졌으며, 모네의 양산을 든 여자들이 옷을 벗어던지며 툴루즈 로트렉의 깃털과 가터벨트로 달려들었다.

프랑스의 입체파, 이탈리아의 미래파, 독일의 표현주의가 동시에 발전하면서 새로운 추상미술의 길을 닦았다. 추상미술이 회화를 해방시킬지 또는 파괴할지에 대해서는 보는 사람마다 의견이 달랐다. 당시에 대한 문학적 성명서 같은 것이 있다면 그것은 빌헬름 보링거가 1908년에 발표한《추상과 감정이입Absraktion und Einfuhlung》일 것이다.

본래 학위논문으로 쓴 글이었기에, 스물여섯 살의 박사학위 후보자였던 보링거로서는 글이 발표되면서 퍼져나간 열광적인 호응을 전혀 예측하지 못했다. 글에 대한 착상도 우연히 찾아왔다. 후속판 서문에 설명한 것처럼, 오랫동안 연구주제를 찾아 헤매다 파리의 민족지학미술박물관 트로카데로Trocadéro를 방문한 1905년 어느 날 생각이 떠올랐다.

대부분의 파리 사람들은 1878년 만국박람회의 유물인 낡고 퀴퀴한 냄새가 나는 그 건물을 피했다. 그 봄날, 그곳에는 보링거와 나이 든 두 명의 남자밖에 없었다. 그중 하나가 그가 베를린에서 공부할 때의 은사 게오르크 짐멜이었다. 그 사회학자는 릴케의 주선으로 로댕과 만나기 위해 파리에 와 있었다.

교수는 옛 제자를 보지 못한 듯했고, 두 사람은 그날 이야기를 나누지 않았다. 그러나 "그가 그곳에 있음으로 인해 생겨난 분위기에만 존재하는 접촉" 속에 공존한 바로 그 시간 동안, 보링거는 "갑작스럽고 폭발적으로 탄생한 수많은 생각들"을 경험했고 "그것들은 내 논문 안으로 들어와 내 이름을 처음으로 대중에게 알렸다."

집에 돌아온 보링거는 역사적으로 예술운동들이 왜 발생했는지를 추론하는 광범위한 탐구 작업에 돌입했다. 그날 짐멜의 존재가 정확히 어떤 영향을 미쳤는지는 설명하지 않았다. 하지만 사회의 격변과 그것이 낳은 창조적 운동에 대한 그 사회학자의 연구를 떠올렸으리라는 것만은 분명하다. 보링거는 이 관념들을 또 다른 은사 테오도르 립스의 '아인퓔룽' 이론과 결합해, 모든 예술을 아우르는 두 개의 범주가 있으며 그것은 추상과 공감이라는 결론에 도달했다. 예술사라는 연속체 전체가 이 양극단 사이에 걸쳐 있다고, 어떤 예술운동이 이 스펙트럼의 어느 위치에 나타나는가 하는 것은 그 운동을 일으킨 사회의 심리적 건강과 연관이 있다고 그는 주장했다.

그는 감정이입적인 예술은 구상적이고 번영의 시기에 융성하는 경향이 있고, 그런 시기의 예술가들은 복된 현실을 반영하기 위해 차원이나 깊이, 각종 회화적 기법들을 발전시킨다고 말했다. 외부 세계에 거울을 비추었던 이탈리아 르네상스나 고대 그리스 예술가들은 그 아름다움과의 동일시가 가능했다고도 했다.

반대로 혼란의 시기에는 추상이 강세를 보인다고 보링거는 말했다. 비잔틴 제국의 기하학적 모자이크나 고대 이집트의 피라미드 건축에서 볼 수 있듯이, 전쟁이나 기근을 견딘 예술가들은 규칙적인 수학적 형태를 활용해 혼돈으로 가득한 자신들의 삶에 질서를 부여하고자 했다는 것이다. 그는 또 동일한 형태의 반복은 안도감을 주며, 인체의 부드럽고 둥근 모양과 대조되는 모난 형체들은 비참한 현실과 거리를 두고자 하는 예술가들에 의해 많이 사용된다고 했다.

원고를 완성한 보링거는 조금이라도 관심을 보일 것 같은 사람이면 누구에게나 사본을 우송했다. 그중 한 명이었던 파울 에른스트Paul Ernst는 그것이 아직 발표되지 않은 학생의 글이라는 사실을 모르고 인기 예술 전문지 〈쿤스트 운트 퀸스틀러〉에 시의적절한 논문이라는 찬사와 함께 서평을 기고했다.

보링거의 이분법은 지나치게 단순한 면이 있었으나, 담대한 시선으로 즉각적인 관심을 이끌어냈다. 잡지가 시판되자마자, 아직 책으로 묶이지도 않은 논문에 대한 주문이 빗발쳤다. 뮌헨의 출판업자 라인하르트 피퍼Reinhard Piper도 사본 한 부를 요청했다. 아직 책이 나오지 않았다는 사실을 알고, 그는 1908년 자신의 출판사에서 《추상과 감정이입》을 출간했다. 이 책은 지금까지 스무 차례 재판再版이 찍혔고, 9개 언어로 번역되었으며, 미술사가 우르줄라 헬크Ursula Helg에 따르면 "독일 모더니즘 이론서 중 가장 다수의 저서에" 인용되었다.

짐멜이 누구보다도 먼저 축하의 말을 전해왔다. 알고 보니 〈쿤스트 운트 퀸스틀러〉 서평 작가가 짐멜의 친구여서 그에게 일찌감치 한 부를 보냈던 것이다. 보링거는 자신이 얼마나 깊은 인상을 받았는지 전해온 짐멜의 편지는 그가 "책을 낸 이후 가장 행복한 시간"에 "신비롭고 뜻 깊은 다리를 놓는 효과"를 가져왔다고 말했다.

몇 해 후, 안드레아스 살로메는 짐멜이 보링거와 같은 시간에 파리에 있게 함으로써 그 책의 착상에 기여한 자신의 우연찮은 역할을 전혀 몰랐을 릴케에게 책을 한 권 보냈다. 그는 "절대적으로 동의"한다는 회신을 써보냈다(그만큼 감명 받지는 않은 안드레아스 살로메는 그렇게 마음에 들면 책을 가져도 된다고 했다).

보링거의 책은 예술이 자아의 발화로 기능한다는 제안을 통해 독일 표현주의 운동은 물론 바실리 칸딘스키, 아우구스트 마케August Macke, 그리고 정신주의 예술인 집단 '청기사Der Blaue Reiter'를 결성한 프란츠 마르크Franz Marc 같은 예술가들의 신조로 자리 잡았다. 마케의 아내 엘리자베스 에르트만 마케Elisabeth Erdmann-Macke는 "모처럼 이 새로운 사상들을 수용하고 이해하는 학자가 나왔다. 이 사람이라면 새롭고 비범한 것은 무조건 배격하고 알아보려고 하지도 않는 보수적인 미술사가들에 맞서 그것들을 옹호하고 방어해줄지도 모른다"고 썼다.

책의 발표 시기가 당시의 문화적 순간과 절묘하게 맞아떨어지면서 보링거는 거의 예언자적인 위치에 올라섰다. 그가 전근대 추상미술 운동에 관해 쓰던 이 년간 조르주 브라크Georges Braque와 파블로 피카소Pablo Picasso는 작업실에서 시간과 움직임을 단일한 면에 압축해 넣음으로써 새로운 추상미술운동을 전개하고 있었다. 《추상과 감정이입》이 발간된 해에 마티스Matisse는 브라크의 1908년 살롱 도톤Salon d'Automne[27] 출품작이 '작은 입방체들'의 집합에 불과하다고 불평했다.

그 전해, 피카소는 한 시대의 종말과 다른 시대의 시작을 규정한 묵시론적 걸작 〈아비뇽의 처녀들Les Demoiselles d'Avignon〉을 그

27) 가을 살롱전.

렸다. 피카소의 이 1907년 작 그림 속 납작한 알몸의 매춘부들은 세잔의 〈목욕하는 사람들Baigneurs〉처럼 고전적인 원근법을 배제한다. 깊이가 없는 탓에 왼쪽의 세 여자는 마치 감상자를 상대로 호객 행위를 하듯 화폭 밖으로 튀어나온 느낌을 준다. 오른쪽 두 여자는 아프리카 탈을 쓰고 있다. 피카소는 세잔보다 더 조야하고 극단적인 기법을 사용해 인물들을 날카롭게 잘라냈다가 다시 꿰어붙임으로써 새로운 기하학적 구도를 형성했다.

보링거의 논문과 마찬가지로 〈아비뇽의 처녀들〉도 피카소가 트로카데로 박물관을 방문했을 때 찾아온 착상을 바탕으로 완성되었다. 거기서 콩고 탈을 처음 본 순간이었는데, 피카소도 보링거도 그것의 예술적 논리를 설명하고자 했다. 보링거에게 탈은 그것을 쓴 사람을 감추어 두려운 사회로부터 한 걸음 물러나게 해주기 때문에 추상의 촉매제가 된다. 피카소에게 탈은 부족의 예술가들을 악령으로부터 보호하기 위한 '무기'이다. 그들은 자신들의 공포에 형체를 부여함으로써 그것을 제거할 수 있다고 믿었다. 트로카데로에서의 그 순간, 피카소는 "내가 왜 화가인지 깨달았다"고 말했다. "〈아비뇽의 처녀들〉은 그날 나에게 찾아온 것이 틀림없다. 하지만 표현형식 때문은 전혀 아니고, 내가 그린 최초의 축귀화逐鬼畵이기 때문이다, 정말이다!"

그 무렵 피카소는 친구 이그나시오 술로아가의 작업실에 걸린 엘 그레코의 그림을 보고 〈아비뇽의 처녀들〉을 그리기로 마음을 굳혔다. 그는 폭풍우가 쏟아지는 하늘을 향해 탄원하는 기다란 몸의 성자 그림을 수차례 돌아와 들여다보았다. 이 년 전 스페인 여행 당시 로댕이 술로아가에게 사지 말라고 했던 바로 그 작품, 〈성 요한의 환영The Vision of St. John〉이었다. 오늘날 메트로폴리탄 박물관에 전시된 그 그림을 근거로 피카소는 입체파는 엘 그레코에서 출발했고 따라서 "스페인에 기원"을 두고 있다고 생각했다.

로댕이 오래도록 경멸한 엘 그레코가 20세기에 다시 각광을 받은 사실은 로댕이 새로운 세대와 자꾸만 멀어지고 있음을 반증하기도 했다. 그는 입체파란 억지로 꾸며낸 운동이며, "젊은 사람들이 너무 빨리 예술가로 성공하고 싶어한다"고 생각했다. "독창성을, 혹은 독창적이라고 믿는 것들을 추구하고 있으며 그것을 조급하게 흉내낸다"는 것이었다.

더 많은 유럽 예술가들이 멀고 먼 식민지들에서 영감을 얻으면서, 프랑스 예술에 기여한 로댕의 영웅적인 업적은 시대에 뒤떨어지는 느낌을 주기 시작했다. 피카소가 아프리카 시대로 더욱 파고들었던 1908년, 로댕은 두 손끝이 A자형으로 맞닿는 대리석 조각 〈대성당La Cathedrale〉을 완성했다. 손가락이 맞닿은 아래쪽 공간이 대성당의 천장을 연상시켰다. 새로운 세대는 그 작품에 대해 로댕의 전형적인 작품으로 지나치게 감상적이라고 평가했다. 로댕은 가장 진부한 미술 전통의 상징이 되어가고 있었다. 미술사가 앨버트 엘슨Albert Elsen은 "자신의 정체성을 개발하고자 하는 대다수의 젊은 예술가들에게 문제는 로댕이었다"고 썼다.

"처음 조각을 시작했을 때 나는 로댕을 전혀 이해하지 못했다." 아리스티드 마이욜Aristide Maillol은 이렇게 말했다. "그의 작품은 내게 그 어떤 인상도 남기지 않았다. 나는 그저 그것들이 형편없다고 생각했다."

로댕의 작품이 동작과 격렬한 감정을 표현한 반면, 젊은 예술가들은 정적이고 수학적인 냉담을 추구했다. 마이욜은 아메데오 모딜리아니Amedeo Modigliani와 함께 로댕 미술은 지나치게 구상적이고, 미세한 선이나 주름 하나까지 정밀하게 모사하는 표현법은 노예적인 속박처럼 느껴진다고 보았다. 그들은 세부 묘사는 제거하고 형체의 본질적인 부분에 다가가 집중하고자 했다.

1904년에 파리에 온 스물여덟 살의 루마니아 조각가 콘스탄틴 브랑쿠시Constantin Brancusi는 로댕의 견습생으로 일하기 시작했으나 불과 몇 주 만에 그만두었다. 자기도 모르게 로댕의 작품을 모방하는 것을 깨닫고 "큰 나무 밑에서는 아무것도 못 자란다"고 판단했던 것이다. 그는 예술가는 주제의 본질을 전달해야 한다는 원칙에 대해서는 로댕과 같은 생각이었지만, 그 집행에 대해서는 사뭇 다른 의견을 갖고 있었다. "외면의 모사를 통해서는 본질적인 것을 하나도 표현할 수 없다"고 그는 말했다.

로댕의 견습생 자리를 그만둔 지 삼 년 후, 브랑쿠시는 조각작품 〈입맞춤The Kiss〉을 발표했다. 로댕 작품의 껴안은 연인들을 극히 단순한 형태로 요약한 이 작품은 사각형 석회암 덩어리의 한가운데를 직선으로 가른 뒤 한쪽에 긴 머리와 가슴을 원시적인 형태로

새겼을 뿐 로댕의 극단적인 자연주의나 정서성은 흔적도 없었다.

앙리 마티스Henri Matisse 또한 1900년 로댕에게서 비생산적인 비평을 들은 뒤 독립을 선언했다. 서른 살이던 그는 자신의 드로잉 몇 점을 로댕에게 가지고 갔으나 친절한 대접 외에 작품에 대한 관심은 거의 받지 못했다. "그는 내가 손재주가 좋다고 말했는데, 그것은 사실이 아니었다"고 그는 회고했다. 로댕은 젊은 예술가에게 "좀 더 다듬고 꾸며봐요. 두어 주 그렇게 한 다음 다시 가지고 와요"라고 말했다.

마티스는 로댕을 다시 찾아가지 않았다. 공들여 꾸민 드로잉에 관심도 없었거니와 로댕의 경멸적인 태도가 불쾌했던 것이다. 훗날 그는 그날 로댕은 "단지 자신의 옹졸한 면을 보여주었을 따름이다"라고 말했다. "그도 어쩔 수가 없었다. 왜냐하면 대가들은 자신이 보유한 최고의 것, 이를테면 존재 이유를 이해하지 못한다. 이해하지 못하니 가르칠 수도 없는 것이다." 그는 로댕의 의견 같은 것은 더이상 별 의미가 없었다고 주장했다. 작업방식 추세가 급격히 로댕의 '반대'쪽으로 향하고 있었다는 것이다. 다시 말해 로댕은 얼마든지 〈세례 요한St. John the Baptist〉의 한쪽 손을 잘라낸 다음 다른 방에서 고쳐 붙일 수 있을 테지만, 자신은 작품을 전체 구조의 차원에서만 볼 수 있기 때문이었다. 그것은 "살아 움직이는 암시적인 종합체로 설명적인 세부묘사를 대체"하는 작업방식이었다.

그 불쾌한 만남이 있던 해에 마티스는 로댕의 〈걷는 남자〉를 고쳐 만들었다. 똑같은 이탈리아 모델을 고용해 거의 동일한, 양팔이 없고 걸음 중간에 멈춘 자세로 만든 작품 〈농노Le Serf〉는 그러나 더 울퉁불퉁하고, 더 거칠고, 신체부위의 구분이 덜 정밀하다. 마티스는 로댕의 표현 언어를 가공하여 보다 통합된 회화적 형체를 창조했다.

모욕이 계속되는 가운데 로댕은 점점 더 과거의 인물로 고착되었고, 로댕은 무시하는 태도로 그 위치를 받아들였다. 그는 미래에 완전히 등을 돌림으로써 세간이 말한 대로 '중세인'이 되었다. 그리스와 이집트 · 동양 · 로마의 골동품들을 다량으로 수집하기 시작했고, 관련 서적들로 서재를 채웠다. 장송용 조각이며 봉헌물 · 부조상 · 화병 · 타나그라 소상들 · 흉상 · 토르소 들을 닥치는 대로 사들여(전부 다 "참 아름답다!"였다) 일부 거래상들은 값을 부풀리거나 위조품들을 팔아넘겼다. 그의 사후 〈코너서Connoisseur〉지는 로댕이 소장했던 골동품들의 절반 이상이 가짜일 것으로 추측했다. 하지만 어찌 됐든 그 골동품들은 로댕에게 큰 기쁨을 주었던 것 같다. 그는 "내 집에 있는 신들의 파편들은 내게 매일 즐거움을 줍니다"라고 말했다. 그 작품들은 "살아 있는 것들보다 더 큰 소리로 내게 말을 걸고 나를 감동시킵니다."

로댕의 부주의한 재산 관리를 눈치 챈 기회주의자들은 골동품상들만이 아니었다. 그를 등쳐먹으려 했건 아니면 도와주려고 했건, 슈아죌 공작부인은 사업수완이 뛰어난 여자였다. 그녀는 그의

'외설적인' 나체상에 관심이 없던 미국의 미술품 수집가들을 상대로 로댕 판촉을 시작했다. 1908년, 에드워드 스타이켄과 알프레드 스티글리츠Alfred Stieglitz가 로댕의 관능적인 드로잉들을 뉴욕의 한 화랑에 소개했을 때, 미국의 비평가들은 하나같이 비판하고 나섰다. 〈뉴욕 프레스〉는 "모든 '예술적' 분위기가 제거된 이 드로잉들은 그것을 그린 사람은 흥미를 느꼈을지 모르나 대중 전시에는 부적합한 자세의 나체 여인들을 보여준다"고 썼다.

하지만 슈아죌은 미국이라는 나라의 자본주의적 심리를 영악하게 활용했다. 그곳의 수집가들은 기호보다는 부를 과시하는 수단으로 미술품을 사들이는 경향이 크다는 것을 안 그녀는 일부러 작품 가격을 높게 매긴 다음 수요가 오르는 것을 지켜보았다. 특히 초상이 그들의 허영심을 자극할 거라는 판단 아래 로댕의 흉상 작품들을 집중적으로 판매했고, 전략은 적중했다. 자신이 파리에서 로댕의 작품 판매를 전담한 이후 로댕의 연간 수입이 1만 2,000달러에서 8만 달러로 증가했다고 그녀는 주장했다.

미국의 철도와 담배 부문 거물 토머스 포춘 라이언Thomas Fortune Ryan이 흉상 제작을 위해 파리에 오자, 슈아죌은 한발 더 나아갔다. 같은 나라 사람인 점을 이용해 먼저 미국이 역시 세계 최고라며 라이언의 자존심에 불을 지핀 다음, 미국은 세계 어느 나라보다도 재능과 잠재력을 많이 보유하고 있는데 프랑스와는 달리 지도적 위치에 있는 사람들이 예술을 후원하지 않는 실정이라며 개탄했다. 그렇지만 당신은 그 현실을 바꿔놓을 독특한 자리에 있다고, 재산을 현생에만 쓰고 가는 것은 아깝지 않으냐고, 사후에 남을 유산을 생각할 때가 아니겠느냐고, 로댕의 작품을 좀 더 사서 메트로폴리탄 박물관에 기증할 생각이 없느냐고, 미국인들에게 훌륭한 예술을 일깨워준 박애주의자로 역사에 길이 남고 싶지 않으냐고 했다.

그녀의 부추김이 먹혀들었다. 라이언은 로댕의 작품 몇 점을 사들여 메트로폴리탄 박물관에 넘겼을 뿐 아니라, 추가 구매용으로 2만 5,000달러를 기부했다. 슈아죌은 이를 계기로 언젠가 메트로폴리탄 박물관에 로댕 전용 전시관이 설립되기를 희망했다.

1910년, 그녀는 로댕과 함께 메트로폴리탄 박물관의 조각 분과 위원회장 대니얼 체스터 프렌치Daniel Chester French와 그 가족을 오텔 비롱Hôtel Biron에 초청했다. 프렌치의 아내는 그 '굉장한 궁전'을 무척 마음에 들어했으며, 로댕에 대해서는 "우리가 그의 작품을 좋아하자 우리의 평이 정말 귀중하다는 듯 무척 흐뭇해하는 바람에, 딸아이와 나도 으쓱한 기분이었다"고 말했다. 얼마 지나지 않아 프렌치와 박물관 동료들은 북쪽 복도 공간에 로댕 전시관을 세우기로 결정했고, 이 년 후 마흔 점의 조각작품을 갖추고 개관했다.

미국인들은 장차 로댕 최대의 지지 세력이 된다. 로댕의 사망 직후, 미국의 극장 거물 줄스 매스트봄Jules Mastbaum은 백 점이 족히 넘는 로댕의 작품을 사들여 1929년 필라델피아에 로댕 박물관을 열었다. 이 박물관은 오늘날까지 파리를 제외하고 가장 많은 로댕 작품을 소장한 곳으로 남아 있다.

이렇듯 미국은 로댕을 포용했으나, 유럽의 상황은 좋아지지 않았다. 로댕이 새로 만든 젊은 금융업자의 흉상은 비평가 게오르크 브란데스Georg Brandes로부터 "젊은 미국인은 자주 볼 수 있듯 멍청하지도 총명하지도 지루하지도 흥미롭지도 않다. 그저 위축작일 뿐이다"라는 평을 받았다. 백작이자 예술 후원자 해리 케슬러Harry Kessler는 슈아죌을 처음 만나고, "도대체 노인이 무슨 기력으로 그 모든 미국인들을 상대하는지 놀라웠다"고 말했다.

수요를 감당해야 했던 로댕과 슈아죌이 미국인들의 무지를 이용해 질이 떨어지는 작품들을 팔아넘겼다고 믿는 사람들도 있다. 로댕의 조수 하나는 메트로폴리탄에 팔린 대리석 조각 〈피그말리온과 갈라테아Pygmalion et Galatée〉는 "그의 최고의 작품은 아니었다"면서 로댕은 그 작품이 보기 싫어서 작업실에 두지도 않았을 정도라고 했다.

어쩌면 단지 재고 관리에 차질을 빚은 것인지도 몰랐다. 이미 산출량이 너무 증가해서 본인 명의로 제작 · 판매되는 작품 전부를 감수하는 일은 불가능해진 상태였다. 석재 조각은 전량을 외주로 넘긴 터였고, 생산 대행을 승인받은 주조소도 너무 많았다. 로댕 생전에 〈입맞춤〉만 무려 300여 개의 청동 조각으로 복제돼 판매되었다. 덕분에 엄청난 부자가 되긴 했지만 대량 생산의 대가도 치러야 함을 깨달은 로댕은 한 작가에게 이렇게 고백했다. "이제 온 세상에 널린 것이라곤 복제본들뿐인데, 복제본은 최초에 찾아온 영감의 신선함을 온전히 지닐 수가 없는 법이지요."

로댕과의 씁쓸한 만남이 있고 팔 년 후, 마티스는 아방가르드의 실질적인 수장이 되었다. 그는 현대미술이 어떤 모습이어야 하는지에 대해 나름의 주관이 있던 피카소와 나란히 때로는 맞서서 미술혁명을 주도했다. 피카소는 "마티스의 그림들에는 수직선이 없다"고 불평했는가 하면, 마티스는 입체파가 지나치게 엄격하고 교조적이라고 비판했다. 그럼에도 둘의 경쟁관계는 전반적으로 우호적이었는데, 피카소가 마티스의 그림들에 다트 화살을 꽂았다는 소식을 마티스가 들으면서 변화가 찾아왔다.

피카소보다 열두 살 연상에 근엄한 성격으로 그런 철부지 장난에는 관심도 없던 마티스는 이 사건으로 큰 상처를 입었다. 에콜 데 보자르École des Beaux-Arts 학생 시절 급우들에게 '교수님'이라는 별명으로 불리던 그였다. 트위드 천 옷을 입은 화가는 1908년 1월 파리에 작은 미술 아카데미를 열면서 급우들의 예언대로 교수님이 되었다. 작품활동과 강의를 병행하는 몇 안 되는 동세대 거장들 중 하나였기에, 그가 무료 수업을 한다는 발표가 나자 수백 명의 학생이 즉시 수강신청을 했다.

하지만 야수파를 대표하는 화가의 거칠고 자유분방한 수업을 기대했던 학생들은 몹시 실망했다. 마티스는 전통적인 모델 작업법과 정물화 기법을 가르쳤다. 자신은 자신이 받은 훈련의 모든 규칙을 타파했지만, 학생들에게는 쿠베르Coubert의 말을 인용하며 고전기법의 숙련을 권장했다. “나는 전통을 완전히 숙지한 상태에서 나 자신의 개별성에 대한 합리적이고 독립적인 느낌을 제시하고 싶었을 뿐이다.” 거트루드 스타인Gertrude Stein의 오빠와 올케, 미국인 화가 막스 웨버Max Weber를 포함해 끝까지 수업을 들은 사람들은 마티스가 대단히 사려 깊은 스승이라고 생각했다. 그가 학생들에게 자연을 모사하게 한 것은 이미지의 기본을 알아보고 그것을 단순화하여 궁극적으로 각자의 예술적 스타일을 표현할 수 있도록 하기 위해서였다.

1908년 5월, 마티스는 앵발리드 대로와 만나는 길모퉁이에 있는 바렌 로 77번지로 수업 장소를 확장했다. 그곳은 본래 오텔 파르티퀼리에hôtel particulier[28]였고, 조용한 동네에는 예전에 18세기 귀족 가문의 개인 저택이었던 장엄한 건물들이 대부분 정부청사로 바뀌어 서 있었다.

마티스가 도착할 무렵, 한때 화려했던 그 저택은 수리가 불가능한 지경이었다. 1700년대 초에 마차가 드나들 만한 넓이의 입구와 마부 높이에 맞춘 초인종을 구비해 세운 이 건물은 나중에 비롱 공작Duc de Biron이 잠시나마 물려받아 실내를 개조하고 정원을 두 배로 늘리는 등 정성을 들이면서 ‘오텔 비롱’이라는 이름으로 알려졌다.

28) 개인 저택.

오텔 비롱.

비롱 공작이 죽은 뒤 러시아 황제가 잠시 이 저택을 점령했다가, 1820년에 수녀 세 명이 건물을 사들여 사크레 쾨르Sacré-Coeur[29] 여학교를 열었다. 수녀들은 로코코 풍의 실내장식을 간소하게 바꾸고 수많은 거울과 벽판들은 떼어 팔았고, 정원의 초목들은 무성하게 웃자라도록 내버려두었다. 굽이진 층계의 단철 난간도 뜯어냈다. 현관 층계를 지나 격자무늬 마룻바닥에까지 이끼가 돋아났다.

정부가 수녀들을 퇴거시키기 시작한 1904년, 한 세기의 파괴와

---

29) 성심聖心, 거룩한 마음.

개조를 겪어온 그 건물은 당장이라도 무너질 듯 보였다. 그해 프랑스는 교회와 정부의 분리를 강화하는 정교분리법안을 통과시켰고, 따라서 학교는 폐쇄되었다. 1907년, 수녀들의 퇴거가 완료되면서 건물을 넘겨받은 청산인은 낙후한 건물이지만 철거되기 전까지 들어와 살겠다는 사람들에게 저렴한 집세를 받고 입주를 허용했다.

하지만 건물주는 오텔 비롱의 퇴폐적 매혹을 지나치게 과소평가했다. 썩은 과일에 파리 떼 꼬이듯 예술가들이 몰려들었다. 미술비평가 귀스타브 코키오Gustave Coquiot는 "떠들썩한 무리가 밀려들어오더니, 금세 건물 구석구석이 이로 바글바글했다"고 썼다.

마티스도 저렴한 집세에 끌려 방을 얻어 입주했다. 작업실도 하나 빌려 가운데에 커튼을 치고 학생들과 함께 썼다. 그는 그해 살롱 도톤에서 호평을 받았지만, 아직 프랑스에서의 명성은 미국과 러시아에서 받는 인정에 비하면 한심한 수준이었다. 그로서는 오텔 비롱이 최선이었다.

적어도 아들들이 뛰놀 수 있는 정원이 있었고, 안뜰에는 수업에 쓸 만한 별채도 있었다. 마티스의 초창기 애호가들이 대부분 그랬듯이, 학생들도 주로 외국인이었다. 노르웨이, 러시아, 루마니아, 미국, 그야말로 프랑스만 빼고 세계 각지에서 찾아온 젊은 학생들은 다락에 올라가서 자기 시작했다.

《무서운 아이들Les Enfants Terribles》을 쓰게 될 장 콕토는 스스로가 아직 '무서운 아이'였던 시절, 오후 수업을 빼먹고 놀다가 신비스러운 건물과 맞닥뜨렸다. 그는 뒤얽힌 나무들과 장미넝쿨 속에 해묵은 비밀들이 숨어 있을 거라 상상하며 정원 둘레를 살금살금 걸었다. 바닥이 마치 "벼룩시장 같아서, 파리에 숨겨진 것들을 찾아 돌아다닌 사람들에게 더이상 헤맬 필요가 없다고 말하는" 것 같았다. 그는 달빛 아래 열리는 가든파티와 가장무도회 따위를 상상하며 육중한 문을 밀어열고 안내인에게 좀 둘러봐도 되느냐고 물었다.

누렇게 바래가는 벽에서, 그는 보들레르가 창조력을 가로막는 장벽을 무너뜨린다는 믿음으로 하시시 클럽 회원들과 마리화나와 아편으로 가득한 집회를 열던 호텔을 떠올렸다. 오텔 비롱의 일 년 치 방세가 웬만한 싸구려 호텔 한 달 치 방세 정도라는 것을 알고, 콕토는 어머니에게서 받은 용돈으로 즉석에서 방을 얻었다. 그날 밤, 그는 피아노와 소파와 난로를 2층 방으로 옮겼다.

그로부터 얼마 안 되어 나이 들어가고 당당하게 통통한 몸매를 가진 카바레 가수 잔 블로흐Jeanne Bloch가 마티스의 옆방에 입주했고, 배우 사라 베르나르Sarah Bernhardt의 상대역으로 연극무대에 오르던 루마니아의 모험극 배우 에두아르 드 막스Édouard de Max가 예배당으로 들어왔다. 이사도라 덩컨은 정원 벽에 맞닿은 기다란 복도를 빌려 무용 연습장으로 썼다. 당시 많은 예술가들처럼 다른 예술 장르와 혼합된 작품을 하고 싶었던 덩컨에게 오텔 비롱은 독창적인 조각가, 시인, 극작가, 또는 최소한 흥미로운 괴짜들과 어울릴 수 있는 완벽한 장소였다.

마티스를 뒤따라 이 다양한 집단에 합류한 사람이 조각가 클라라 베스트호프였다. 다시 한 번 로댕 곁에서 작업하며 그의 조언을 듣고 싶은 소망에 루스를 독일에 남겨두고 건너온 것이다. 릴케와 떨어져 사는 데 익숙해진 그녀는 아는 예술가 몇 명에게 값싼 숙소를 수소문했다. 친구 하나가 옛 수녀원 건물의 귀퉁이 작업실이 헐값에 나왔다고 알려주었다. 건물의 장래는 불확실하지만, 시가 결정을 내릴 때까지 예술가들이 쓰고 있다는 것이었다.

베스트호프는 안뜰로 향하는 철문을 밀었다. 잡초밭에 서 있는 빛바랜 회색 저택이 마치 유령 이야기에서 튀어나온 것 같았다. 하지만 실내로 들어가 커다란 창을 통해 쏟아져 들어오는 빛과 넉넉한 공간을 보는 순간, 잠시의 망설임은 말끔히 사라졌다. 베스트호프는 곧바로 사무실로 가서 방을 얻었다.

12

로댕과의 관계가 틀어지고 정확히 일 년 후인 1907년 5월, 릴케는 파리로 돌아왔다. 이탈리아에 있을 때는 단 한 시간만이라도 허락되었으면 하고 아쉬워했던 고독이 파리에서는 가는 곳마다 그를 따라다녔다. 로댕에게서 배제된 후 베커와 베스트호프를 내친 그였으므로 별수 없이 받아들여야 할 고독이었다.

파리에 도착한 그는 센 강이 곧바로 내다보여 마음에 든 오텔 뒤 케 볼테르Hôtel du Quai Voltaire에 투숙했다. 바그너Wagner와 와일드도 묵었고 오십 년 전에는 보들레르가 《악의 꽃》을 탈고한 곳이었다. 그는 곧장 파리 구경에 나섰다. 터키식 목욕탕을 찾아 한 나절 휴식을 즐겼고 노트르담에도 들렀다. 바가텔 궁Bagatelle Palace에서 정장 차림의 남자들과 어울려 공원에서 쉬는 나체의 여인을 그린 에두아르 마네Edouard Manet의 〈풀밭 위의 점심〉을 보고 '이게 바로 화가지' 했다. 베르냉 죈Bernheim-Jeune 화랑에서는 반 고흐Van Gogh의 〈쓸쓸한, 늦은, 밤의 카페…〉를 보았는데, 등불을 동심원들로 표현하는 화법이 "압도적이다, 그 앞에서는 늙고 지치고 졸린 듯 침울해질 수밖에 없다"고 느껴졌다.

좋아하는 동물 박물관 자르댕 데 플랑트에도 들렀다. 전에는 표범에 끌렸으나 이번에는 영양 세 마리가 그의 상상력을 끌었다. 긴 의자에 누운 여자들처럼 풀밭에 몸을 뻗은 채 쉬고 있구나, 그는 생각했다. 근육질의 뒷다리는 소총을 연상시켰다. 그는 "자리를 뜰 수가 없었다. 그들은 정말 아름다웠다"고 썼다.

케 볼테르에서 며칠을 보낸 뒤, 좀 더 저렴한 숙소로 옮겨야 했기에 전에 파울라 베커와 함께 썼던 카세트 로의 호텔로 돌아갔다. 모든 것이 그대로였다, 한 가지만 빼고. 베커가 없었다. 그녀는 몇 달 전 베스트호프에게 파리에 대한 생각이 바뀌었다고 편지를 써보낸 뒤 보르프스베데의 남편에게 돌아갔다. "더이상 환상에 빠져 있지 않다"고 그녀는 말했다. 자신이 "혼자 힘으로 세상을 살 수 있는 여자"라고 믿은 것이 착각이었다고 했다.

그녀는 파리에서 성공하기 위해 이를 악물고 노력했지만 고객이 구매를 취소하고 약속을 미루는 등 독신녀와 어울릴 만큼 '한가하지 않다'는 태도를 보이기 시작했다. 친구들은 대놓고 오토 모데르존의 편을 들거나 아니면 릴케처럼 꽁무니를 뺐다. 절망적인 마음에 릴케 부부가 계획하던 벨기에 해안 여행에 따라가도 되느냐고 릴케에게 물어보았으나 그것마저 거절당했다.

그렇게 몇 달이 지나가자 베커의 의지도 약해졌다. 그녀는 모데르존에게 자기 생각이 틀렸는지도 모르겠다는 사과 편지를 보냈다. "가련한 나는 어느 길이 옳은지 판단할 수 없어요"라며 파리에서 몇 달을 함께 보내자고 그에게 제안했다. 함께 일하고 나란히 잠을 자다가 베커가 임신을 하게 됐다. 겨울이 끝날 무렵, 그녀는 모데르존의 설득대로 보르프스베데로 돌아가기로 마음을 굳혔다.

이 결정을 알리는 베커의 편지를 읽고 릴케는 죄책감을 느꼈다. 그녀는 그저 집에 간다고, 이것이 옳은 결정이기를 바란다고, 베스트호프의 이집트 여행이 보람 있었다니("이게 바로 천국일 거야!"라고 그녀는 말했었다) 기쁘다고 했을 뿐, 다른 말은 없었다.

릴케는 그녀에게 보낸 회신에 자신이 너무 가혹하게 대한 것 같다고, "우리들의 우정에 있어서 그러지 말았어야 할 순간에 부주의했다"고 시인한 뒤, 지금 그녀가 하는 행동은 용감한 행동이라고, 자유는 그녀 내면에 존재하는 것이므로 보르프스베데에서도 사라지지 않을 거라고 했다.

베커가 특히 여자에게 자유란 언제나 자유롭게 느껴지지는 않는다는 쓰디쓴 교훈을 얻었다면, 릴케 역시 자유가 자신이 상상했던 그대로는 아님을 깨닫기 시작했다. 로댕의 문을 처음으로 두드린 지 벌써 오 년이 흘렀음에도, 그는 파리에서 그 어느 때보다 길을 잃은 심정이었다. "처음 접한 순간 이상하고 두려운 느낌이 들면서도 기대와 약속, 아주 작은 것들조차도 그 존재의 필요로 가득 찬 것처럼" 느껴졌다고 베스트호프에게 말했던 그 도시였다. 당시 그가 느꼈던 약속에는 근거가 있었으니, 바로 로댕이었다. 그러나 그 약속이 사라진 지금, 그의 눈에는 상실만이 보일 뿐이었다.

파리 예술계에 로댕의 영향력이 미치지 않는 곳이 없었으므로 릴케로서는 가고 싶어도 갈 수 없는 행사가 많았고, 그로 인해 로댕과의 단절 사실이 끝없이 상기되었다. 6월에 그는 뜻밖에도 노르웨이의 화가 에드바르드 디리크스Edvard Diriks의 레지옹 도뇌르 수훈 축하연에 초대받았다. 기쁜 것도 잠시, 틀림없이 로댕이 참석할 거라는 데 생각이 미쳤다. 공식석상에서 그를 마주할 용기가 나지 않았다. 릴케는 과거라면 "꼭 가야만 할 이유였을 것이" 이제 "상황의 변동으로 반드시 가지 말아야 할 똑같이 결정적인 이유"가 되었다고, '이상하다'고 썼다.

외롭고 정처 없이 여름이 깊어가는 가운데, 릴케는 친숙한 우울증에 빠져들었다. 호텔에서는 일에 집중할 수가 없었다. 공부할 때 한쪽 눈꺼풀이 감기는 증상을 가진 학생이 옆방에 살았는데, 그럴 때마다 화를 이기지 못해 발을 동동 구르고 벽에 책을 내던지곤 했기 때문이다. 어떤 면에서 그 학생과 동질감을 느낀 릴케는 이렇게 썼다. "곧바로 나는 그 광기에서 리듬을, 그 분노에서 피로감을, 노역을, 상상할 수 있는 절망을 포착했다." 하지만 방을 옮기고 싶기도 했다.

불행하게도 다른 호텔에 방을 얻을 형편은 못 되었다. 책을 사고 차를 사 마시고 마차를 부를 돈도 없었다. 마차에 올라 요금을 치르려고 했을 때 마부가 릴케의 손바닥에 놓인 잔돈을 보고 이등석으로 쫓아보낸 당혹스러운 경험에서 이런 현실은 더욱 명확해졌다. 그는 짐들이 실린 선반 밑에 앉아 집까지 왔다. "정숙한 여인처럼 양 다리를 꼭 붙인 채로… 잊을 수 없을 기억이었다."

지중해에서는 파리가 그리웠으나, 정작 파리에 오자 독일의 초원이 눈에 선했다. 릴케는 보르프스베데의 베스트호프가 보내온 히스 잔가지 몇 개를 손에 들고 그 싱그러운 흙내에서 향수를 느꼈다. 향기는 "타르와 테레빈과 실론 차 같다. 탁발승의 체취처럼 엄숙하고 수수한가 하면, 값비싼 유향처럼 송진 냄새가 나고 풍요롭다." 가을이 오면서 날이 서늘해지자, 떠나고 싶은 마음이 더욱 간절해졌다. 겨울의 파리는 여름의 파리보다 더 나쁘다는 생각이 들었다. 그는 "햇볕이 더이상 예전 같지 않고 어느새 아침저녁으로 안개가 끼기 시작했다"고 썼다. 제라늄들이 "안개 속에서 처연하도록 붉다. 그것이 나를 슬프게 한다." 그 우울한 구름을 타고 떠날 마음을 굳히고 있던 릴케는 힘든 점도 있지만 그럼에도 자신이 이 도시에 번번이 매혹되는 이유를 불현듯 떠올렸다.

10월에 살롱 도톤이 문을 열자, 그랑 팔레Grand Palais의 층계에 사람들이 모여들어 입장을 기다렸다. 1903년 공식 살롱전의 대안으로 예술가들의 주도하에 다소 지리멸렬하게 출범했던 살롱 도톤은 급성장하며 4회째를 맞고 있었다. 세잔은 인상파가 경멸해 마지않는 매끈하고 감상적인 누드화로 대중적 인기를 누리던 윌리앙 아돌프 부그로William-Adophe Bouguereau의 이름을 따 '부그로 살롱Salon de Bouguereau'이라 부르며 살롱전을 조롱했다('부그로 살롱' 측도 상대를 곱게 보지 않았다).

살롱 도톤은 출발부터 분노를 불러왔다. 마티스 · 모리스 드 블라맹크Maurice de Vlaminck · 앙드레 드랭André Derain 같은 예술가들이 분홍색 나무 · 청록색 턱수염 · 초록색 얼굴 등 의도적으로 엉뚱한 색을 강렬하게 사용해 그린 작품들을 출품한 1905년의 전시가 특히 그랬다. '야수파Fauves'로 불린 이들은 색채를 도해가 아닌 표현의 도구로 보았다. 하지만 많은 관람객들의 눈에 그들은 "색깔도 구별하지 못할 정도로 술에 취한" 자들로 보였다.

1907년에도 작품을 감상하기 위해서만이 아니라 도대체 어떤 꼴인지 구경하고 헐뜯고 비웃을 목적으로 살롱전을 찾은 사람들이 많았다. 릴케도 처음에는 전시된 작품보다 구경거리에 관심이 갔다. 하지만 꼭대기부터 바닥까지 온 벽이 세잔의 그림으로 뒤덮인 화랑에 들어간 순간, 모든 것이 달라졌다. 바로 전해에 사망한 화가를 추모하기 위해 마련된 두 개의 전시실 중 하나였다.

비스듬한 시각에 어두운 색조, 완성되지 않은 듯 보이는 구성 등의 이유로 오래도록 평단의 외면을 받아온 세잔의 작품들은 릴케에게도 새로운 발견이었다. 불과 이 년 전, 바로 그 살롱전에서 관람객들이 세잔의 작품을 보고 "주체하지 못하고 웃었다"는 미술품 수집가 레오 스타인Leo Stein의 목격담도 있었다.

주류사회 언저리에서 삶의 대부분을 보낸 점도 평단의 인정을 받는 데 도움이 되지 않았다. 그는 엑상프로방스 출신으로, 거의 평생을 작업실에 틀어박혀 지냈던 것이다. 훗날 릴케는 긴 턱수염에 무릎까지 올라오는 군화를 신고 마을을 걷는 그를 향해 아이들이 "못된 개에게 하듯" 돌멩이를 던졌다고 썼다. 세잔은 아무것도 몰랐을지도 모른다. 그림에 몰두한 나머지 어머니의 장례식에도 참석하지 않고 작업실에서 일을 한 사람이었다. 본인의 전시회 첫날에도 웬만해서는 모습을 드러내지 않았는데, 사교술에 젬병이었으니 어쩌면 잘한 결정이었을 수도 있다. 목욕도 제대로 하지 않았고, 식탁에서는 수프 한 방울, 뼈다귀의 연골 한 조각까지 남김없이 먹어치우는 것으로 유명했다.

하지만 1907년 살롱 도톤에 이르러서는, 세잔 그림의 무미건조한 인상에 매료되는 비평가들이 늘어났다. 세잔은 원뿔형 · 입방형 · 원통형 등의 기하학적 형태들이 자연을 이루는 요소이고 인간의 눈이 가장 쉽게 알아볼 수 있는 것이라는 신념으로 그것들을 짜맞추는 구성 방법을 썼다. 이런 건축학적 접근법이 그해 파리에서 서로 만난 브라크와 피카소 같은 입체파의 호감을 사면서, 세잔은 영감과 상상력의 화가라는 위상을 굳히게 되었다.

릴케는 살롱 도톤에 전시된 쉰여섯 개의 캔버스를 정신없이 돌아보았다. 카드놀이를 하는 노동자들의 그림도 있었고, 수영장에서 나오는 나체 여인의 그림도 있었다. 그리고 그가 볼 때, "거울 속의 자신을 보고 저기 개가 또 있네 하는 개처럼 의심의 눈빛 없이 그대로 있는" 자화상도 보였다. 그때 그곳에서 릴케는 "모든 현실이 세잔의 편이다"라고 결론지었다.

릴케는 이튿날에도 그 다음날에도, 한 달 동안 매일같이 살롱 도톤을 찾아갔다. 붉은 안락의자에 앉은 세잔 부인의 초상화를 하도 오래 쳐다봐서 혈관 속에 그 붉은색이 흘러다니는 느낌이었다. 그 안락의자("그림으로 그려진 최초이자 궁극적인 붉은 안락의자")는 살아 있는 생명체 같았다. 그는 "그림의 내부가 진동하며 부상했다가 다시 제자리로 돌아오는데도 움직이는 부분은 하나도 없다"고 썼다. 그것을 보고 나자, 루브르에 걸린 그림의 화가들은 "그림이란 색채로 이루어진다"는 사실을 알기나 했는지 궁금해졌다.

전시회를 찾을 때마다 새로운 통찰과 감각들이 전해져왔고, 그는 숙소로 달려가 베스트호프에게 편지를 썼다. 세잔의 '회색빛' 배경을 묘사한 편지를 보내고 나서 그는 즉시 사과 편지를 썼다. 세잔이 사용한 뉘앙스 풍부한 색채에 그런 평범한 단어는 어울리지 않았기 때문이다. "이렇게 말했어야 해. '알루미늄 또는 그 비슷한 금속성이 도는 특정 유형의 흰색'."

세잔은 마치 고고학자처럼 색채를 다루었다. 먼저 깊이 들어간 다음, 거기에 내재된 보다 엷은 색조들을 표면으로 끌어올렸다. 따라서 〈생트 빅투아르 산〉에서 볼 수 있듯이, 겹겹의 보라색이나 우울한 파란색에 회색빛이 종종 감돈다. 릴케는 "모세 이래로 이렇게 장대한 산은 아무도 보지 못했다"고 썼다.

릴케는 세잔의 작품이 보여주는 광범위한 청색에 감동받아, 그 색깔에 대해 책 한 권을 쓸 수 있을 것 같았다. 세잔은 작품에서 단순한 파란색 하나만을 쓴 일이 없었기 때문이다. 릴케는 그 다양한 파란색을 '폭풍우의 파란색' '어렴풋이 푸르스름함' '부르주아의 솜털 같은 파란색' '음습하고 짙은 파란색' 등으로 표현했다.

그는 파란색에 대한 책을 쓰지는 않았지만, 〈푸른 수국〉이라는 소네트를 파란 종이에 쓰기는 했다. 시에서 얼룩덜룩 푸른 꽃잎들은 물감이 말라가는 팔레트에 비유되었다. 어느 꽃잎은 소녀들의 피나포어[30] 같다고 했고, 그보다 연한 색의 다른 꽃잎은 세월이 흐르고 소녀가 자라면서 색이 바랜 바로 그 피나포어 같다고 했다. 이렇듯 릴케는 그 작은 꽃잎들 속에서 덧없이 흘러가버리는 유년기의 메타포를 보고 있었다.

불과 한 달 사이에 세잔은 톨스토이 · 로댕에 이어 릴케의 세 번째 '영웅적 원로'가 되었다. 살롱 도톤에 전시된 작품들을 집에 걸어둔 개인 소장품처럼 보호해야 할 것 같은 느낌이 들기 시작했다. 전시회가 지루하다고 투덜거리는 관람객이나 초상화 속 여인들을 대상으로 헛된 미모 대결을 벌이는 여자들을 보면 화가 치밀었다. 세잔과 르누아르 · 보나르Bonnard 등의 작품전을 보러 파리에 온 친구 해리 케슬러 백작의 눈에도 릴케는 "다른 것은 하나도 보이지 않을 만큼 세잔에 완전히 빠져 있었다."

릴케는 세잔의 작품에서 로댕 철학의 연장선을 보았다. 두 사람 모두 무생물에 감정을 이입하는 예술가였다. 과일이나 항아리

30) 드레스가 더러워지는 것을 막기 위해 입는 소매 없는 에이프런 형태의 옷.

· 식탁보 등 일상에서 흔히 대하는 사물들도 세잔의 그림에는 내면의 삶을 지닌 존재처럼 묘사되어 있었다. 그는 "나는 사과 한 알로 파리 전체를 경악시킬 것이다"라고 말한 일이 있었다. 또한 두 사람 모두 움직임이 삶의 정수를 표현한다고 믿었다. 오랑주리 Orangerie 미술관에 전시된 한 작품에서는 밝은 빛깔의 붓칠이 화폭에서 나풀거리고 뛰어오르는 것 같다.

릴케가 로댕에게서 형태를 배웠다면, 세잔에게서는 그것을 색채로 채우는 법을 배웠다고 말하는 사람들도 있다. 적어도 로댕이 세잔을 음미할 수 있는 틀을 릴케에게 제공했다고 할 수 있을 것이다. 릴케는 "이 그림들에서 내가 발견한 것은 전환점이야. 내 작품에서도 거기에 도달했기 때문이지"라고 베스트호프에게 썼고, 베스트호프는 철학자 마르틴 하이데거Martin Heidegger의 권유로 그 편지들을 모아 1952년《세잔에 대한 편지들Letters on Cézanne》을 펴냈다. 과거라면 흘긋 보고 지나쳤을 그림들이 이제 몇 시간이고 그를 사로잡았다. 릴케는 어느새 '옳은 눈'을 갖게 되었다.

세잔을 연구하던 중 릴케는 그도 자신처럼 보들레르를 좋아했음을 발견했다. 그는 "세잔이 만년에 이르러서까지 보들레르의 〈시체〉를 토씨 하나 틀리지 않고 암송했다는 사실에 내가 얼마나 감동했는지 상상할 수 있을 것"이라고 편지에 썼다.

그 순간 그는 세잔과 자기 작품 사이의 연관성을 보았다. 릴케는《악의 꽃》에 수록된 보들레르의 〈시체〉를 읽어왔다. 시의 화자는 애인과 함께 시체와 마주친다. 썩어가는 여자의 시체에 구더기가 들끓는데, 보들레르는 마치 검시관처럼 냉정하고 면밀하게 그것을 묘사한다. 이것이 바로 말테가 하고자 하는 것이구나, 릴케는 깨달았다. 그는 베스트호프에게, 그동안 젊은 주인공에게 어떤 일이 일어나야 할지 확신이 없었는데, "이제 그에 대해 훨씬 많은 걸 알게 됐어"라고 말했다.

《말테 라우리드 브리게의 수기》의 말테도 보들레르에 대해 릴케와 같은 생각을 한다. "보는 것이 그의 과제였다"고 말테는 말한다. 그는 혐오감을 뛰어넘어 시체와 접속하고, "모든 개별 존재의 기초가 되는 존재"와 만나야만 했다. 이 친교는 "나환자 곁에 누워 네 심장의 온기로 그를 따뜻하게 해줄 수 있는가"라는 궁극의 시험을 의미했다.

릴케는 시각을 완벽하게 장악하는 작가가 감정에도 통달할 수 있다고 생각했다. 예술가가 대상을 감상화 또는 미화하려고 하면 어떤 인지적 진실이 희생되고 만다는 것이었다. 보들레르는 관찰을 멈추지 않음으로써 "시구를 부조처럼, 소네트를 원주처럼" 빚으며 시각 예술가처럼 쓸 수 있게 되었다고 그는 믿었다.

릴케는 세잔이 보들레르의 도전이 버겁지 않은 예술가이고 사물의 가장 내밀한 현실을 "대상에 대한 스스로의 경험을 통해" 꿰뚫어보았음을 깨달았다. 그러나 안타깝게도 그달 말 살롱 도톤이 폐막됐다. 전시작들이 철거되고 자동차 품평회가 들어오기 전까지 마지막 며칠 동안, 그는 세잔의 그림들 앞에 서서 화가의 탐욕스러운 눈이 담았던 모든 색채를 들이마셨다.

1907년 가을 살롱 도톤의 세잔 전시회 외에 릴케에게 깊은 인상을 남긴 전시회가 하나 더 있었다. 바로 베르냉 죈 화랑에서 열린 로댕 최초의 드로잉 작품전이었다. 그의 드로잉들은 전작들과 판이하게 달랐다.

그 전해 릴케가 해고되기 몇 주 전, 캄보디아 왕이 캄보디아 왕립 발레단의 특별 프랑스 공연에 로댕을 초청했다. 로댕은 춤에 대해 아는 것이 별로 없었지만, 짧게 깎은 머리에 다부진 몸을 가진 양성인간 느낌의 무용수들에 사로잡혔다. 그들은 몸을 웅크린 채 떨고, 전에 본 적이 없는 손가락질로 의미를 표현했다. 골격은 정으로 다듬은 화강암 같았다.

그 무용수들은 로댕에게 고대적인 뭔가를 상기시켰다. 마치 사원 벽에 걸린 부조에서 뛰쳐나와 무대에 오른 듯한 느낌이었다. 어쩌면 대성당인지도 몰랐다. 그 완벽한 균형과 고풍스러운 우아함은 이 년 전 샤르트르에서 릴케와 함께 찬탄해 마지않은 석조 천사를 떠올리게 했다. 캄보디아 무용수들을 보고 나니 비로소 천사의 아름다움을 이해할 수 있었다. 샤르트르를 찾아가 다시 조각을 바라보며 그는 자신의 내면에서 현대성과 고색, 종교 의식과 예술 제전이 결합되는 것을 느꼈다. 그는 "이 천사는 캄보디아에서 왔다"고 말했다.

공연 다음날, 로댕은 숙소 정원으로 무용단을 찾아가 그들을 관찰하고 스케치했다. 그리고 다음 공연지인 마르세유까지 그들을 따라갔다. 일주일 새에 무용수들을 그린 수채화 150점이 완성되었다.

그 그림들 중 40점이 베르냉 죈 화랑에 전시된 작품 200여 점에 포함되어 있었다. 무용수들은 얼굴이 없었으며, 거친 윤곽의 팔다리들이 선명한 색깔들로 채색되어 있었을 뿐이다. 그 그림들의 경쾌함과 신비로움은 릴케를 '행복한 경악의 상태'에 빠뜨렸다. 그는 여러 차례 화랑에 들렀다. 며칠을 그렇게 보내고도 들뜬 마음을 달랠 수가 없었다. 그는 로댕에게 드로잉들을 감상하며 여러 날 아침을 보냈다는 편지를 썼고, 그 다음 주에 아직 그 영향에서 벗어나지 못했다는 편지를 다시 써보냈다. "당신은 당신이 깨닫고 있는 것보다 훨씬 더 깊이 캄보디아 무용수들의 신비를 파고들었습니다"라고 썼다. "저에게 그 드로잉들은 가장 심오한 계시였습니다."

이어서 그는 동쪽으로 향하는 기차에 올랐다. 순회 낭독이 예정되어 있었고, 아울러 파리의 겨울을 피하고 싶기도 했다. 지긋지긋한 프라하가 첫 방문지였다. 11월의 어느 저녁, 콩코르디아 문예클럽에 모인 청중은 늙고 활기 없어 보였다. 릴케의 어머니도 친구들, 그가 "어렸을 때 궁금해하던 소름끼치는 늙은 여인들"과 함께 앉아 있었다. 소피아 릴케는 유명해지기 시작한 아들 뒤를 따라다니며 그에게 매달렸고, 들어주기만 하면 누구에게나 자랑을 했다. 그녀는 여전히 그가 기억하는 "가련하고 쾌락을 좇는 인간"이었고, 여전히 고집스럽게 독실하며 나이를 의식하지 않았다. 그는 그녀를 볼 때마다 '병이 도지는' 기분이라고 말했다.

《말테의 수기》와 《신시집》의 몇 구절을 읽은 뒤, 그는 옛 스승이 마련한 다과회에 들렀다. 십 년 전 프라하를 떠날 때 있었던 모든 얼굴들이 나와 앉아 있는 걸 보니 실망스러웠다. 당장 그 도시를 떠나고픈 심정이었지만, 어쩔 수 없이 지인들과 가족을 만나며 나흘이라는 긴 시간을 거기서 보냈다.

체크아웃을 하려는데, 호텔 안내계원이 파리에서 편지가 도착했다고 알려주었다. 낯익은 봉인, 바로 로댕에게서 온 편지였다. 그는 조심스럽게 봉투를 뜯어보았다. 전 스승의 침묵이 무려 일 년 반 만에 끝나는 순간이었다.

로댕은 빈에서 서점을 운영하는 후고 헬러Hugo Heller라는 사람에 대한 의견을 묻고 있었다. 그가 다가오는 릴케의 로댕 강연 자리에서 캄보디아 드로잉들을 보여주고 싶어한다는 것이었다. 마침 헬러의 서점에 갈 참이던 릴케는 즉시 믿을 만한 사람이라는 회신을 써보냈다.

비서가 대신 쓰고 로댕이 서명한 그 편지는 대단한 신호는 아니었다. 그럼에도 고무된 릴케는 편지 속 단어 하나하나를 분석했고, 로댕이 '친애하는 릴케 씨에게'라는 상냥한 칭호를 썼다는 점을 아내에게 강조했다. 로댕은 그해 논문으로 발표되고 〈쿤스트 운트 퀸스틀러〉지에 게재된 릴케의 두 번째 로댕 에세이를 프랑스어로 번역시켜 읽을 계획이라고도 썼다.

릴케는 흥분을 달래보려고 했지만, 당장 답장을 하지 않고는 견디지 못했다. 아내에게는 "그저 사실적으로, 그러나 그동안 축적되어온 모든 문제에 관해" 썼다고 했다. 어찌 됐건 로댕과의 연락망을 다시 열어놓는 것만으로도 여러 실질적인 사안들이 한결 수월해질 것임을 그는 알 수 있었다. 접촉이 끊긴 예술가에 대한 전문가로 명성을 구축한다는 것은 곤란한 일이었다. 〈쿤스트 운트 퀸스틀러〉 측에도 기사와 함께 실을 그림을 로댕에게 부탁할 수가 없다고 이미 시인한 참이었다.

빈에 도착해보니, 로댕에게서 또 한 통의 편지가 와 있었다. 분량이 더 길었고, 화해의 어조가 한결 또렷했다. 잡지에 실린 릴케의 에세이를 읽어보았는데 '트레 벨très belle[31)]'이라고 했다. 그리고 다시 파리에 오면 들러달라는 초청으로 릴케를 놀라게 했다. "우리 둘에게는 진실, 시, 그리고 우정이 필요하니 말일세"라고 그는 썼다. 토론할 것이 "너무, 너무 많다"고 했다. 그리고 19세기 예술이 이상화된 형태에서 자연스러운 것으로 이동한 점, 자신의 작품이 시대의 인정을 받는 데 그토록 오랜 시간이 걸린 이유가 무엇이라고 생각하는지 등을 예로 들었다. 아무 때나 오라고, 뫼동의 '작은 집'에는 늘 그를 위한 방이 마련되어 있다고 했다.

"믿어지지 않아서 읽고 또 읽었어"라고 릴케는 베스트호프에게 썼다. "작품 속이든 그 밖이든 너무도 정직하게 사는 소중하고 공

---

31) 매우 아름답다.

정한 사람! 올바른 사람! 그런 사람인 줄 나는 알고 있었고, 당신도 그랬지."

이번에는 행복감을 주저 없이 쏟아부은 회신을 로댕에게 보냈다. "나는 당신과 당신의 우정을 끝없이 필요로 합니다"라고 썼다. 결별 이후 본인의 경력도 상당한 성공을 이루어 이제 전 스승과 좀 더 동등한 위치에 서 있다는 것 또한 알았던 그는 "진실에 대한 당신의 고귀하고 단순한 욕구를 공유할 수 있을 만큼 저 자신의 작업에 진전을 이루었음을 자랑스럽게 생각합니다"라고 쓰기도 했다.

당시 릴케의 책을 내던 출판사는 릴케 생전에 가장 널리 읽힌 작품이 된《시도집》이 매진되자 재판을 찍는 중이었다. 릴케 본인도 명사 문인이라는 새로운 위상에 맞춰 처신하기 시작할 정도였다. 최신 유행의 검은 망토를 입고 낭독회에 나갔고, 강단에 설 때도 자신감 있게 장갑을 벗고 천천히 눈을 들어 청중을 바라보았다. 빈에서 그의 강연을 참관한 작가 루돌프 카스너는 그가 "아이 같거나 미숙한 데가 없는 크고 울림 있는 목소리"로 말했다고 회고했다. 강연을 마친 다음에는 자신을 둘러싼 손님들과 악수를 나누었다.

뿐만 아니라, 최근에는 그를 가장 가혹하게 비평한 사람들까지 설득해낸 참이었다. 바로 파울라 베커였다. 10월에 그녀는 로댕 에세이를 아주 잘 읽었다는 편지를 보내왔고, "연약하게 풍부했던 청춘이 사라지고, 말수는 적으나 메시지는 많은 성인이 나타나기 시작하는 것 같다"고 일기장에 썼다.

파울라 베커는 보르프스베데의 남편에게 돌아간다고 릴케에게 전할 때 임신 사실은 밝히지 않았다. 출산을 한 달 앞둔 그녀는 책을 읽고, 기분이 내키면 그림을 그리고, 늘 그랬듯 파리에 대해 공상을 하며 거의 집에서만 지냈다.

살롱 도톤 소식은 들어서 알고 있었고, 어머니에게 "세잔의 그림 쉰여섯 점이 전시중이래요!"라고 편지를 써보내기도 했다. 세잔은 그녀에게 '폭풍처럼' 강렬한 인상을 남긴 세 명의 예술가 중 하나였다. 파리에서 릴케가 거리를 두기 시작한 이후 연락이 뜸해진 사이였지만, 10월에 그가 세잔에 대한 긴 편지들을 베스트호프에게 보내왔다는 소식을 전해듣고, 베커는 그것을 좀 보내줄 수 있느냐고, "지금은 여기에 꼭 있어야 하는 상황이지만 그렇지만 않다면 나는 단연코 파리에 있을 거야"라고 말했다. 베스트호프는 그보다는 직접 만나서 편지를 읽어주겠다고 말했다.

11월 2일, 베커는 딸 마틸데Mathilde를 낳았다. 그리고 며칠 뒤 베스트호프가 세잔에 대한 릴케의 편지들을 들고 왔다. 산고가 길고 심하게 지속되자 의사가 클로로포름으로 마취하고 핀셋으로 아기를 받아낸 탓에, 그녀는 아직 쇠약한 상태였다. 그래도 사랑하는 친구에게 다정한 미소를 지어 보였고, 베스트호프는 몇 주 후 회복되고 나면 다시 찾아와 편지를 읽어주겠노라고 약속했다.

이 주가 지나갔다. 베커는 마침내 병상에서 일어나 잠옷 차림으로 거울 앞에 앉아 긴 금발머리를 화관처럼 땋아올리고, 협탁 위 화병에 꽂혀 있던 장미꽃들을 머리에 찔러넣었다. 가족과 친구들이 보내온 양초와 꽃들이 방에 가득했다. 그녀는 크리스마스처럼 아름답다고 생각했다.

사람을 불러 마틸데를 데려오게 했다. 아기를 품에 안은 그녀는 갑자기 발이 쇳덩이처럼 묵직해지는 느낌을 받고 다시 침대에 누워 숨을 헐떡거렸다. "속상하기도 하지!" 그리고 그녀는 숨을 거두었다.

의사는 사인으로 색전증을 들었다. 그녀는 서른한 살이었다. 베를린을 방문 중이던 베스트호프는 일주일 후 약속한 대로 베커를 만나 편지를 읽어주러 보르프스베데에 돌아와서야 이 소식을 들었다. 이른 아침이었고, "함께 너무나 자주 걸은" 자작나무가 늘어선 길을 걸어 도착했다. 베커에게 주려고 도중에 가을꽃 한 묶음을 꺾어 가져갔다. 들어가보니 집이 비어 있었다. 모데르존도 없고, 아기는 베커의 여동생이 데려갔고, "파울라는 더이상 거기에 없었다."

13

릴케는 베커가 죽었다는 소식을 이탈리아에서 들었다. 순회 낭독을 마치고 새 애인 미미 로마넬리Mimi Romanelli를 찾아가 함께 지내던 중이었다. 여행 열흘 만에 짐을 싸서 독일로 돌아온 그는 크리스마스를 포함해 두 달 가까운 시간을 가족과 함께 보냈다. 독감에 걸려 한 달간 앓아눕는 바람에, 이미 명목상으로만 아내였던 베스트호프가 간호를 해야 했다. 릴케는 로마넬리의 사진을 집 안에 걸어놓기까지 했으며, 베스트호프도 그녀가 무척 아름답다고 동의했다고 전해진다.

어느 정도 회복이 되자 이탈리아로 돌아갔지만 로마넬리에 대한 욕망은 벌써 사그라진 후였고, 파리에 대한 동경이 되살아나고 있었다. 그는 두 달간 시골 지방을 여행했는데, 그동안 베커의 죽음에 대해서는 거의 침묵으로 일관했다. 그가 죄책감을 이기고 입을 열기까지는 일 년이 걸렸다.

1908년 5월 1일, 릴케는 파리로 돌아왔다. 이번에는 베커와 함께 묵었던 카세트 로의 그 호텔에 들지 않았다. 대신 몽파르나스의 캉파뉴 프르미에르 로에 사는 친구에게서 작은 작업실을 빌렸다. "너비가 사방으로 세 발짝 될까 말까 한" 그 공간은 베스트호프의 대궐 같은 오텔 비롱 아파트와는 비길 수 없었지만 당장은 괜찮았다.

로댕이 뫼동의 옛 방에서 묵으라고 두 번 더 권했지만, 날짜가 다가오자 왠지 마음이 내키지 않았다. 한때 사랑했던 오두막이 마치 우리처럼 느껴졌다. 로댕에게서 받은 처우에 대한 불쾌감은 이제 없었지만, 내면의 무엇인가가 분명 변해 있었다. 로댕에게 종속적인 위치가 부끄럽게 느껴지면서, 최근에는 왕년에 그의 비서였다는 사실마저 부인하곤 했다. 문학사가 알프레드 샤어Alfred Schaer가 초창기의 영향에 대해 묻자, 릴케는 옛 일자리에 대한 '소문'은 자신이 "임시로, 다섯 달 동안(!)" 로댕의 서신 업무를 도와준 사실에서 비롯된 "끈질긴 미신에 지나지 않는다"고 단호하게 반박하면서, 로댕을 정말로 알게 된 것은 그의 '제자'로서였다고 강조했다.

릴케는 작업 일정이 지연되어 당분간 집에 틀어박혀 일해야 한다며 로댕의 뫼동 체류 제의를 정중히 거절하고, 하지만 가까운 장래에 만날 수 있기를 기원한다고 덧붙였다. 실제로 여름이 가기 전에 《신시집》 원고를 완성해 출판사에 보내야 하기도 했다.

로댕은 릴케의 의도를 간파하지 못하고 같은 날 답장을 썼다. “가능하다면 내일 오후에 뫼동으로 오게나.”

릴케는 거의 석 달이 지나서야 “아직도 과일 속의 씨처럼 집 안에 박혀 있다”고 로댕에게 회신을 했다. 이번에도 로댕은 곧장, 그렇게 신나게 작업하고 있다니 반갑다고, 하지만 머지않은 일요일에 저녁을 먹으러 와줄 수 없겠느냐는 답장을 보내왔다. “자네와 만나 대화하고 골동품을 보여줄 수 있다면 즐거울 것 같네”라고 했다. 심지어 릴케가 외출한 사이에 그의 숙소를 찾아 문가에 과일 바구니를 놓고 가기까지 했다.

로댕은 외로웠던 것 같다. 그가 뫼동으로 이사한 후로, 파리는 물랭 루주와 스탠드업 코미디와 동성애자 매음굴의 도시가 되어버렸다. 전前 세대의 인상주의자들에게 영감을 주었던 얼룩얼룩한 햇빛이 하루 종일 꺼지지 않는 전등 불빛에 묻혀버렸다. 피카소를 비롯한 젊은 망명자들이 몽마르트르에 정착하면서, 예술계와 이웃의 소문난 유흥가 사이의 강력한 연결고리를 형성했다.

로댕은 반 고흐 · 고갱Gauguin · 툴루즈 로트렉과 함께 몽마르트르의 카바레에 가본 일이 있었다. 지하에 자리잡은 클럽은 연기가 자욱했다. 술 취한 사람들이 구부정하게 앉아 있다가, 캉캉 무희의 향수 냄새가 객석에 흘러오면 이따금 고개를 들곤 했다. 로댕은 소란한 군중이 “몹시 무서웠다”고 시인했다. 도드라진 가슴이 드러난 옷차림에 볼에는 연지를 과도하게 바르고 ‘애교머리’를 늘어뜨린 여자들은 너무 상스러웠고, 남자들은 시간과 돈의 불길한 폐기물들 같았다.

그 저급한 장면을 예술에 담는 일은 그보다 젊은 툴루즈 로트렉이 맡았다. 툴루즈 로트렉은 여러 해에 걸쳐 카바레 벽에 방탕한 손님들의 캐리커처 수백 점을 그렸다. 턱수염과 외투에 온통 파묻혀 등을 구부리고 앉은 로댕의 모습을 그린 적도 있다.

로댕은 지베르니에서 모네와 함께 차를 홀짝이거나 뫼동의 연못가에 앉아 보내는 토요일이 훨씬 더 행복했다. 예전에 그곳에서 릴케와 나누었던 대화를 떠올리며 그 상실을 슬퍼하기도 했다.

의도한 바는 아닐지라도, 마침내 두 사람이 재회할 수 있도록 다리를 놓아준 것은 릴케의 아내였다. 여름이 끝날 무렵 그녀는 하노버의 친구 집에서 당분간 지내려고 떠났고, 릴케가 그녀의 오텔 비롱 작업실을 이어받아 사용하게 되었다. 8월 말, 그는 천장이 높이 솟은 타원형의 아파트로 이사했고, 그 참에 정원 쪽으로 테라스가 나 있는 방까지 하나 더 얻었다. 한 달에 500프랑이나 지출이 초과되었으나, 《신시집》 탈고를 앞두고 새로운 작품들로 이행하기 위해서는 대기의 변화가 필요하다고 믿었다.

내부를 간단하게 손보자 파리에 있는 작은 보헤미아 같은 느낌이 났다. 그는 식탁에 과일과 꽃을 올려놓았다. 열린 창으로 미풍이 들어오면서 방 전체에 달콤한 향내가 퍼졌다. 구석에 베스트호프가 만든 흉상만 하나 놓고 나머지 공간은 비워놓음으로써, 밝은 햇살이 실내장식 노릇을 하게 했다. 책상 살 돈이 없다는 말에 로댕이 준 커다란 떡갈나무 테이블을 열린 창 아래 놓고, 그것을 '위대하고 기름진 평야'로 만들겠다고 다짐했다. 그는 그 책상에서 《신시집》을 완성했다. 보답으로 어린 예수를 안고 강을 건너간 힘센 순교자 성 크리스토퍼의 목각 조각을 로댕에게 선물했다. 그는 "이것은 한없이 무겁지만 온 세상이 담긴 작품을 짊어지고 가는 로댕입니다"라고 말했다.

해리 케슬러 백작 눈에는 이 홍취 있는 처소에 사는 릴케가 노처녀 할머니 같았다. 그는 사과 향기가 방을 채우고 넘쳐 "오래된 시골집" 같은 느낌을 주었다고 말했다. 하지만 릴케는 이런 전원적인 매력에 자신만큼이나 도취할 한 사람을 알고 있었다.

"오늘 아침 제가 들어온 이 아름다운 건물과 방을 보셔야만 합니다." 릴케는 이사 온 당일 로댕에게 편지를 썼다. "이곳의 세 구획에서 손질되지 않은 정원이 내다보이는데, 이따금 사람의 눈치를 보지 않는 토끼들이 격자 울타리를 뛰어넘는 모습이 옛날 태피스트리를 떠올리게 합니다."

불과 이틀 만에 로댕이 릴케의 새 집을 보러 왔다. 마침내 재회한 두 친구는 여러 시간 동안 이야기를 나누었다. 베토벤이야말로 역사상 가장 대담한 작곡가였다는 데 의견을 같이했고, 릴케는 청력을 잃어가며 자살을 고려하던 시절 베토벤이 남긴 말을 암송했다. "나는 친구가 없고 혼자서 살아야 한다. 하지만 내 예술에서 신이 다른 누구보다도 나와 더 가깝다는 것을 알고, 그와 함께 두려움 없이 나아간다. 나는 항상 그를 인정하고 이해했다. 또한 나는 내 음악이 염려되지 않으며 불운에 처하지 않을 거라 믿는다. 그것을 알아볼 수 있는 사람은 다른 사람들이 겪는 불행으로부터 자유로울 것이다."

로댕은 릴케의 암송이 마음에 들었다. 원래 아는 구절이기도 했다. 〈발자크〉로 인해 힘들었던 시기에 누군가 그 구절을 써서 보내주었기 때문이다.

또 그들은 예술가의 삶에서 여성이 차지하는 역할에 대해서도 의견을 나누었고, 기만 없는 사랑이라는 것이 정말 존재하는가를 놓고 토론했다. 이 부분에서 두 사람의 의견이 첨예하게 갈렸다. 릴케는 처음으로 주저하지 않고 로댕과 다른 의견을 내놓았다. 로댕은 여성은 남성의 창조력에 방해되는 존재지만 남성 자체에는 와인처럼 양분을 공급한다고 했다. 하지만 릴케는 그것이 몹시 왜소한 논리라고 보았다. 그에게는 섹스 밖의 영역에서 여성들과 유의미한 관계를 유지하는 능력이 곧 남성성의 표지였다. 여성을 쾌락과 소비의 관점에서만 생각하는 것은 유아적 사고였다.

로댕은 여자들은 생래적으로 모략을 꾸미고, 오로지 "남자를 단단히 붙들어매려" 한다고 생각했다. 릴케는 결혼 외에 다른 것들에 관심이 있는 여자들을 많이 안다는 말로 로댕을 설득하려 해봤지만, 노인의 생각을 바꾸지 못할 거라는 걸 알고 있었다. 로댕이 떠난 직후 릴케는 로댕은 완강하게 과거에 묶여 있는 사람, "전통적인 의식, 우리를 위한 것이 아님에도 그를 빚어내기 위해 그의 영혼의 예식에 필요했던 것들에 속박되어 있는" 사람이라고 베스트호프에게 썼다.

물론 릴케의 페미니즘에는 위선의 그림자가 있었다. 그 자신의 아내가 그가 떠맡긴 육아 부담에 '단단히 붙잡혀' 있었으니 말이다. 자신이 아는 북유럽의 많은 독립적인 여성들이(독일 북부 출신인 아내에 대한 간접적인 칭찬이었다) 현재의 고투를 남자의 약점보다는 자신의 강점으로 보게 되기를 항상 희망한다고 로댕에게 강조했다는 점을 베스트호프에게 굳이 전한 것을 보면, 본인도 이 모순을 의식했는지도 모른다.

릴케의 여성관은 일관성이 부족했으나, 베커의 죽음을 계기로 그는 여성들, 특히 여성 예술가들에 대한 공감에 눈을 떴다. 여자들이 아기를 낳을 때마다 치르는 희생에 비하면 로댕의 불평은 피상적인 것으로 보였다. 로댕이 물질적 안락으로서의 '삶'보다 예술을 택했는지는 몰라도 적어도 그에게는 선택의 자유가 있었다.

릴케는 로댕이 자기 논리가 불공평하다는 것을 인정하지 않을 거라고 생각했지만, 우선은 자신이 최소한 의견을 피력했다는 것에 흡족했다. 릴케는 더이상 듣기만 하는 사람이 아니었다. 그의 목소리는 로댕의 실체 안에 크고 확실하게 울려 퍼졌다. 그는 베스트호프에게 보낸 편지에 그것이 "다시는 소실되지 않을" 거라고 썼다.

과거의 로댕을 용서했다고 하면서도, 릴케는 다음 문장에서 옛 스승을 끌어내리는 공상을 펼쳤다. 언젠가 자신의 예술적 권위가 로댕을 능가한다면, 그리하여 "우리가 예전에 그를 필요로 했던 것의 천분의 일만큼만 필요하게" 된다면 얼마나 만족스러울지를 상상했던 것이다.

릴케의 오텔 비롱 처소에 매료된 로댕은 1908년 9월, 아래층에 남은 방 전부와 릴케가 남몰래 갖고 싶어했던 방을 포함해 2층 방 몇 개를 빌렸다. 오래전에 조립 공정을 뫼동으로 이관했던 터라 새 공간은 수집가들과 언론사 인사들을 위한 멋진 응접실 겸 전시실로 썼다. 본실은 목재 탁자, 과일을 담은 그릇, 그리고 르누아르 그림 한 점으로 간소하게 꾸몄고, 다른 방 네 개는 드로잉실로 개조해 천장에서 바닥까지 벽 전체를 자신의 수채화 작품들로 덮었다.

그곳은 뫼동에서 벗어난, 릴케의 표현대로 "아무도 그를 찾지 못할" 안식처가 될 터였다. 슈아죌 공작부인과 함께 밤을 보낼 침실이 준비되었고, 정원은 고요한 사색을 위한 오아시스가 되어주었다. 작업실 창 너머에 아카시아 숲이 있었고, 창틀에 물망초가 빽빽이 피어나 창을 열기가 힘들 지경이었다. 정원은 장 콕토의 말대로 "침묵의 웅덩이"가 되어 도시의 소음이 건물 안으로 들어오지 못하게 막아주었다.

키 큰 잔디밭 군데군데에 세워진 〈걷는 남자〉 등 로댕의 작품들은 낡아 무너져가는 묘지의 비석처럼 보였다. 로댕은 미국인 이웃인 이사도라 덩컨과 로이 풀러Loie Fuller가 잔디밭에서 어린 소녀들에게 춤을 가르치며 뱅뱅 도는 모습을 가끔 지켜보았다. 그럴 때면 공책에 뭔가를 쓰는 일이 많았다. "홀로 이 정원에서 하늘과 함께 변하는 아름다움을 보이며 나를 상냥하게 맞아주는 나무들과 몇 시간을 즐기기 위해 나는 얼마나 오래 기다리고 또 얼마나 많은 번뇌를 견디는지! 둔한 내 생각들이 집에서 빠져나와 생기 있게 움직인다."

오텔 비롱의 실내에서도 밤이고 낮이고 활동들이 쉼 없이 이어졌다. 로댕을 설득해 유성기를 사들인 공작부인은 친구들을 초청해 경쾌한 부레 춤을 추어 보이기를 좋아했다. 하이킥과 숄을 살짝 내려뜨리는 동작을 통해 옛 민속춤에 톡 쏘는 맛을 가미했고, 모자의 타조 깃털이 따라 움직일 만큼 저돌적인 동작으로 방 안을 휩쓸다가 음악이 끝나면 숨을 헐떡이면서 소파에 나자빠지기 일쑤였다.

로댕은 유성기로 장대하고 육중한 그레고리오 성가를 틀곤 했다. 릴케는 그것이 교황을 빼면 "아무도 원치 않을" 음반이라고 생각하는 한편, 로댕이 왜 그토록 그 음악에 매료되는지 이해되기도 했다. 로댕은 대성당을 채울 수 있도록 만들어진 그 곡들이 "고딕 예술이 그림자를 본뜨듯 침묵을 조절하는" 힘을 갖고 있다고 말했다. 카스트라토 가수들의 날카로운 고음은 지옥이 어떤 것인지 살아 있는 자들에게 말해주는 저주받은 영혼의 절규를 연상시킨다고 했다. 릴케는 음악을 들으며 '폭풍 직전처럼' 고요해지는 로댕을 지켜보았다.

그러다 보면 슈아죌이 침울한 방 안으로 들어와 미국의 민속음악 지그를 틀지도 몰랐다. 그런 면에서 그녀가 로댕에게 유익한 존재일 수 있다는 생각이 들었다. "어쩌면 지금 로댕에게는 그것이 필요한지 모른다." 그의 마음의 위태로운 산봉우리로부터 "그와 함께 조심스럽게 내려와줄 그런 사람이." 그렇게 현실로 돌아오게 해줄 누군가가 필요할지도 모른다는 생각이었다. 전에는 "꼭대기에 머물러 있었다. 도대체 어디서 어떻게 어떤 밤을 헤치고 마침내 돌아왔는지는 아무도 모른다." 그녀는 로댕을 무력한 아이처럼 만들었지만, 적어도 긴장을 풀게 해주었던 것이다.

슈아죌은 오텔 비롱의 술잔치들도 주도했다. 거동이 다소 요란한 배우 에두아르 드 막스가 그 건물에 사는 친구를 찾아온 날, 그 친구는 그에게 아래층의 유명한 이웃들을 만나보고 싶으냐고 물었다. 로댕은 없었고 공작부인이 대신 그들을 맞았다. 드 막스는 그녀에게 건물의 건축기법에 대해 칭찬하면서 그야말로 완전한 보석이라고 말했다.

"그러면 들어와 사세요." 그녀가 말했다.

"하지만 빈방이 없지 않은가요?" 그가 물었다.

"맞아요, 하지만 예배당은 비어 있잖아요."

이렇게 해서 오텔 비롱의 가장 악명 높은 세입자가 들어왔다. 드 막스는 예배당을 개조해 자신만의 내실로 만들었다. 문들을 새로 짜 달았고, 바닥에 대리석을 깔고, 욕조도 설치했다. 그곳은 밤새도록 이어진 가든파티가 끝나고 집에 돌아가지 못하는 사람들이 드러누워 잘 수 있는 간이 숙박소도 되었다.

이 같은 혼란을 한층 거든 사람이 드 막스의 친구 콕토였다. 그 젊은 작가는 드 막스가 샹젤리제의 극장에 마련해준 시 낭송회 덕분에 최초의 성공을 거둔 참이었다. 그는 신경과민성 에너지, 긴 팔다리, 지저분한 머리를 갖고 있었고 치밀하게 짠 짓궂은 장난으로 유명했다. 친구가 오텔 비롱으로 오기로 한 어느 날, 콕토는 산타클로스 수염을 붙이고 정원에서 그를 기다렸다. 콕토를 찾아 밖으로 나온 친구의 눈에 잡초밭을 어슬렁거리는 불길한 인상의 털북숭이가 들어왔다. 로댕인가? 하지만 그분이 이 늦은 시각에 돌아다닐 리가 없잖아. 혹시 미쳤나? 그는 혼자서 별의별 생각을 다 하다가 뒤돌아서 다른 쪽으로 뛰어갔다.

콕토는 예술가들을 위한 살롱 모임을 정기적으로 열었다. 노장 카튈 멘데스Catulle Mendès가 자작시를 낭송했고, 베네수엘라 출신 음악인 레이날도 한Reynaldo Hahn은 피아노를 쳤다. 콕토가 보들레르의 강신술을 재연하는 일이 있었는데, 그럴 때면 며칠씩 잠도 안 자고 염소가죽 양탄자 위에 앉아 그림을 그리고 글을 쓰곤 했다.

이따금 콕토의 약물 사용이 생산적인 결과를 가져오기도 했다(또는 전적으로 비생산적이지만은 않을 때가 있었다). 그는 오텔 비롱의 방에서 문예지 〈셰에라자드Schéhérazade〉를 발간했다. 그 당시 유행하던 아르누보 스타일로 디자인한 이 잡지에는 당대를 대표하는 예술계의 권위자들이 등장했다. 이사도라 덩컨의 드로잉, 기욤 아폴리네르Guillaume Apollinaire의 시, 모리스 로스탕Maurice Rostand과 에드몽 로스탕Edmond Rostand의 글 등을 예로 들 수 있다.

릴케는 주변에서 벌어지는 온갖 사교 활동에 좀처럼 참여하지 않았다. 그가 보기에 슈아죌의 음악은 멍청했고 덩컨은 너무 시끄러웠다. 술과 마약에 손대지 않은 것은 물론이고, 당연히 춤도 추지 않았다. 콕토는 릴케가 같은 건물에 산다는 사실조차 몇 해 후에 알았다. 구석방의 창에서 새어나오는 가스등 불빛은 자주 보았지만, 그렇게 틀어박혀 사는 사람이 누군지에 대해서는 생각해보지 않았던 것이다.

언젠가 삶의 가장 고통스러운 시기에 릴케의 글에서 위안을 받게 되리라는 사실도 물론 알 수 없었다. 1920년대에 콕토는 아편 중독 치료를 받던 중 담즙을 뱉어내는 통증을 달래고자 릴케의 《말테의 수기》를 한 권 갖고 싶다고 썼다.

하지만 오텔 비롱에서의 광란의 청춘 시절에는 자기도취에 빠져 위대한 예술가가 바로 옆에 있다는 것을 몰랐다. "나는 내가 아는 것이 많다고 자신했고, 방자한 젊음의 졸렬한 무지에 빠져 살았다." 그는 회고록 《파리 앨범Paris Album》에 이렇게 썼다. "성공으로 인해 잘못된 길에 빠져든 나는 세상에는 실패보다 못한 종류의 성공도 있다는 것을 알지 못했다. 또한 언젠가 라이너 마리아 릴케와의 어렴풋한 우정이 그의 등불을 보고도 그것이 그 화염에 내 날개를 태우라는 신호를 보내고 있음은 짐작도 못했다는 사실을 위로해주리라는 것 역시 알지 못했다."

11월, 파울라 베커가 세상을 떠나고 일 년이 지날 동안 릴케는 그 일에 관해 아무에게도 별 말을 하지 않았다. 하지만 그녀에 대한 기억이 또다시 강력한 죄책감의 물결이 되어 밀려오는 바람에 더이상 거역할 수 없게 되었다. 베커의 죽음과 관련해 가장 고통스러운 부분은 사랑하는 친구의 상실보다는 죽은 베커라는 새로운 실재의 탄생이라는 것을 릴케는 깨닫기 시작하고 있었다.

잠을 자지 못하고 보낸 사흘 동안, 그는 〈어느 친구를 위한 진혼곡〉이라는 장시를 뽑아냈다. 그것은 "일하는 삶이라는 단 하나의, 그러나 이루지 못한 소망"을 품었던 친구를 도와주지 못한 데 대한 긴 사과문이기도 하다. 마침내 그 원령을 축출해야만 했던 그는 "나에게는 죽은 이들이 있고 나는 그들을 보내주었다"라는 말로 시를 시작했다.

릴케가 이 작품에서처럼 날카로운 분노를 드러내는 일은 드물었다. 그는 베커 일생의 진짜 비극은 그녀의 죽음이 그녀 자신의 것이 아니라는 사실이라고 썼다. 그에게 죽음이란 인간의 가장 개인적인 경험이다. 그것은 그가 《말테의 수기》에 썼듯이 모두가 지니고 태어나며 매일 조금씩 자라나는 하나의 씨앗이다. 그러므로 그토록 자의적이고 옛날식으로 일어난 베커의 죽음보다는 차라리 맹렬하고 고통스러운 죽음이 나았을 터였다. 릴케는 베커의 부당한 죽음에 대해 스스로를, 그녀의 남편을, 그리고 남성 전부를 책망한다. "나는 모든 남성을 고발한다."

릴케는 하지만 죽은 그녀에게 아직 희망이 있을지 모른다고 썼다. 남성 예술가들이 언제든 원하기만 하면 창작의 출산을 할 수 있는 반면, 여성의 몸은 그들에게 육체적 출산이라는 운명을 강요한다. 이제 육신에서 벗어난 베커에게 릴케는 간구한다. 변천을 완결 지으라고, 살아 있는 자들을 따라다니지 말고 마침내 삶을 배격하라고. "돌아오지 마오. 견딜 수만 있다면 거기에 머무르오/ 죽은 채로, 죽은 자들과 함께…."

릴케는 클라라 베스트호프에게 헌정한 이 시의 원고를 곧장 출판사에 보냈다. 책 한 권 분량이 안 돼서 출판사에서 두 번째 진혼곡을 써서 한 권으로 묶어 내자고 제의해왔다. 릴케는 볼프 그라프 폰 칼크로이트Wolf Graf von Kalckreuth라는 이름의 시인을 두 번째 시의 주제로 선택했다. 직접 만나본 일은 없지만 열아홉의 나이에 자살한 시인으로, 보르프스베데에서는 잘 알려져 있었다. 잠재력을 꽃피워보지 못하고 떠난 그는 또 한 명의 예술적 부상자로, 베커의 영적 쌍둥이라고 할 만했다.

어떻게 하면 칼크로이트를 살릴 수 있었을까, 릴케의 시는 상상했다. 자신이 지난 몇 년간 로댕과 함께 본 것들을 그 젊은이가 보았더라면. 릴케가 "사내들이 망치질을 하고 하루가 성취되는/단순한 현실…"로 표현한 노동과 작업장의 기쁨을 그가 알았더라면. 그랬다면 어쩌면 그는 릴케가 파리에서 배운 교훈을 이해했을지도 몰랐다. 언어는 "어디가 아픈지 우리에게 말해주는" 도구가 아니라, 그 고통에서 무엇인가를 빚어내는 도구라는 것을.

베커의 망령에서 벗어나자, 릴케는 마감이 코앞에 닥친 《신시집》 최종 교정판 작업에 복귀할 수 있었다. 오텔 비롱에 입주하고 몇 달간 릴케는 오직 일에만 전념했기 때문에, 콕토가 그를 몰랐던 것도 놀랄 일은 아니다. 릴케가 만난 사람이라곤 가끔 들러서 격려의 말을 들려준 로댕이 전부였다. 그는 자네의 고독을 끌어안으라고, 그것이 궁극의 행복이라고 말하곤 했다. 릴케가 언어를 통해 진실을 그려내는 방식에 비하면 다른 모든 작가들은 평범하기 그지없다고 말해주기도 했다.

릴케는 '진혼곡'을 완성한 직후《신시집》작업을 마쳤다. 이 시집은 그의 생애를 대표하는 작품은 아니지만, 예전의 노정에서 벗어나 영구적으로 방향을 전환하게 한 이정표적 의미가 있다. 제목이 시사하듯, 릴케가 그동안 써온 것과는 전적으로 다르다. 그는 말수가 적고 감상적이지 않은 산문을 통해 벌레 · 상처 · 동물 등 기이한 비인간 주제들의 초상을 깎아냈다. 입체파가 그랬듯, 릴케의《신시집》은 형상과 발판을 무너뜨리고 다양한 시점에서 대상을 관찰했다.

《신시집》또는 그가 즐겨 불렀던 '사물시집'에서 사람들은 거의 보이지 않는다. 심지어 주제가 되는 대상들도 배경으로 물러나 있거나 '네거티브 공간negative space[32)]'으로만 나타나는 경우가 많다. 그는 주변환경을 어둡게 표현해 대상이 초점 안으로 들어오게 한다. 그리하여 외견상 백조에 관한 시가 사실은 백조가 떠 있는 물에 관한 시, 그리고 죽음에 관한 시가 되기도 한다. "놓아주기, 우리가 매일같이 밟고 선 단단한 땅을 더는 느낄 수 없게."

32) 물체에 둘러싸여 생기는 공간.

평가는 엇갈렸다. 초창기부터 릴케를 지지해준 몇몇 독일 비평가들은 낭만적 서정주의와의 단절에 배신감을 느낀 데 반해, 빈의 비평가들은 그 책의 세기말적인 감정적 분리를 포용했다. 《신시집》의 작가를 독일인 · 오스트리아인 · 보헤미아인 중 어느 것으로 분류해야 하는지에 대한 토론도 벌어졌다. 릴케는 그런 일쯤은 무시하고 프랑스인에게 책을 헌정했다. "À mon grand Ami Auguste Rodin.[33)]"

독일어로 쓴 책이니 헌사의 번역문 정도는 곁들이는 것이 어떠냐고 출판사가 제안했으나, 릴케는 로댕의 모국어인 프랑스어로 두어야 한다고 주장했다. "일하라, 늘 일하라"라는 스승의 충고대로, 릴케는 이제 어느 때보다 생산적인 시기에 접어들었다. 두 사람 사이에 어떤 변화가 찾아오고 있었든, 릴케는 늘 그것에 대해 로댕에게 감사할 터였다.

뿐만 아니라 로댕의 본보기는 새로운 글쓰기의 청사진을 릴케에게 보여주었다. 릴케는 책이 출판된 직후 신년을 맞아 로댕에게 보낸 편지에 이렇게 썼다. "산문은 대성당처럼 지어지기를 원합니다. 그곳에서 우리는 진정 이름도 야망도 도와줄 이도 없는 존재가 됩니다. 비계들 사이에, 오직 자신의 양심만 갖고 서 있는 것입니다. 다른 사람에게는 길게 설명해야 하겠죠. 하지만 당신은, 친애하는 유일한 친구인 당신만큼은 그것이 무슨 의미인지

---

33) 내 소중한 친구 오귀스트 로댕에게.

알 것입니다."

1909년 겨울, 릴케는 《신시집》의 성취를 여유로이 즐길 시간도 없이 곧바로 작업을 재개했다. 〈진혼곡〉으로 시작된 창작열을 끝까지 밀어붙이기로 결심한 그는 1월 어느 날 오늘부터 오로지 《말테의 수기》에만 집중하겠다고 출판사에 전했다. 오텔 비롱의 방에 처박혀 사실상 "죄수처럼 조그만 밀창을 통해" 식사를 받아 먹는 신세가 된다 해도 상관없었다. 방문객도 받지 않을 것이고 책을 마칠 때까지 여름휴가도 가지 않기로 했다.

그런데 스스로에게 약속을 하자마자 깨야만 하는 상황이 발생했다. 루 안드레아스 살로메 · 클라라 베스트호프 · 이탈리아인 애인 미미 로마넬리, 당시 릴케에게 가장 중요했던 이 세 여인이 5월에 파리 여행을 계획한 것이다.

로마넬리와 베스트호프의 만남은 별다른 사건 없이 지나간 듯하다. 언제나처럼 안드레아스 살로메의 도착이 다른 모든 것들을 가려버렸기 때문인지 릴케는 그 일에 대해서는 별다른 기록을 남기지 않았다. 이번만큼은 멋진 소개로 그녀에게 감명을 주고 싶었다. 그녀가 오텔 비롱을 찾아온 날, 그는 복도 건너편의 로댕에게 그녀를 데려갔다. 그들은 프랑스식 문을 열면 바로 봄의 들꽃들이 핀 잔디가 나오는 정원 쪽 스위트룸에서 오후를 보냈다.

로댕은 안드레아스 살로메에게 근래 작업에 너무 몰입하다 보니 조각을 살아 있는 사람으로 착각할 때가 있다고 했다. 환상과 현실의 구별은 매우 일찍부터 자신을 괴롭혀온 일이라면서, 자신은 "어린 시절을 완성하지 못했고" 대신 회피했기 때문에 "그 자리에 허구를 가져다놓기" 시작한 거라고 했다.

또한 릴케는 안드레아스 살로메를 베스트호프에게 데려갔고 뫼동의 로댕 작업장에도 데려갔다. 독일로 돌아간 후, 그녀는 릴케에게 참으로 뜻깊은 여행이었다는 편지를 보내왔다. 어떤 대상을 장시간 바라볼 수 있다면, 그날 뫼동의 클로버 밭에 서 있던 로댕의 〈발자크〉를 택하겠다고 했고, 베스트호프에 대한 진심 어린 칭찬도 되풀이했다. "내가 그녀에게 얼마나 애착을 느끼는지 본인은 짐작도 못할 거예요."

방문객들이 돌아간 뒤 일에 복귀할 수도 있었지만, 낯익은 병증이 도지는 느낌이 들었다. 그해 여름에 그는 이미 그 병증에 익숙해진 나머지 "최상의 순간조차 회복 중인 환자 같은 느낌"이라고 썼다. 하지만 이번에는 보통의 독감보다 훨씬 좋지 않았다. 먼저 이마 근육이 딱딱하게 굳더니 뺨으로, 이어서 혀, 목, 식도로까지 내려왔다.

9월, 그는 광천수로 심신을 정화하고 솔잎 '풍욕'을 즐기기 위해 검은 숲Black Forest[34)]을 찾았다. 효과가 없자 이번에는 프로방스로 건너가 양들이 백리향 들판에서 풀을 뜯는 전원에 잠겨 지친 몸을 달래보려 했다. 그는 그 불가사의한 질병이 무엇인지 몰랐지

---

34) 독일 남서부의 삼림지대. 독일명으로는 Schwarzwald.

만, 아마 그것은 말테였을 것이다. 말테는 릴케의 내면에서 종양처럼 칠 년 동안 자라왔다. 일반적인 작업은 마치면 지나갔지만, 그 그림자 같은 인물은 다른 모든 것들을 압도하면서 원고지와 편지와 뜯겨나간 일기장을 가리지 않고 대륙을 종횡하며 릴케를 끈질기게 따라다녔다. 그런데 그 미결의 시인이 이제 릴케의 앞을 가로막고 실체화되기를 요구하고 있었던 것이다. 말테를 지나갈 수 있는 유일한 길은 관통하는 것뿐이었다.

그해 가을, 마침내 릴케는 계획한 대로 아무도 만나지 않고 오텔 비롱의 바람 잘 드는 방에 틀어박혔다. 9월에 팔레 루아얄Palais Royal에서 열린 로댕의 빅토르 위고 대리석 기념비 제막식에도 불참했다. 다음달 케슬러 백작이 들러보니, 시인은 "마치 거미줄에 휩싸인 듯" 몸을 부들부들 떨었고 병약한 상태였다. 그는 그동안 수집한 착상들을 정리해 조리가 서는 원고로 구성하는 데 전념하고 있었다.

《신시집》은 "순전한 성취에의 확신을 갖고 분명하게 대답할 수 있는" 잘 정의된 과제였으나, 《말테의 수기》는 그보다 어려운, 무질서한 작업이었다. 자신의 도플갱어와 한판 결투를 벌이는 셈이었고 지금까지는 말테가 이기고 있었다. 릴케의 가공인물은 릴케보다 "한없이 더 강했다." 상대의 머릿속에 들어가려면 '진혼곡'을 쓸 때의 광기와 다시 접속해야만 했다. 말테의 병을 함께 앓아야 했고, 필요하다면 그의 죽음을 함께 죽어야 했다. 그래야만 그를 진정으로 이해할 수 있을 터였다.

앞에 놓인 과제가 결코 완수할 수 없는 것으로 여겨졌고, 그래서 글쓰기를 아예 그만둬버릴까 하는 생각만이 일말의 위로가 되었다. 처음으로 릴케는 계속 나아갈 수 있을지 심각한 회의를 느꼈다. 적어도 지금은 일은 고사하고 움직일 기운조차 없었다. 글이 잘 써질 때는 마음이 하도 빠르게 움직여서 손이 따라가기 힘들 정도였다. 반대로 지금 같은 때는 단 한 개의 단어도 쓰지 못한 채 하루가 지나가곤 했다.

릴케와 그가 즐겨 쓴 표현대로 '가련한 말테'는 이제 막다른 골목에 다다랐다. 릴케는 말테의 운명으로 두 개의 시나리오를 구상했다. 하나는 말테가 죽는 것, 다른 하나는 기독교로 개종하는 것이었는데, 그가 보기에는 둘 다 비극적인 결말이었다. 그는 첫 번째 시나리오를 포기하고 말테가 톨스토이와 만난 뒤 종교적 구원을 고려하는 결말을 택했다. 십 년 전 그와 유쾌하지 않은 만남을 가졌던 대문호는 말년에 독실한 신자가 되어 있었다.

자신의 옛 영웅에 대한 일종의 복수 판타지처럼, 릴케의 주인공은 톨스토이와 만나고 그의 신앙이 예술가로서의 실패를 표상하는 것처럼 보인다고 생각한다. 톨스토이는 스스로의 신을 창조하지 못하고 기독교라는 대리신과 타협해야 했던 것이다. 언젠가 릴케가 말했듯, "종교는 예술적이지 않은 이들의 예술이다."

하지만 그는 이런 결말을 여러 각도로 구성해보다 그것도 폐기하고 다른 작가에게서 영감을 받는다는 쪽으로 생각을 바꾸었다. 당시 릴케는 다른 작가들의 작품을 많이 읽지 못했지만, 친구 하나가 건네준 앙드레 지드André Gide의 신간《좁은 문La porte etroite》은 내려놓을 수가 없었다. 사랑과 믿음의 실패에 대한 이 우화를 읽고 릴케는 지드가 여타 프랑스인들과는 다르다는 판단을 내렸다. "우리 중 누구도 완성할 수 없었던 사랑이라는 중대한 과제"에 관해 독창적이고 적확한 글을 쓰는 작가라고 생각했다.

그는 지드의 다른 책들을 읽다가 단편 〈탕자의 귀향〉과 마주쳤다. 작은아들이 회개나 의무감 때문이 아니라 호기심을 모두 채웠기 때문에 집으로 돌아오는 것으로 성서 우화의 결말을 고쳐쓴 작품이었다. "나는 행복을 찾았던 것이 아니에요." 지드의 탕자는 어머니에게 선언한다.

"그럼 무엇을 찾고 있었니?" 어머니가 묻는다.

"나는… 내가 누구인지를 찾고 있었어요."

성서 우화가 말하지 않고 남겨둔 지점에서 지드의 이야기가 시작된다는 것에서 릴케는 이 이야기에 맞춰 결말을 구성하기로 결심했다. 하지만 작업에 들어가기 직전, '어디서'라는 보다 급박한 문제가 돌발했다.

오텔 비롱 세입자들은 여름부터 문에 붙어 있던 '매물'이라는 표지를 대개 무시했으나, 12월에 들어서면서 건물 소유주들이 매각 결정을 발표하고 나섰다. 이제 퇴거가 시작될 판이었다.

릴케는 생활비나 어쩌면 해변 별장을 제공해줄 후원자가 없을까 하며 주소록을 훑어보았다. 다행히 오래 찾지 않아도 되었다.

바로 그달 수호천사가 기별도 없이 찾아왔던 것이다.

마리 폰 투른 운트 탁시스Marie von Thurn und Taxis 공비는 오스트리아-헝가리 제국에서 가장 지위가 높은 귀족 중 하나였다. 릴케에게 느닷없는 편지를 보내는 것에 대해 정중하게 사과하면서 설명하기를, 며칠 파리에 체류 중인데 그의 작품을 몹시 좋아하는 독자로서 월요일 다섯 시에 만나 차를 한잔 했으면 좋겠다는 것이었다. 그가 수락한다면 백작부인이자 시인인 안나 드 노아유Anna de Noailles도 합석할 거라고 했다.

물론 공비의 제안을 거절할 이유가 없었으며, 따라서 설득도 필요치 않았다. 노아유의 작품은 그도 이미 알고 있었고, 이 년 전에 자신이 쓴 에세이에서 호평한 일도 있었다. 바로 그날 릴케는 더 일찍 답하지 못해 유감이라는, 그리고 "긴급히, 절박하게" 만나고 싶은 심정이라는 회신을 써보냈다.

다음주 오텔 리버풀에 들어서는 릴케를 보자마자, 노아유는 "릴케 씨, 사랑에 대해, 그리고 죽음에 대해 어떻게 생각해요?"라고 큰 소리로 물었다. 이 독특한 인사에 릴케는 틀림없이 당황했을 것이다. 가볍게 대답할 수 없는 주제였으니 더했으리라. 하지만 그 자리가 두 시간이나 이어진 것을 보면, 그녀를 만족시킬 만한 대답을 찾아냈던 것 같다.

릴케는 귀족계층의 여성들을 매료시키는 데 특별한 소질이 있었다. 귀족인 척했던 어머니를 보고 자란 것도 도움이 되었을 것이고, 여러 해에 걸쳐 에티켓에 대한 극도의 감수성을, 또는 안드레아스 살로메의 표현을 따르면 '섬세한 귀족다움'을 개발하기도 했다. 어려서부터 예절을 차리고 모르는 말은 쓰지 않는 등 어린 신사처럼 처신해온 그는 아직도 친구들에게조차 비존칭 2인칭 대명사인 'du'를 거의 사용하지 않았고, 어떤 경우에도 욕설은 절대 하지 않았다.

공비는 릴케와의 첫 대면에서 깊은 인상을 받았다. 그는 대단히 상냥했고, 부드러운 성품 때문에 퍽이나 품위 있어 보였다. 이것을 시작으로 릴케 일생에 가장 길고 가장 든든한 후원관계가 형성되었다. 릴케는 본래 후원자의 돈과 초청을 고맙게 받는 것으로 끝나지 않고 그들과 진정한 정서적 유대를 맺고 가꾸는 편이었는데, 그중에서도 특히 공비와의 관계가 그랬다.

그러나 이 관계를 진실된 것으로 보지 않는 이들도 있었다. 귀족들의 저택을 밥 먹듯 드나드는 릴케를 향한 질시와 짜증 섞인 반응이 동료 작가들 사이에서 새어나온 것은 당연했다. 독일 작가 토마스 만Thomas Mann은 "릴케를 따르는 노파들은 분명 끔찍했을 것이다. 오스트리아의 속물이 연락을 주고받은 공비들이며 백작부인들도 똑같다"고 투덜거리기도 했다.

폰 투른 운트 탁시스 공비도 릴케의 기회주의적 충동을 모르는 바 아니었다. 첫 만남에 대해 그녀는 이런 글을 남겼다. "그는 내가 그에게 느낀 큰 공감을 즉시 알아차렸고, 그것을 발판으로 삼을 수 있겠다고 생각했을 것이다." 그럼에도 그녀는 아낌없이 도움을 주었다. 만남이 끝날 무렵에는 유명한 '해변의 성城'으로 릴케를 초청했다. 두이노 성은 수세기 동안 페트라르카Petrarch(근처에 묻히기도 했다), 단테(피렌체에서 추방된 이후 이곳에서 《신곡》의 일부를 썼다고 전해진다)를 비롯한 이탈리아의 저명 예술가와 지식인들의 도피처로 사용되어온 곳이었다.

이튿날 릴케는 공비에게 멋진 오후와 친절한 초대에 감사한다는 편지를 장미 몇 송이와 함께 보냈다. 휴가가 몹시 필요하기도 했으나, 그보다 두이노 성이 오텔 비롱에서의 마지막 날들로부터 구원이 되어줄 것임을 이미 알았던 것 같다.

14

릴케는 퇴거 가능성을 은근히 환영하고 있었다. 지난해 그곳에서 겪은 온갖 고난을 생각하면 한시바삐 떠나고만 싶었는데, 이제 떠날 수 있는 핑계가 생겼기 때문이다. 질병, 베커에 대한 애도, 말테와의 고달픈 싸움 외에, 오텔 비롱에서 지내는 동안 로댕에 대한 신뢰마저 흔들리기 시작했다.

"그는 그 방들을 포기하고 싶어한다. 거기서 슬픈 기억들이 너무 많이 쌓인 것이다." 10월, 케슬러 백작은 시인의 "기품 있는" 처소를 방문하고 돌아와 이렇게 썼다. "잘 안다고 생각했던 많은 것들이 다른 면을 보여주었고, 그의 표현에 따라 말하자면 그의 세계 전체가 흔들렸다. 달라진 것들 중 하나로 그는 로댕을 꼽았다." 팔 년 전 로댕을 처음 만났을 때, 그는 로댕에게서 어떻게 살아야 하는가의 본보기를 보았다. 그는 케슬러에게 당시 로댕이 자신에게 "늙어가는 예술가가 아름다울 수 있는 방법"을 보여주었다고 말했다. "레오나르도Leonardo · 티치아노Tiziano 등의 예를 통해 나도 알았고 적어도 안다고 믿었죠. 그런데 로댕은 나에게 살아 있는 증거였어요. 나는 스스로에게 말했습니다, 그렇다면 나도 아름다움 속에서 늙고 싶다고."

그러나 오텔 비롱에서 일 년을 함께 살고 나자, 로댕이 늙어가면서 얼마나 망가졌는지가 릴케의 눈에 보였다. 나이를 먹을수록 그는 어린아이 같아졌다. 마음에 드는 것(주로 여자들)에 닥치는 대로 손을 뻗었고, 사탕을 입에 달고 살아 그가 가는 곳에는 어디든 달큰한 냄새가 진동했다.

릴케에게 로댕의 여성편력은 수치스러운 일이었고, 프랑스인에 대한 상투적 꼬리표를 입증하는 행위였다. 유혹에 넘어가지 않는 아폴론처럼 당당한 지식인이었던 로댕이 육체에 굴종하는 디오니소스 같은 쾌락주의자로 타락하고 말았다. 릴케가 보기에 그것은 노령에 대한 필사적인 방어책 같았다. "나이를 먹는다는 것이 어느새 끔찍한 일이 되어버린 거예요, 보통 사람들하고 똑같이." 릴케는 케슬러에게 말했다. "어느 날에는 죽음에 대한 막연한 공포심에 사로잡혀 나에게 달려오더군요. 죽음, 전에는 죽음이란 것을 생각조차 안 했던 사람이 말이에요."

그 전까지 로댕은 딱 한 번 릴케에게 죽음이라는 주제를 제기했었다. 두 사람이 함께 뫼동의 골짜기를 내려다보고 있는데, 로댕이 입을 열어 자기 삶의 비극적 아이러니는 예술의 목적을 간신히 이해하고 나니 모든 것이 끝나버릴 시기가 되었다는 것이라고 탄식했다. 일의 중단, 그것이야말로 당시의 로댕에게는 죽음이 의미하는 바였다.

그러나 이제 로댕은 삶의 유한함 자체에 대한 단순하고 원초적인 두려움에 떨었다. "이미 삼십 년 전에 초월했다고 믿은 것들이 늙어서 내칠 기력도 없는 지금 돌아와 처음으로 그를 사로잡아버렸어요. 그렇게 되니 젊은 나를 쳐다보면서 도움을 요청하는 거죠." 릴케가 말했다.

더이상 예전처럼 육체적 노동을 견딜 수가 없는 몸이 되자, 실현하지 못한 아이디어들이 로댕을 압도했다. 그의 작품들에는 이미 번호표가 붙었고, 대규모 작품들 대다수가 파리 외곽의 조각가들에 의해 모사되고 있었다. 그는 오텔 비롱을 찾아온 손님들을 위해 간단한 스케치를 그려주는 것 말고는 할 수 있는 일이 없었다. 별안간 로댕이 '무료해' 보인다는 것, 그것이 릴케에게는 가장 견디기 힘든 사실이었다. "어느 날 여기 작업실로 오더니 나더러 '따분하네', 이러더군요." 릴케는 케슬러에게 말했다. "그 말을 하는 모습부터 그랬어요. 거의 주눅이 들어 그 고백이 어떤 인상을 줄지 슬그머니 나를 살피는 거예요. 따분한데 그것이 도무지 이해가 안 되는 듯했어요."

예전에 로댕은 아무 문제 없이 집중할 수 있었다. 그의 정신이 쇠퇴하고 있으며 어쩔 방도가 없다는 것이 노인은 두려웠다. 이제 다른 사람들의 눈에도 확연했다. 혼잣말을 중얼거리며 오텔 비롱을 배회하는 모습이 자주 보였고, 중요한 편지를 주머니에 넣어놓고 몇 주씩 잊어버리거나 어느 직원에게 급료를 지급했는지, 자신이 작품 값을 받았는지 혼동하는 일이 잦았다. 물건을 다른 곳에 잘못 놓아두고 도둑이 들었다며 서랍들을 몽땅 뒤집기 일쑤였다. 양초나 성냥갑 같은 하찮은 물건이어도 그랬다. 고대 여신들에서 수소의 성질까지 온갖 것들에 대한 생각들을 적는 '단상' 수첩을 놓고 나오면 셔츠 소매 끄트머리에 메모하기도 했다. 그러고는 뵈레가 빨래를 하려고 하면 "대체 뭐하는 거야? 맙소사, 이 소매를 좀 봐!" 하고 소리를 질렀다.

스승이 그런 한심한 꼴로 전락하는 모습을 릴케는 더이상 참고 볼 수 없었다. 오텔 비롱 매각 공고문이 붙자, "다른 모든 사람들은 낙담에 빠져 번갈아 항의하며 시간을 보냈다." 하지만 그는 폰 투른 운트 탁시스 공비에게 털어놓았다. "나는 기쁘답니다."

지난 수년간 릴케는 로댕을 각종 신에 비견하곤 했다. 한번은 뫼동 동산의 불상처럼 "권좌에 앉은 동방의 신"이라 불렀다. 묵상하는 부처의 모습이 완전히 자족하고 고독한 "세계의 중심"이라고 했다.

릴케는 로댕에게서 창세기의 신을 떠올리기도 했다. 그가 손을 조각하면 "그것은 공간에 홀로 존재하며 그저 하나의 손일 뿐이다. 신은 엿새 만에 오직 하나의 손을 만들고 주위에 물을 부어 둥근 하늘을 만들었다. 다 완성되자 그는 만족했고, 그렇게 기적과 함께 하나의 손이 탄생했다."

가장 최근에는 로댕을 "고대의 신"이라 불렀는데, 달라진 것이라면 더이상 칭찬이 아니라는 점이었다. 위대한 고대 미술의 후예처럼 보이게 되면서 로댕은 그 굴레에 갇혔다. 그는 폐기된 신이었다. 릴케의 표현대로 "너무나도 위대하고, 출중하고, 신성한" 모든 이들의 운명처럼 그의 퇴락도 눈앞에 닥쳐오고 있었다.

오텔 비롱에서 로댕과 재회한 다음날 베스트호프에게 보낸 편지의 추신에서 릴케는 그 자신의 '신격'은 어떤 경로로 펼쳐질지 상상했다. 더이상 나무가 태양을 올려다보듯 로댕을 숭배하며 서성일 수만은 없었다. 이제 천국을 향해 스스로의 길을 터야 할 때였다. 그는 베스트호프에게 자신은 버섯이랑 약초를 찾아다니며 캐는 사람 같다고 말했다. 그것들을 가지고 명약을 지어 "그의 갈증이 해소되고 그의 탁월함이 다시 핏줄을 타고 흐를 수 있게 신에게 바칠" 생각이었다.

편지에 담긴 니체 풍의 어조는 우연이 아니었다. 릴케는 밑줄을 많이 그은 《차라투스트라는 이렇게 말했다》 한 권을 갖고 있었는데, 그 책에서 니체는 스승의 모방자가 될 위험에 처한 제자들에게 유명한 훈계를 들려준다. "늘 제자로만 남아 있는 것은 스승을 욕보이는 것이다. 어째서 내 화관을 잡아뜯으려 하지 않는 것이냐?… 명하노니 이제 나를 버리고 너희들 스스로를 찾아라. 너희가 모두 나를 부인하는 그때, 나는 비로소 너희에게 돌아올 것이다."

릴케의 편지는 《신시집》에서 출발한 제자에서 《말테의 수기》를 저술한 당자로의 문학적 변신을 완성하겠다는 의지의 천명이다. 이제 릴케는 스스로를 아버지로 개조할 참이었다. 그해 봄, 로댕과의 만남을 거부한 그 몇 달 동안, 릴케는 이 변화에 착수할 언어들을 썼다.

언제인지 정확히 알려져 있지는 않지만, 릴케는 머리와 팔다리가 잘려나가고 알몸의 몸통만 남은 아폴론 상을 본 적이 있다. 로댕이나 미켈란젤로의 작품이었을 수도, 또는 유명한 〈벨베데레 토르소〉였을 수도 있다. 다 아니고 고대 그리스 도시 밀레토스에 살았던 한 청년의 강건한 가슴을 구현한 조각상으로, 릴케가 파리에서 지낼 때 루브르에 전시된 작품이라는 설도 있다.

어느 설이 옳건, 릴케는 그 조각상에서 영감을 얻어 그해 봄에 쓸 시의 주제로 그리스 신화 속 음악과 시(예술의 근원)의 신 아폴론을 택했다. 이 창작의 상징으로부터 그는 〈고대 아폴론의 토르소〉라는 잘 알려진 재발견의 이야기를 써냈다.

릴케는 인간의 형상을 창조한 것이야말로 신의 결정적인 성취임을 알고 있었으나 한 해 전 〈알케스티스Alcestis〉라는 시에서 형상을 시험한 뒤 자신과 모델 간의 관계는 "확실히 아직도 잘못되었"다는 결론을 내렸다. 이후 한동안 '꽃 · 동물 · 풍경' 등을 대상으로 삼다가 비로소 '아폴론'에 도달한 것인데, 그것은 그에게 로댕 최초의 실물 크기 조각이었던 〈청동시대〉와 비슷한 의미였다.

물리적 세계에 발을 붙여보려 하는 형이상학적 시인에게 돌로 새겨진 신의 몸은 적합한 은유였다. 머리도 없이 부서진 신을 택한 것은 로댕이 인체 가운데 가장 표현력이 강한 부분인 머리를 잘라 없앤 것과 관련 있을 것이다. 얼굴 없는 인물은 어떤 의도를 신호할 수가 없다. 하지만 로댕의 절단된 인체들은 릴케가 볼 때 더없이 온전했다. 그는 로댕에 관한 논문에 "로댕의 팔 없는 조각들에서는 완전함이 전달된다. 필요한데 결핍된 것이 없다"고 썼다.

머리 없는 토르소는 하나의 백지였다. 믿지 않는 자에게는 한낱 잠든 돌덩이일 뿐이지만, 그런 신을 믿는 자에게는 내면의 삶을 비춰볼 수 있는 일종의 거울이 되었다. 이렇게 릴케는 부서지고 이름도 없는 조각상이 갖고 있지 않은 것으로부터, 가장 균일한 시 형식인 소네트를 거의 완벽하게 구사한 〈고대 아폴론의 토르소〉를 만들어냈다.

무르익는 과실 같은 눈이 머무르던
아폴론의 전설적인 머리를 우리는 알 수가 없다,
그러나 그의 토르소는

지금도, 마치 등불처럼, 내면에서 피어나오는 빛으로 가득하다,
거기서는 그의 시선이, 이제 낮춰졌으나,
환히 빛나고 있다.

그렇지 않고서야
그 융기한 가슴이 너를 황홀하게 하지 못하리라, 그리고
미소가 평온한 둔부와 허벅지를 지나
생명의 불길이 타오르던 그 검은 중앙부를 향하지도 못하리라.

그렇지 않고서야
이 돌은 투명하게 쏟아져내린 어깨 아래에서
볼품없게 보일 것이고
들짐승의 털가죽처럼 반짝이지도 않을 것이며,

그 모든 가장자리에서 마치 별처럼
피어나지도 않으리라, 여기서 너를 보지 않는
부분은 하나도 없기 때문이다. 너는 너의 삶을 바꿔야 한다.

석상을 뚫고 로댕의 목소리가, 릴케가 "어떻게 살아야 할까요?"라는 거창한 질문을 던졌던 그 신관의 목소리가 들려오는 것만 같다. 로댕은 "일하라, 늘 일하라"라고 대답했었다. 시의 첫 부분에서 릴케는 이 지시를 따르는 것 같다. 그는 토르소의 눈에서 출발해 가슴, 둔부, 그리고 한때 생식이 일어났던 부위까지의 지각 여행으로 우리를 이끈다.

그러다가 아폴론이 다시 바라보기 시작하면서, 그의 일방적인 관찰은 다음 단계로 넘어간다. 석상은 볼 수 있는 눈도, 말할 수

있는 입도, 생식할 수 있는 성기도 갖고 있지 않다. 말테가 자신의 죽음을 지니고 있었듯이, 그것은 내면에 자신의 탄생을 지니고 있다. 아폴론과 릴케가 그들 사이의 경계선을 무너뜨리며 서로를 탐색할 때, 릴케는 그 경험을 시로 세상에 전하기 시작한다.

하지만 한 편의 시로는 충분하지 않다는 결론에 다다른 것 같다. 아니라면 소네트는 갑작스러운 마지막 줄 직전에 끝났을 것이다. 릴케는 충실한 도관導管의, 신의 비서의 역할을 계속 수행하며 시를 끝맺었을 것이었다. 하지만 이제 릴케는 보는 것만으로는 충분하지 않았다. 그는 새로운 눈을 원했다. 단순히 신과 함께 있는 것이 아니라 창조자가 되고 싶었다. 아폴론이 그에게 말을 걸어온 순간, 릴케는 대상과 관찰자의, 작가와 독자의 공감적 결합을 완성한다. 이 새로운 존재는 소통할 수 있었다. 이제 완전체였다. 릴케는 예술을 인정했고, 그 신에게 생명을 부여했다. 그리고 그는 달라졌다.

릴케가 〈아폴론〉을 발표한 겨울, 프란츠 카푸스가 사 년간의 침묵을 깨뜨렸다. 먼 주둔지에서 보내온 편지에는 직업군인이 되기로 결심했다고 적혀 있었다. 시는 완전히 포기했다고 했다.

릴케는 젊은 시인에게 보내는 열 번째이자 마지막 편지에 근래 그의 생각을 자주 했다고, 다시 연락이 되어 기쁘다고 써보냈다. 놀라운 것은 카푸스의 새 직업에 관한 소식이 더욱 반갑다고 릴케가 말했다는 점이다. "당신이 견실하고 표현할 수 있는 실존 형태를 갖게 되어 반갑습니다. 직함 · 제복 · 봉직 등 그 모든 명확하고 제한적인 현실 말입니다."

릴케는 이 용감한 직업은 시인들이 대신 선택하곤 하는 저널리즘이나 비평 등 '반半예술' 직종보다 낫다고 썼다. 그런 직업은 타인들의 예술에 매달리는 가련한 시도일 따름이며, 일을 어중간하게 하는 예술가들은 차라리 완전히 집어치워야 한다고 믿었다. 이를테면 군대처럼 구체적인 직업을 택하는 것이 나으며, 군대는 카푸스에게 적어도 '힘겨운 현실'에 정착할 수 있게 해주리라는 것이었다.

하지만 그로부터 몇 년 후 카푸스가 〈베오그라드 뉴스Belgrade News〉에 이어 〈바나트 데일리Banat Daily〉 같은 신문의 편집자가 된 것을 알았다면 릴케는 실망했을 것이다. 카푸스는 1차 세계대전 중 동부전선에서 싸운 뒤 몇 권의 액션 장편소설도 썼는데, 그 중에서《레드 라이더The Red Rider》는 1935년에 영화화되기까지 했다. 훗날 그는 "시인의 따뜻하고 부드럽고 감동적인 관심이 막아주려 했던 바로 그 지역으로 삶이 나를 이끌고 갔다"고 시인했다.

하지만 카푸스가 삶의 새로운 단계에 진입하는 그 순간, 릴케는 '텅 빈 언덕'에서 홀로 보초를 서는 밤들의 고독을 믿으라는 충고로 그를 위로하고 있었다. 세상에서 편안해지기 위해 사람에게 필요한 것은 "때때로 커다란 자연 앞에" 서는 것이라는 지혜의 말도 반복해서 들려주었다.

하지만 편지 말미에서 릴케는 오래도록 카푸스에게 들려주었던 교리를 뒤집는 반전을 보여준다. 그는 삶과 예술에 대한 로댕의 완고한 제언에 반대하고, 보다 안정된 생활을 위해 시를 포기하기로 한 결심을 후회하지 말라고 탄원하며 덧붙인다. "예술도 삶의 한 방식일 뿐이니까요."

15

오텔 비롱의 매각을 위해 선임된 청산인은 1909년 6월 말로 경매일을 잡았다. 부동산 개발업자가 낡은 저택을 사들여 다 갈아엎은 뒤 보다 매력적인 현대식 건물을 세울 거라 예상되었다.

훗날 '셰익스피어 앤드 컴퍼니' 서점의 경영자가 되는 실비아 비치Sylvia Beach는 이 소식에 대한 로댕의 반응을 다음과 같이 짐작했다. "이 발표를 접한 노거장의 충격과 분노를 상상해보라. 사랑해 마지않는 오텔 비롱이 파리의 다른 고건물들과 마찬가지로 상업적 파괴 행위에 희생될 운명에 처한 것이다."

그의 작업실과 '매혹의 처소'(슈아죌이 그들의 보금자리를 가리켜 부른 말)를 파괴한다는 정부 계획에 대한 로댕의 소감을 표현하는 데 충격과 분노만으로는 턱없이 부족했다. 옛날에는 왕들이 위대한 예술가들을 궁전에 모셨는데, 이제 나라에 의해 길바닥에 내쫓길 판이었다. 순순히 당하고만 있을 로댕이 아니었다. 1908년 말, 그는 시의원에게 진지한 제안서를 보냈다. 자신의 사후에 "석고, 대리석, 청동, 석조, 드로잉, 그리고 개인 소장 골동품까지" 포함해 작품 전체를 정부에 기증할 테니 오텔 비롱 자리에 로댕 박물관을 만들어달라는 내용이었다. 자신이 죽을 때까지 그곳에 살 수 있게 해달라는 것이 유일한 조건이었다. 이미 미국의 메트로폴리탄 박물관에 자신의 작품이 영구 보존되어 있는 것을 생각하면, 모국도 그만큼의 영예는 허용해야 온당하다는 의견도 덧붙였다.

정부는 로댕의 제안을 고려해보겠다고 약속했으나 많은 세입자들은 불확실한 미래에 운명을 맡겨놓을 수가 없었고, 따라서 예술가들이 모여 살던 영토는 무너지기 시작했다. 이 일을 계기로 마티스는 미뤄오던 시골로의 이주에 박차를 가했다. 학교에 시간을 너무 많이 빼앗겼으며, 파리 언론의 양가적 처우에 환멸을 느껴온 터였다. 그가 1908년에 발표한 〈어느 화가의 비망록〉은 그의 작품이 지나치게 학술적이라고도 하고(앙드레 지드는 〈모자를 쓴 여인〉은 '이론의 결과'라고 말했다) 반대로 지나치게 거칠다고도 하는 비평가들을 향한 항변이었다. 하지만 이 에세이는 오히려 더 많은 공격을 유도하는 역효과를 빚었고, 그는 사회에서 완전히 물러나 홀로 평화롭게 그림만 그리고 싶어졌다. 예술을 위해 '창조적' 자원을 보존한다는 의미에서 금주를 실천하기도 했다. 오텔 비롱의 흥청거리는 분위기는 그의 이런 노력에 도움이 되지 못했다.

콕토조차 자의는 아니지만 곧 떠날 예정이었다. '루브르의 친구들Friends of the Louvre'이라는 부녀회 동료들로부터 아들이 역사적인 건물에 산다던데 한번 초청해줄 수 있느냐는 말을 듣고 마침내 어머니가 이 금지된 은신처에 관해 알게 되었기 때문이다. 그의 '가르소니에르garçonnière[35)]'에 대해 오직 콕토 부인만 몰랐던 모양이다.

좋은 교육을 받은 아들이 불량한 예술가 무리와 어울린다는 사실에 그녀는 경악했다. 아마도 무대 위에서든 평상시든 아이섀도를 바르는 것으로 잘 알려진 공공연한 동성애자 배우 에두아르 드 막스를 염두에 두었을 것이다. 오스카 와일드 이후 시대를 사는 프랑스 대중 대부분은 드 막스를 일종의 '몽스트르 사크레monstre sacré[36)]'로 받아들이고 있었지만, 모두가 그렇게 개방적이지는 않았다. "드 막스는 바다와 같았고, 마치 바다처럼 어머니들이 두려워하는 존재였다"고 콕토는 썼다.

그녀는 당장 그곳에서 나오지 않으면 용돈 지급을 중단하겠다고 위협했다. '루브르의 친구들'의 방문 이후 콕토는 한없이 슬픈 마음으로 '동화 속 왕국'에 작별을 고했다.

릴케는 방에서 짐을 싸며 겨울을 보냈다. 라이프치히에서《말테의 수기》원고를 마무리하라는 제의를 출판사에서 보내왔던 것

---

35) 독신 남성 아파트.
36) 괴짜, 기인.

이다. 그곳에서는 메모한 내용들을 직접 원고로 옮기지 않고 타자수에게 구술할 수 있다고 했다. 오텔 비롱을 떠나기 직전, 그는 로댕에게 찾아가 최후일지도 모르는 작별 인사를 건넸다. 로댕은 크리스마스 선물로 드로잉 한 점을 릴케에게 주며 행운을 빌어주었다. 그리하여 1910년 1월 8일, 릴케는 메모 쪽지들로 가득한 여행가방을 들고 마침내 말테를 완성할 태세로 독일행 열차에 올랐다.

"그러니까 사람들은 살기 위해 이 도시로 온다. 하지만 내가 보기에는 죽으러 오는 곳 같다." 젊은 말테 라우리드 브리게의 파리 도착과 함께 이렇게 시작되는 장편소설은 일기처럼 날짜를 붙인 인상주의적 스케치들로만 이루어져 있다. 그중 첫 번째 것인 '9월 11일, 툴리에 로'는 릴케의 첫 번째 파리 주소인 툴리에 로 11번지를 변형한 것이다.

여기서부터 릴케와 스물여덟 살 주인공의 유사점들이 증식된다. 냉혹한 대도시로 흘러들어온 음울한 북부인 말테는 시인 지망생이며, 죽음과 퇴락에 대한 그의 강박은 작가 자신의 수첩에서 그대로 옮겨온 문장들이다. 《말테의 수기》는 명백히 장편소설이지만 '나의 또 다른 자아의 일기'라는 제목이 붙을 뻔했다는 사실을 기억할 필요가 있다. 가장 오래된 현대소설 중 하나로 꼽히는 이 작품에는 플롯이 거의 없고, 정체성을, 그리고 릴케 본인이 집요하게 물었던 '어떻게 살아야 하는가?'라는 질문에 대한 답을 찾아 헤매는 주인공의 탐색이 담겨 있다.

말테의 이야기는 결코 충족되지 않는 고투의 이야기이다. 그는 인간 스펀지처럼 다른 사람의 고통을 끝없이 흡수한다. 고도의 감수성을 확보하기 시작하면서 말테는 그 안에서 시야를 확장시켜 주는 가능성을 발견한다. 그는 서두에서 "나는 보는 법을 배우고 있다"고 말한다. "이유는 알 수 없지만 내게는 모든 것이 더 깊이 들어오고, 아무것도 전처럼 사라지는 수준에 머무르지 않는다."

결국 말테는 탕자처럼 파리를 떠나 귀향한다. 완전히 돌아온 것인지 어떤지 우리는 모른다. 다만 지금은 거기에 있을 뿐이다. 하지만 릴케의 우화에서 말테는 가족의 용서를 구하지 않는다. "그들이 어떻게 그에 대해 알 수 있겠는가?" 그는 이제 아무에게도 속하지 않는다. 말테에게 탕자 우화는 '사랑받기를 원하지 않은 남자의 전설'에 더 가깝다. 이것은 그의 강점이자 "결국 집을 떠난 모든 젊은이의 강점이다."

릴케는 젊은 시인이 어떻게 되는지 말해주지 않고 이야기를 끝맺는다. "그는 이제 사랑하기가 지독히도 힘들어졌다. 자신을 사랑해줄 수 있는 존재는 오직 신뿐인 것 같았다. 하지만 신은 그럴 뜻이 없었다." 소설의 마지막 몇 줄이다. 말테는 자신이 무엇을 해야 하는지 모르지 않는다(그는 보들레르의 문제를 알고 있었다). 다만 궁극적으로 성취할 수 없었을 뿐이다. "이 시험은 그를 완전히 뛰어넘어버렸고, 그러자 그는 그것이 돌아와 다시는 떠나지 않을 때까지 찾아 헤맸다. 언젠가 말테 라우리드의 책이 씌어진다면 이 통찰에 관한 책이 될 것이고, 그것은 너무 지대했던 한 인간을 통해 제시될 것이다….”라고 릴케는 썼다. 그는 예전의 릴케처럼, 그리고 어쩌면 카푸스처럼, 파리의 발작하는 남자의 모습에 압도될 사람이었다. 하지만 말테의 실패는 곧 릴케의 변화를 뜻했다.

릴케는 백 년간 독일 낭만주의의 특징이었던 도플갱어를 20세기의 문학 장치로 부활시킨 최초의 모더니스트 중 한 명이다. 릴케는 스스로를 해방시키기 위해 전통적으로 파멸을 예고하는 자신의 도플갱어를 파괴해야만 했다. 심리학자들이 거울효과와 자아도취 같은 이론들을 개발하던 시기였기에, 릴케 · 카프카Kafka · 호프만슈탈Hofmannsthal의 도플갱어를 정신분석의 도구로 보는 문학비평가들이 많았다. 릴케는 안드레아스 살로메에게 말테가 “말하자면 ‘나’를 소멸로부터 보호하기 위해 소멸한다”는 것을 알겠느냐고 물은 적이 있다.

그녀는 알겠다고 쓰고, “말테는 초상이기보다는 그로부터 당신 자신을 구분하기 위한 용도로 사용되는 자화상에 가까워요”라고 덧붙였다. 말테의 실현되지 못한 잠재력이건 또는 죽은 누이의 것이건, 릴케는 타자의 영혼이 죽어야 자신이 다시 태어날 수 있다고 느꼈다.

그달 말, 릴케는 라이프치히에서 출판사 직원들이 ‘말테 라우리드의 책상’이라고 부르게 된 자리에 앉아 원고를 마무리했다. 그는 “이제 끝났고, 내게서 떨어져나갔다”고 말했다. 물론 이 성취는 그에게 큰 기쁨을 주지는 않았다. 오히려 공허감이 따랐고, 그는 여행으로 마음을 달랬다.

먼저 베를린으로 가서 베스트호프와 잠깐 재회했다. 그녀는 두 사람의 친구인 작가 게르하르트 하웁트만Gerhart Hauptmann이 살던 주데텐 산 근처의 작은 마을에서 석 달간 그의 흉상 작업을 하고 보스프스베데로 돌아가던 길이었다. 4월에는 다시 이탈리아를 찾았다. 이번에는 공비의 성에서 며칠을 지냈는데, 자신이 주빈이 아닌 것을 깨닫고 실망했다. 아들이 와 있었고 오스트리아 작가 루돌프 카스너도 있었는데, 릴케는 그에게서 지적 위협을 느꼈다. 대학 교육을 마치지 않은 릴케는 그와의 대화 중에 처음부터 칠 필요도 없었던 시험에 낙제한 기분이 되었다. 나중에는 절친한 친구 사이가 되지만, 그때는 그로부터 그리고 두이노로부터 빨리 벗어나고픈 심정이었다. 그는 작업하기 좀 더 좋은 조건일 때 돌아와야겠다고 마음먹었다.

그때 정부가 오텔 비롱의 매각 작업을 중단하고 로댕의 박물관 건립 제안을 검토하기로 했다는 소식이 들려왔다. 전해에 세입자들이 떼 지어 나가면서 3층의 아파트 하나가 비어 있었다. 로댕의 방에서 좀 더 떨어진 위치였다. 침실과 작은 주방 · 서재가 있었으며, 긴 복도를 사이로 다른 주민들과 격리되어 있었다. 천장부터 바닥까지 이어진 창문으로 정원의 밝은 초록색 보리수가 내다보였다. 어차피 사람들과 가까이 지내야만 한다면 창작이 가장 왕성했던 곳으로 돌아가도 좋겠다는 생각이 들었다. 1910년 5월, 그는 파리로 돌아왔다. 집처럼 아늑하게 만들고 싶어서 가구며 책들도 들여왔다.

파리 귀환과 함께 릴케의 생활방식에도 일련의 변화가 찾아왔다. 더이상 로댕의 그늘 아래 움츠린 풋내기가 아닌 그는 그해 봄 전보다 훨씬 독립적인 태도로 파리의 햇살 속에 발을 내디뎠다.

군중에 대한 불안감과 타인들로부터의 사생활 침해를 관리하는 법도 배워둔 터였다. '들어가서 보기' 기술을 습득한 이래 그는 사물과 동물들의 내면세계를 자신의 마음으로 꿰뚫어볼 수 있었을 뿐 아니라, 반대로 자신을 꿰뚫어보려 하는 타인들의 시도에 맞서 방어할 수도 있게 되었다. 예전에는 루브르에 가는 일이 몸뚱이와 얼굴의 습격에 대비해야 함을 뜻했으며 캔버스 위의 것과 현실의 것의 구분이 어려워지곤 했다. 그러나 이제 그는 감각에 의해 압도되기 전 잠시 멈추고 눈을 감은 채 자기 몸의 경계선들을 성벽인 양 상상할 수 있었다.

"팽팽해져서 노래할 수 있게 될 때까지 바이올린의 현을 당기듯 나는 내 몸의 굴곡들을 쭉 폈고, 그 순간 불현듯 내가 뒤러Dürer의 드로잉처럼 완전한 윤곽으로 그려져 있음을 깨달았다." 정신적으로 단단해짐에 따라, 그는 이제 군중과 함께 〈모나리자〉 앞에 서서 그녀의 '비할 데 없는' 아름다움을 감상할 수 있었다.

당시 릴케의 주소록에는 천이백 개의 이름이 담겨 있었다. 그는 망설임 없이 그것들을 이용했다. 발레 뤼스Ballet Russes의 공연을 감상한 뒤, 그는 콕토 · 디아길레프 · 바슬라프 니진스키Vaslav Nijinsky와 함께 나이트클럽 라뤼즈Larue's에서 열린 파티에 참석했다. 그는 조각가 아리스티드 마이욜과 금세 친해졌고, 케슬러 백작의 소개로 드디어 앙드레 지드까지 만났다.

작가로서 높은 위상에 올라 있던 지드는 릴케보다 여섯 살 위였지만 훨씬 더 노숙해 보였다. 그는 이미 북아프리카 곳곳을 여행한 바 있었고, 그곳을 배경으로 1902년에 담담한 듯 냉혹한 장편소설 《배덕자L'Immoraliste》를 발표했으며, 그 전해에는 파리의 대표적인 문예지 〈라 누벨 르뷔 프랑세즈La Nouvelle Revue Française〉를 창간했다.

6월, 지드는 최근 개축한 파리 서부의 저택이자 한때 빅토르 위고의 집이었던 빌라 몽모랑시Villa Montmorency로 릴케를 점심 식사에 초대했다. 프랑스어 실력에 자신이 붙은 릴케는 지드는 물론이고 미술가 테오 반 리셀베르그Théo Van Rysselberghe, 케슬러 백작의 집과 바이마르의 니체 문서국을 장식한 실내장식가 헨리 반 드 벨드Henry van de Velde 등 동석한 두 명의 벨기에인과 자유롭게 대화를 나누었다. 이 점심 식사 자리는 의미 있고 상호 유익한 우정의 출발점이 되었다. 그달 인젤 출판사가 《말테의 수기》 첫 인쇄본 몇 권을 보내오자, 그는 그중 한 권을 지드에게 보냈다.

7월에 책이 출간됐지만 큰 호응은 없었다. 독일어 매체들은 한 젊은 예술가에 대한 릴케의 감수성 높은 초상에 대체로 호의적이었으나, 선형적이지 않은 서사가 혼란스럽다는 반응도 있었다. 베를린의 한 초기 서평을 보면 "《말테의 수기》는 다수를 위해 씌어지지 않았다. 하지만 책이 대상으로 삼은 소수 독자들은 마음에 들어할 것이다"라는 구절이 있다. 자극에 대한 말테의 초고감도 감수성을 두고 "내면화에 대한 우리의 동경"으로 규정될 만한 역사의 한 시점에 "적절하다"고 평한 비평가도 있었다.

지드의 책 다수가 그랬듯, 릴케의 철학적 소설도 주류 독자층보다 지식인들을 중심으로 컬트적 인기를 모았다. 하지만 프랑스에서는 이듬해 지드가 〈라 누벨 르뷔 프랑세스〉에 책을 발췌 게재하면서 보다 다양한 독자들을 끌어모았다. 지드는 각자의 책을 바꿔 번역하자고 릴케에게 제의하기도 했다. 그리하여 릴케는 지드의 〈탕자의 귀향〉을 독일어로, 지드는《말테의 수기》를 프랑스어로 옮겼다. 릴케는 자신의 "접근 불가능한 산문"을 외국어로 그토록 능란하게 번역하는 사람이 있다니 놀랍다고 말했다.

미국에서는 다른 어느 책보다《젊은 시인에게 보내는 편지》가 릴케를 명사로 만들어준 반면, 프랑스에서는 단연코《말테의 수기》가 인기였다. 1920년대 초반에 출판된《말테의 수기》프랑스어 완역본은 극한까지 밀어붙인 소외 · 무용無用 · 의식 등의 테마로 다가오는 실존주의 시대의 틀을 잡아주었다. 장 폴 사르트르Jean-Paul Sartre의 1938년 작 장편소설《구토Nausea》는 대체로《말테의 수기》를 바탕으로 쓴 작품이다. "자기 자신의 죽음을 갖고 싶다"는 주인공의 욕구로부터 삶은 길게 펼쳐지는 죽음에 지나지 않는다는 사르트르의 신념이 발아했다. "마치 과일이 씨를 품듯 사람은 죽음을 자기 '안에' 지니고 있었다. 어린아이들은 작은 죽음을, 어른들은 큰 죽음을 품고 있었다"고 말테는 말한다. "그런 죽음을 '갖고 있었'고, 그래서 사람들은 야릇한 품위와 조용한 자긍심을 부여받았다."

《말테의 수기》를 쓰기 위한 릴케의 몸부림도 이 기나긴 잉태 기간의 소멸과 비슷하게 느껴지기도 했다. 자멸적인 책이 내면에서 자라고 자라다 마침내 자리를 잡았고 출판되었으며, 그 결과 릴케는 절망적으로 불모의 몸이 되고 말았다. 그것은 그 어떤 찬사로도 되돌릴 수 없었다. 예술은 예술가를 소진시킨다는 점에서 그 자체로 하나의 죽음이라고 릴케는 믿었다. 계속 나아갈 수 있는 길은 그 과정을 다시 시작하는 것뿐이었다. 하지만 릴케에게 그것은 불가능해 보였다. 그 자멸적인 순환 과정을 어떻게 다시 견딜 수 있겠는가? 그리고 대체 무엇에 관해 쓰겠다는 것인가? 말테는 릴케가 하고 싶었던 말을 이미 다 해버렸는지도 몰랐다. 어쩌면 의학 같은 보다 실용적인 직업을 택할 때인지 모른다고 그는 생각했다. 릴케는 의사는 예술가 다음으로 신과 가장 가까이 사는 사람들이라고 믿었다.

그는 안드레아스 살로메에게 책이 자신을 "간신히 살아남은 사람으로, 영혼은 미궁에 갇히고, 직업도 없이, 다시는 직업을 가질 수도 없게" 만들어놓은 것은 아닐까 하고 물었다. 지금까지는 파리 · 이탈리아 · 독일 중 한 곳으로 향했지만, 이제 다른 방향을 시도해볼 필요가 있는지도 몰랐다. 릴케는 예전의 삶의 패턴에서 벗어나고픈 간절한 마음으로 11월에 짐을 싸 미지의 영토로 진입했다. 바로 아프리카였다.

'원시' 예술과 그것을 만든 '길들지 않은' 정신에 대한 프랑스인의 매혹과 함께(훗날 클로드 레비 스트로스Claude Lévi-Strauss는 이를 가리켜 '라 팡세 소바주la pensée sauvage[37]'라 불렀다), 20세기 초에 많은 예술가들이 북아프리카 식민지들로 몰려갔다. 로댕은 동양 신화에서 영감을 받아 캄보디아 드로잉들을 그렸고, 앙드레 지드는 북아프리카의 고적한 사막을 여행하며 보낸 오 년이 다른 무엇보다도 그의 작품에 큰 영향을 미쳤다고 말했다. 지드의, 그리고 베스트호프의 뒤를 따라 릴케도 1910년 말에 《천일야화Arabian Nights》 한 권을 들고 자신만의 아프리카 여행길에 나섰다.

먼저 튀니지에 도착한 릴케는 지금껏 경험해본 적 없는 신성의 존재를 주변에서 느꼈다. 식민지들이 피부로 감지될 만큼 확연하게 이슬람적이라는 데 그는 충격을 받았다. 튀니지의 성스러운 도시 카이로우안에서는 "마호메트는 바로 어제 일이고, 도시는 그의 왕국"이었다. 알제에서는 "알라는 위대하고, 오로지 그의 권세만이 대기에 충만"했다. 그는 비스크라에서 지드의 애인 한 사람을 만날 생각도 해봤지만, 가난에 찌든 그가 강도로 돌변할 가능성이 높아 보이자 생각을 바꾸었다.

그렇게 몇 주가 흘러갔고, 릴케는 자신이 대체 거기서 무엇을 하고 있는 것인지 의심이 가기 시작했다. 화려한 직물들과 백색 건물들, 향료 냄새 가득한 야외 시장은 인상적이었지만, 그 여행은 전반적으로 시간과 돈의 낭비 같았다. 단순한 시간 끌기에 불

---

37) 야생의 사고思考.

과한 데다, 불행하게도 돈까지 많이 드는 일임을 그는 깨달았다. 떠나기 전 튀니지에서 개에 물리자, 그는 그럴 만도 하다고 생각했다. 그 개는 "자신의 방법으로 내가 모든 것에서 완전히 틀렸다는 사실을 표현했을 뿐이다"라고 그는 썼다.

유럽으로 돌아오고 몇 달이 지나면서 또 하나의 장이 닫혔다. 베스트호프와의 연락이 점차 뜸해지던 차였는데, 릴케가 자초한 부분도 있었다. "각자 할 일이 너무 많으니 간단하게만 쓰자"고 그가 제안한 이후, 그녀의 편지는 그의 작품에 대한 의견이나 그를 위해 타자로 친 문서 등 개인적이지 않은 내용이 주를 이루었다. 그러니 1911년 중반, 베스트호프가 이혼을 요구한 것도 그리 놀랄 일이 아니었다.

릴케는 반대하지 않았다. 그는 아내의 딜레마에 공감했고, 안드레아스 살로메에게 그녀가 "나와 함께 살지 않으면서도 내게서 자유로운 다른 것으로 옮겨가지 못한다"며 탄식하기도 했다. 그는 베스트호프가 한 개인으로서의 자아를 구현하지 못했고 그를 "받아들였다 내쫓기를 반복하며" 그에게 헌신하면서 살고 있다고 믿었다. 당분간 루스를 부모에게 맡기고 뮌헨으로 가 안드레아스 살로메의 친구이자 한때 연인이기도 했던 젊은 의사 빅토르 에밀 폰 게브자텔Viktor Emil von Gebsattel에게 정신분석을 받아보겠다는 그녀의 결정도 그는 지지했다. 릴케는 정신치료를 통해 그녀의 마음에서 그라는 존재("알고 보니 그녀의 정신에 유해한 것이 분명한")가 지워질 수 있기를 소망했다. 그러고 나면 그녀는 그를 만나기 전의 젊은 여성으로 부활해 이번만큼은 그녀 자신의 길을 걸어갈 수 있을 터였다.

릴케는 프라하의 변호사에게 두 사람이 수년간 별거해왔다고 알리면서 이미 상당 기간 현실이었던 상황을 비준해줄 법률적 서류들을 요청했다. 하지만 이혼이 그리 간단치 않으리라는 것을 그는 곧 깨달았다. 두 사람의 관계가 아무리 우호적이라 해도, 눈앞에 놓인 악몽 같은 복잡한 절차들을 쉽게 해결해주지는 못할 터였다.

릴케는 결혼 후에도 공식적으로 천주교를 떠나지 않았기 때문에, 엄격한 이혼 관련 규정을 따라야 했다. 게다가 최근 수년간 두 사람이 여러 나라에서 거주했던 까닭에 관할권 문제도 한층 더 복잡했다. 상당한 돈을 들여 변호사까지 고용했지만, 그가 죽을 때까지도 이혼 승인은 나지 않았다.

16

1911년 10월, 정부는 로댕을 포함해 오텔 비롱의 모든 세입자들에게 연말까지 퇴거할 것을 명했다. 로댕의 박물관 건립 제안을 공식 거절한 것은 아니었으나, 불확실한 문제들이 너무 많아 진행되기는 어려울 성싶었다. 박물관이란 살아 있는 예술가들을 위한 것이 아니라는 원칙을 제기하며 반대하는 관료들도 있었고, 옛 수녀원 건물에 나체 드로잉들을 내걸겠다는 로댕의 무엄한 행위만으로도 실격감이라는 주장도 나왔다. 그 거대한 건물을 정부 청사로 쓰거나 호텔로 개조해 외국 고관들을 모시는 것이 좀 더 이롭지 않겠느냐는 의견도 있었다.

릴케는 그달로 이삿짐 업체를 고용해 짐을 싸게 했다. 짐꾼 한 명은 그의 서재에 있는 책만도 일곱 상자는 너끈히 될 거라고 추정했다. 그는 모든 짐을 창고에 보관한 뒤, 폰 투른 운트 탁시스 공비에게 두이노에서 다시 만날 수 있겠느냐고 묻는 편지를 보냈다. 이번에는 좀 더 집중이 될지 어떨지 알 수 없었지만, 최소한 조용한 가운데 번역 작업 몇 개라도 할 수 있기를 바랐다.

그때까지 파리는 프라하를 제외하면 릴케가 가장 오래 산 도시였다. 여러 해 동안 다시 돌아가도록 마음을 끌었으나, 그곳에서의 장기 체류는 이제 끝나가고 있었다. 릴케는 어느 곳이든 집보다는 관망지로서 기능해야 한다고 생각했고, 이제 다른 풍경들이 그를 기다리고 있었다. "파리는 그 자체로 하나의 일과 같다. 자기도 모르는 새 완성하는 크고 힘겨운 일이다"라고 쓰기도 했다. 마침내 파리 사람들과 언어와 예술을 다 배우고, 《신시집》과 《말테의 수기》를 쓰는 데 필요했던 것을 다 얻은 것 같았다. "지금까지 내가 쓴 최고의 작품들은 모두 파리 덕분이다"라고 그는 말했다.

공비는 운전사를 보낼 테니 원하는 만큼 두이노에 머무르라고 했다. 릴케는 공식적으로는 차를 싫어했지만(그의 보헤미안적 취향에는 타자기마저 지나치게 현대적이었다) 사실은 그런 호사를 누리는 것이 짜릿했다. 그는 운전사에게 아비뇽과 칸, 산레모와 볼로냐처럼 자신이 좋아하는 길을 따라 차를 몰아달라고 청했다. 아흐레가 걸려서 "바렌 로의 잊을 수 없고, 지겹고, 이상한 그 집을" 영원히 뒤로하고 두이노에 닿을 수 있었다.

한편 로댕은 떠날 생각이 전혀 없었다. 자신의 너그러운 선물을 시가 엎드려 받지 않은 것이 기가 막혔다. 그는 정부의 명령을 수용하기를 거부하고 서민을 위한 무료 박물관 건립 계획을 시 당국이 가로막고 있다고 언론에 제보했다. 예술가로서의 자신에게 그리 우호적이지 않은 기자들을 자기편으로 만들기 위해 건물을 역사적 유물로 지정하는 캠페인을 출범시켰다.

이듬해 초까지 주요 편집자들과 보호주의자 몇 사람이 지원세력으로 확보되었다. 로댕은 또한 친구 쥐디트 클라델과 함께 대표적인 예술가들과 후원자들을 대상으로 로댕 퇴거 명령에 항의하는 탄원서의 서명을 받아냈고, 모네와 아나톨 프랑스Anatole France의 로댕 박물관 건립 찬성 의견이 담긴 전단을 배포하기도 했다. 드뷔시는 "그는 누구보다도 이 특별한 영예를 누릴 자격이 있다"고 증언했다. 어쩌면 1912년 1월 로댕의 친구 레몽 푸앵카레Raymond Poincaré가 프랑스 총리로 선출된 것이 가장 중요한 도움이 되었을 것이다.

하지만 로댕에게 유리하게 전개되는가 싶던 사태가 5월이 되면서 급변했다. 발레 뤼스의 최근 파리 공연을 놓고 로댕과 〈르 피가로Le Figaro〉의 편집자 간에 공공연한 의견 충돌이 벌어졌던 것이다. 세르게이 디아길레프는 발레 〈목신의 오후〉의 마지막 장면에서 무용수 바슬라프 니진스키가 판토마임으로 오르가슴을 표현하는 부분이 논란을 일으키지 않을까 우려했었다. 아니나 다를까, 〈르 피가로〉는 편집자 가스통 칼메트Gaston Calmette의 "성적 야수성의 혐오스러운 동작이자 지독하게 뻔뻔한 몸짓"이라는 기사를

1면에 실었다.

칼메트의 의견은 예술계에서는 소수에 속했다. 마티스 · 피카소 · 코코 샤넬Coco Chanel이 발레 뤼스의 의상 디자인에 참여한 것을 비롯해 많은 예술가들이 발레 뤼스와 협업을 해온 터였다. 릴케도 니진스키에 감명 받은 나머지 그에 대한 시를 쓰고픈 욕망이 "나를 따라다니며 나에게 계속 외친다, 나는 반드시, 반드시…"라고 말한 바 있다.

로댕은 〈르 피가로〉의 경쟁지인 〈르 마탱Le Matin〉에 디아길레프의 뱀처럼 몸을 꼬는 발레 스타를 옹호하는 기사를 써주기로 했다. "막이 오르고, 팬파이프를 입에 대고 한쪽 무릎을 든 채 바닥에 누운, 마치 조각 같은 그의 자태가 나타난다. 절정의 장면에서 은밀한 베일에 얼굴을 묻고는 정열적으로 마음껏 입을 맞추며 끌어안는 그 충동보다 더 인상적인 것은 아마 없을 것이다."

〈르 피가로〉의 편집자는 로댕이 그런 음란한 공연을 옹호하는 것은 놀랄 일이 아니라는 반박기사를 냈다. 어차피 그는 그보다 더 외설적인 장면을 연출한 사람이며, 나체 드로잉들로 옛 수녀원의 벽을 더럽힌 것만 봐도 그것을 알 수 있다는 것이었다. "무조건적 숭배자들과 자기만족적인 속물들"이나 용인할 신성모독 행위라고도 했다. 이어서 그는 거의 치명타를 날렸다. "정부가, 다시 말해 프랑스의 납세자들이 오텔 비롱에 500만 프랑을 쏟아부어 고작 가장 돈 많은 조각가를 모셨다는 사실은 납득하기 어렵다. 이것이야말로 진짜 추문이며, 정부는 이를 종식시킬 의무가 있다."

그러자 다른 신문들도 합세하여 분노를 표명했다. 그중 한 신문은 나체의 모델이 옷을 어디에 걸어야 하느냐고 묻자 로댕이 "예배당 옆에"라고 대답하는 만화를 게재했다. 로댕이 그 건물의 유일한 세입자도 아니었거니와 예배당에서 살지도 않았으며 당연히 방세를 지불한 사실들은 중요하지 않았다. 언론은 추문을 반겼고, 곧이어 다른 세입자들의 미심쩍은 평판도 아울러 까발렸다. 예배당을 사악한 소굴로 바꿔버렸다는 비난을 받아온 에두아르 드 막스가 주요 대상이었는데, 특히 그가 성구실로 쓰이던 곳에 욕조를 설치한 사실은 천주교 측에서 세입자들을 공격하는 데 요긴하게 활용되었다.

로댕은 공적인 논쟁에 참여하기로 한 모처럼의 결정을 즉시 후회했다. 비난이 하도 거세고 날카로워서 그의 캠페인이 입은 타격은 극복하기 어려워 보였다. 5월 말, 그의 친구 케슬러 백작은 엄청난 충격에 빠져 있는 로댕을 보고 니진스키 · 디아길레프 · 후고 폰 호프만슈탈Hugo von Hofmannsthal을 불러 '참모회의'를 열었다. 그들은 로댕과 만난 다음 그를 위해 행동계획을 수립하기로 했다.

문을 열어준 슈아죌은 떨고 있었다. 그녀는 눈물을 글썽이며 로댕이 "마치 누군가가 고의로 그의 가장 아름다운 대리석 조각을 부순" 것처럼 "이 문제로 몹시 고통받고 있다"고 말한 뒤, 정부가 강제 퇴거를 강행한다면 자신이 나서서 로댕의 작품이 단 한 점도 프랑스에 남아 있지 못하게 하겠노라 다짐했다.

그때 로댕이 부스스한 모습으로 나타났다. 슈아죌이 다이아몬드 반지를 낀 손을 그의 이마에 올려 머리카락 한 올을 쓸어올려 주었다. 그가 자신은 슈아죌만큼 복수심에 불타고 있지 않다고 말했다. 언론의 공격에 일일이 보복하며 살았다면 평생을 전장에서 보내느라 일은 전혀 하지 못했을 거라며, 케슬러의 '참모회의'도 할 수 있는 일이 별로 없으니 차나 함께 마시며 늙은이를 위로해 달라고 했다.

로댕과 언론 간의 대결은 수개월 동안 이어졌다. 그러다 푸앵카레 내각이 로댕의 작품을 기증받고 대신 그가 살아 있는 한 유일한 세입자로서 건물에 거주하도록 허용한다는 역사적 결정을 내렸다.

하지만 로댕에 대한 칼메트의 도발은 중단되지 않았다. 그러다 1916년에 프랑스 재무장관의 아내가 〈르 피가로〉 사무실에 총을 들고 난입하는 사건이 발생했다. 그녀가 아직 정부情婦였던 시절 남편이 자신에게 보낸 옛 연애편지가 그 신문에 실린 일에 격분한 것이다. 칼메트는 그녀가 쏜 총알에 맞아 죽었다.

1912년, 빛의 도시는 암흑에 빠져들고 있었다. 하루 종일 밝혀 놓은 가로등 불빛으로도 범죄자들을 물리칠 수 없었다. 밤낮 가리지 않고 계속되는 폭력이 한층 적나라하게 드러날 뿐이었다. 공개처형이라는 형태로 시가 승인한 만행이 자행되는 동안, 무정부주의자들은 거리에서 항의 시위를 벌였다.

절도 범죄도 극성이었다. 어느 날 아침, 누군가가 〈모나리자〉를 들고 루브르를 빠져나간 절도 사건이 발생했다. 경찰은 아폴리네르와 피카소를 용의자로 보고 이 년간 수사를 벌였으나, 범인이 피렌체의 미술품 거래상에게 작품을 팔아넘기려다 붙잡히면서 사건은 해결되었다. 그런가 하면 아파치라는 이름의 폭력조직이 거리의 행인들을 공포에 떨게 했다. 말쑥하지만 흉포한 그 깡패들은 부르주아 계층 피해자들을 뒤쫓아가서 금품을 털고 칼로 찌른 뒤 날렵한 선원 바지와 목도리 차림으로 달아났다.

이처럼 기승을 부리는 범죄에 겁이 난 슈아죌 공작부인은 늙어가는 애인을 자신이 보호하기로 작정하고 작업실 곳곳에 총을 비치했다. 그녀는 친구에게 자신이 2인조 야간 침입자들을 쫓아낸 일이 있다면서, 당시 일흔두 살의 로댕을 협박해온 자들이었는데, "하지만 다행히 내가 거기에 있었고, 또 내게는 총이 있었죠!"라고 말했다.

그뿐 아니라 신변보호용으로 셰퍼드 한 마리를 샀고, 파리에서 뫼동으로 돌아오는 퇴근길에 로댕을 경호해줄 경찰관도 확보했다. 경찰관이 로댕의 침대 옆에서 자는 날도 있었다. 한 달쯤 그렇게 견디다가 짜증이 나기 시작하자 로댕은 그를 내보냈다.

그즈음 로댕이 조심해야 할 것은 깡패가 아니라 슈아죌이라고 경고하는 친구들이 생겨났다. 공작부인이 로댕의 재산권을 행사하기 위해 작전을 짜고 있다는 소문이 파다했다. 그녀가 로댕에게 사기를 쳐서 그의 사후 작품 복제권을 전부 양도받았다고 믿는 사람들도 있었고, 로댕의 유언장에 유일한 수혜자로 이름을 올리기 위해 그와 로즈 뵈레의 관계를 갈라놓으려 한다는 설도 돌았다.

그녀는 자신과 로댕의 연애를 뵈레 앞에서 보란 듯이 과시했고 남편에게도 감추지 않았다. 공작은 뵈레에게 이런 편지를 보냈다. "더이상 묵과할 수 없는 상황에 대한 당신의 관용을 견딜 수가 없습니다. 제 아내가 늘… 로댕 씨의 작업실에 있는 것에 대해 말씀드리는 것입니다."

그는 이 소식을 들으면 뵈레가 그 두 사람이 갈라서기를 원할 줄 알았지만, 그것은 이 여인의 긴 세월에 걸친 끈기를 모르고 한 생각이었다. 언젠가 릴케는 뵈레가 폭포수 아래의 찻잔처럼 로댕을 견뎌냈다고 말한 적이 있다. 카미유 클로델과의 연애 이후 로댕은 종종 "아름다운" 전 조수 운운해 뵈레를 분노에 떨게 했다. 그러고는 뵈레의 그런 모습에 키득거리며 "여보, 나는 언제나 당신을 가장 사랑했어. 그러니까 당신이 아직도 이렇게 내 곁에 있는 거지"라고 말하곤 했다.

슈아쥘과 그녀의 노름꾼 남편의 재정 상황이 더욱 악화되고 있다는 것은 비밀도 아니었다. 로댕이 선뜻 그들의 빚을 탕감해 준 것만도 수차례였다. 공작부인의 언니가 죽었을 때는 그들 부부가 장례식에 참석할 수 있도록 미국행 여비를 대신 내주기도 했다. 로댕은 여러 해 동안 슈아쥘을 둘러싼 풍문들을 무시하거나 못 들은 체했다. 그녀에게 배신당할 수 있다는 생각 자체를 견딜 수 없었거나 아니면 여자들은 단순해서 그런 수작을 벌이지 못한다고 생각한 것이리라.

그런데 로댕의 절친한 친구 하나가 좀 더 심각한 사실들을 몇 가지 전해주었다. 슈아죌이 로댕의 작업실에서 작품을 훔쳐내고 있다는 이야기를 들었으며, 그 일로 자신이 경찰서에 다녀왔다는 것이었다. 생각해보니 6월에 한 상자 분량의 드로잉이 사라졌던 일이 떠올랐다.

로댕이 사라진 작품들에 대해 묻고 나서자, 슈아죌은 자신은 모르는 일이라며 그의 조수 마르셀 티렐Marcelle Tirel에게 화살을 돌렸다.

즉석에서 조수를 해고하고도 남았을 로댕이었지만, 티렐은 그의 밑에서 무려 육 년을 견딘 최장 근속 여조수였다. 로댕의 질문에 티렐은 슈아죌에게 화살을 되돌렸다. 공작부인이 스타킹 속에 드로잉들을 찔러넣는 모습을 두 눈으로 직접 목격했다고 했다.

로댕은 우골리노 조각상에 등을 기대고 흐느끼기 시작했다. 그는 어떻게 해야 할지 깨달았고, 칠 년을 끌어온 관계를 단 한 마디도 없이 끝냈다. 그는 조수를 보내 슈아죌이 가지고 있던 오텔 비롱의 열쇠를 받아온 뒤, 그녀가 뭐라 항변할 틈도 주지 않고 뵈레와 함께 여행을 떠나버렸다.

로댕의 친구들과 언론은 모두 환영했다. 〈뉴욕 타임스〉는 로댕과 공작부인의 결별 소식으로 파리 사교계 전체가 술렁이고 있다는 기사를 1면에 실었다. 그녀가 "거장에게 지나친 영향력을 행사했으며 그의 공무 전부를 독점했다"는 소문이 돌았다고 했다. 프랑스인들은 슈아죌이 떨어져나간 것을 더욱 기뻐했다. 〈르 크리드 파리Le Cri de Paris〉는 "케르베로스 같은 문지기가 사라진 덕분에 이제 로댕의 작업실이 우리 시대의 가장 아름다운 토르소들을 빚은 예술가의 친구들에게 다시 문을 열었다"고 선언했다.

릴케는 이 모든 상황이 끔찍했다. 그도 로댕의 친구들 대다수처럼 '진저리나는' 공작부인이 떠난 것은 반가웠지만, 본인 스스로의 결정이 아니라 그런 수치스러운 기만행위로 인해 어쩔 수 없이 그녀를 내쳐야 했던 것이 안타까웠다. 이제 로댕은 예전 같으면 금세 의식 밖으로 물리쳤을 사소한 사건들에 압도되는 듯했다. 릴케의 눈에도 그가 하도 "기괴하고 우스꽝스럽게" 보여서 평생의 고투가 모두 허사가 되어버린 느낌이었다.

뵈레와 함께 여행에서 돌아온 로댕의 책상 위에는 용서를 비는 편지들이 쌓여 있었다. 그중 하나에는 "나는 더이상 살아 있지 않아요. 내 가슴은 부서졌어요. 죽음도 두렵지 않아요"라고 적혀 있었다. 그녀의 남편조차 이 불행한 여인을 다시 받아달라고 청했다. "한번 만나만 주십시오. 그녀를 불쌍히 여겨주시리라 믿습니다."

이런 상황이 장장 이 년 동안 계속되었다. 그녀가 검은 베일을 쓰고 작업실에 들어와 로댕의 발치에 몸을 던진 일도 있었다. 그는 그림 그리던 손을 멈추고 조수를 불러 바닥에 주저앉은 여자를 가리키며 "이 부인을 내보내!"라고 고함을 질렀다. 그는 슈아죌을 진정으로 사랑했지만 다시는 그녀에게 사로잡히지 않기로 마음먹은 바였다. 결별 직후 로댕은 "나는 어둠에 잠긴 숲속을 걷는 사람 같네"라고 한 친구에게 털어놓았다.

다시는 여자에 혹해 일을 망치지 않겠노라 맹세한 지 얼마 안 되어 그는 모델 한 명을 고용해 오텔 비롱의 사무 관리를 맡겼다. 그녀의 자격 요건에는 '촉촉하고 붉은 입술'과 '잔잔한' 눈이 포함되어 있었다고 한다. 하지만 미심쩍은 인물들을 건물에 출입시키고 있다는 것이 알려지면서 그녀는 해고되었다.

스트레스로 인해 로댕의 건강도 악화되었다. 7월의 어느 오후, 뵈레와 점심을 먹던 그는 포크를 바닥에 떨어뜨렸고, 그것을 주우려고 뻗은 팔도 맥없이 축 처졌다. 팔은 한동안 그렇게 마비되어 있었다. 가벼운 뇌졸중이었던 듯하다.

서서히 회복되어 다시 팔을 움직일 수 있게 되었지만, 가까운 사람들에 따르면 그는 예전과는 확연히 달라졌다고 한다. 어느 오후, 케슬러 백작이 친구의 수척한 몸을 보고 함께 점심이라도 하러 가겠느냐고 묻자 로댕은 괜찮다고 했다. 그리고 하늘을 가리키며 자연과 함께 있는데 뭐가 더 먹고 싶겠느냐고, 자연만이 그에게 필요한 양분이라고 했다.

3부

예술과 공감

17

1913년 늦여름의 어느 날, 지그문트 프로이트는 "젊지만 이미 유명한 시인" 그리고 "말수 적은" 친구와 함께 뮌헨에서 산책을 했다. 공원 아니면 교외였을 것이다. 쉰일곱 살이 된 빈의 철학자는 4차 정신분석학 학술대회 참가를 위해 그곳에 와 있었다. 인생의 중대 전기를 맞고 있던 프로이트가 친구이자 한때 후계자로 보였던 칼 융Carl Jung을 만나는 것은 이번이 마지막일 터였다.

융이 막 이름을 알리기 시작한 젊은 스위스 의사이던 1906년 이후 이 두 사람은 가까운 동료로 지내왔다. 융이 프로이트의 언어연상 이론이 자신의 무의식 억압 이론을 뒷받침해준다는 사실을 발견하고 그에게 편지를 보내면서 그들은 줄곧 활발하게 의견을 주고받아왔다. 하지만 성性이 모든 인간 행동의 기초를 이룬다는 프로이트의 신념을 융이 의심하기 시작하면서 긴장이 형성되었다. 또한 융의 관심이 신비주의와 비술秘術로까지 확장되자, 프로이트는 그로 인해 갓 창시된 정신분석학의 평판이 떨어지고 비판 세력에 공격 구실을 줄게 될까 두려워했다. 융이 프로이트 이론에 승복하고 독자적 이론을 억제하기를 거부하자, 노교수는 융의 도전을 '아버지'를 무너뜨리고자 하는 오이디푸스적 욕망으로 해석했다. 한편 융은 자신이 프로이트의 제자가 아닌 동료로 인정받기를 원한다고 말했다. 학회 직전, 프로이트는 옛 친구와의 개인적 연락을 완전히 단절했다.

9월 초가 되면서 정신분석학계에서 이 분쟁에 관해 모르는 사람은 하나도 없게 되었다. 학회도 둘로 갈렸다. 취리히 출신 학자들은 융과 한 테이블에 앉았고, 빈 출신 학자들은 프로이트와 함께 반대편 테이블에 앉았다. 국제정신분석학협회 회장으로 융이 재선될지 여부가 초미의 관심사였다. 도전자가 없었으므로 프로이트 지지자들은 백지투표를 냈다. 전체 쉰두 표 중에 스물두 표였다. 융은 근소한 차이로 회장직을 유지했으나, 이로써 전통적 프로이트 정신분석학으로부터의 이탈이 최종 확인되었다.

이처럼 불유쾌한 행사가 계속되던 중, 친구 루 안드레아스 살로메가 시인 라이너 마리아 릴케와 함께 호텔에 들어오는 모습을 보고 프로이트는 안도의 한숨을 내쉬었다. 안드레아스 살로메는 정신분석학 연구에 진지하게 뛰어들고 있었으며, 수년에 걸쳐 "어느 타인의 비상하고 희귀한 정신적 운명"을 공유한 것이 동기가 되었다고 했었다. 물론 릴케를 지칭한 말이었다. 그녀는 프로이트의 제자였고 1911년 원년 학술대회에 참석한 몇 안 되는 여성 중 한 명이었다. 기록 사진을 보면, 긴 모피 외투 차림으로 융과 프로이트 앞에 앉은 안드레아스 살로메의 모습이 보인다. 학회 도중 그녀가 함께 공부하도록 허락해주겠느냐고 묻자, 프로이트는 그냥 웃기만 했다. 아직 정식 정신분석학 연수원도 없는 실정이었던 데다 "나는 더러운 속옷을 빠는 방법을 사람들에게 가르칠 뿐인데" 도대체 왜 그녀가 배우고 싶어하는지 이해할 수 없었다.

하지만 그녀는 포기하지 않고 육 개월간 독학한 다음 빈으로 건너가 열의를 입증했다. 그녀는 곧 프로이트와 장기간에 걸친 애정 어린 서신 교환 관계를 형성했으며, 1912년 10월에는 그의 밑에서 훈련을 받기 시작했다. 초기 유년기에 어머니가 하는 역할을 좀 더 깊이 들여다보기를 프로이트에게 권고한 것이 바로 그녀였다. 프로이트가 딸 안나Anna의 치료를 맡길 만큼 안드레아스 살로메를 신뢰하기까지는 오랜 시간이 걸리지 않았다.

이제 안드레아스 살로메는 프로이트의 동료일 뿐 아니라 그의 가장 든든한 지지자였다. 그녀는 그의 편에 당당히 자리를 잡고 앉아, "그의 바로 옆자리보다 내가 더 있고 싶은 곳은 이 세상에 없다"고 일기에 썼다. "사랑했던 '아들' 융과의 단절로 인한" 슬픔을 억누르고 있는 프로이트의 모습에 그녀는 가슴이 아팠다. 프로이트는 강연 도중 자신이 제기하는 질문이나 이의들이 융이 지적한 대로 자신을 가부장적 폭군처럼 보이게 만들지 않을까 학회 내내 걱정했다.

프로이트는 주로 자녀들을 통해 친숙해진 릴케, 그리고 안드레아스 살로메와 산책하며 골치 아픈 학회로부터 휴식을 맛보았다. 아들 에른스트Ernst와 딸 안나는 학교에서 릴케의 시를 암기했었다. 아버지가 이번 여행에서 릴케를 만났다는 소식을 듣고 안나는 "정말 뮌헨에서 시인 릴케를 만났어요? 왜요? 어떻던가요?"라는 편지를 써보냈다.

프로이트도 릴케를 흥미롭게 보았던 것 같다. 이 년 후 그는 에세이 〈덧없음에 대하여〉에서 "젊지만 이미 유명한 시인"(대부분의 학자들이 이 사람을 릴케라고 믿는다), 그리고 "말수 적은" 친구(역시 지명되지 않았지만 안드레아스 살로메일 것으로 추측된다)와의 만남을 묘사했다. 프로이트는 시인이 여름날 오후 자연의 아름다움에 경탄하며 하지만 자신은 거기서 기쁨을 느끼지 못한다고 고백했다고 회고했다. 겨울이 오면 모두 시들고 죽을 거라고, 우리가 사랑하는 모든 것이 언젠가는 죽게 되어 있다고 말했다는 것이다. "그게 아니라면 사랑하고 탄복해온 모든 것이 그에게는 죽을 운명이라는 덧없음에 의해 가치가 소실되는 것처럼 보이는 것 같았다"고 썼다.

프로이트는 이 음울한 발언에 반박할 수 없었다. 물론 살아 있는 모든 것은 언젠가 죽게 되어 있다. 하지만 이 필연성이 현재 그것들이 가진 가치를 감퇴시킨다는 것에는 동의하지 않았다. 오히려 그 반대라고, 생명은 그 희귀성으로 인해 더욱 귀중해진다고 그는 말했다. 하지만 프로이트는 이 감상적인 친구가 자신이 불변의 진리라고 믿은 사실에 전혀 확신이 없는 것에 대해 놀랐다.

이후 유럽에 반유대주의가 확산되고, 정신분석학의 정통성에 위협들이 가해지고, 자녀들이 참전하게 될 세계대전의 징후들이 감지되는 등 슬픈 일들이 잇달아 일어나면서 프로이트는 릴케의 슬픔을 이해할 수 있었다. 에세이에서 그는 릴케는 죽음을 예감하면서 그에 수반될 애도 또한 예감하고 있었다고 썼다. 임박한 슬픔을 견딜 수 없어서 아예 아름다움을 경험하는 것 자체에 반감을 느낀 거라고, 사랑하지 않았던 것은 애도할 수 없는 거라고 했다.

에세이에서 프로이트는 좀 더 희망적이고 치유적인 전망을 옹호한다. 전쟁이 "세상으로부터 아름다움을 앗아갔다"는 것은 인정했다. 자연이 유린되고 역사적 유물들도 파괴되었다. "우리 조국은 다시 작아졌고 세계는 더욱 멀어졌다. 전쟁은 우리가 사랑한 많은 것을 강탈했으며, 변치 않는다고 믿어온 많은 것들이 사실 얼마나 덧없는 것인지를 보여주었다."

하지만 릴케와 달리 프로이트는 아름다움의 기쁨이 그 상실로 인한 애도의 대가보다 크다고 주장했다. 아름다움이 사라지는 것은 맞지만, 슬픔도 불쑥 찾아왔다가 빠르게 지나간다. 종말이 오면 새로운 시작이 오고, "전보다 단단한 지반 위에 더 오래 지속되도록" 재건할 기회도 함께 찾아온다고 그는 말했다.

이 에세이를 시작으로 프로이트는 방어기제, 즉 사람은 고통스러운 감정으로부터 스스로를 보호하기 위해 자신의 지각을 무의식적으로 조작한다는 이론을 정립할 수 있었다. 한편 릴케는 이런 사실을 모르고도 그보다 일찍이 《두이노의 비가Duineser Elegien》의 첫 작품에서 이 논리를 폈다. 그 시는 천사의 사랑이 자신을 삼켜버릴 것 같은 두려움을 말하고 있다. "…아름다움이란 우리가 간신히 견뎌내는 공포의 시작일 뿐이므로" 더 오래 사랑할수록 그 상실의 충격은 더욱 크리라는 것이다.

아드리아 해가 내려다보이는 가파른 절벽에 서 있는 두이노 성은 1911년 겨울의 릴케에게 냉정하고 무감한 거상巨像을 연상시켰다. 짙푸른 바닷물은 안개에 휩싸인 채 "형체 없이 널리 펼쳐진 공허"였다. 바위투성이의 그 지대에는 초목의 흔적조차 없었다. 슬로베니아 국경 근처인지라, 카프리의 모래사장에서 보낸 휴가들을 통해 익숙해진 이탈리아와는 딴판이었다.

바다 쪽으로 면한 구석방에 들어가 창문을 열어젖히자 짭짤한 공기가 흘러들어왔다. 그 냉엄한 환경에서 규율의 느낌을 전달받아야 했으나, 그는 석벽 안에 갇힌 죄수가 된 기분이었다. 오텔 비롱을 떠난 이후 그를 괴롭혀온 불안감도 그를 더욱 옥죄어왔다.

로댕의 쇠퇴를 목격하며 지금 두려움을 직면하지 않으면 계속 쫓겨다니다 언젠가 손도 쓸 수 없을 만큼 약해졌을 때 그것에 완전히 짓눌릴지도 모른다는 생각이 든 것이다. 죽음에 대한 로댕의 두려움이 그를 어떻게 만들었는지 보면 더욱 그랬다. 그는 공비에게 "로댕과의 경험으로 저는 변하는 모든 것, 쇠퇴하는 모든 것,

모든 실패가 몹시 두려워졌습니다. 우리가 막연한 죽음의 숙명을 인식하고부터는 신이 그것을 만든 힘과 똑같은 강도로 그것을 표현할 수 있는 동안만 그것을 견딜 수 있기 때문입니다"라고 말했다. 심리치료가 그 같은 두려움을 식별하고 발굴하는 데 유용할 수 있겠다는 생각을 릴케는 처음으로 했다.

릴케는 항상 프로이트와 그의 신종 정신과학을 조금 두려워했다. 프로이트의 저술이 '불친절'하고 '머리털을 곤두서게 한다'고 안드레아스 살로메에게 말하기도 했다. 그는 정신분석이란 정신의 표백, 소거라고 믿었다. 여러 해 동안 프로이트가 릴케와 친교를 쌓고자 노력할 때마다 릴케는 그의 초청을 사양하곤 했다. 〈덧없음에 대하여〉를 발표한 이듬해에, 프로이트의 스물세 살 된 아들 에른스트는 "드디어 그의 영웅 릴케를 만났다." 하지만 프로이트의 집에서가 아니었다. 프로이트는 "들러줄 것을 청했지만 릴케는 승낙하지 않았다"고 썼다.

그러나 두이노에서 홀로 지내는 동안, 릴케는 정신분석학 같은 서사 위주의 의학이 작가에게 도움이 될 수 있겠다는 생각을 하기 시작했다. 어차피 당시에는 글도 써지지 않았고, 심리치료로 인해 더 나빠질 일도 없을 것 같았다. 그는 안드레아스 살로메에게 프로이트와의 대화요법이 자신에게 도움이 될 거라고 생각하는지 묻는 편지를 썼다. "친애하는 루, 사람들을 기다리고 필요로 하고 찾아 헤매는 일을 나는 잘 못합니다…."

편지를 받은 그녀는 우울증 · 근육통 · 식욕부진 등에 대한 불평을 읽어내려간 뒤, 정말로 염려되는 부분에 다다랐다. 늘 늘어놓는 병증 이야기가 아니라 최근에 쓴 시에 대한 이야기였다.

바람 센 1월 어느 날에 일어난 일이었다. 두이노에서는 헝가리 저지대에서 불어오는 차가운 북풍과 사하라 사막에서 올라오는 따스한 미풍이 충돌하면서 엘 그레코의 그림에서 볼 수 있는 종말론적 폭풍이 발생하는 일이 있었다. 바로 그런 오후였다. 하늘이 어두워지는 가운데, 릴케는 잠시 바람을 쐬러 밖에 나갔다. 중요한 편지를 써야 했으므로 날씨는 눈에 들어오지 않았다. 공비는 그가 고개를 숙이고 주머니에 손을 꽂은 채 생각에 잠겨 절벽 위를 오가는 모습을 성 안에서 지켜보았다

그때, 바람결에 음성 하나가 들렸다. "내가 소리쳐 운들 천사들 중 누가 내 목소리를 들어줄까?" 릴케는 걸음을 멈추고 귀 기울였다. 그는 수첩에 그 문장을 적었고, 그렇게 〈두이노의 비가〉의 첫 행이 탄생했다. 성 안으로 들어오니 시의 나머지 부분이 내면에서 철철 흘러나왔다. 그는 이 영감의 분출을 안드레아스 살로메에게 묘사하며 자신이 그 시의 저자로 느껴지지 않는다고, 보다 높은 권세가 자신의 내면에 임재했던 것 같은 느낌이라고 털어놓았다. 나중에 그는 공비에게 "나를 사용하고 있는 목소리는 나보다 더 거대합니다"라고 말했다.

안드레아스 살로메는 릴케의 설명이 불편했다. 그의 말을 들어보면 마치 그 시구들을 쓴 손은 아예 존재하지 않았다는 것 같았다. 육체 분리에 대한 묘사는 자기부정에 가까웠으며, 그녀가 오

랫동안 그의 질환들의 원인이라고 생각해온 신체 소외의 극단적 징후였다. 뮌헨에 가서 정신분석을 받아봐야 한다고 보느냐는 릴케의 질문에 그녀는 그러라고 권했다.

그는 이미 심리치료를 받고 있던 베스트호프에게도 이 생각을 전했고, 그녀는 한번 시도도 해보지 않는다면 겁쟁이라고 대답했다. 릴케는 베스트호프의 정신과 의사에게 편지를 써서 자신이 치료 적격자인지 물으며 솔직히 자신의 작품들은 "사실상 자가치료일 따름"이었다는 생각이 든다고, 문제는 그것이 더이상 효과를 보이지 않는다는 것이라고 덧붙였다.

릴케가 뮌헨으로 떠나기 직전, 안드레아스 살로메가 급전을 보내왔다. 그녀는 정신분석을 받지 말라고 탄원했다. 생각이 바뀌었다는 것이다. 그녀는 정신분석이 그의 창조력에 미칠 위험이 너무 크다고, 자칫 마귀와 함께 천사들까지 쫓아보낼지 모른다고 말했다.

릴케는 그녀 말이 옳다고 생각했다. 〈두이노의 비가〉를 다 쓸 때까지 그의 등을 밀어줄 약간의 광기가 필요할지도 몰랐다. 말테와의 긴 싸움 중에 치료 기회가 있었다면 붙잡았을지도 몰랐다. 그리고 그 작품을 마치고 나면 그럴까 고려했듯이 '비창조적인' 직업으로 옮겨가는 선택을 다시 생각해볼지도 몰랐다. 다만 지금은, 아직 시인인 한은, 정신분석을 받지 않기로 그는 결심했다.

그는 얼어붙은 두이노를 맨발로 걸으며 비참한 겨울을 보낼 것이고, 지난 십오 년간 그래왔듯 안드레아스 살로메가 그의 비공식적 심리치료사 역할을 계속 수행할 터였다. 그녀는 그의 꿈 분석 작업도 시작한 참이었다. 어떤 꿈에서 그는 동물원에서 동물들이 갇힌 우리들에 둘러싸여 서 있었다. 한 우리 속에 흰 사자가 있었는데, 그는 그것이 '기억했다'와 '반영했다'라는 프랑스어 단어들의 연상을 유발했다고 그녀에게 말했다. 한가운데 알몸의 남자 하나가 세잔 그림의 모델처럼 보라색과 회색 그림자에 휩싸여 포즈를 취하고 있었다. 남자는 사자 조련사가 아니라, '동물들과 나란히 전시된' 릴케 자신이었다.

안드레아스 살로메는 파리와 《신시집》의 이미지들을 대거 포함한 이 꿈의 해석을 기록으로 남기지 않았다. 그녀는 정신분석 대신에 잠시 파리로 돌아가는 것이 어떨지 릴케에게 제안했다. 그녀는 《신시집》이 정서적으로 빈약하게 느껴져 좋아하지 않았지만, 적어도 그 작품들은 그를 물리적인 세계에 뿌리박고 서게 해준 것이었다. 두이노의 바람에 실린 목소리 따위의 이야기들을 듣고 난 그녀는 그가 엄혹한 파리의 현실을 다시금 맛보는 것도 좋지 않을까 생각했다.

1913년 봄, 릴케는 그녀의 충고를 받아들여 캉파뉴 프르미에르로의 옛 아파트로 돌아갔다. 그는 베스트호프의 마지막 부탁을 들어주기로 약속했다. 루스와 함께 뮌헨에 살고 있던 그녀는 로댕의 흉상을 만들고 싶다는 오랜 소망을 릴케에게 전했다. 이미 로댕의 동의를 받았으나 후속 연락이 없었기에 진심인지 확신이 없었다. 릴케는 그녀를 대신해 로댕에게 말해보겠다고 했다.

릴케가 약속을 지키리라 믿고 베스트호프는 4월에 파리로 건너와 준비를 시작했다. 이후 두 달간 릴케는 로댕에게 여러 차례 편지를 보내 베스트호프를 위해 포즈를 취해달라고 부탁했다. 만하임의 한 박물관이 이미 흉상 위촉을 한 상황이므로, 이제 그녀의 직업적 평판이 걸린 일이라고도 했다. 그래도 응답이 없자, 로댕처럼 위대한 주제야말로 베스트호프의 잠재된 천재성을 일깨우는 데 적격이라며 로댕의 자존심에 호소하는 전략도 써보았고, "로댕이 나를 위해 모델을 서주리라고는 감히 꿈도 못 꿔봤어요"라는 베스트호프의 편지글을 인용해 보내기도 했다.

그러나 릴케는 부탁에 대한 언급조차 애써 회피하는 것 같은 정중한 회신을 받았을 뿐이다. 어쩔 수 없이 릴케는 베스트호프에게 로댕이 "지금은 흉상 작업에 대한 이야기를 듣고 싶어하지 않는다"고 말했다. 정식으로 거절한 것은 아니지만, 하겠노라는 약속도 없었다고 했다. 로댕이 릴케와 베스트호프를 뫼동의 조찬에 초청한 5월, 마지막 기회가 찾아왔다. 멋진 아침을 보내고 떠나기 전, 릴케는 며칠 후 출판업자와 함께 다시 들르기로 한 계획을 확인했다. 논문의 새 판에 삽화로 사용하기 위해 작품을 찍은 사진 몇 점을 받을 예정이었다.

사진자료를 제공하기로 동의했던 로댕은 약속한 날 릴케가 들르자 어찌 된 일인지 생각이 달라져 있었다. 그저 사진을 주기를 거부할 뿐 이유도 대지 않았다. 릴케는 로댕의 이 두 번째 약속 불이행이 자신이 눈감아줄 마지막 약속 불이행이 될 거라고 다짐했다. 스스로 로댕을 설득할 가망은 전혀 없었기에, 베스트호프는 뮌헨으로 돌아가 대신 릴케의 친구인 체코 남작부인 시도니 나드헤르니Sidonie Nádherný의 흉상 작업을 시작했다.

"더이상 어떤 일에도 그를 신뢰할 수가 없다"고 릴케는 결론 내렸다. 로댕의 갑작스러운 기분 변화는 팔 년 전 릴케를 해고했을 때만큼이나 '예기치 않은' 것이었다. 이번이 다른 점이 있다면 "아마도 최종적이고 화해가 불가능"하다는 것을 릴케가 알았다는 사실이었다.

18

파리에서 아방가르드가 출범하자, 로댕은 스스로를 '아방데르니에avant-derniers[38]'의 일원이라고 선언하며 반기를 들었다. 로댕은 1913년의 살롱 드 라 소시에테 나시오날에 유행과 완전히 동떨어진 대리석 흉상을 전시했다. 이른바 '벽지'풍의 장식적인 회화로 사망 이후 십오 년간 평판이 급락해온 화가 퓌비 드 샤반Puvis de Chavannes을 모델로 한 작품이었다. 로댕은 그가 천재였다고 주장하면서 자신의 평판 손상마저 감수했다.

이미 당대 파리 미술계의 언저리로 밀려나 있던 로댕은 도시 자체로부터 더욱더 멀어져갔다. 그는 르누아르에게서 그림을 배

38) 마지막의 앞, 끝에서 두 번째.

우는 대가로 조각을 가르쳐주면서 남부에서 주말을 보내기 시작했다. 노화가는 관절염 때문에 손목에 붓을 묶고 작업해야 했고 로댕도 힘든 점들이 있었으나, 고령에 새 기술을 배운다는 데서 어린아이 같은 기쁨을 느꼈다.

사랑하는 대성당들에 찾아가 기숙학교 학동 시절의 신선한 경외감으로 관찰을 하기도 했다. 그는 기둥과 돌림띠 · 스테인드글라스 · 캐노피 들을 스케치하고 인상들을 메모했다. 근래 과거의 거장들에 대한 경의를 표해온 그였으므로, 다른 어떤 것보다 그에게 큰 가르침을 준 건물을 잊을 수는 없었다. 대성당은 모든 조각의 어머니였다. 수세기에 걸쳐 몸체가 세공되다가, 차츰 부조 · 장식 · 소상들이 벽을 장식하면서 그 자체로 예술작품이 된 것이다. 대성당이 없었다면 지금의 조각은 상상할 수 없다는 것이 로댕의 의견이었다.

1914년 초, 로댕은 백여 점의 자유연상 드로잉들에 그런 단상들을 곁들여 《프랑스의 대성당들Les Cathédrales de France》이라는 책을 펴냈다. 책에서 우리는 로댕의 두서없는 발길을 따라 샤르트르에서 보베 · 라옹을 거쳐 종착역인 랭스에 이르게 된다. 파리에서 북서쪽으로 90마일 떨어져 있는 이 13세기의 고딕 걸작은 그가 그중 가장 사랑한 성당이었다.

그가 "두려움과 황홀함 속에" 며칠씩 바라보며 서 있던 랭스 대성당에 가장 긴 장이 할애되었다. 그 성당은 거의 "아시리아적 특

만년의 로댕, 1913년경.

성"을 갖고 있으며 피라미드보다 더 심오한 인상을 남긴다고 그는 말했다. 전면에서, 4분의 3 각도에서, 호텔 창문에서, 중앙 회중석 부분에서, 낮에 또는 밤에 바라본 상세한 관측기가 모두 합쳐 서른여섯 페이지를 채우고 있다. 그는 중랑에서 보낸 저녁은 돌집에 있는 듯한, 당장이라도 아폴론이 부활할 듯한 느낌이었다고 썼다. 거기에 〈생각하는 사람〉을 세우면 얼마나 근사할까 상상하기도 했다. 내실의 "거대한 그림자로 인해 작품이 강화될 터였다."

그는 흘러가는 구름과 동일한 박자로 울리는 것 같은 종들과 벽에서 튀어나와 악몽으로 나타나는 빗물받이 괴수상 백여 개에 관해서도 썼다. 그 장을 마치면서 로댕은 아직도 대성당의 매혹을 눈곱만치도 전달하지 못한 것 같은 느낌이었다. "누가 감히 그것을 다 보았노라고 뻐길 수 있겠는가? 나는 그저 몇 마디 보탤 뿐이다."

로댕은 랭스는 자신의 종교라고 말했다. "이 대성당을 지은 예술가들은 세상을 향해 신성을 반영해 보여주었다." 그래서 그는 반세기 동안 진행된 조잡한 복원 작업을 신성모독으로 보았다. 그는 야만적인 관리자들이 고딕 대성당에 싸구려 합성 자재들을 사용한 사실은 "병든 프랑스… 이기적 욕심으로 황폐해진 프랑스… 사람들이 말만 할 줄 알지 일할 줄은 모르는 학교들의 프랑스를" 상징한다고 말했다.

파르테논이 그리스를 나타내듯, 고딕 대성당은 프랑스를 나타낸다고 로댕은 생각했다. 또한 대성당들은 그에게 잃어버린 예술의 상징이 되었고 그 소멸은 프랑스 기풍의 종말을 의미했다. 하지만 대중은 아무 관심도 없어 보였다. 그와 함께 책을 만든 상징주의 시인 샤를 모리스Charles Morice는 대성당들을 위한 기도가 필요하다는 로댕의 믿음에, 그를 "약속의 땅으로 민족을 이끄는 예언자"로 묘사했다.

책은 고뇌에 찬 '크리 드 쾨르cri de coeur[39]'였고 행동의 촉구이기도 했다. 로댕은 프랑스의 아이들을 위해 대성당들을 보존하기

39) 호소 · 항변.

를 탄원했고, 찾아가서 두 눈으로 보라고 독자들에게 간청했다. 사진으로는 부족하다고, 사진기의 렌즈는 촉감이 없는 반면 육안은 만질 수 있기 때문이라고 했다. 대성당 방문객들에게는 인내심과 겸손한 태도를 가지고 스승 밑에서 배우는 제자처럼 공부하라고 부탁했다.

아무도 옛것을 옹호하지 않는다는 것이 로댕의 본질적 불만이었음을 생각하면, 그의 복음 전파는 대성당뿐 아니라 스스로에 대한 탄식이었는지도 모른다. "누가 진보를 믿을 수 있겠는가?" 그는 물었다. "무한 진보 이론이 사실이라면, 우리는 오래전에 신이 되었어야 옳다." 모리스는 책을 완성하러 뫼동에 돌아온 로댕이 그 과업의 엄청난 무게에 짓눌려 있다는 것을 느꼈다. 로댕의 셔츠 소매에 적힌 메모들을 해독하느라 애를 먹은 그는 로댕이 "의도적으로 나를 불쾌하게 대한다"고 쓰기도 했다.

1914년, 책의 출간에 맞춰 로댕과 모리스는 오텔 비롱에서 낭독회를 개최했으나 반응은 엇갈렸다. 모리스가 그 책을 전부 다 썼을 거라고 믿는 비평가들도 있었다. 모리스가 그 책에서 중요한 역할을 맡은 것은 사실이지만, 로댕 특유의 과장조의 문체를 그토록 정확하게 흉내낼 수 있다고 믿기는 쉽지 않다. 책 속에서 미적 판단은 매우 단정적이며 반박 불가능한 사실처럼 제시되고 있다. 비평가 에밀 말Émile Mâle은 책이 "생생한 주석, 고귀한 상념, 아름다운 비유들"을 제공한다고 전제하면서, 다른 이들과 마찬가지로, 하지만 진지한 학술서로 오인되어서는 안 된다는 단서를 달았다.

어떤 비평가들은 예술가로서의 저명한 위치가 스스로를 고딕 건축의 전문가로 만들어주기라도 하는 양 독자들을 오도한다는 비난도 서슴지 않았다.

로댕이 스스로를 변호할 틈도 없이, 세상은 세계무대에서 전개되는 위기에 관심을 돌리면서 작은 책쯤은 금세 잊어버렸다. 유럽은 전쟁 문턱에 와 있었고, 프랑스의 상징들을 보존하고자 하는 로댕의 기도는 어느새 프랑스 자체의 생존을 위한 기도로 바뀌었다.

릴케는 오텔 비롱의 낭독회에 참석하지 않았거니와, 아예 다시는 뫼동으로 로댕을 보러 가지 않았다. 1914년 초에 친구 마그다 폰 하팅베르크Magda von Hattingberg가 파리에 들렀을 때 로댕을 소개해달라는 부탁을 받고 한번 들르기는 했지만, 마침 그날 오후 로댕은 거기에 없었다. 르누아르를 찾아가 함께 그림을 그리고 있었던 것이다.

대신 릴케는 폰 하팅베르크에게 그곳 경내를 구경시켜주었다. 시골 풍경은 그녀가 기대했던 대로 매혹적이었다. 하지만 집은 차가운 느낌이 나서 마음이 가지 않는다고 그녀는 릴케에게 말했다. 그는 로댕이 바로 이곳에서, 난방도 되지 않는 이 낡아빠진 집에서 그의 등골을 빼먹으려는 친구들에 둘러싸여 산다고 그녀에게 설명했다. 그녀는 일기에 이렇게 적었다. 전체적으로 "너무나 희망 없어 보였다. 인간적 약점과 천재성이 뒤섞인 한 위대한 창조자가 외로움과 불행 속에서 늙어가고 있었다. 뫼동에 가지 말 걸 그랬다."

릴케가 만년의 로댕과 거리를 둔 것은 베스트호프를 위해 모델을 서주지 않은 일, 책에 실을 사진 자료를 약속해놓고 주지 않은 일 때문만은 아니었다. 기품 없이 나이 먹는 로댕의 모습이, 이런 저런 욕망과 세속적인 사건들에 굴복하는 것이 무엇보다 혐오스러웠다. 로댕은 정처 없이 방황하던 릴케를 품어주었었다. 1903년에 릴케는 "그는 내면 깊숙이 어둠과 피난처와 집의 평화를 지니고 있었으며, 그 자신은 그 위의 하늘이, 그 주위의 숲이 되었다"라고 썼었다.

그는 릴케에게 피난처를 제공해준 데 그치지 않고 구조의 의미 또한 가르쳐주었다. 목수가 네 개의 벽을 짓듯 시를 구축하는 청사진을 보여주었던 것이다. "하지만 무엇보다도 만드는 것이 중요하다"는 것을 릴케는 깨달았었다. "그리고 무엇인가가 거기에 있다면 이미 열 개 또는 열두 개의 사물이 있는 셈이고, 하나에 대해 예순 개 또는 일흔 개의 작은 기록들이 존재하는 것으로, 모든 것이 이 자극으로 그리고 또 저 자극으로 만들어지면, 이미 딛고 똑바로 설 수 있는 한 조각의 바탕을 확보한 것이 된다. 그러면 더이상 스스로를 잃지 않는다."

이것이 릴케가 오래도록 따른 복음이었다. 일하라고, 항상 일하라고 로댕이 말했을 때, 릴케는 삶을 살아서는 안 된다는 것으로 해석했었다. 한동안 그는 그렇게 희생할 용의가 있었으며, 순종하면 거장의 솜씨로 보상받으리라 믿고 있었다. 릴케는 스스로를 고립시키고 사람들에 대한 사랑을 사물들로 돌렸다. 그는 마치 물속에 잠겨 사는 것처럼, 인간에게 부적합한 기후에서 사는 것처럼 행동했다. 누군가가 그 '공기도 사랑도 없는 공간' 속에 있는 그를 위로해주려 해도(베스트호프가 시도했듯이) 그런 지원은 금세 '시들고 끔찍한 상태에서' 노쇠해 사라져버릴 터였다. 그 시절 릴케는 미치기 직전까지 일했다. 하지만 아무리 애를 써도 살고자 하는 욕망을 완전히 절멸시킬 수는 없었다.

로댕은 마지막 몇 차례의 만남 중 옛 친구 릴케에게 이렇게 말했다. "왜 이것들을 다 두고 가야 하지?" 뫼동의 정원에서 쉬던 칠십대의 로댕은 그의 가장 가까운 벗이 되어준 대리석이며 석고 조각상들을 유심히 바라보았다. 그 순간 자신이 창조한 그 모든 아름다운 것들에, 집 안에 있는 충직한 반려자 뵈레에게 그리고 뜨거웠던 연애의 기억들에 무척 만족하는 듯한 로댕을 보며 릴케는 자신이 치른 그 어떤 희생도 로댕은 치른 바가 없다는 사실을 깨달았다. 로댕은 예술을 위한 순교자가 아니었다. 그가 어떻게 살았는가? 자신이 원한 대로, 쾌락으로 가득한 삶을 살았다.

십 년 전 자신이 한 말이 릴케에게서 가장 신성한 경험들을 앗아갔으리라고는 로댕은 생각조차 못했을 것이다. "일하라, 항상 일하라"라는 로댕의 말을 글자 그대로 따른 릴케는 미래의 보상을 기대하며 삶을 포기했다. 그러나 정작 로댕 본인은 그 임무를 이행하지 않았다는 사실을 깨닫고 릴케는 배신감을 느꼈다. 하지만 로댕이 어떻게 살 것인지는 말해줄 수 없다는 사실을 이해하지 못한 릴케 자신의 실수였다. 스승이 할 수 있는 최선은 제자를 독려하고 그가 일 자체에서 만족을 찾기를 바라는 것이다. 릴케는 예술에서는 반대편에서 기다려주는 것이 없다는 것을 깨닫기 시작한 참이었다. 신도, 밝혀진 비밀도 없었으며, 대부분의 경우 보상도 없었다. 그저 하는 것뿐이었다.

전쟁 발발 직전이었던 6월 말의 어느 아침, 릴케는 작품을 위해 치른 값비싼 대가에 대한 시를 한편 썼다. 그는 텅 빈 호텔 방들을 전전하기도 했고, 대성당의 첨탑과 우리 속 사자들을 바라보기도 했고, 침구 없는 침대에서 자기도 했다. 그러나 평생을 관찰자로 살아온 그의 몸속 깊은 곳에는 이미지들에 의해 "아프게 산 채로 묻힌" 채 "아직도 느껴지는 심장"의 자취가 남아 있었다.

그의 화자가 객관적 관찰의 한계에 다다랐던 것처럼 릴케도 결심했다. "어쩌면 이제 나는 좀 더 인간적이 되는 법을 배워야 할지 모르겠다." 그는 안드레아스 살로메에게 〈전환〉이라는 제목을 붙인 시를 보냈다. "내가 살아갈 거라면 반드시 맞이해야 하는" 전환을 의미하는 제목이었다.

> 눈이 할 일은 다 끝났다, 이제
> 가서 가슴의 일을 하라…

1914년 6월 28일, 프란츠 페르디난트Franz Ferdinand 대공이 총탄에 맞는 사건이 발생했다. 그로부터 이 주 후, 릴케는 평범한 독일 여행을 예정하고 짐을 쌌다. 괴팅겐에 가서 안드레아스 살로메를 만나고, 라이프치히에서 출판업자를 만나고, 이어서 뮌헨으로 가 루스와 만난 다음 다시 안드레아스 살로메와 재회하는 일정이었다. 짧은 여행을 하고 금방 돌아올 예정이었기 때문에, 로댕이 준 책상과 액자에 넣어 벽에 걸어둔 가문 문장紋章, 아버지의 은판 사진 등 물건들을 그대로 아파트에 남겨두었다. 캉파뉴 프르미에르 로에서 택시를 기다리는데, 집주인 여자가 흐느껴울기 시작했다. 유럽이 붕괴의 문턱에 다다른 현실을 몰랐던 릴케는 무슨 일인가 했다.

7월 중순, 오스트리아가 세르비아에게 선전포고를 하기 이 주 전, 그는 독일에 도착했다. 불안한 외교관계에 대한 뉴스가 대륙 전체에 퍼지고 있었지만 릴케는 대체로 무심했다. 그는 러시아의 군사력 동원 위협도 허세로 일축하고 예정대로 뮌헨에 가고 안드레아스 살로메도 만날 참이었다. 어느 친구가 "정치에 관한 모든 부분에서 아이 같았다"고 묘사한, 바로 그런 행동이었다. 하지만 기차를 탔다가는 엉뚱한 곳에 표류할지도 모른다고 생각한 안드레아스 살로메는 위험을 무릅쓰지 않았다. 그녀의 결정은 현명했다. 릴케는 육 년이 지나서야 파리에 돌아올 수 있었다.

릴케가 본의 아니게 파리에서 철수하고 이 주가 지난 8월 2일, 시 관문을 통과해 뫼동 집으로 돌아가던 로댕의 차를 병사들이 압류했다. 파리 출입이 전면 봉쇄되었던 것이다. 일흔세 살의 예술가는 석고 작업 조수와 함께 걸어서 교외로 돌아가야 할 형편이었다. 다행히 지나가던 농부가 수레에 태워주는 인정을 베풀었다.

그날 저녁 집에 돌아온 로댕은 직원들이 군역에 징집된 것을 깨달았다. 늙고 몸도 성치 않은 말 라타플랑까지도 징발되고 없었다. 그때, 보유한 모든 미술품을 48시간 안에 오텔 비롱의 창고로 옮기라는 내용의 전보가 도착했다. 파리를 중심으로 동원령이 임박했다는 사실을 알리는 전단이 나돌 때만 해도 로댕은 상황이 이 정도로 심각한지는 알지 못했었다.

이튿날, 독일이 러시아와 프랑스에 선전포고를 하고 나섰다. 로댕은 아들 오귀스트를 포함한 짐꾼들을 불러와 자신의 모든 조각 작품을 먼저 창고로 옮기고, 가능한 한 최대량을 영국으로 보내도록 조치했다. 그달 말 무렵, 독일군은 파리로 한발 한발 좁혀들어왔고 항복만이 살 길이라는 경고성 전단들이 온 도시를 뒤덮었다.

9월 1일, 로댕은 그곳을 떠야 할 때임을 깨달았다. 그는 아들 오귀스트는 뫼동에 남겨두고 뵈레와 함께 기차역으로 가서 엄청난 인파를 헤치고 간신히 영국행 열차에 올랐다. 로댕의 시골집은 그로부터 일주일 후 시작된 독일군의 파리 점령을 가까스로 막아낸 마른Marne 전투에서 야전병원으로 쓰였다.

로댕과 뵈레는 친구 쥐디트 클라델의 런던 집으로 피난했다. 로댕은 적어도 그해 가을 국회의사당 정원에서 열릴 예정이던 〈칼레의 시민〉 제막식을 보게 되었다는 데서 일말의 위안을 찾았다. 하지만 마지막 순간, 칼레가 독일군에 의해 포위된 시기에 칼레의 희생을 기리는 기념상을 경축한다는 것은 몰취미한 일이라는 관장의 결정이 내려졌다.

1914년 9월 폭격을 당하고 있는 랭스 대성당.

실망스러운 결정이었지만, 런던에 도착한 지 몇 주 후 덮쳐온 충격과는 비교조차 할 수 없었다. 그날 아침 〈데일리 메일Daily Mail〉을 펼쳐든 로댕의 눈길은 폭격을 당해 주저앉은 랭스 대성당의 사진에 멈췄다.

"마치 죽을 것처럼 안색이 허예지더니, 이틀간 슬픔으로 창백해진 얼굴로 아무 말도 없었다. 그 자신이 파괴된 대성당의 조각상들 중 하나로 변한 것만 같았다"고 클라델은 말했다. 랭스 대성당이 프랑스 민족의 창의력을 대변하는 국가적 상징임을 잘 아는 독일군은 이후 사 년간 그 잔해에 계속 폭격을 했다. 로댕은 미래에 "사람들은 '콘스탄티노플 함락'을 이야기하듯 '랭스 함락'을 말할 것이다"라고 예언했다.

아마도 처음으로 로댕은 정치에 깊은 관심을 갖게 되었다. 그는 오텔 비롱에 살았던 반전주의 작가 로맹 롤랑Romain Rolland에게 "이것은 단순한 전쟁이 아닙니다. 신의 이 천벌은 시대를 갈라놓는 인류의 대재앙입니다"라는 편지를 썼다. 애국심도 강해져 11월에는 자신의 조각작품 열여덟 점을 런던의 빅토리아 앤드 앨버트 박물관Victoria and Albert Museum에 기증했다. 독일에 맞서 싸우는 영국 형제들에게 주는 선물이었다. 12만 5,000프랑의 작업비와 함께 들어온 독일 황제 카이저 빌헬름 2세Kaiser Wilhelm II의 흉상 제작 의뢰는 "내가 어떻게 프랑스의 원수의 초상을 만들 수 있단 말인가?"라며 거절했다.

랭스가 함락되고 두 달 후, 로댕과 뵈레는 런던을 떠나 로마로 건너갔다. 교황의 흉상 위촉이 들어왔던 것이다. 총 열두 차례의 모델 작업에 동의했던 베네딕트 15세Benedict XV는 세 번을 끝으로 모델 작업을 그만두었다. 장시간 같은 자세를 유지하는 일이 지겨웠던 것 같고, 그래서 일이 바빠 계속할 수 없다고 로댕에게 말했다. 대신 조수가 교황의 사진들을 가지고 오자, 로댕은 작업용 앞치마를 풀고 작업실을 뛰쳐나갔다. 그날 바티칸 층계에서 로댕은 작업 준비를 도와준 친구와 마주쳤다. 눈에 눈물이 그렁그렁할 만큼 슬픔에 빠진 로댕은 그 친구의 도움을 받아 계단을 내려와야 했다.

몇 달 후 전투가 프랑스에서 벨기에로 이동하자, 로댕은 파리로 돌아가 교황 흉상 작업을 계속했다. 실물과 충분히 비슷했음에도, 로댕은 교황이 협조만 했더라면 완성되었을 '걸작'은 결코 되지 못하리라고 탄식했다.

이렇듯 전쟁 초기에 로댕은 파리를 떠나 난민으로 살아간 반면, 릴케에게는 행운이 잇달아 찾아왔다. 9월에 참전을 앞둔 익명의 기부자가 오스트리아 화폐로 2만 크로네를 릴케와 시인 게오르크 트라클Georg Trakl에게 기증했다는 소식이 출판사에서 들려왔다. 릴케는 이 은인의 정체를 끝까지 몰랐지만, 릴케의 초창기 서정시를 사랑했던 빈의 철학자이자 제철사업가의 아들 루트비히 비트겐슈타인Ludwig Wittgenstein이었음이 훗날 밝혀졌다.

릴케는 "일각수가 존재한다는 소식만큼이나 놀라운" 사실이라고 말했다. 릴케의 생애에서 드물게 안락한 한 철이 시작되고 있었다. 1915년 여름, 그는 화가 루 알베르트 라자르트Lou Albert-Lasard와 사랑에 빠졌고, 휴가를 떠난 한 여성 후원자의 배려로 집세 없이 뮌헨의 어느 강변 아파트에서 살게 되었다. 릴케는 거실에 앉아 곡예사 여섯 명의 외로운 모습을 담은 멋지고도 기이한 그림들을 유심히 바라보았다. 《두이노의 비가》에 등장하게 될 피카소의 〈곡예사 가족Famille de Saltimbanques〉이었다.

그러나 11월 말경, 전세가 오스트리아에 불리하게 전개되면서 징병 연령이 상향되었다. 릴케도 '낯선 곳으로 끌려갈' 징병 대상자가 되었다. 그는 신체검사 결과 병역 적합자로 판정되어 1월에 산간지대 투르나우로 출두하라는 명령을 받았다.

릴케는 투른 운트 탁시스 공비에게 이 악몽에서 자신을 구해달라는 편지를 긴급히 써보냈다. 백방으로 알아보았지만 그녀도 손 쓸 수가 없었다. 정부는 그가 제2예비군으로 입대해야 한다는 방침을 철회하지 않았다. 릴케는 "나는 두렵습니다, 두렵습니다"라고 공비에게 하소연했다.

마흔이 다 된 나이에 깃이 뻣뻣한 소년 시절의 군복을 다시 입고 신병훈련소로 가야 했다. 기억하는 그대로 고통스러운 경험이었다. 예전에 사관학교에서 그랬듯, 다른 병사들은 그를 괴롭혔으며 본명 르네가 여자 이름 같다고 놀려대기도 했다. 그렇게 삼 주를 보낸 끝에, 영향력 있는 연고 덕분에 빈의 사무직으로 전출되었다. 공비가 직접 막사에 들러 그를 데려갔다는 기록도 있다.

그에게 새로 주어진 임무는 전쟁문서보관국에서 짤막하고 과장된 전투 보고서를 쓰는 일이었다. 그는 그 일이 수정주의적 '영웅 만들기'라며 질색했지만, 시를 쓸 때처럼 정성을 다해 임무는 완수했다. 하루는 아무리 다시 써도 도무지 원하는 대로 써지지가 않아 종잇장만 구겨뜨렸다. '작가의 벽'에 부딪쳤다고 해명하자, 대령이 종이 한 뭉치와 자를 갖다주며 종이에 괘선을 치라고 지시했다.

"그는 몇 시간 동안 부지런히 가로줄과 세로줄을 쳤다. 줄 간격이 2밀리미터밖에 안 될 때도 있었다. 그래도 그는 진정 겸손한 자세로 매우 정확하게 줄을 쳤다"고 동료 하나가 회고했다.

오스트리아의 현존 최고 시인은 이렇게 다섯 달 동안 종이에 괘선을 치다 1916년 6월에 제대했다.

교황의 흉상은 로댕 생애 최후의 작품 중 하나였다. 그의 조수 마르셀 티렐은 그는 "전쟁에 압도되고 공포감에 시달려 지친 채로" 파리에 돌아왔다고 말했다. 지난 이 년간 조각 작업은 거의 하지 못했다. 이제 그는 중요한 약속이 있을 때만 오텔 비롱에 갔고, 대부분의 시간을 뵈레와 함께 뫼동에서 보냈다.

더 늦기 전에 그녀와 결혼하라는 친구들이 있었다. 그것이 오랜 세월 동안 충직하게 함께해준 데 대한 당연한 보답이 아니겠느냐고 했다. 마침내 로댕도 동의했다. 1917년 1월 28일, 그는 반세기 동안 함께해온 반려자와 결혼식을 치렀다. 예식은 인근 탄약 공장에서 폭발음이 들려오는 가운데 뫼동 시장의 주례로 진행되었다. 둘 사이의 아들과 가까운 몇몇 친구, 그리고 직원들이 참석했다. 로댕은 짧은 결혼식 내내 미소를 지었고, 빵이 놓인 식탁을 힐끔 바라보기도 했다. 뵈레는 평상시대로 찌푸린 얼굴이었다.

결혼식이 끝나고 며칠 후, 로댕의 신부는 지독한 기침을 시작했다. 기침에 쓰는 사탕을 먹으면서 그녀는 로댕의 조수 티렐에게 "죽는 것은 조금도 두렵지 않지만" 로댕 홀로 남겨두고 떠나고 싶지 않다고 고백했다. 이 주 후, 성 밸런타인 축일에 티렐이 집에 와보니 로댕은 방 한가운데 서서 뵈레를 '조각상처럼' 바라보

로댕과 뵈레의 무덤.

고 있었다. 그는 눈물을 떨구면서 "나는 이제 혼자야"라고 속삭이듯 말했다. 뵈레의 사인은 폐렴이었다. 티렐은 뵈레의 옷을 벗기고 흰 드레스로 갈아입혔다. 두 사람은 뫼동 정원의 〈생각하는 사람〉 아래 마련해둔 합장 묘지에 시신을 매장했다.

그날 이후 로댕의 건강은 급격히 나빠졌다. 폐에 염증이 생겨 뫼동 밖으로 나갈 수도 없었다. 거의 고독 상태로 생의 마지막 몇 달을 보냈다. 그는 심통 사나운 간호사가 자신을 아이처럼 집에 가둬놓고 있다고 투덜거렸다. 헌신적인 옛 애인 몇 명과 드로잉이나 사진 한 장이라도 얻어가려는 탐욕스러운 지인들만 그를 찾아올 따름이었다. 아들도 잠시 돌아와 함께 살았으나, 자신의 몫이 될 줄 알았던 유산이 정부에 기증될 예정임을 알고 떠나버렸다. 법률상 오귀스트는 뵈레의 아들일 뿐이어서 유언장 없이는 로댕의 유산을 받을 권리가 전혀 없었다.

로댕은 그가 '운명의 세 여신'이라 부른 간호사 세 명의 간호를 받아가며 침대에 누워 닷새 동안 몸을 떨었다. 1917년 11월 18일, 폐에 물이 찼다. 최후의 순간에는 그의 작고한 영웅에 대한 옹호 발언을 내뱉었다고 전해진다. "그런데 사람들은 퓌비 드 샤반이 훌륭한 예술가가 아니라고들 한단 말이지!"

로댕의 사망 소식은 릴케보다 베스트호프에게 먼저 전해졌다. 그녀는 다시 보르프스베데에서 루스와 함께 정착해서 살 집을 짓던 중이었다. 그녀는 이 슬픈 소식을 릴케에게 전하며 파리도 "그분 없이는 완전히 황량하게" 보일 것 같다고 말했다.

릴케는 베스트호프에게 늦은 생일축하 편지를 쓰려던 참에 그녀의 편지를 받아들었다. 근래 있었던 로댕과의 불화를 해소하지 못했지만, 느닷없는 부음은 그를 충격에 빠뜨렸으며 다른 어떤 일보다 중대한 사안으로 다가왔다. 그는 "나처럼 당신도 추억과 슬픔에 젖어들겠지. 그리고 파리와 우리가 거기서 잃어버린 모든 것들을 떠올리며 더없이 최종적인 이 상실을 견뎌내야만 하겠지"라고 베스트호프에게 썼다.

그날 이후 릴케는 자신이 누구보다도 로댕에게서 가장 큰 영향을 받았다는 주장을 견지했다. 한 해 더 지속된 전쟁이 아니었다면 애도하기가 한결 수월했을지 모른다는 생각도 했다. 뮌헨의 아파트로 밀려드는 문상 편지들을 보면서 삶은 거의 초현실적으로 비인도적인 것이라는 느낌이 더욱 굳어졌다.

케슬러 백작은 친구를 위로하고 싶은 마음에, 자신은 참전 경험에서 어떤 의미를 찾았노라고, 사방에서 스스로를 희생하는 사내들의 수 자체만으로도 무척 감동적이었다고 말했다.

릴케는 두 손에 머리를 묻었다. 그는 전쟁 중의 죽음에 의미란 전혀 없다고 말했다. 가치 있는 희생은 예술을 위해 치르는 희생뿐이라고 했다. 로댕의 청동 조각이나 미켈란젤로의 대리석 조각, 또는 두이노의 검은 바다만이 위해서 싸울 가치가 있는 것이라고 했다. 전쟁은 소명 없는 자들을 위한 심심풀이에 불과하다고 했다.

케슬러는 릴케가 인간 본성에 대해 얼마나 아는 것이 없는지 그때 깨달았다고 일기에 적었다. 오롯이 정신의 영역에서만 사는 시인에게 전쟁이란 너무도 현실적이고 너무도 물리적인 것이 틀림없다는 것이었다. 그는 아폴론이 릴케의 유일한 신이라고 결론지었다.

릴케처럼 전쟁에 상처 입고 의기소침해진 사람들을 위로할 만한 말은 많지 않았다. 하지만 작가 실비아 비치Sylvia Beach는 1919년 로댕 미술관 개관에서 파리 사람들을 위한 한줄기 희망을 보았다. 전쟁으로 공식 인가가 지연되었지만, 그녀는 이제 병사들이 "전쟁의 상념에서 벗어나 예술의 영원한 아름다움으로 돌아오고, 세계 각국에서 많은 사람들이 로댕 미술관이라는 아름다움의 신전으로 순례를 올 것이다"라고 썼다. 오늘날 이 박물관은 로댕의 작품을 세계에서 가장 많이 소장하고 있다. 건물 한쪽의 현판에는 이런 문구가 적혀 있다. "라이너 마리아 릴케는 로댕에게 소개한 이 저택에서 1908년부터 1911년까지 살았다."

19

전쟁이 발발한 이후 릴케는 “나는 어디에 속하는가?”라는 질문을 스스로에게 던져왔다. 전쟁 초기에 기차 안에서 병사들의 노래 소리를 들으면 조국 오스트리아에 대한 긍지로 가슴이 부풀어오를 때가 있었다. 하지만 전쟁의 참화를 직접 목격하면서 그 애국심은 급속히 사라졌고, 차츰 당시 힘을 받고 있던 반전주의 운동에 끌리기 시작했다.

제대하고 뮌헨에 돌아온 뒤에는 어느 나라에도 충성심을 느끼지 않았다. 그는 “나는 너무 많은 세월을 완전히 잃어버리거나 스치듯 지나쳤기에 이제는 나 자신이 주인인 삶을 향해 가차 없이 나아가고 있다”고 썼다. 1918년 오스트리아-헝가리 제국이 멸망하면서, 그가 평생 지녀온 ‘집 없음’의 느낌은 더욱 고착되었다.

별안간 릴케는 그 나라 말도 모르는데 법적으로 체코슬로바키아 국민이 되었다.

사실 모국어에 대해 그는 별다른 친밀감을 느끼지 못했다. 이제 프랑스어에 숙달되어 독일어로만 표현할 수 있는 단어도 더이상 없었다. '손바닥palm'을 예로 들면 프랑스어로는 'paume'이고 이탈리아어로는 'palma'인 반면, 독일어로는 오히려 마땅한 단어가 없다고 그는 말했다. 릴케가 찾을 수 있는 가장 가까운 독일어 단어는 '손의 판'쯤으로 번역될 만한 것이었다. 이 표현이 구걸하는 거지를 연상시킨다는 사실은 릴케가 느낀 독일어의 빈곤과 정확히 맞아떨어졌다.

만년에 릴케는 스위스의 프랑스어 사용 지역에 정착했고, 이름도 라이너에서 르네로 돌아갔다. 프랑스어 사용 국가들의 반독일 감정이 아직 강한 시절이었다. 릴케는 곧 프랑스어로 글을 쓰기 시작했으며 심지어 생각도 프랑스어로 하곤 했다. 외국어로 시를 쓴다는 것은 힘든 일이었지만, 스스로를 표현하는 법을 재발견하면서 마치 어린아이가 되어 새로운 눈으로 세상을 경험하는 느낌이었다.

1919년 초, 릴케는 전쟁 전 내면에서 느꼈던 감정적 '전환'을 완료했다. 여전히 근본적으로 고독한 시인이었지만, 그토록 오랫동안 부정했던 '가슴의 일'을 할 준비가 되어 있었다. 이제는 타인들에게 뭔가를 주고 싶었다.

십 년 전 그는 흑발의 폴란드 여성 화가 발라딘 클로소프스카Baladine Klossowska를 처음 만났다. 그녀의 남편은 릴케가 쓴 로댕 논문이 포함되었던 미술 총서 '디 쿤스트Die Kunst' 중 한 권을 쓰기도 한 독일의 미술사가 에리히 클로소프스키Erich Klossowski였다. 릴케가 로댕에게 해고된 다음해에 파리에서 만난 것을 비롯해, 두 작가는 여러 해에 걸쳐 가끔 마주쳤고, 릴케는 그 부부를 아파트에 초청해《시도집》을 낭송해주기도 했다.

전쟁이 끝나자, 독일 국민이던 발라딘 클로소프스카는 파리를 떠야 했다. 그녀는 제네바에 정착했고, 1917년에 남편과 갈라섰다. 이 년 후 낭독회를 위해 제네바에 들른 릴케는 그녀를 수소문했다. 닷새 예정의 체류가 보름으로 늘어나면서 두 사람의 관계는 친구에서 연인으로 발전했다.

이내 그들은 하루에 세 차례씩 서로에게 편지를 썼고, 1921년 여름에는 함께 살 집의 개축을 시작했다. 론 계곡의 가파른 절벽 꼭대기에 서 있는 13세기 성 뮈조트Muzot는 성곽이 무너지고 단 하나의 방어탑만 남은 듯 보이는 단단한 석조 건물이었다. 보랏빛이 도는 회색 벽과 작은 탑들은 세잔의 산을 연상시켰고, 무너지는 돌벽에 수도도 전기도 없는 삭막한 실내는 로댕의 마음에 들었을 법했다.

릴케는 신예 예술가였던 클로소프스카의 두 아들을 사랑하고 보호하는 아버지 역할을 대행했다. 첫째 피에르Pierre는 작가였고, 둘째 발타자르Balthasar는 겨우 열한 살이지만 이미 미술에 재능을 보이고 있었다. 키가 크고 호리호리한 말썽꾸러기 발타자르가 학교의 우등반에 선발되지 못하자, 릴케는 아이의 성적에 문제가 있는 것이 아니라 '학교 측의 극단적인 탁상공론'이 문제라고 교장에게 항의했다.

그러던 중 앙고라 길고양이 한마리가 집에 들어와 가족으로 살기 시작했다. 미추라는 이름을 얻은 이 고양이는 발타자르의 가장 가까운 벗이 되었다. 어느 날 고양이가 집을 나가자, 아이는 둘이 나눈 추억을 굵은 선의 드로잉 마흔 점으로 그려냈다. 그들은 함께 잤고 함께 먹었고 크리스마스도 함께 보냈다. 그중 마지막 것은 눈물을 닦는 발타자르 자신의 자화상이었다.

그 드로잉들에 깃든 가공되지 않은 솜씨와 상처받기 쉬운 연약함에 릴케는 크게 놀랐다. 무척 뛰어난 작품이라고 생각한 그는 그것들을 책으로 펴냈다. 제목은 '미추Mitsou'라고 붙였다. 발타자르는 릴케의 충고대로 '발튀스Balthus'라는 애칭으로 책에 서명했고, 그 이름은 그가 현대미술사를 통틀어 가장 유명하고 가장 도발적인 화가로 성장한 이후에도 줄곧 사용되었다.

릴케는 고양이의 포착하기 어려운 본질에 대한 단상을 엮어 책의 머리말을 썼는데, 이것은 프랑스어로 출판된 그의 최초의 텍스트였다. 글은 "고양이를 아는 사람이 있을까?"라는 질문으로 시작된다. 인간들을 향한 지칠 줄 모르는 숭배가 불가사의하게도 비극적으로 느껴지는 개와는 달리, "고양이는 그냥 고양이다. 그들의 세계는 완전히, 철두철미하게, 고양이의 세계일 뿐이다. 그들이 우

릴케 · 어린 발튀스 · 발라딘 클로소프스카, 스위스에서.

리를 보기나 한다고 생각하는가?" 아니라고, 눈이 우리를 향해 있을 때에도 그들은 우리가 존재한다는 것을 이미 잊고 있다고 그는 말한다.

책이 나오자 프란츠 카프카Franz Kafka의 첫 번째 출판인 쿠르트 볼프Kurt Wolff는 드로잉들이 "경이적이고 거의 두려울 정도"라고 보았다. 후기 인상파 화가 피에르 보나르Pierre Bonnard는 릴케 '부인'에게 《미추》에 대한 '찬사로 가득한' 편지를 보냈다. 발튀스가 명망을 얻고 난 후에도 그가 줄곧 릴케를 찬미한 것도 놀랄 일이 아니다. 그는 "굉장한, 매혹적인 사람이었다. 명석한 두뇌에 크고 푸른 눈을 가졌다. 목소리는 꿈꾸는 듯했고, 비상한 매력이 있었다."

릴케는 어린 발튀스를 늘 동격으로 대했다. 드로잉 연작 하나에 대해 그는 열두 살짜리 소년에게 "착상이 매혹적이고, 소질이 내적 비전의 풍성함을 입증해줄 뿐 아니라, 배열은 탁월한 선택을 확실히 강화해주고 있다"라고 말했다. 나란히 놓고 보면 자신과 발튀스가 "완전히 유사한, 사실상 동일한 기쁨"을 공유하고 있다고 그는 생각했다.

《미추》가 나온 이후 릴케는 길고 추운 겨울을 뮈조트에 틀어박혀 보내다 1922년 2월 한 달 동안 《오르페우스에게 바치는 소네트집Sonnette an Orpheus》에 실리게 될 쉰다섯 편의 시를 모두 썼다. 이 시들은 그의 딸의 친구로 백혈병에 걸리자 음악 쪽으로 전환한 무용수 베라 크누프Wera Knoop의 요절에서 영감을 받고 씌어졌다. 《두이노의 비가》가 그랬듯 《오르페우스에게 바치는 소네트집》도 거의 의식하지 못한 사이에 찾아왔다고 릴케는 말했다. 훗날 비평가들은 이 시집을 가장 성숙한 시적 단계로 릴케를 이끈 일종의 갈림길로 분류했다. 하지만 릴케 자신에게 이 시집은 같은 해에 마지막 '정신의 폭풍'을 거쳐 완성한 《두이노의 비가》와 마찬가지로 정신적 과잉의 산출물일 따름이었다.

그해 봄, 릴케의 딸 루스가 칼 지버Carl Sieber라는 젊은 변호사와 결혼했다. 하지만 그는 결혼식에 가지 않았고 사위를 만나보지도 않았다. 그 무렵 릴케는 발튀스에게 "난 아무것도 하고 싶지 않은 커다란 욕망을 느껴"라고 말했다. "사악한 마법사가 나를 거북이로 만든다는 상상을 해봐, 그게 현실과 가까울 테니. 나는 모든 도전에 대해 강력하고 견고한 무관심의 외피를 입고 있거든."

클로소프스카의 삶에도 그의 부재의 그림자가 점점 짙어졌다. 부부로 오 년을 함께 살았지만, 그는 한사코 홀로 시간을 보내고 싶어했다. 그녀는 그의 부재를 고통스러워했다. "우리는 인간이에요, 르네." 다시 어디론가 떠나는 그에게 그녀는 말했다. 자신이 그린 그림만으로 생활하기 어려워지자(릴케는 그녀에게 경제적 지원도 하지 않았던 것 같다) 결국 그녀는 아들들을 데리고 베를린의 언니 집으로 갔다. 그녀는 이후 이 년간 독일과 스위스에서 살면서 발튀스의 진전 소식을 릴케에게 전하곤 했다. "팬이 생기기 시작했어요"라고 그녀는 썼다. "르네, 이 아이는 훌륭한 화가가 될 거예요, 두고보세요…."

클로소프스카와의 관계는 다른 여인들과의 관계와 똑같이 그가 친밀보다는 고독을 선택하면서 끝이 났지만, 그는 그녀의 아들들의 열렬한 지지자로 남았다. 피에르 클로소프스키가 열여덟 살이 되자 릴케는 그가 파리에서 지드의 비서로 일하면서 장편소설 《위폐범들Les faux-monnayeurs》 집필을 보조할 수 있게 해주었고, 돈이 얼마나 필요한지, 피에르가 하고 싶은 일을 하려면 무슨 공부를 해야 하는지 지드에게 끊임없이 물었다. 결국 피에르는 니체와 사드 남작Marquis de Sade에 대한 중요한 책들을 발표했고 카프카의 작품을 번역했을 뿐 아니라, 화가로도 일했다.

같은 시기, 릴케는 열여섯 살 된 발튀스에게도 파리에 갈 것을 권했다. 릴케가 그랬듯 이 젊은 화가도 학교를 그만두고 도시 자체를 스승으로 삼았다. 《미추》 덕분에 아주 어린 나이에 인정을 받기도 했다. 릴케는 빌헬름 보링거의 패널화에 관한 역사서 한 권을 발튀스에게 건네주며 역시 지드 밑에서 일하게끔 파리로 보냈다.

1925년 1월, 릴케는 신작시를 발튀스에게 헌정했다. 〈나르키소스Narcissus〉라는 이 시는 열여섯 살 소년의 극단적인 자기애를 그의 예술적 깨우침에 필요한 조건으로 그려 보이고 있다. 그해 가을, 발튀스는 루브르에서 니콜라 푸생Nicolas Poussin의 회화 〈에코와 나르키소스〉를 돌덩이에 베껴 그린 뒤 '르네에게'라는 헌사를 새겨넣으며 날들을 보냈다.

릴케와 함께 보낸 삶에서 추출된 초창기 테마들은 발튀스의 활동 기간 내내 작품에 표현되었다. 그는 고양이들과 고양이처럼 나른하게 쉬고 있는 여자들만 고집스럽게 그리는 것으로 이름을 알렸다. 그의 전기작가 니콜라스 폭스 웨버Nicholas Fox Weber는 젊은 시절 발튀스가 자신을 정신적으로 고양이와 동일시하게 되었고, 삶과 자화상에서 "고양이와 똑같은 고고한 자신감과 범접하기 어려운 분위기"를 발산했다고 썼다. 때때로 그는 작품에 'H. M. 고양이의 왕'이라고 서명하기도 했다.

발튀스의 작품에서 두드러지는 또 하나의 모티프는 창문이다. 여자들이 창문에서 떨어지거나 창문 밖을 내다보고 있는 경우가 많다. 창문은 발튀스의 어머니가 릴케가 돌아오기를 기다리며 많은 시간을 보낸 장소였다. 그녀는 돌아오는 릴케를 환영하기 위해, 또 기다리는 동안 바라볼 뭔가가 필요해서 꽃 상자들로 창틀을 장식했다. 그의 부재는 길어졌고, 꽃봉오리였던 것들이 피고 시들어 죽을 때까지 그가 돌아오지 않기도 했다. 클로소프스카에게 릴케의 들고 남은 고양이처럼 덧없고 예측 불가능한 일이었다.

릴케도 관계 초기에 클로소프스카와 스위스의 어느 작은 마을에 다녀온 후 창문에 매료된 적이 있었다. 그는 작은 오두막들의 창문이 전부 안에서 일어나는 생활을 담은 사진틀처럼 보인다고 생각했다. 언젠가 창문에 대한 책을 쓰고 싶다고 그는 말했다. 실행에 옮기지는 못했지만 대신 클로소프스카의 삽화를 곁들여 〈창문들〉이라는 연작시를 썼다. 시에서 창문은 릴케에게 여러 의미를 띤다. 눈이 되기도 하고, 시야의 테두리가 되기도 하고, 또 기대의 척도가 되기도 한다. 창문은 더 가까이 다가오라고 유혹하는 초대인 동시에 추락의 초대이기도 했다. 공포의 출발점이 될 수도 있는 것이다. 시 한 편은 "그날 그녀는 창문이 된 듯한 기분이었다"로 시작된다. "산다는 것은 응시하는 것에 불과해 보였다." 클로소프스카는 릴케가 죽은 다음해에 이 시들을 《창문들Windows》이라는 작은 책으로 출간했다.

창문은 또한 '벨트인넨라움Weltinnenraum', 즉 '세계내면공간'이라는 말의 요체를 표상했다. 이것은 내면과 외면 사이의 장벽이 하나의 면으로 축약되는 공간을 묘사하기 위해 만년의 릴케가 만든 용어로, 그는 자아가 하늘과 영혼 사이를 소리 없이 날아다니는 새 같아지는 영역이라고 말했다. 〈세계내면공간〉이라는 시에서 릴케는 이 개념을 수축이자 현실로 받아들인다. "…오, 성장하고 싶어서,/나는 내다본다, 그러면 나무는 내 안에서 자란다"라고 그는 쓰고 있다. 세계내면공간은 삼십 년 전 뮌헨에서 시작된 철학 교육으로 릴케를 돌려보냈다. 무용수들의 움직임이 무대 위와 자신의 근육 안에서 동시에 일어나는 듯한 느낌을 설명하면, 옛 미학교수 테오도르 립스는 알아들을지도 몰랐다.

이 중간 영역이 릴케가 집으로, 마침내 모든 것이 다다라 정착

스위스 뮈조트 성의 릴케, 1923년.

하는 공간으로 이해한 단 하나의 장소였다. 그에게 집은 하나의 용기容器였고, 그는 그 창문을 통해 새어나가는 공기였으며, 고양이는 밤이 되면 달아났다. 그는 처음에는 죽은 누이의, 다음에는 마침내 그 자신의 죽음의 작가로서 유령이자 신화였고, 그는 그것에 대해 최후의 완벽한 메타포를 창조했다.

1926년의 10월 어느 날, 릴케는 정원에서 꽃 한 묶음을 따던 중 장미 가시에 손가락을 찔렸다. 상처는 날이 갈수록 악화되었다. 패혈증 감염이 팔로 올라가고, 이어서 다른 쪽 팔로 번지더니 급기야 전신으로 침투했다. 피부에 검붉은 물집이 돋았고, 입가에 생긴 궤양이 식도로 내려가면서 물 한 모금 마실 수가 없었다. 12월에 이르러서는 종말이 가깝다는 것을 그도 알게 되었다.

생의 마지막 날, 릴케는 의사에게 자신의 손을 잡고 이따금 주물러달라고 부탁했다. 만약 깨어 있다면 자신도 주무를 거라고, 하지만 그렇지 않다면 자신을 침대에 똑바로 앉혀 '의식의 전면'으로 돌려보내달라고 했다. 질병은 어려서부터 친숙했기에 두렵지 않았다. 죽음도 마찬가지였다.

죽음이란 삶에서 빠져나와 눕는 것일 뿐이었다. 의식 있는 존재가 순전히 육체적인 물질로 변하는 것으로, 최소한 그 사람이 실재했다는, 시인에게는 자명하지만은 않았던 사실에 대한 결정적인 증거를 제공해줄 터였다. 릴케에게 죽음은 다른 모든 것들과 마찬가지로 검토해야 할 '사물'이었다. 1906년 아버지의 죽음

직후 쓴 〈시인의 죽음〉에서 그는 죽은 자의 얼굴을 이렇게 묘사했다. “부드럽고 열려 있으며,/대기 속에서 썩어가는 과육처럼,/더이상 저항하지 않는다.” 이제 자신의 죽음에 증인을 설 시간이었다.

죽음에 대한 두려움이 말년의 로댕을 얼마나 볼품없게 만들었는지 지켜보았던 릴케는 이 질병의 욕됨을 기꺼이 받아들일 수밖에 없다고 믿었다. 그는 그것을 혼처럼 불러내어 병상 수첩에 마지막 시를 썼다. “오라, 너 마지막 존재여, 내가 인정하는…” 그 페이지 끄트머리에서는 죽음이라는 이 최후의 ‘단절’을 어린 시절의 병치레와 구분할 것을 스스로 다짐하고 있다. “유년기의 경이와 지금 이것을 혼동하지 마라.”

최후의 순간까지 그는 진통제를 거부했다. 사람들이 떼로 죽어가는 병원도 거부했다. 아내와 딸을 포함해 사람을 곁에 두는 것도 거부했다. 병명도 알고 싶어하지 않았다. 이미 독이 든 장미인 것을 받아들였고, 그의 죽음은 오직 그만의 것이 될 터였다. 1926년 12월 29일, 쉰한 번째 생일을 보내고 삼 주 후, 그는 눈을 뜬 채 죽음을 맞이했다.

그의 유언이 묘비에 새겨졌다. “장미여, 오 순수한 모순이여, 수많은 눈꺼풀 아래 그 누구의 잠도 아닌 욕망이여.” 봄이 돌아오고 얼었던 땅이 풀리면서, 장미들은 위에서 내려다보는 묘석에도 굴하지 않고 잠에서 깨어났다. 그리고 묘석 둘레에 모여들어, 아직 아무것도 모르고 잠들어 있는 중심 언저리에서, 받아들일 준비가

된 입처럼, 눈꺼풀처럼, 여린 꽃잎들을 살며시 열었다

릴케의 사망 후 일요일, 천주교식의 간소한 장례식이 열렸다. 교회 안에서 바이올린과 오르간 주자들이 바흐의 음악을 연주하는 동안, 눈이 30센티미터는 쌓인 바깥의 열린 무덤 주위에는 아이들이 둘러서 있었다. 릴케의 오랜 편집자 안톤 키펜베르크Anton Kippenberg와 스위스 후원자 몇 명이 참석했다. 발튀스도 멀리서 찾아왔는데, 산속에서 며칠 동안 울었다고 전해지기도 한다.

그로부터 이십 년 후, 마흔이 다 된 발튀스는 릴케가 죽기 전까지 보내온 편지들을 묶어 책으로 펴냈다. 제목은《젊은 화가에게 보내는 편지Letters to a Young Painter》였다. 발튀스가 열두 살이었을 때 쓴 첫 편지에서 릴케는 정신적으로 충만한 삶을 살기 위한 15세기의 안내서《그리스도를 본받아The Imitation of Christ》에 대한 로댕의 이야기를 전했다. 로댕은 그 책에서 '신'이라는 단어를 대할 때마다 머릿속에서 '조각'이라는 말로 바꾸곤 했노라고 말했었다. 기막히게 잘 맞아떨어졌다고 했다. 이를테면 '우리는 조각 앞에서 겸허하고 진실되게 살아야 한다'나 '세상을 멸시하고 조각을 섬기는 삶은 달다' 같은 제목들이 나왔던 것이다.

릴케는《미추》에서도 그렇게 하라고 발튀스에게 가르쳤다. 릴케라는 이름을 대할 때마다 자기 자신의 이름으로 바꿔야 한다는 것이었다. 그는 "이 작품에서 네가 맡은 부분은 모두 노고와 슬픔이었다"고, 반면 자신이 한 일은 "하찮고 재미있는 것들뿐이었다"

고 소년에게 말했다. 이 책으로 자신의 재능을 입증했던 발튀스는 이제 대가의 길에 들어서고 있었다. 보는 것은 느끼기 위한 첫걸음이었다.

부록

감사의 말 / 삽화 출처 / 찾아보기

감사의 말

여러 차례의 교정과 편집을 늘 꼼꼼하고 활기차게 맡아준 맷 와일런드Matt Weiland에게 감사드리고 싶다. 항상 참을성 있게 해답을 제시해준 노튼의 레미 콜리Remy Cawley와 처음부터 끝까지 변함없이 독려해준 나의 에이전트 래리 와이스먼Larry Weissman에게도 감사드린다.

이 책에 사진자료를 실을 수 있게 허락해준 모든 분과 기관들에도 감사의 말을 전한다. 라이너 마리아 릴케의 자손들, 특히 베티나 지버 릴케Bettina Sieber-Rilke는 보관된 문헌들에 대한 접근을 너그럽게 허용해주었고 그럼으로써 이 책을 더욱 윤택하게 해주었다.

오늘날 릴케와 로댕에 관해 쓰는 작가라면 누구나 랠프 프리드

먼Ralph Freedman, 스티븐 미첼Stephen Mitchell, 에드워드 스노Edward Snow, 프레데릭 V. 그룬펠트Frederic V. Grunfeld, 루스 버틀러Ruth Butler 같은 학자, 번역가, 전기작가들에 의존한다. 나는 그중에서도 특히 제프 다이어Geoff Dyer, 윌리엄 개스William Gass, 루이스 하이드Lewis Hyde의 작품에서 깊은 영감을 받았다. 모두 다 뛰어난 통찰력을 발휘해 릴케와 로댕에 대한 에세이를 남겼다.

많은 친구들이 작업 기간 내내 큰 지원을 아끼지 않았다. 휘트니 알렉산더Whitney Alexander, 스테파니 베일리Stephanie Bailey, 샬럿 베켓Charlotte Becket, 로렌 벨퍼Lauren Belfer, 벤 데이비스Ben Davis, 나탈리 프랭크Natalie Frank, 앤드루 골드스타인Andrew Goldstein, 라이언 맥파틀런드Ryan McPartland, 에미 미켈슨Emmy Mikelson, 캐스린 무실레크Kathryn Musilek 등이다. 사려 깊은 번역과 원고 검토를 해준 라이너 가날Rainer Ganahl에게 특별히 감사드리고 싶다. 마지막으로 언제나 변함없이 나를 사랑하고 믿어준 어머니, 새아버지, 남동생 타일러Tyler, 조부모님, 특히 할머니 바비츠카 올가Babička Olga에게 깊이 감사드린다.

삽화 출처

27 Adoc-photos/Art Resource, NY

35 Swiss National Library/NL, Swiss Literary Archives /SLA, Bern

48 Photo by Jules Bonnet, Lucerne

67 Rodin Museum, Bequest of Jules E. Mastbaum

86 Edward Steichen, from Camera Work #34/35, 1911

93 Paula Becker and Clara Westhoff in Becker's studio, 1899년경, 작가: 미상, Paula-Modersohn-Becker-Stiftung, Bremen

97 Photoprint by William H. Rau

112 Rilke Archiv

124 Rilke Archiv

127 Iris & B. Gerald Cantor Center for Visual Arts at Stanford University; Gift of Albert E. Elsen

201 *Rodin, Rose et Rilke dans le jardin de Meudon, en compagnie de deux chiens;* Ph.16497 by Albert Harlingue, Epreuve gélatinoargentique, 12.8x17.9cm, Musée Rodin, Paris

213 George Eastman Museum, a digital positive from an original negative by Alvin Langdon Coburn

220 Arnold Genthe Collection, Library of Congress

224 © Ministère de la culture-Médiathèque du Patrimoine /[Henri Manuel] /dist. RMN

235 Paula Modersohn-Becker, Portrait of Rainer Maria Rilke, May/June 1906 Private collection; Photo: Paula-Modersohn-BeckerStiftung, Bremen

258 Bibliothèque nationale de France, département Estampes et photographie

357 Bibliothèque nationale de France, département Estampes et photographie

366 Collier's New Photographic History of the World's War(1919)

371 Bibliothèque nationale de France, département Estampes et photographie

379 Rilke Archiv

384 Rilke Archiv

찾아보기

[ㄱ]

[ㄴ]

[ㄷ]

[ㄹ]

[ㅁ]

[ㅂ]

[ㅅ]

샤를 모리스 195, 358

[ㅇ]

[ㅈ]

[ㅊ]

[ㅋ]

[ㅌ]

너는 너의 삶을 바꿔야 한다

첫판 1쇄 펴낸날 2017년 11월 3일

지은이 | 레이첼 코벳
옮긴이 | 김재성
펴낸이 | 박남희

종이 | 화인페이퍼
인쇄·제본 | 한영문화사

펴낸곳 | (주)뮤진트리
출판등록 | 2007년 11월 28일 제318-2007-000130호
주소 | 서울시 마포구 토정로 135 (상수동) M빌딩
전화 | (02)2676-7117 팩스 | (02)2676-5261
전자우편 | geist6@hanmail.net
홈페이지 | www.mujintree.com

ISBN 979-11-6111-008-0 03840

* 책값은 뒤표지에 있습니다.